LA LUMIÈRE DU FLEUVE

Anne Rivers Siddons

LA LUMIÈRE DU FLEUVE

Roman

Traduit de l'anglais (Etats-Unis)
par Simone Lamagnère

PRESSES
DE LA CITÉ

Titre original : *Sweetwater Creek*

© Anne Rivers Siddons, 2005
Publié avec l'accord de HarperCollins Publishers

© Presses de la Cité, un département de [place des éditeurs], 2007, pour la traduction française
ISBN 978-2-258-07191-9

A Walter Mathews,
qui a contribué à enrichir de nombreuses vies,
la mienne en particulier

A Martha Gray, mon amie de cœur,
sans qui nombre de mes livres n'auraient jamais vu le jour

« Mais un seul homme aima ton âme vagabonde
Et chérit les chagrins inscrits sur ton visage changeant. »

William BUTLER YEATS,
Quand tu seras vieille

Prologue

Dans le bas pays, en Caroline du Sud, se produit deux fois par jour un ballet splendide, sauvage et unique au monde. Généralement, c'est à la fin de l'été et au début de l'automne, quand l'eau dans les criques des marais salants du bas pays est à l'étiage, lorsque poissons et crabes se cramponnent fébrilement aux rives boueuses, attendant le retour de la marée qui leur offrira l'asile des hautes feuilles de spartine[1].

Soudain, les dauphins surgissent.

De grands dauphins habitués depuis des générations à chasser dans ces criques et sur ces berges, familiers de la moindre boucle du fleuve et de la plus petite laisse de vase, font irruption dans la crique et commencent à diriger les bancs de mulets argentés vers les berges bourbeuses. A un signal donné, peut-être un clic émis par les dauphins éclaireurs, ils se ruent sur leurs proies au milieu de sifflements aigus et, suivant une tactique éprouvée d'encerclement, en font une masse compacte qu'ils repoussent contre la rive. Puis, dans un immense fracas étourdissant échappant à l'entendement humain, ils

---

1. Aussi appelée « griffe de sorcière », la spartine est une graminée à feuilles larges formant d'imposantes cascades vert intense et jaune d'or. (*N.d.T.*)

11

créent une puissante lame de fond projetant tous les poissons sur la vase. Chevauchant leur propre vague, les dauphins les suivent sur les berges boueuses pour s'en repaître à satiété. Ils sortent complètement de l'eau et s'alignent tous sur le flanc droit, serrés les uns contre les autres, avec une synchronisation qui n'a rien à envier aux ballets bien réglés des Rockettes. Ces mammifères marins viennent ainsi hanter pendant deux ou trois mois les rives de leurs ancêtres pour se transformer deux fois par jour en créatures de la terre et de l'air. Nul ne connaît vraiment les raisons qui les font s'échouer sur les berges de ces criques pour se nourrir, mais ils l'ont toujours fait, semble-t-il, et ce depuis les temps les plus reculés. Les grands dauphins ne chassent généralement pas en eau douce, mais ils aiment l'eau tempérée et adoucie des criques dans lesquelles ruissellent les marais salants.

L'histoire qui suit se déroule sur les rives de l'une de ces criques, isolée au milieu des marais, des bois et des forêts. Depuis aussi loin que les gens s'en souviennent, elle s'est toujours appelée Sweetwater Creek.

1

C'était la veille de Thanksgiving, juste avant la tombée de la nuit. Emily et Elvis étaient assis sur le versant de la petite butte surplombant Sweetwater Creek. L'automne dans le bas pays de Caroline du Sud a souvent la lourdeur enivrante d'un porto capiteux, mais cette année-là il s'était immédiatement annoncé glacial. Début octobre, toutes les annuelles tardives avaient gelé sur pied, et les nuits froides étaient si claires qu'elles donnaient aux étoiles au-dessus du marais l'apparence de gros chrysanthèmes blancs. On avait ressorti les chandails deux mois plus tôt que prévu et les chaudières poussiéreuses s'étaient mises à gronder dès septembre. Grelottant sous sa légère veste en coton, Emily serra plus fort Elvis contre elle pour profiter de sa chaleur. Au matin, la spartine crépiterait sous sa parure de givre et l'eau de la crique, débarrassée de sa couche grouillante de poissons prématurément morts ou partis avec les oiseaux vers le sud, filerait sombre et limpide comme du thé glacé. Emily regrettait les chants et cris d'oiseaux que l'on entendait d'habitude bien après Thanksgiving, tout en reconnaissant que leur départ prématuré rendait plus distincts le courcaillet des cailles et le concert nasillard des canards et autre gibier d'eau. Le halètement sourd des cerfs lui paraissait également plus proche. Emily avait toujours beaucoup aimé les bruits des animaux en hiver : ils étaient le signe que la vie continuait dans le marais.

Emily et Elvis étaient assis à l'aplomb de la petite plage de sable où les dauphins se hissaient à la poursuite de leurs proies. Si le sable conservait l'empreinte de leurs glissades, il y avait bien longtemps que les dauphins étaient repartis vers des mers plus chaudes, mais il faudrait encore de nombreuses marées pour effacer toute trace de leur passage.

— C'est trop tard, lui dit-elle. On n'en verra pas.

Il lui sourit ; il le savait bien, que les dauphins préféraient venir à marée basse, quand il faisait chaud. Son horloge interne avait toujours été bien plus efficace que toute la collection hétéroclite de montres et d'horloges de la ferme. En été et en automne, il ne se passait pas un seul jour sans que la petite fille et l'épagneul ne viennent rendre visite aux dauphins.

Ils s'attardèrent encore un long moment à regarder les derniers rayons du soleil striés d'or et de vermillon devenir gris lavande. Il était plus que temps de rentrer s'ils ne voulaient pas avoir à chercher leur chemin dans l'obscurité envahissante. Emily n'avait pas pensé revenir si tard et n'avait pas pris sa torche. Mais la perspective de la cuisine lugubre avec ses relents lourds, ajoutée à celle du silence accablant qui l'attendait, ne l'avait pas incitée à rentrer. Même mesurée à l'aune des Parmenter, la soirée ne serait pas gaie. Rien ne viendrait en effet effacer la violence des échanges ni les larmes versées, et le supplice que représentait Thanksgiving se faisait de plus en plus menaçant. Il n'y aurait plus que le silence dans lequel chacun d'eux se barricaderait : la discussion était close. Les Parmenter n'avaient jamais eu pour habitude de tempérer des propos échangés sous le coup de la colère, et les excuses leur étaient inconnues. Au dîner, à part Emily, tous feraient comme si rien ne s'était passé. Son père et ses frères ne s'intéresseraient qu'au contenu de leur assiette et de leur verre ; Jenny, sa tante, serait déjà repartie vers le silence de sa maison. Elle reviendrait le lendemain pour préparer avec Cleta et Emily le traditionnel souper de retour de chasse. Météo ou catastrophe, maladie ou malheur, la chasse de Thanksgiving était sacro-sainte. Walter Parmenter en avait établi les règles bien avant la naissance de sa fille.

« Ça se fait dans toutes les grandes plantations. C'est une vieille tradition, répétait-il à l'envi. A plus forte raison à Sweetwater, où nous élevons les meilleurs chiens de chasse et où se trouvent les terres les plus giboyeuses du bas pays. Les autres planteurs ne cessent de vanter les mérites de nos chiens et de notre plantation. On en parle partout et tout le temps. »

Qu'il ne restât plus désormais qu'une infime poignée de planteurs le long de l'immense fleuve n'avait pour Walter strictement rien à voir. Il vivait toujours à la glorieuse époque des plantations mythiques, même si la plupart des domaines avaient été rachetés par de riches chasseurs du Nord, ou par des sociétés de chasse qui en confiaient la responsabilité à des régisseurs. Ils étaient presque tous devenus, depuis le nouveau millénaire, des plantations de week-end ; Walter n'en tirait que plus d'orgueil d'avoir passé presque toute sa vie à Sweetwater et n'éprouvait que mépris pour ces planteurs à la petite semaine.

« Il n'y en a pas un seul qui m'arrive à la cheville pour ce qui est de la connaissance du terrain et du gibier. Je pourrais leur apprendre deux ou trois petites choses qui leur cloueraient le bec. Si je voulais, je pourrais les prendre à la chasse, un par un, n'importe où et n'importe quand. Un jour, les garçons, les chiens et moi, on leur montrera ce qu'on sait faire ! »

15

Emily n'y croyait pas trop ; jamais aucun de leurs prestigieux voisins n'avait invité Walter à participer aux grandes battues traditionnelles de Thanksgiving ou de Noël. Ils ne leur rendaient visite que pour leur acheter – ou réserver – le fameux Boykin de Sweetwater. Ils étaient alors tout sourire et s'extasiaient sur les épagneuls. Généralement, ils repartaient avec un chiot vers leur élégante demeure cachée au bout d'une allée de chênes séculaires. Son père avait tout de même raison sur un point : les épagneuls de Sweetwater étaient parmi les meilleurs du bas pays. Ils étaient élevés suivant des standards très stricts et tous provenaient d'une longue lignée de chiens de chasse au pedigree irréprochable. Leur dressage obéissait à des règles méticuleuses. Posséder un épagneul Boykin de Sweetwater, dressé ou non, c'était la garantie d'avoir un chien de chasse qui ferait l'admiration de tous, aussi bien à la maison qu'à l'extérieur. Elvis était l'un deux ; c'était Emily qui l'avait éduqué.

Sentant l'étreinte de la nuit se resserrer, elle se décida à rentrer.

— Tu sais que demain je ne viendrai pas avec toi, dit-elle au chien en se levant. D'accord, je suis ta maîtresse, je t'ai dressé – et quand il s'agit de dressage, c'est bien moi la meilleure ici –, mais papa et les garçons se sont mis en tête de t'emmener à ta première battue. C'est pour faire plaisir à un gros bonnet qui s'intéresse aux Boykins. Même s'il se refuse à le reconnaître, papa sait bien que tu es le meilleur et il veut épater le milliardaire. Il croit qu'après il va lui commander une centaine de Boykins pour lui et ses copains. Il espère surtout qu'il racontera partout que Walter Parmenter est un dresseur hors pair, un éleveur extraordinaire, et le reste ! Jamais il ne leur avouera que c'est moi qui t'ai dressé. Tu penses bien que ça ne ferait pas très sérieux de confier l'éducation des chiens à une gamine de douze ans ! Pour moi,

16

c'est purement et simplement de l'escroquerie et ça, je le lui ai dit. Je lui ai aussi rappelé que tu m'appartiens et que jamais je ne te laisserai partir. Quant à la chasse, il y a longtemps qu'il sait ce que j'en pense ! Il m'a répondu que tous les Boykins ici, sans exception, devaient participer à l'effort général. Pour terminer, il s'est mis à hurler, moi aussi, et... on en est là !

Elvis remua son moignon de queue et leva haut la tête. Il sentait toujours quand elle était blessée ou en colère. Emily se disait souvent que personne, à part Buddy, n'avait jamais pris un plaisir aussi désintéressé à sa compagnie. Lors d'un de leurs longs et enivrants après-midi de lecture, Buddy lui avait lu un passage d'un certain lord Byron qui, d'après lui, était un très grand poète, mais elle n'en était pas si sûre.

Ici, repose celui qui possédait la beauté sans la vanité, la force sans l'insolence, le courage sans la brutalité, et toutes les vertus de l'homme sans en avoir les vices. Si cet éloge était adressé aux cendres d'un homme, il ne serait que flatterie ordinaire, mais il est le juste et humble hommage rendu à la mémoire de Boatswain, un chien.

En y repensant, Emily sentit des larmes lui piquer les yeux. Lord Byron aurait tout aussi bien pu parler d'Elvis, à la seule différence que lui était bien vivant. Elle les ravala, se souvenant de ce que Buddy disait des pleurs trop facilement versés : des larmes de pacotille. Oh, Buddy...

Emily l'avait toujours connu malade, victime du succube qui, cruellement et méthodiquement, l'avait d'abord condamné à la paralysie, puis à la mort. Buddy, c'était une partie d'elle en plus vieux et en plus masculin, un frère. Même si elle en avait deux autres – de trois ans plus jeunes que Buddy et de quatre plus âgés qu'elle –, le mot « frère » ne leur convenait pas. Ils étaient seulement les *autres*. De la même famille, mais étrangers, comme celui qu'on appelait « père ». Tous étaient grands et massifs. Quand leur regard se posait sur cette petite chose aux cheveux indisciplinés habitant les recoins de leur monde, il la survolait très vite pour s'évader vers l'extérieur, vers le luxuriant soleil, vers l'air épais et immobile, là où s'étendaient les espaces infinis du marais, de la crique, des bois et des champs. Et les chiens, toujours les chiens…

Buddy, lui, n'avait jamais eu la possibilité de s'échapper vers l'air de ce monde, sauf pour se rendre en chaise roulante chez son médecin à Charleston. Emily se souvenait vaguement du temps où il marchait encore ; elle se remémorait une canne et la mince silhouette nerveuse de Morris, le mari de Cleta, aidant Buddy à descendre les marches jusqu'à la grosse voiture noire qui lui semblait avoir toujours été la même. Ensuite, la scène devenait floue, comme celle du départ de sa mère. La réalité de Buddy, c'étaient sa chaise, un sourire vif et ironique, la couverture qui dissimulait ses jambes inertes. Et sa voix, douce, profonde et nonchalante, lui racontant des milliers de choses extraordinaires, et lui expliquant où les trouver parmi les piles de livres jonchant le sol de sa grande chambre aussi sombre qu'une caverne.

En dépit de la chaise, des bonbonnes d'oxygène et de tout l'attirail médical indispensable, pas une seule fois Emily ne l'avait considéré comme malade. Aussi était-elle toujours étonnée lorsque des visiteurs – presque toujours des amateurs de chiens – s'adressaient à son père d'une voix basse pour lui parler de l'infirmité de son *pauvre* aîné. Une fois, elle avait même entendu une grosse femme à la peau tannée comme du vieux cuir, revêtue d'une sorte de poncho informe, lui dire qu'elle priait pour que le fardeau qui pesait sur les épaules de la famille lui soit ôté. Walter avait alors incliné gravement la tête et l'avait remerciée.

Emily était allée interroger Cleta, qui pétrissait de la pâte dans l'immense cuisine délabrée de la ferme.

« C'est quoi, notre fardeau ? Une grosse dame très vieille a dit à papa qu'elle priait pour qu'on nous l'enlève. »

Aplatissant la pâte sur le vieux comptoir de marbre, Cleta l'avait renseignée.

« Elle parlait sûrement de not' pov' Buddy. Sauf que pour moi, ça a toujours été plus un ange qu'un fardeau pour cette famille !

— Alors, elle parlait de moi ? »

Depuis toute petite, Emily avait toujours eu la vague impression d'être le canard boiteux de la famille, mais elle en ignorait la raison.

Cleta la rassura en souriant.

« T'es pas not' fardeau, Emily. Y a deux anges dans cette maison ! Toi, t'es le second. »

A dix ans, les petits Parmenter avaient le droit de choisir un Boykin comme cadeau d'anniversaire. Walt Junior avait appelé le sien Avenger et Carter, Sumter, en hommage au fort de l'Union à l'entrée du port de Charleston sur lequel avaient tiré les Confédérés, déclenchant ainsi la guerre de Sécession – *la* Guerre, comme la désignaient toujours les anciens du bas pays. Symboles d'agressivité et de chauvinisme, ces deux noms convenaient mal au caractère doux et tranquille des Boykins toujours prêts à faire plaisir, mais cet aspect avait totalement échappé aux deux frères : quand un chien vous appartenait, vous aviez le droit de choisir son nom. Buddy avait appelé le sien Aengus, du nom donné par William Butler Yeats à son vagabond magnifique dans

La Chanson d'Aengus l'Errant[1]. Aengus et Angus se prononçant de la même façon, les gens pensaient que c'était un hommage rendu à de lointains ancêtres écossais. Buddy les laissait dire.

Il était bizarre, constatait maintenant Emily, que son frère et elle aient si peu abordé des sujets concrets : la ferme, les chiens, leur père, sa maladie à lui, son école à elle. Tous les deux ne semblaient s'être souciés que de leur vie intérieure et n'avoir parlé que de ça. Une seule fois seulement, ils avaient évoqué leur mère. Emily était très jeune lorsque tout était arrivé. De sa mère, elle ne se rappelait qu'un reflet de lumière ivoire, la chaleur, la douceur de ses bras et son parfum de gardénia.

Et puis, tout s'était brutalement désintégré. Personne ne lui avait plus jamais parlé de sa mère et, lorsque le nom de Caroline était prononcé, elle interceptait toujours le bref coup d'œil et le geste de la tête que lui jetaient les adultes. Emily avait vite compris que sa mère s'appelait Caroline et, surtout, qu'elle ne devait poser aucune question. Les hochements entendus des adultes signifiaient la peine, les ennuis et d'autres choses encore plus terribles, inavouables. Emily ayant appris très tôt à lire les visages, les expressions qu'elle y déchiffrait confirmaient, sans le moindre doute possible, qu'elle faisait partie intégrante du désastre.

Une fois cependant, elle avait osé demander à Buddy :
« Où est notre mère ? »

Il lui avait tourné le dos pour regarder par les hautes fenêtres de sa chambre donnant sur l'allée de gravier mal entretenue.

« Je ne sais pas, avait-il répondu.

---

1. W. B. Yeats, *Song of Wandering Aengus* (*La Chanson d'Aengus l'Errant*). Aengus était fils de Dagda et roi de l'Olympe celtique, dieu de l'amour, de la jeunesse et de la poésie. (*N.d.T.*)

— Elle est morte, alors.

— Pourquoi dis-tu ça ?

— Eh bien, parce que sinon elle serait revenue.

— Non. Je ne pense pas qu'elle soit morte, ou malade, ou blessée, ni même qu'il lui soit arrivé quelque chose. Elle a toujours su prendre grand soin d'elle.

— Tu te souviens d'elle ? »

Pour Emily, cette question revêtait une importance capitale : elle redonnait vie à sa mère.

« Bien sûr. Et toi ?

— Pas très bien. Il faisait toujours sombre et elle me fredonnait des chansons. Je me rappelle aussi son parfum de fleurs.

— De beaux souvenirs ! Allez, Emmy, ne creuse pas plus. Peut-être qu'un jour je te raconterai tout, mais ce qui est le plus important actuellement, c'est de lire et d'être ensemble. »

Ainsi, bien calfeutrés dans leur tanière, ils avaient énormément lu, et ils avaient ri en dévorant les gâteaux chipés dans la cuisine de Cleta. Emily avait souvent eu l'impression qu'aucune distance virtuelle ne séparait leurs esprits.

Un après-midi d'hiver, alors que la pluie battait rageusement les fenêtres de la chambre et que le feu chuintait en sifflant dans l'âtre, il lui lut un poème.

« Ecoute bien, Emmy. Voici les cinq plus beaux vers jamais composés en anglais. »

Etendue sur le tapis devant la cheminée, Emily appuya la tête contre le flanc endormi d'Aengus et ferma les yeux. Elle avait huit ans à l'époque. Elle fréquentait la petite école élémentaire en préfabriqué sur James Island, où la seule poésie que l'on pouvait éventuellement trouver était celle gribouillée sur les murs des toilettes des filles. Emily n'avait pas d'amie. La majorité de ses camarades de classe venait de familles d'ouvriers très pauvres.

Parce qu'elle vivait dans une grande plantation, toutes pensaient qu'elle n'avait que mépris à leur égard. Mais la réalité était différente : elle ne voulait pas d'autre ami que Buddy. Jamais il ne l'avait traitée avec condescendance et il était bien le seul – avec Cleta – à s'être comporté ainsi. Emily était petite et gracile. Seule la masse indisciplinée de ses boucles flamboyantes indiquait qu'elle était une petite fille. Il était si tentant de la considérer comme une poupée.

Buddy se mit à lire.

« Je suis allée au petit bois de noisetiers

« La tête brûlante d'un feu... »

Immédiatement, Emily sentit sa peau lui brûler. Frémissante, elle retint son souffle, « la tête brûlante d'un feu »... oui.

Il continua :

« Et, cueille toujours et encore

« Les pommes d'argent de la lune

« Les pommes d'or du soleil[1]... »

Emily éclata en sanglots et, entre deux hoquets, réussit à dire :

« Moi aussi, je veux cueillir l'argent et l'or des pommes.

— C'est ce que tu fais chaque jour et chaque nuit. Ces vers sont juste une façon de l'exprimer, c'est tout. Maintenant, chaque fois que tu verras le soleil ou la lune, comme moi, tu penseras à ce poème. »

Deux années plus tard, alors qu'il avait dix-sept ans et Emily dix, Buddy avait mouillé son pantalon dans son fauteuil. Emily avait regardé avec terreur et compassion l'urine pâle qui ruisselait du siège et imbibait le tapis.

« Attends, je vais tout nettoyer et personne ne s'en apercevra. »

---

1. Dans *La Chanson d'Aengus l'Errant*. (*N.d.T.*)

Elle s'était levée en toute hâte pour aller chercher des serviettes et une serpillière.

Buddy était resté silencieux. Ses traits, ces derniers temps, s'étaient aiguisés comme ceux de son père ; leurs cheveux drus avaient la même couleur de blé coupé. Il fixait un point droit devant lui et avait le visage livide.

« Sors d'ici, Emily », lui avait-il dit sans la regarder.

Elle avait obéi.

Le lendemain, profitant de ce qu'Emily était à l'école et les hommes dehors avec les chiens, il avait réussi à se tirer une balle dans la tête avec le vieux Purdley, le fusil de chasse que Walter lui avait donné pour ses seize ans. Ce fusil appartenait à la légende, leur avait expliqué Walter. Il avait été fabriqué en Angleterre, juste au début du XIXᵉ siècle, pour un Anglais, un certain Carter depuis longtemps oublié. Pendant de longues années, il était passé de fils aîné en fils aîné. Emily savait que son père l'avait toujours aimé, l'entretenant avec soin et le caressant souvent. De nombreuses fois, elle l'avait surpris l'épaulant, ses doigts s'attardant longuement à suivre les riches motifs de canards, de cygnes et les élégants roseaux gravés sur la crosse en argent polie par le temps.

Buddy n'y avait attaché aucune importance. Après des remerciements convenus, il l'avait rangé quelque part et Emily ne l'avait plus jamais revu. Manifestement, il l'avait gardé à portée de main afin, le moment venu, de sonner la charge contre sa vieille ennemie et de la prendre de court.

Il avait laissé une lettre à son père et à ses frères, mais comme jamais personne n'en avait parlé, Emily ignorait tout de son contenu. Buddy lui avait également écrit. Il avait recopié les vers d'un poème de John Donne qu'il lui avait lu un jour en lui affirmant que c'était le poème le plus courageux et le plus merveilleux jamais écrit.

Mort, ne sois pas arrogante. Même si l'on te dit
Puissante et terrible, tu ne l'es guère,
Car ceux que tu crois faucher ne meurent pas,
Pauvre Mort, pas plus que tu ne peux me tuer.

...

Après un court sommeil, nous nous éveillons à l'éternité,
Et la mort ne sera plus. Mort, il te faut mourir[1].

Il avait griffonné au bas de la feuille : « Je l'ai eue, Emily. »

Après la cérémonie funèbre qu'elle s'était empressée d'effacer de sa mémoire, son père et ses frères avaient porté Buddy jusqu'au vieux caveau familial des Carter, situé au milieu d'un bosquet planté de chênes moussus dans un *hammock*[2] éloigné. Elle avait emmené dans sa chambre le pauvre Aengus qui ne cessait de gémir et de trembler. Pendant un après-midi, une nuit et un jour entier, elle l'avait gardé dans son lit, bien serré contre elle. Emily n'avait pas pleuré pour Buddy ; elle n'avait jamais pleuré pour lui. Elle s'était tout simplement arrêtée de lire.

Le soir même, Walter avait pris le mythique Purdley et s'était dirigé vers Sweetwater Creek, là où le courant est sombre et profond, pour l'y jeter de toutes ses forces.

Emily s'était alors mise à hanter la grande maison délabrée pour y chercher un refuge. Une ou deux fois, elle était allée dans la chambre de Buddy mais Cleta, qui ne cessait de pleurer, l'avait nettoyée de fond en comble en enlevant méthodiquement tout objet ayant appartenu à son frère. De Buddy, il ne restait plus rien et, par conséquent, rien d'elle non plus. Comme le silence pesant de

---

1. John Donne, *Sonnets sacrés*. (*N.d.T.*)
2. Butte surplombant un cours d'eau, plantée de chênes verts, de magnolias et d'espèces tropicales. (*N.d.T.*)

la chambre et son âtre nu l'effrayaient, elle avait pris l'habitude de passer le plus clair de son temps dehors avec les chiens. Elle ne rentrait plus que pour les repas.

A Sweetwater, on élevait et dressait de magnifiques Boykins qui tous descendaient de la première portée qui avait vu le jour à Boykin, en Caroline du Sud, là même où Walter avait grandi et travaillé dur pour échapper à la vie misérable de ses parents. Il s'était loué dans les maisons, les fermes, les jardins, où il avait été en contact avec tous ceux qui, de près ou de loin, s'occupaient de la reproduction et du dressage de ces petits chiens trapus de couleur bronze. Il avait appris tout ce qui faisait la légende et la réalité de ce chien dont l'origine remontait à un chiot bâtard qui avait suivi, depuis l'église jusqu'à sa maison, un monsieur très influent. Le Boykin était un épagneul spécifiquement et minutieusement croisé qui répondait aux besoins des chasseurs de gibier d'eau du bas pays. Il était juste assez gros pour posséder la résistance nécessaire aux longues heures passées dans une eau glaciale, et suffisamment petit pour tenir dans une barque souvent attachée à l'affût. Le slogan que lui avaient donné les initiés était : « le chien qui ne fait pas de vagues ».

Le petit chien avait hérité de certains traits du retriever de Chesapeake, de l'épagneul américain, du cocker et du springer. Ces différents croisements contribuaient à en faire un chien très affectueux à la maison et débordant d'entrain dans les champs et les marais. Son poil dru et épais le protégeait dans les eaux glacées ; sa couleur rousse lui servait de camouflage ; son bout de queue l'empêchait de troubler les sous-bois et ainsi de révéler la position de la barque en affût. Il était aussi efficace pour lever le petit gibier d'eau que les colombes, les dindes, les canards et même les cerfs. Quand Walter rencontra son premier Boykin, le chien était devenu la coqueluche des chasseurs de tout le littoral est.

Walter s'était employé à tout apprendre sur les Boykins. Il avait nettoyé les chenils, nourri et promené les épagneuls, et on lui avait rapidement permis de prendre part à leur dressage. Lorsqu'il avait obtenu une bourse pour un petit lycée agricole, il avait emmené le Boykin que lui avait donné un éleveur reconnaissant. Il avait consacré une grande partie de son temps à étudier leur reproduction et les soins à leur donner. Il avait présenté son épagneul à tous les concours et quand il avait un peu de temps libre, il le passait à chasser avec son Boykin. Lorsqu'il fit la rencontre de Caroline Rutledge-Carter, l'une des deux héritières de la plantation Sweetwater, il n'avait déjà pour seul objectif que celui d'élever et de dresser ces extraordinaires épagneuls. Depuis lors, il s'y était exclusivement consacré. Walter était un homme foncièrement simple et résolu qui avait mis tout son acharnement et toute son énergie dans ses chiens. Ses Boykins avaient rencontré le succès et contribué aux revenus réguliers de la ferme, même s'ils étaient à peine suffisants. La famille de Walter avait toujours été parfaitement consciente de ne jouer qu'un rôle secondaire pour lui et de passer systématiquement après le petit épagneul brun.

Lorsque, fuyant la maison sans vie, Emily avait commencé à s'intéresser aux Boykins, Walter possédait déjà un nombre suffisant de chiens et de chiennes pour la reproduction, une réserve constante de chiots, des chenils et des aires d'entraînement bien entretenus, des équipements soignés et du personnel à mi-temps. La fillette avait toujours aimé les adorables chiots, les jolies chiennes et les beaux mâles, mais il lui avait toujours été interdit de jouer avec les jeunes chiens pour ne pas gâcher leur instinct de chasseur. Avenger et Sumter étaient entièrement à la dévotion de ses frères ; quand Emily les caressait, ils remuaient leur bout de queue, lui léchaient quelquefois le visage, mais leur cœur appartenait à leur maître. Des Boykins, Emily ne connaissait qu'Aengus. Après la mort de Buddy, Aengus partit rejoindre la famille d'un éleveur en Caroline du Nord qui souhaitait améliorer les standards de son élevage. Bien que descendant d'une lignée de remarquables chasseurs, Aengus n'avait jamais été dressé pour la chasse : Buddy s'y était formellement opposé. Aengus étant cependant l'un des plus beaux spécimens de Sweetwater, Walter en avait retiré une coquette somme. Emily et Aengus avaient tous les deux beaucoup pleuré lorsque le camion l'avait emmené en Caroline du Nord. Avec une certaine impatience, Walter avait tenté de consoler sa fille. Aengus était parti, disait-il, pour la plus belle vie dont un chien puisse rêver.

« Non, c'est pas vrai. Il l'a déjà eue, sa plus belle vie », avait-elle murmuré entre ses dents.

Il fallut bien trois semaines à Walter pour se rendre compte de la présence d'Emily au chenil. Elle y passait désormais tous ses après-midi en compagnie des chiens et des chiots. Le jour où il l'avait surprise avec un chiot dans le petit enclos grillagé, il avait failli la gronder, mais, arrivé à la barrière, il s'était arrêté pour la regarder faire.

Elle était assise dans l'herbe sèche avec Ginger, un chiot âgé de douze semaines au caractère bien trempé. Walter avait planifié pour la semaine suivante les premiers rudiments de son dressage. Il en redoutait l'échéance, car il s'attendait à une longue bataille d'influence pour savoir lequel des deux allait imposer sa volonté à l'autre. Obéir à l'ordre de s'asseoir constitue la première phase du dressage. La méthode de Walter consistait à appuyer sur l'arrière-train du chiot tout en lui disant fermement « Hup ! », puis à recommencer l'opération aussi souvent que nécessaire.

Assise dans l'herbe, Emily avait rapproché sa tête de celle, attentive, de Ginger. Emily et la petite chienne restèrent immobiles pendant un long moment. La petite fille aux yeux noisette et le chien au regard d'or s'observaient.

Puis, Emily se leva et le chiot fit de même, se plaçant face à elle. Emily bougea imperceptiblement la tête et le chiot s'assit, puis demeura immobile.

Après un nouveau signe, Ginger se remit calmement debout en position d'attente, puis se rassit lorsque Emily remua à nouveau la tête.

Walter se dirigea vers sa fille et, aussi naturellement que possible, lui demanda :

« Pourrais-tu recommencer ?

— Oui, je crois », répondit-elle, en se retournant et en faisant un signe de tête à Ginger.

Celle-ci se releva.

« Ça fait combien de temps que tu fais travailler Ginger ? Tu sais que nous avons ici des méthodes très strictes de dressage, et je ne voudrais pas que tu interviennes trop tôt dans leur entraînement.

— Aujourd'hui, c'était la première fois. »

Emily gardait le regard fixé sur ses pieds car, à tout prendre, l'impatience de son père était encore pire que son indifférence.

« Comment t'y prends-tu exactement ? Est-ce que tu lui murmures quelque chose ?

— Non, rien, marmonna Emily.

— Bon, mais alors comment fais-tu pour qu'elle t'obéisse ?

— Je dirige très fortement ma pensée vers son esprit. Et puis j'écoute pour savoir si elle a bien compris. Ensuite, toujours en me concentrant très fort avec elle, je lui dis ce qu'elle doit faire. Ginger est très douée. Il a suffi d'une fois pour qu'elle comprenne. Mais elle n'avait pas trop envie de rester assise. Ça l'ennuie. J'ai alors réussi à la convaincre de m'obéir. C'est un très bon chiot.

— Emily, pour moi, ça ressemble à de l'autosuggestion ou à quelque chose du même genre. A mon avis, ce n'est qu'une coïncidence. Tu ne peux pas exiger d'un chien qu'il t'obéisse *seulement* par la pensée. Il faut des dizaines de fois avant qu'un chien comprenne ce que l'on attend de lui et, de plus, on doit être très ferme. »

Puis Walter conclut, énervé :

« Ginger avait juste envie de s'asseoir, c'est tout.

— Non, c'est pas ça, insista Emily. Je t'ai dit que ça l'ennuyait vraiment d'apprendre à s'asseoir ! »

Son père l'observa en silence.

« Veux-tu m'aider à dresser Ginger ? Puisque, apparemment, elle connaît déjà la position assise, on pourrait continuer par la marche au pied. On essaiera demain, si tu veux. Je te montrerai ma méthode. »

Emily le regarda droit dans les yeux pour savoir s'il était sincère.

« D'accord. »

Le lendemain, Emily et Ginger attendaient Walter. Il arriva dans l'enclos avec une laisse, un collier étrangleur et un sifflet.

« Ça sert à quoi, tout ça ? demanda la fillette, méfiante.

— C'est compliqué de les dresser à marcher au pied. Ça demande beaucoup de répétitions, et plus particulièrement avec un chiot du tempérament de Ginger. Voyons quel collier il lui faut. Je commence et tu regardes.

— Avant, il faut que je pense avec elle. Elle n'aime pas trop tous ces trucs, et je ne crois pas que tu vas arriver à lui passer un collier. »

Walter fixa d'abord sa fille, puis la petite chienne qui se tenait dressée au garde-à-vous. Il eut un geste d'impuissance.

« Mais je t'en prie, Emily. »

Une nouvelle fois, elle s'assit en face de Ginger qui l'imita. Immobile, le chiot la regardait, aux aguets, la tête dressée. Elle se leva alors, lui tourna le dos et fit un mouvement de la tête en s'éloignant. Ginger se leva de bonne grâce et se mit à trotter, juste à l'arrière du talon gauche de la fillette. Elle suivit Emily lorsqu'elle tourna à droite, puis à gauche. Toutes deux effectuèrent ainsi de petits cercles dans l'enclos, avant de rejoindre Walter. La fillette fit un signe et le chiot s'assit.

C'est ainsi qu'à l'âge de dix ans Emily était devenue responsable du dressage des chiots de Sweetwater. Elle en sélectionnait certains pour les entraîner à des exercices plus difficiles, tels que la sensibilisation aux coups de feu – avec un pistolet à amorces –, l'arrêt simple, le double arrêt, le travail dans l'eau. Mais elle avait bien prévenu son père que pour les exercices avec des oiseaux vivants ou morts, c'était sans elle. Elle ne leur apprendrait pas à chasser.

« On s'en occupera après, lui avait-il répondu. Toi, tu es chargée de leur inculquer les notions de base. »

Chez Walter, c'était ce qui se rapprochait le plus d'un compliment. Rien, cependant, n'avait jamais filtré à l'extérieur sur la part que prenait sa fille dans le dressage des Boykins. Lorsque l'on complimentait Walter sur l'excellence de ses méthodes, il affichait un sourire modeste, et les Boykins se vendaient comme des petits pains.

Pour ses dix ans, Emily était allée choisir son chiot dans la dernière portée, née trois semaines plus tôt. Son choix s'était immédiatement porté sur un petit efflanqué, pas vraiment mignon. Il s'était laissé tomber de sa caisse et, plutôt gauche et mal assuré, avait trottiné jusqu'au pied d'Emily sur lequel il s'était assis.

« Il n'a rien d'un épagneul de chasse, avaient ricané ses frères. C'est un chien de meute. »

Emily l'avait alors appelé Elvis[1]. Elle l'avait ramené dans sa chambre et en était tombée inconditionnellement et définitivement amoureuse. La petite fille et le chiot étaient les deux moitiés d'un tout, les deux ventricules d'un même cœur. Le noir abysse que la mort de Buddy avait créé était presque comblé. Pas complètement, cependant. Il lui parlait encore de temps en temps. Pas de manière audible, mais par l'intermédiaire des œuvres des poètes qu'elle avait, depuis sa mort, reléguées dans un réduit dont elle avait violemment refermé la porte. Parfois, il leur arrivait de s'en échapper, et Emily savait alors que Buddy était avec elle.

La nuit avait surpris la petite fille et le chien, et la lune était déjà haute quand Emily se décida enfin à rentrer. Elle resta cependant encore un moment dans l'obscurité de la chênaie à admirer la tapisserie que tissaient les criques argentées et le marais doré. Plus bas, la plage aux dauphins était d'un pur vermeil. Chaque bouquet d'huîtres, chaque souche de cyprès, chaque coquillage se détachait, comme dessiné à l'encre de Chine.

Comme c'est beau, ce clair de lune endormi sur la berge ! Les mots se formaient, parfaits, et glissaient silencieusement dans sa tête. Un sourire, où se lisaient le chagrin et l'amour, s'ébaucha sur ses lèvres.

---

1. Ils font allusion à l'une des chansons les plus célèbres d'Elvis Presley : *Hound Dog*, qui se traduit par « chien de meute ». (*N.d.T.*)

— Crâneuse, murmura-t-elle.

Elle se retourna pour quitter la butte et s'engager sur l'étroit chemin serpentant à travers les roseaux et les champs.

Elvis l'attendait, immobile, baigné des rayons de lune qui incendiaient son poil fauve. L'amour submergea brutalement le cœur d'Emily. Le regard d'ambre de ses yeux et les reflets d'or de son poil ébouriffé déclenchèrent une tendresse si violente qu'elle faillit en tomber à genoux. C'était un amour absolu, infini.

— Je t'aime, mon chien ! lui cria-t-elle.

Il remua son bout de queue et ils se mirent en route.

En fait, dans le clair de lune, le poil roux d'Elvis lançait les mêmes reflets que les boucles fauves de sa mère sous la lumière du lustre dans le hall, la dernière fois où Emily l'avait vue. Mais il lui faudrait beaucoup de temps pour en prendre conscience.

2

A Sweetwater, il y avait au-dessus de la cheminée sculptée et poussiéreuse de la salle à manger un tableau qu'Emily avait toujours beaucoup aimé. Elle le trouvait infiniment romantique, malgré son côté sombre et mélancolique. Une sphère blanche et radieuse – apparemment la lune – semblait voguer au-dessus de l'arête étroite du toit et faisait scintiller le fleuve Wadmallaw qui coulait en contrebas. Dans l'allée circulaire, des groupes d'élégants couples noirs déambulaient, bras dessus bras dessous, leurs visages aux lèvres entrouvertes levés vers le balcon du second étage où se tenaient un homme et une femme habillés dans le style du XVIIIe siècle. C'étaient de toute évidence d'heureux esclaves venus donner l'aubade à leur maître et à son épouse. De petits enfants noirs gambadaient ou se roulaient dans l'herbe tendre, et d'énormes roses brillaient délicatement dans le clair-obscur. Dans la grande allée, de longues tresses de mousse espagnole[1] pendaient des chênes et leur donnaient l'apparence de spectres.

---

1. La mousse espagnole est une sorte de crin poussant sur les branches des chênes. C'est le nom que les Français ont donné au tillandsia pour sa ressemblance avec la barbe des Espagnols. (*N.d.T.*)

L'après-midi de Thanksgiving, en enlevant la poussière accumulée sur le cadre doré, Emily lança à sa tante :

— Ce tableau est très ancien. C'est sûrement un authentique primitif.

Buddy lui avait raconté l'histoire des premiers portraitistes de la fin du XVIIᵉ siècle, qui allaient dans les plantations pour peindre leurs riches propriétaires : elle aimait bien faire étalage de son savoir.

Elle n'époussetait le tableau que pour Noël et Thanksgiving. En dehors de ces deux occasions, les Parmenter n'utilisaient presque jamais la grande salle à manger. Ils prenaient généralement leurs repas dans la petite salle attenante à la cuisine caverneuse. Walter lui avait un jour expliqué que cette pièce servait autrefois de petit salon du matin aux dames de la plantation. Même s'il y avait beau temps que des dames ne s'y étaient pas réunies le matin, Emily adorait ce nom et l'appelait toujours ainsi quand elle était sûre de n'être entendue de personne. La plantation dans laquelle elle vivait aujourd'hui n'avait qu'une petite salle encombrée à la peinture écaillée, mais le Sweetwater du tableau avait sans l'ombre d'un doute son petit salon du matin.

— J'ai toujours préféré Sweetwater au crépuscule, continua-t-elle.

Jenny Raiford était occupée à polir l'argenterie qu'elle avait apportée de chez elle pour la fête. C'était un service en argent datant de 1847 qu'elle s'était offert juste après son divorce avec son coureur de mari, le stupide Truman. Cela, Emily l'ignorait. Elle aimait la vue de l'argenterie étincelant sous la lumière des hautes bougies blanches que l'on allumait pour les deux repas traditionnels. Le service évoquait pour elle une époque de privilèges qui n'avait peut-être que temporairement disparu.

34

Walter aimait lui aussi beaucoup ce service. Lors des repas traditionnels, il n'oubliait jamais de rappeler combien les jeunes filles Carter savaient dresser une table avec élégance. Il comptait toujours remplacer l'argenterie de famille pour Emily. Tous hochaient gentiment la tête et gardaient le silence ; aucun n'ignorait, en effet, que Caroline Carter-Parmenter était partie en emportant avec elle tout ce qui restait de l'argenterie. Emily n'en avait aucun souvenir et n'y attachait aucune importance ; elle n'avait pas l'intention de présider une table avec des couverts neufs et brillants. On héritait du nom en même temps que de l'argenterie, et tous les deux devaient appartenir à la même époque.

— Ce n'est pas le crépuscule qui donne cette apparence au tableau, intervint sa tante d'un ton acide, mais les années de fumée dégagée par cette fichue cheminée. La maison a été peinte en plein soleil et il n'y avait pas une seule rose à l'origine. C'est ma folle de tante Harriet – ta grand-tante – qui les a ajoutées en 1950. De toute sa vie, elle n'a peint qu'un seul tableau... un zinnia planté dans un pot de babeurre !

Emily évita le regard de Jenny. Elle savait bien que tout ce qu'elle se racontait n'était qu'invention, tout comme l'étaient son portraitiste ou le crépuscule sur la plantation. Mais cela ne changeait rien, car il était capital pour elle que le Sweetwater d'hier fût le même que celui d'aujourd'hui.

— Mais rien ne dit que ce n'était pas comme ça, murmura-t-elle, obstinée. Avant nous, c'était sûrement comme dans le tableau. Papa nous a raconté que Sweetwater avait été une importante plantation de riz, puis de coton. C'est nous qui avions le meilleur accès direct à la mer, et au monde entier. Je suis sûre que...

Jenny l'interrompit d'un ton plus gentil.

— Emily, tu sais bien que ça n'a jamais été une grande plantation. Tu le sais, non ? Peut-être aurait-elle pu le devenir si les premiers propriétaires n'avaient pas tout misé sur la culture du riz, alors que le coton était en plein boom. Quant à leurs successeurs, ils n'ont pas tenu compte des barrières de retenue des rizières et ils ont tout simplement coulé la plantation en inondant les champs de coton, avant de jeter l'éponge et de partir. Les propriétaires suivants – les Oliver, si mes souvenirs sont exacts – l'ont laissée en friche, à l'exception d'un jardin potager et d'un pré pour les vaches. Ton grand-père l'a achetée en 1925. Il a planté du soja et a construit des granges et des écuries. Il comptait en faire la plus grande écurie de course du bas pays, mais il n'avait pas prévu la crise de 1929. Depuis, plus rien n'a changé hormis les chiens. Alors, pourquoi t'obstiner à vouloir faire de Sweetwater une grande plantation ?

Emily se tourna vers Jenny et se força à répondre à son gentil sourire.

— Je veux seulement avoir quelque chose d'exceptionnel.

Jenny la serra dans ses bras. Emily sentit les côtes de moineau et les omoplates pointues de sa tante. Habituellement, chez les Carter, les femmes étaient petites, potelées et pétillantes, contrairement à Jenny qui, de la taille de Walter, était bien plus grande que les garçons, Buddy mis à part. Emily l'avait constaté en étudiant la vieille photo jaunie du salon représentant son père, sa tante et tous ses frères, qui remontait à l'époque où Buddy pouvait encore se tenir debout.

Même si ses cheveux striés de blanc avaient pris la teinte du cuivre terni, sa tante avait hérité de la chevelure flamboyante des Carter. Jenny avait le visage mince avec des traits fins, les pommettes et le nez saupoudrés d'une poussière de taches de rousseur qui rappelaient à Emily un portrait de John Singer Sargent. Elle avait un port de tête élégant et de beaux pieds menus. Ses yeux noisette – de la même couleur que ceux de sa nièce – étaient constellés d'éclats : « chatoyants », comme les avait qualifiés Buddy. Il trouvait tante Jenny belle. « Elégante », disait-il toujours. Tout comme Emily, sa tante avait été frappée de stupeur par la mort du jeune garçon.

— Mais c'est toi, Emily, qui es exceptionnelle, fit-elle.

La fillette enfouit la tête dans la chemise qui sentait bon le coton frais, puis recula.

— Non, ça n'est pas vrai. Je n'ai vraiment rien d'exceptionnel.

Jenny la prit par les épaules et plongea son regard en elle.

— Qui diable a bien pu te mettre en tête une chose pareille ?

— Je ne sais pas, mais j'ai entendu quelqu'un le dire.

Ces mots l'avaient en effet tellement marquée que le souvenir lui transperçait encore l'estomac et la réveillait en pleine nuit, couverte de sueurs glacées. Si l'auteur du constat avait depuis longtemps disparu de sa mémoire, ses paroles en revanche étaient restées.

Jenny lui donna une petite tape sur les fesses.

— Ce quelqu'un, comme tu l'appelles, ne racontait que des co... coquecigrues, affirma-t-elle.

Emily se força à rire. Toute la famille sans exception riait aux tentatives de jurons de Jenny. Elle commençait toujours assez bien, mais la chute était fatalement digne d'une histoire pour des petits garçons de l'époque victorienne.

Cleta fit son apparition par la porte à double battant, tout enveloppée de vapeurs appétissantes. Elle avait de la farine jusqu'aux coudes.

— C'est pas encore fini, par ici ? Sauf les petits trucs aux graines de sésame de miste' Parmenter, tout est prêt à mettre au four. Jenny, vous les avez pas oubliés ? Et le sherry, vous avez pensé à l'acheter ?

— Oui ; il n'y avait qu'une marque au supermarché et je ne suis pas sûre qu'il convienne à Walter, mais trouver de l'amontillado 1949 par ici, c'est mission impossible ! Bon, je vais les préparer, ses biscuits, mais je ne sais toujours pas pourquoi il y tient autant.

Emily le savait. La veille au soir, elle avait dû rester très longtemps à table avec les garçons pour écouter dans l'atmosphère enfumée de la petite salle Walter – sa colère contre elle oubliée – leur faire miroiter un avenir radieux. Ce n'était pas la première fois qu'il se mettait à divaguer, mais comme d'habitude tous les trois l'avaient écouté dans un silence religieux. Elle ne savait pas bien ce qui se passait dans la tête blonde de ses frères jumeaux pendant ces monologues grandiloquents qui, elle, l'exaspéraient, la faisaient quelquefois rire intérieurement et surtout l'ennuyaient à mourir. Les récitals auxquels se livrait son père à l'heure du dîner variaient rarement en tempo ou en contenu. C'étaient les seules occasions où Emily le voyait s'animer et s'exprimer avec une telle démesure. C'était un homme ordinairement calme au visage fermé et au regard distant.

La veille au soir, il avait à nouveau entonné son refrain habituel : bientôt, les aristocratiques acheteurs de Boykins reconnaîtraient enfin Walter comme l'un des leurs – une sorte de parent rustique, mais patricien. Ils échangeraient des invitations ; ils formeraient une caste à part, celle de l'aristocratie des planteurs du fleuve qui, dans l'esprit de Walter, perdurait. Leurs fils feraient du cheval et chasseraient ensemble. Lors des grands bals traditionnels, leurs enfants danseraient ensemble. Carter et Walt Junior poursuivraient leurs études à l'académie militaire de Citadel, voire à Clemson. Emily irait dans une petite institution très chic, très probablement

Charlotte Hall. A Noël, elle ferait ses débuts dans le monde avec ses jeunes amies de Charleston. Elle se marierait ensuite avec un jeune homme dont le nom s'étalerait sur les panneaux des rues, ornerait le fronton de certains petits bâtiments et se lirait sur une myriade de plaques de bronze décorant les portes anciennes des demeures alignées dans Broad Street. Quant à Walter, installé confortablement dans des clubs ou des salons, il captiverait les pères de cette jeunesse dorée en leur parlant de chasse et de chiens. Tous ceux qui comptaient dans le monde de la chasse vanteraient les mérites de ses Boykins.

« Les Boykins de Sweetwater, se dirait-il de Grosse Pointe à Sea Island, les meilleurs chiens de chasse au monde ! J'en avais un bien avant que n'importe quel cul-terreux avec une carabine s'en soit entiché. Maintenant, c'est très dur de réussir à en avoir un. Parmenter a une liste d'attente longue de plus d'un kilomètre. Et si vous avez en plus la chance d'avoir un Boykin dressé à Sweetwater, vous n'en voudrez plus jamais d'autre. C'est un homme remarquable, Parmenter. Il sait faire la part des choses. Et ses terres représentent les meilleures réserves naturelles de gibier du bas pays : un bassin d'amarrage en eau profonde, un vaste marais, des forêts denses et des champs à perte de vue pour la chasse aux cailles... »

Cependant, même pour Walter, la fugue qu'il avait jouée la veille s'était révélée bien trop baroque. Il avait été intarissable et son visage anguleux rougeoyait à la lueur des bougies qu'il exigeait toujours pour le dîner. Ses yeux bleus, au regard étiré, avaient étincelé comme du mica. Et ce n'était pas un excès d'alcool qui avait embrasé ses joues : il ne s'accordait qu'un seul petit verre de whisky avant le dîner. Jamais plus et jamais moins. Un rituel renouvelé soir après soir, comme celui de ces absurdes bougies toujours prêtes à se renverser sur la table de bois balafrée, ou celui de la chemise propre que ses fils et lui se devaient de revêtir avant de passer à table. Même son verre était chaque soir le même : un verre en lourd cristal taillé, seul rescapé d'un service comprenant également une haute carafe gravée. Un soir, il leur avait raconté que c'était le premier Carter qui l'avait rapporté d'Angleterre dans ses bagages. Quand ça ? Personne ne le savait !

« Baccarat, le meilleur cristal au monde, et le seul digne d'un excellent whisky pur malt. »

« Excellent » était l'un de ses mots favoris, qui faisait également partie du rituel. Parfois, Walter donnait à sa fille l'impression d'être une force souterraine déchaînée que seuls les rituels canalisaient.

La veille, cependant, il avait eu une raison plus concrète pour justifier son humeur euphorique : ils auraient un invité pour la battue de Thanksgiving. C'était un planteur voisin, propriétaire de nombreux domaines dans l'Idaho, à Long Island, et même en Hongrie où, d'après Walter, la chasse était incomparable.

Townsend Chappelle avait non seulement hérité de beaucoup d'argent, mais il avait aussi fait fortune avec un réseau de tabloïds pour supermarchés qui exploitait pour le plaisir des masses l'anorexie de telle vedette de Hollywood, ou le mariage à treize ans de telle autre avec un fascinant danseur musclé. L'affaire était dans la famille depuis de longues années. Townsend Chappelle était un homme fabuleusement riche qui ne se consacrait désormais plus qu'à la chasse. Il avait fait de Spartina – une immense plantation située dans un des bras de mer du Wadmallaw – un paradis pour les chasseurs venus du monde entier. On y trouvait des célébrités de toute confession dont les excentricités, généralement embellies et répétées sur le ton de la confidence, faisaient le tour de Charleston. Une invitation à Spartina revêtait la même valeur que celle faite naguère par le célèbre financier Bernard Baruch dans son fabuleux domaine de Hobcaw Barony. A la seule mention de Spartina, l'invité était immédiatement enveloppé d'une aura qui en faisait un élu, un privilégié.

Et c'était ce même Townsend Chappelle qui venait de s'inviter à Sweetwater pour se faire une idée des Boykins de Walter. Il en avait entendu beaucoup de bien. Ses précieux labradors prenaient trop de place dans les minuscules embarcations qui se glissaient dans les affûts à canards ; ses propres épagneuls étaient trop petits pour supporter les longues courses dans la canicule ou les interminables attentes dans l'eau glacée. Il voulait créer son propre chenil, afin d'obtenir les meilleurs croisements pour la chasse au gibier d'eau. Des amis lui avaient parlé de Walter.

« Pa, à part Elvis, quel chien comptes-tu prendre ? avait demandé Walt Junior.

— Aucun. Elvis est notre meilleur atout. On n'en aura jamais un autre pareil. Je vais le laisser lever une caille ou deux, et si nous avons de la chance, il pourra même nous débucher un cerf.

— Tu ne penses pas que c'est un peu risqué ? avait renchéri Carter. Elvis n'a encore jamais chassé. Il faudrait peut-être emmener un chien de réserve.

— Non, c'est inutile. Ce chien peut absolument tout faire. La seule chose qu'il n'ait pas encore faite, c'est rapporter du vrai gibier. Elvis est vraiment magnifique quand on le voit dans l'eau, au milieu des leurres. Il glisse comme un dauphin. »

En évitant le regard bleu acéré de Walter, Walt Junior jeta un coup d'œil furtif à sa sœur.

« Tu emmènes Emily ? »

Elle garda la tête baissée.

« Non, pas cette fois. Ça pourrait ne pas trop plaire à l'ami Townsend d'avoir dans les jambes une petite fille en train de jouer avec un chien. »

Emily resta silencieuse. Ne se rappelait-il vraiment pas qui, l'année passée, avait dressé la moitié des Boykins ?

Le silence gênant se fit pesant. Walter se retourna soudain, comme s'il venait de se souvenir de la présence de sa fille. Il s'exclama d'un ton jovial :

« Je la laisserai juste descendre un petit moment pour qu'elle installe une puce dans l'oreille d'Elvis afin qu'il sache bien ce qu'il doit faire ! Allez, on ne sera pas encore rentrés que Chappelle nous aura réservé tous les chiots pour les cinquante années à venir ! Et en plus, vous allez voir, il va nous demander de les dresser. Tout le bas pays va lui emboîter le pas, et on ne pourra plus répondre à la demande. »

Il donna l'impression à Emily qu'il allait bientôt s'élever dans l'air épais de la petite pièce. Elle demanda à quitter la table pour aller se coucher. Elle avait l'impression que son cœur allait exploser sous l'effet de la colère et du chagrin.

Son père la rappela.

« Une minute, Emily. »

Elle s'arrêta sans se retourner.

« Tu pourras dire à Cleta et à ta tante Jenny que j'aimerais que l'on me fasse de ces petites choses aux graines de sésame qu'ils servent à Charleston dans les cocktails ? Il faudrait également acheter une bonne bouteille de sherry, encaustiquer les meubles dans la bibliothèque et y allumer un feu dès la nuit tombée. Je suis sûr que Townsend Chappelle appréciera un petit quelque chose à boire et à manger en face d'un bon feu de bois, le temps de terminer nos affaires. C'est bien normal de le lui proposer. »

Emily acquiesça sans se retourner et sortit. Elle entendit l'un des jumeaux demander à Walter où se trouvait la bibliothèque, et ajouter ensuite : « Ah ! Tu parles du bureau ? Mais, Pa, ça ressemble à un vieux chenil du Moyen Age ! »

Elle ne saisit pas la réponse de Walter ; de toute façon, cela ne l'intéressait pas.

Son père avait aussi décrété qu'Elvis devrait passer la nuit avec les autres chiens dans le chenil. Cela éviterait à l'invité de s'apercevoir qu'il dormait dans la maison : un épagneul de chasse n'était pas un animal de compagnie ! Emily le mit donc au chenil, après lui avoir préparé une grande litière avec de la bonne paille bien épaisse. Elle lui dit de se tenir tranquille pendant quelque temps. Derrière les barreaux de sa cage, il la regarda anxieusement quitter le chenil, mais il ne broncha pas. Quand il n'y eut plus ni bruit ni lumière, elle redescendit à pas feutrés l'élégant escalier à la peinture écaillée pour le libérer.

« Chut. »

Il agita son bout de queue et la suivit sans bruit. Comme toutes les autres nuits, la petite fille et l'épagneul s'endormirent pelotonnés l'un contre l'autre et si serrés qu'ils semblaient ne faire qu'un.

Cinq heures plus tard, elle le réveilla pour le ramener au chenil. Elle s'assit dans la paille pour le prendre dans ses bras.

« Tu vas devoir accompagner papa et un gros bonnet. Papa veut t'exhiber. Comme je ne serai pas là, il faudra que tu fasses tout ce qu'il te demande. »

Elle s'arrêta de parler, imaginant déjà un cortège sans fin de petits matins froids et sombres où l'on ferait monter Elvis dans la remorque pour l'emmener dans le marais glacial rapporter de pauvres canards flasques et encore tièdes. Elle le vit émerger de l'eau avec un canard en bois dans la gueule, remuer la queue et le rapporter tout droit à un Walter souriant. Emily avait toujours trouvé que les canards en bois étaient les plus beaux oiseaux du monde. Ses yeux se remplirent de larmes.

« Mais tu ne feras que ce que tu penses juste, d'accord ? »

Elvis remua la tête en lui souriant, ses yeux mordorés débordant de confiance et d'amour.

Elle n'eut pas le temps de regagner son lit qu'une aube froide et rouge pointait déjà au-dessus du fleuve gris acier. Elle entendit le grondement d'un moteur puissant et le ton jovial de son père saluer le roi du tabloïd. Une voix sèche et froide, très Nouvelle-Angleterre, lui répondit.

Elle se glissa jusqu'à la fenêtre du couloir et vit les silhouettes sombres de ses frères et de son père se dessiner dans le brouillard glacé venu du fleuve. Ils se tenaient près d'un énorme et luxueux 4 × 4 équipé pour la chasse, serrant la main de leur invité. La voix de son père résonnait cordiale et chaleureuse, très différente de celle, calme et morne, qu'il avait habituellement. Elle frémit de honte. Ses frères disparurent dans le brouillard et revinrent avec Elvis en laisse. Le vieux double conteneur à chiens en aluminium était déjà installé dans la Dodge de son père. Juste avant que l'un des jumeaux ne le hisse dans sa caisse, il tourna la tête dans sa direction et remua la queue. Emily courut jusqu'à son lit, enfouit sa tête sous les couvertures et se mit à sangloter. Elle n'entendit pas les chasseurs partir.

A deux heures de l'après-midi, les préparatifs étaient presque terminés dans la cuisine, et la table dressée. Bridée et préparée par Cleta, l'énorme dinde sauvage tuée par Carter était au four. Le pain de maïs fourré à la sauce d'huîtres attendait dans le plat en fonte noire.

Cleta le ferait cuire une heure avant le dîner. Posées sur la toile cirée de la table de cuisine, deux tartes aux noix de pécan refroidissaient.

Cleta avait enfilé sa grosse veste fourrée et s'apprêtait à rentrer. Emily savait qu'une fois arrivée chez elle, elle allait encore devoir cuisiner pour sa nombreuse famille, et cette année ils seraient au moins dix-huit à table, lui avait-elle dit. Cleta avait des parents dans tout le bas pays.

« Ça n'est pas très normal, tout ça, lui avait un jour déclaré Emily. Tu passes pratiquement tout ton temps ici à cuisiner juste pour nous cinq, alors que tu as tous ces gens à nourrir chez toi.

— Tu parles ! J'suis contente de rentrer tard, comme ça Bertha et les filles auront eu tellement faim qu'elles auront préparé la farce pour en manger un peu en douce. Quant aux gars, ils font la noce depuis midi. Alors, le temps que j'arrive, y aura pas grand monde qui aura encore faim. Et y en aura la moitié au moins qui sera trop pompette pour savoir si j'suis à l'heure ou pas. Tout ça, c'est plutôt pas mal organisé ! »

Cette fois-ci, elle avait juste dit :

« Joyeux Thanksgiving à vous tous. J'espère que ça va marcher pour miste' Walter. »

Son expression avait clairement exprimé le doute.

Emily et Jenny prirent des chiffons, des balais, de l'encaustique, le vieil aspirateur ventripotent et se dirigèrent vers la petite pièce qui servait à Walter non seulement de bureau, mais également de pièce à trophées, de refuge et même, quelquefois, d'enclos pour les chiots. Emily y venait rarement. Même si Walt Junior et Carter s'y enfermaient de temps en temps avec leur père, c'était principalement le domaine exclusif de Walter. Parfois, Cleta y faisait la poussière ou passait l'aspirateur, mais elle avait ordre de ne surtout toucher à rien.

— Quel fouillis ! s'exclama Jenny. Ça ressemble à la remise d'un vieux bazar !

La poussière tourbillonnait dans toute la pièce sous la lumière pâle. Elle s'échappait en bouffées des vieux tapis d'Orient usés et retombait en nuages des tentures damassées et fanées qui obstruaient les hautes portes-fenêtres vitrées ouvrant sur le porche. Les panneaux en bois d'acajou – avec lesquels, à une époque, aucune autre plantation n'aurait pu rivaliser – étaient comme feutrés. Après des années de feux de bois, les portes, les encadrements de fenêtres et la cheminée aux motifs de soleil et d'éventails dans le plus pur style Chippendale étaient uniformément gris. Le devant de l'âtre était enterré sous une épaisse couche de suie noire et de cendres. Les étagères croulaient sous un désordre de trophées ternis, de rubans décolorés et de photos d'épagneuls à la mine sinistre. Des sacs entiers de croquettes, des litières en bois de cèdre et les caisses dans lesquelles les chiennes avaient mis bas jonchaient presque tout le parquet en cyprès. De chaque côté de la cheminée, des carnets, également couverts de poussière, s'entassaient sur la paire de fauteuils Morris en cuir. Le bureau de Walter disparaissait sous des piles de livres de comptes, de blocs-notes, de vieilles revues de chasse et de journaux jaunis. Un rouleau de papier hygiénique trônait sur le tout.

— Et on le met où, le plateau en argent avec les petits gâteaux au sésame ? demanda Emily à sa tante en pouffant. Et le sherry ? Sur son bureau à côté du rouleau de papier ou là-bas, sur le sac de cinquante kilos de croquettes ?

— Je connais un endroit où il pourrait le mettre ! répondit Jenny en éclatant de rire.

Deux heures plus tard, les étagères étaient débarrassées ; le sac de croquettes, transporté sous le porche ; l'aspirateur, passé dans toute la pièce, et le bureau de

46

Walter, encaustiqué. L'âtre avait été nettoyé et le feu de bois, préparé. Jenny avait rapporté de chez elle une large bassine en cuivre qu'elle avait remplie de baies rouges.

Emily terminait de nettoyer les cadres de photos en argent posés sur la cheminée. Alors qu'elle prenait le dernier, la photo représentant un magnifique Boykin glissa et en révéla une seconde. Pour mieux voir, Emily se rapprocha des fenêtres dont les vitres avaient retrouvé leur transparence. Sur le cliché jauni, elle vit un homme roux assez trapu en compagnie d'un autre, blond, qui se tenait très droit. Il avait les jambes plutôt courtes, un torse cylindrique, de larges épaules, une tête massive et portait un pull en V sur une chemise blanche au col ouvert. Il était aussi beau qu'un acteur. Les deux hommes entouraient les épaules d'une jeune fille élancée presque aussi grande qu'eux. Elle avait de longs cheveux roux et lisses et sa minijupe laissait voir de magnifiques jambes longues et minces. Elle souriait, apparemment ravie. Les deux hommes plissaient d'un air grave leurs yeux dans le soleil.

La tête penchée, Emily détailla longuement la photo avant de se tourner vers sa tante.

— Mais c'est toi, non ? Ouah, la jupe ! Et… c'est *papa* ! Avec grand-papa Carter. Tante Jenny, regarde comme papa lui ressemble maintenant ! Et toi, comme tu es jolie, vraiment très, très jolie…

Jenny se rapprocha, lui prit la photo des mains et l'examina longuement.

— Oui…

Elle avait les narines pincées, un symptôme qu'Emily associait toujours aux gens malades.

— C'est nous, ça ne fait aucun doute. Je n'avais pas revu cette photo depuis… Oh ! Je ne sais pas, sans doute depuis l'époque où elle a été prise. Ça devait être en… 1969 ? 1970 ? Où l'as-tu dénichée ?

— Là, sur la cheminée, cachée derrière celle du chien. Je ne comprends pas bien pourquoi, car c'est une belle photo de toi et de papa...

— Oui, pourquoi ? Allez, viens, on finit de nettoyer les trophées et on va boire une tasse de thé ou un soda. J'ai l'impression d'avoir avalé une balle entière de coton.

Avant de quitter la pièce, elle plaça la photo bien en évidence sur le bureau de Walter. Dans la cuisine, Emily ne la quitta pas des yeux. Sa tante se déplaçait avec des mouvements saccadés, sans sa grâce habituelle et calme, avec les pieds posés bien à plat sur le sol. La fillette se souvint qu'elle avait appris la danse au collège de Charleston.

Jenny avait le regard lointain.

— Qui a pris la photo ? demanda Emily. Est-ce que... c'est ma mère ?

— Non, elle était encore à Converse. Je ne pense même pas qu'elle connaissait déjà ton père. Cette photo a été prise le jour où papa a rencontré pour la première fois Walter à un concours canin. Il l'a invité ensuite à la maison et c'est comme ça que j'ai fait sa connaissance.

Emily entendit autre chose : les mots que sa tante n'avait pas prononcés. Sans le vouloir, il lui arrivait parfois de surprendre les pensées des autres. Sa place dans ce monde en dépendait ; son père et ses frères lui en laissaient si peu. Elle se retourna vers sa tante en songeant : « Elle était amoureuse de lui. C'était son premier amour. Ça se voit à son expression. Pourquoi, alors, s'est-il marié avec ma mère ? »

Elle connaissait déjà la réponse. Caroline Carter avait dû rentrer pour les vacances d'été, toute en boucles et en courbes, avec son rire mélodieux. Elle n'avait eu qu'à poser le regard d'or de ses grands yeux noisette sur Walter Parmenter. Point final.

« Je suis certaine qu'elle ne s'est mariée avec Truman Raiford que par dépit, réfléchissait Emily. Quelle bêtise ! Je ne pense pas... Pourquoi ma mère a-t-elle fait ça ? Ouais, bien sûr, sans cela je ne serais pas là aujourd'hui, ni Walt Junior ni Carter. Et Buddy n'aurait jamais existé. »

Elle était sur le point de poser d'autres questions lorsque Jenny l'interrompit.

— Ne te mêle pas de ça, Emily. C'était il y a très longtemps.

Emily aurait bien voulu continuer, mais le bruit de la Dodge dans l'allée l'arrêta. Des portières claquèrent et des voix masculines résonnèrent brièvement dans le froid. Il y eut ensuite le ronronnement feutré d'une luxueuse cylindrée remontant l'allée, puis plus rien. Un silence très long.

— Mais pourquoi sont-ils rentrés si tôt ? s'étonna Jenny. Je croyais que ton père avait parlé du coucher du soleil...

Une masse gelée se forma dans le cœur d'Emily.

La porte s'ouvrit avec fracas et elle entendit le pas lourd de son père. Sans s'arrêter dans la cuisine, il monta directement chez lui. Une porte claqua bruyamment et, de nouveau, le silence.

Quelques instants plus tard, Walt Junior et Carter pénétrèrent dans la cuisine. Le visage glacé, ils n'arboraient pas l'air de chasseurs comblés. A leur suite, le museau sur le talon gauche de Carter, Elvis avançait docilement. Il leva son regard vers Emily. Ses yeux mordorés étaient mornes et il avait la queue immobile. Il alla s'asseoir silencieusement en face des garçons, fuyant le regard de sa maîtresse. Le silence se fit de plus en plus lourd et épais, aussi palpable que les particules de poussière qui dansaient dans les rayons obliques du soleil de l'après-midi.

Elle réussit à déplacer de quelques centimètres le gros morceau de glace qui lui obstruait la poitrine et murmura :

— Que s'est-il passé ? Où est M. Machin ?

— M. Machin, comme tu dis, est rentré chez lui, répondit Carter. Point final.

Puis, montrant la rutilante carafe de sherry et le plat en argent contenant les petits gâteaux au sésame encore tièdes, il ajouta :

— Emily, tu aurais intérêt à faire disparaître tout ça. Je ne suis pas sûr que Pa ait envie de le voir.

— Carter... commença-t-elle, au bord du désespoir.

Les muscles de la bouche contractés, il l'interrompit sèchement.

— Elvis n'a pas voulu chasser. Oh ! Il a vraiment tout fait comme il fallait. Il était magnifique. M. Machin, comme tu dis, était subjugué. Il a tiré un malard et Elvis est allé directement au bord de l'eau. Alors qu'il s'apprêtait à sauter, il nous a regardés en souriant et en remuant la queue, puis s'est arrêté net. Pa a tout essayé pour qu'il aille dans l'eau, mais il n'a plus rien voulu entendre. Alors, on est rentrés. Si j'étais toi, je le cacherais pendant quelque temps. Je pense que papa risque de l'abattre.

Tremblante, Emily se mit à genoux et entoura Elvis de ses bras. Elle sentait l'animal frissonner, et ses muscles se contracter sous son poil bouclé humide.

— Quelqu'un a-t-il crié contre lui... l'a-t-on frappé ?

Le chien enfouit sa tête sous le bras de la fillette.

Walt Junior perdit patience.

— Arrête, *s'il te plaît*, Emily ! Non, non et non ! Tu sais parfaitement bien que jamais papa ne maltraiterait un chien. Il a juste décidé qu'Elvis était mort pour lui. Il l'a jeté dans sa caisse au fond de la camionnette et on l'a ramené à la maison. On n'a même pas eu le temps d'ouvrir la portière que papa avait déjà disparu. On a alors descendu la caisse pour faire sortir Elvis. Il sait bien qu'il a fait quelque chose de mal. Regarde-le !

Emily se releva en serrant très fort le chien contre elle et explosa, blême de fureur.

— Il n'a rien fait de mal, ni aujourd'hui ni jamais ! La seule énorme erreur que vous avez faite, c'est de l'avoir emmené là-bas pour l'exhiber comme un... bouvillon de concours ! J'espère que jamais il ne chassera !

Etreignant toujours Elvis, elle s'apprêtait à monter dans sa chambre lorsque son père ouvrit violemment sa porte. Il resta un long moment immobile en haut de l'escalier, à la regarder d'un œil fixe. Emily ne bougeait plus. Le visage de Walter était tendu et livide, ses yeux étincelaient de rage.

— Bon Dieu, Emily, qu'as-tu bien pu raconter à ce chien ? hurla-t-il.

Serrant très fort Elvis, elle grimpa les escaliers quatre à quatre sans s'arrêter devant lui. En arrivant dans sa chambre, elle entendit la voix étouffée et furieuse de Jenny.

— Que racontes-tu, Walter ? Es-tu devenu fou ou quoi ? Est-ce que tu t'es entendu ? Je ne veux plus jamais que tu lui parles ainsi de toute ma...

Emily claqua sa porte et, pour la première fois de sa vie, la ferma à clé. Beaucoup de temps lui serait nécessaire avant qu'elle l'ouvre à nouveau. Quand elle s'y décida enfin, rien n'avait changé, mais tout était différent.

3

Dans la nuit de Thanksgiving, Emily avait fait un rêve. Elle avait vu une brume cristalline, un peu comme celle qui se formait souvent en automne et en hiver, mais plus dense d'aspect et de forme mieux définie. Déferlant depuis le fleuve, la nappe se répandait en couche épaisse sur la maison, le marais, enveloppait toute la plantation depuis Toogoodoo Creek jusqu'à Hollywood, puis redescendait par Yonges Island sur le Wadmallaw, jusqu'à l'embouchure du fleuve Edisto.

Elle semblait en quelque sorte chevaucher la brume, assise en tailleur. Un soleil doux la baignait de ses rayons et un petit vent frais taquinait ses cheveux. Malgré la consistance de marbre du brouillard blanc, elle distinguait parfaitement la plantation. Elle resta ainsi un long moment, juste posée sur son nuage ; jamais encore elle ne s'était sentie si heureuse.

Elle était juste au-dessus de la maison qu'elle pouvait voir comme en plein jour. L'architecture dépouillée de tendance néoclassique était toujours la même : deux étages, deux ailes, une véranda circulaire en bois et quatre colonnes de bois blanches et lisses. Surélevée par ses arches en brique, elle recevait la brise venue du grand fleuve Wadmallaw situé en contrebas. Sweetwater n'avait pas le style travaillé et grandiose des plantations sises le long des fleuves Ashley, Cooper ou Peedee, mais son architecture dépouillée était en harmonie avec la lumière du fleuve et l'immensité du ciel. La maison semblait émettre sa propre lumière, aussi douce et radieuse qu'une lune d'août.

Dans son rêve, c'était une matinée printanière, étincelante comme du vermeil, où le bronze du marais se mariait au vert profond des bosquets de chênes, inexistants dans la réalité. Un peu plus haut vers le nord, dans le domaine des cailles, une débauche de fleurs sauvages aux couleurs éblouissantes avait remplacé la laîche, les broussailles, les arbustes rabougris et les fossés qui bordaient la lisière de l'envahissante forêt noire. Un jardin magnifique entourait la maison, bien plus beau que dans n'importe quel livre : des roses, des lys, des iris, des azalées, des camélias, une profusion d'annuelles aux couleurs irréelles et des massifs de buis velouté taillés au cordeau. Plus loin, dans le marais et sur les *hammocks*, les fougères brûlaient d'un vert primitif et les chênes verts laissaient traîner dans l'herbe haute leurs barbes de mousse argentée. Sur les berges, la spartine dansait dans la brise légère toute chargée des effluves enivrants du fleuve et de l'océan. L'air ruisselait du chant de centaines d'oiseaux ; un ciel de printemps d'un bleu délavé déployait son immense arche.

Emily se sentait ivre – ivre de bonheur, de sécurité, d'amour, ivre de tous les possibles. Dès qu'elle s'aperçut qu'elle pouvait se déplacer sur la brume en s'inclinant alternativement sur le côté, elle se laissa tranquillement glisser le long du fleuve brillant comme du mercure.

De la musique s'élevait depuis le ponton en bois et le dock qui s'étendaient bien après le marais et se prolongeaient jusqu'au fleuve profond. Elle apercevait des gens, des animaux et aussi une longue file de bateaux qui débutait pratiquement au ponton pour se terminer un peu avant Toogoodoo Creek. Après la courbe, il aurait suffi de se laisser glisser jusqu'à Bears Bluff pour gagner l'Edisto et l'Atlantique ensuite. Les bateaux étaient splendides : des trois-mâts aux voiles ferlées dansant doucement à marée haute. Emily ne réussissait pas à identifier clairement les gens qui se tenaient sur les ponts. Rien de ce qu'elle voyait ne la surprit : les bateaux avaient toujours constitué la trame du jour.

La musique lui parvenait par bribes : le fil aigu d'une cornemuse de Pachelbel, un ruban de Bach – c'était l'air de *Jésus, joie de l'homme*, Buddy l'adorait –, un chant joyeux, rythmé, accompagné par d'étranges tambours et tambourins, certainement un chant en *gola*. Elle reconnut également le filé d'un air des Shirelles – un échantillon de musique de plage à la mode en Caroline – et un fragment arraché à un extrait de *Fifth Dimension*. Qui donc déjà adorait ce morceau ? Elle n'arrivait pas à s'en souvenir. Cette chanson la fit suffoquer de joie. La musique n'avait rien d'incongru, non plus ; sans elle, toute cette féerie aurait eu l'air désolée.

Contrairement aux gens à la silhouette floue installés sur le pont, Emily distinguait nettement ceux qui déambulaient sur le ponton, comme si leurs formes avaient été définies par un pinceau lumineux. Elle voyait son père qui riait, le visage hâlé tourné vers le soleil. Juste à côté de lui, habillée de quelque chose de long et fleuri, tante Jenny, jupe et cheveux au vent, lui souriait. Il y avait également les jumeaux vêtus de leurs sempiternelles tenues de chasse. Ils souriaient et chahutaient gentiment. A l'arrière, seul au milieu d'un tourbillon de flamboyants Boykins souriants, se tenait Buddy.

A sa vue, Emily eut du mal à refréner sa joie, mais elle devait se contenir si elle ne voulait pas briser le rêve. Buddy était très mince et il les dominait tous d'une tête. Ses mains étaient enfoncées dans les poches d'un bermuda en madras et les manches roulées de sa chemise en oxford bleu découvraient des bras bronzés. Des lunettes de soleil retenaient en arrière une masse de cheveux blond foncé de la même couleur que ceux de son père. De temps en temps, il enlevait la chaussure de bateau de son pied nu pour frapper gentiment un épagneul turbulent. Ce n'était pas le Buddy qu'elle avait connu et qui était mort, mais celui qui serait allé à Yale poursuivre ses études de littérature et de théâtre.

Elle entendit la sirène d'un navire hurler longuement. Le foc du schooner de tête s'agita dans l'air et se mit face à la brise. Sur le ponton, juste avant d'embarquer, les gens levèrent la tête et lui sourirent. Ils restèrent debout, le regard fixé au-delà de la proue à contempler les remous de l'eau, sans plus s'occuper d'elle. Très lentement, le bateau s'éloigna sur le large fleuve. Un moment plus tard, une autre grand-voile se déploya.

Depuis son rebord de brume, Emily se pencha en avant pour partir à la suite du bateau, en vain. Elle essaya à nouveau, toujours sans résultat. Lorsque le bateau eut doublé le cap Bears, il filait déjà vent arrière, toutes voiles déployées.

Elle ouvrit la bouche pour crier : « Attendez ! Revenez ! Vous m'avez oubliée », mais aucun son n'en sortit. Elle avait la gorge remplie de coton et son cœur cognait de peur et de solitude. Quand elle arriva enfin à émettre un petit cri perçant, le bateau avait déjà contourné le cap pour rejoindre l'Edisto et disparaître.

Emily eut un seul sanglot profond et tremblant, un hoquet de pure solitude. Elle se penchait toujours sur son nuage d'un côté, puis de l'autre, mais il ne se passait plus rien : la brume avait la consistance de la pierre. Soudain le nuage se mit à avancer dans un grand tourbillon, remonta le fleuve et survola l'île en coupant à travers forêts et marais. La vitesse empêchait Emily de voir et elle n'avait plus que la sensation du vent et du soleil, tous les deux infiniment glacés.

Quand la brume ralentit enfin sa course et s'arrêta, elle était toute recroquevillée, les genoux remontés et la tête enfouie dans le nuage. Elle aperçut à nouveau la terre. Elle se trouvait au-dessus de Sweetwater Creek, à l'embouchure du Toogoodoo, et à l'endroit précis où les dauphins se rassemblaient l'été. Elle voyait les empreintes de leurs glissades imprimées dans le sable. La vue de cet environnement familier lui fit oublier sa peur et lui donna la certitude que la brume n'allait pas la rejeter par-dessus le bord du monde. Pendant un long moment, elle observa le mince ruban de marée se frayer un passage dans le lit ondulé de la crique. Le ruisselet aurait eu du mal à héberger la plus infime crevette, mais à marée haute, ce serait différent. L'eau couleur d'encre serait profonde et grouillerait d'une multitude de créatures incandescentes et transparentes, depuis les mulets frétillants jusqu'aux énormes alligators apathiques. Balayées par la spartine, les berges ressembleraient à une prairie ondoyante d'un million de verts.

Le regard d'Emily survola la crique avant de se poser sur le *hammock* où elle avait souvent entrevu le clignotement blanc des bois des cerfs. C'était également là qu'elle avait vu le petit chêne tout rabougri devenir si lourd de nichées de hérons blancs qu'il semblait sortir tout droit d'une carte postale. Sous le grand chêne qui trônait au milieu du *hammock* et d'où ne filtrait qu'une lumière avare, elle avait un jour surpris un rassemblement d'ibis des bois picorant la terre et, une autre fois, une biche et son faon qui s'abritaient de la pluie.

Aujourd'hui, il y avait une femme vêtue d'un tissu fluide, soyeux, de couleur pêche, assise dans l'herbe luxuriante, les jambes repliées sur le côté. Les rayons du soleil enflammaient sa chevelure rousse de reflets incandescents et tachaient d'or la pâleur nacrée de ses épaules. Des perles brillaient à son cou et, bien que cela semblât assez extravagant, Emily sentait son parfum lourd de tubéreuse et de pluie fraîche monter jusqu'à elle. D'un de ses bras blancs, elle entourait Elvis, assis à côté d'elle.

La poitrine contractée de joie et de douleur, Emily s'exclama à voix haute :

— C'est ma maman ! Je me souviens de cette chemise de nuit, des perles et de ce parfum lorsqu'elle se penchait la nuit au-dessus de mon lit. Je pourrais la reconnaître n'importe où ! Et moi qui pensais que j'avais oublié à quoi elle ressemblait, j'étais vraiment stupide !

Dans l'espoir de le pousser encore plus près du *hammock*, Emily se pencha sur le nuage qui avança à peine avant de s'immobiliser. Emily était cependant suffisamment près pour voir avec netteté le visage de sa mère, son petit sourire triangulaire de chaton et le fouillis de boucles sur son front. Blotti au creux de son bras, Elvis se tortillait de joie en regardant Emily. Son poil était vraiment de la même couleur que les boucles de sa mère. Il arborait son grand sourire de chien.

— Maman, je veux venir avec toi ! S'il te plaît, maman, ne pars pas ! Accroche-toi à Elvis. Ça fait tellement longtemps que je te cherche...

Emily donna une forte impulsion et la brume se remit à avancer lentement et irrégulièrement, mais elle sentait qu'elle s'enfonçait légèrement dans l'épaisseur glacée du nuage.

Assise très droite, sa mère secouait la tête, serrant fermement Elvis d'une main et, de l'autre, la repoussant avec de grands gestes. L'épagneul se mit à aboyer, comme pour l'avertir.

— Recule ! Pars ! lui criait sa mère. Tu ne peux pas venir ! Ce n'est pas ta place ! Va-t'en...

— Si, si, c'est ma place ! Attends-moi, j'arrive !

Emily pleurait de terreur et de chagrin. Elle lutta pour se débarrasser de l'emprise de la brume et plonger vers la terre, mais elle se retrouva soudain engloutie dans le brouillard blanc givrant qui lui enfonçait ses doigts collants dans la bouche, le nez et la gorge, lui imprégnait les cheveux et recouvrait son visage de glace. Pour résister à sa blancheur suffocante, asphyxiante, elle se débattit avec l'énergie du désespoir, moulinant l'air de ses bras. Elle se réveilla au fond de son lit sous le tas de couvertures, à bout de souffle, le visage trempé de larmes et des coups de langue d'Elvis qui gémissait à côté d'elle. Elle l'entoura de ses bras et respira profondément avant de s'asseoir.

Bien après avoir retrouvé sa respiration normale et essuyé ses larmes, elle resta longtemps immobile. Assise sur son lit au milieu d'un fouillis de couvertures, elle respirait tout doucement. Pour se réchauffer, elle serra plus fort Elvis contre elle. Son pyjama et ses draps étaient trempés comme si on venait de les sortir d'une eau glacée et saumâtre. Elle ne se leva pour prendre un pyjama propre qu'après avoir vu poindre la lueur grisâtre de l'aube. Elle changea le drap de dessus et se recoucha avec Elvis. Ils demeurèrent ainsi longtemps serrés l'un contre l'autre. Elle ne pensait plus à son rêve ; elle avait la tête vide. Seuls le chien et la chaleur lui parurent encore réels.

Ce ne fut pas avant d'avoir entendu Elvis gémir et se tortiller qu'elle prit conscience que c'était le milieu de la nuit. Cela faisait très longtemps que tous les deux étaient enfermés dans la chambre verrouillée ; Elvis devait avoir faim et envie de sortir.

— Bon petit chien. Tu ne peux plus tenir ! Allez, viens ! On va essayer de trouver quelque chose à grignoter.

Emily s'emmitoufla dans un peignoir de bain trop petit et enfila des pantoufles fourrées.

La petite fille et le chien suivirent silencieusement le couloir mal éclairé, passèrent devant les portes closes des chambres de Walter et des garçons et descendirent sans bruit. Emily savait depuis longtemps quelles marches craquaient et les évita. Elvis fit de même. Elle poussa doucement la porte ouvrant sur le porche. L'épagneul descendit en trottinant, fit ce qu'il avait à faire et rentra aussi vite. Elle était sûre que si elle levait les yeux, elle apercevrait l'extravagant déploiement d'étoiles sur le fleuve, mais aussi la forme noire de cette chose dont l'obscurité et la violence constituaient ses seules limites. Elle se força à garder le regard fixé au sol afin de ne pas voir des franges de brume filer depuis le fleuve jusqu'au rivage.

La veille, elle avait entendu sa tante et Cleta frapper à sa porte pour lui dire que la voie était libre et qu'elle pouvait descendre dîner. Son père et ses deux frères s'étaient installés dans la petite pièce fermée de la véranda pour regarder un match de football à la télévision et il n'y avait aucune chance qu'ils en sortent, ou qu'ils entendent quelque chose.

Comme Emily n'avait pas répondu, sa tante avait fini par dire : « Je suis obligée de partir maintenant, petit chou, mais on se verra plus tard. Je te parlerai de Columbia, et la prochaine fois on pourra y aller ensemble. »

Les pas de sa tante s'étaient éloignés, remplacés par ceux de Cleta : « Faut que j'y aille maintenant. Je te mets un p'tit plateau. Tu m'appelles si t'as besoin de moi. T'inquiète pas trop, mon bébé, la moitié du temps, y pense pas ce qu'y dit. Si ça se trouve, il a déjà tout oublié. Ils sont tous les trois en bas à manger de la tarte devant le match. »

Elle était redescendue d'un pas lourd et le silence s'était installé. Emily n'avait entendu ni son père ni ses frères se coucher. Il n'y avait toujours pas eu le moindre bruit quand elle était montée avec Elvis pour se recoucher. Elle craignit un moment que le rêve affreux ne l'empêche de se rendormir, mais il n'en fut rien. La petite fille et le chien se rendormirent tout de suite.

Il ne devait pas être loin de midi lorsque Emily se réveilla à nouveau. Le petit rectangle que dessinaient les rideaux mal joints lui avait toujours servi d'horloge. Elle avait passé de nombreux matins à évaluer la position du rectangle de lumière afin de savoir le temps qui lui restait avant de se lever. Elle se jeta en bas du lit et courut pieds nus jusqu'à la salle de bains. Elvis la suivit, ses griffes cliquetant sur le carrelage. Elle se lava la figure, se brossa les dents et enfila un pantalon en velours et un vieux pull qui avait conservé l'odeur de Buddy. Elle n'avait pas non plus besoin de regarder dehors pour connaître la température ; le sol était glacial et le miroir de la salle de bains, recouvert de buée. Elle tendit l'oreille, mais la vieille chaudière était silencieuse. Elle mit une paire de grosses chaussettes et des baskets. Elle hésita un moment avant de sortir, de peur de croiser son père dans le couloir.

Elle comprit cependant très vite qu'elle ne rencontrerait pas âme qui vive. Le silence d'une maison vide est très particulier : c'est comme une grande respiration retenue. Cela ne rimait à rien de le rompre avec un bruit de pas, un claquement de porte ou le fracas de casseroles. Emily se laissa lentement envelopper par le calme, puis, un peu mal à l'aise tout de même, elle descendit l'escalier sans faire de bruit, ignorant la raison qui la poussait à agir ainsi. Elvis avait calqué sa descente sur la sienne, sans faire cliqueter son collier ni ses griffes.

En bas, il n'y avait pas d'autre lumière que celle du jour, non que cela fût vraiment nécessaire : les hautes baies vitrées de Sweetwater laissaient entrer la lumière du fleuve. Ce matin, pourtant, Emily aurait bien apprécié la présence réconfortante d'une lampe allumée. Elle fit le tour de toutes les pièces. La cuisine était vide et immaculée. Où était donc Cleta ? Le living, la salle à manger, le bureau de son père encore tout brillant d'encaustique, toutes les pièces étaient désertes. Bien qu'elle soit remplie de journaux en désordre, de verres sales et de papiers de bonbons – souvenirs de l'orgie de football de la veille –, il n'y avait personne non plus dans la petite salle de télévision. En longeant les chambres de son père et de ses frères, elle avait déjà senti leur absence : le vide a aussi une odeur particulière.

Elle sortit sur la véranda et regarda en direction du fleuve. C'était ce genre de journée d'hiver qu'elle détestait : vaste, nue, étincelante, sans une seule flaque d'ombre où poser le regard. C'était une matinée implacable comme si l'immensité du ciel, la terre gelée et l'eau n'éprouvaient qu'indifférence, ou défiance, pour l'homme. Tous les éléments semblaient absorbés dans une sorte de réunion cosmique au cours inéluctable d'où était exclue toute créature vivante. Emily n'avait jamais eu de difficultés à rester enfermée des jours comme celui-là.

Elvis sur les talons, elle s'éloigna du fleuve gris acier et contourna l'aile de la maison en direction du bosquet de pacaniers où son grand-père avait fait construire ce qui ne serait jamais les écuries et les corrals de ses pur-sang, et qui servait maintenant aux chiens. Elle se dirigea lentement vers les chenils. Le camion de son père n'était pas là, la vieille Volvo familiale non plus. La Mustang cabossée, propriété commune des jumeaux, n'était pas garée à sa place habituelle.

Dans le seul but d'entendre le son de sa voix, elle dit à Elvis :

— Il n'y a plus personne.

Elle surprit alors un mouvement derrière les chenils. Kenny Rouse arrivait par le côté, transportant un énorme sac de nourriture pour chiens.

Parmi tous les travailleurs que son père employait pour la besogne dure et fastidieuse des chenils, Kenny était l'un de ceux qu'Emily appréciait le moins. Leur nombre variait souvent, mais il y avait généralement toujours trois ou quatre jeunes garçons qui, pour une raison ou une autre, n'allaient pas à l'école. Elle était presque certaine que jamais son père ne leur avait demandé la moindre explication à ce sujet : la main-d'œuvre pour les chenils était rare. Même si Walter était peu concerné par la vie de ses employés, il ne les traitait pas mal.

Kenny était cependant le seul à ne jamais interrompre son travail pour discuter. Il était trapu avec une nuque de taureau et le crâne rasé d'un marine nouvellement recruté. Des yeux au regard fuyant et une bouche minuscule s'entassaient au milieu de son visage. Il portait un anneau à une narine, et deux autres à une oreille. Emily savait ce que son père pensait de ces ornements, mais elle était sûre qu'il n'en avait jamais rien dit à Kenny, qui était capable d'accomplir le travail de deux hommes... si toutefois il en avait eu l'envie.

A la vue d'Emily, Kenny s'arrêta et posa les sacs. Elle ne pouvait décemment pas poursuivre son chemin comme si de rien n'était. Elle fit halte pour lui adresser un petit sourire stupide et gêné. Il la regarda comme d'habitude, c'est-à-dire qu'il la balaya tout entière de ses petits yeux. Emily avait toujours détesté le poids de son regard porcin, qui lui donnait envie de s'essuyer les pieds et de se laver les mains. Ce jour-là, il la paniqua.

— Salut, Kenny, fit-elle.

— Salut, marmonna-t-il.

Ses yeux la parcouraient, l'exploraient, prenaient sa mesure.

— Où sont-ils tous ? demanda-t-elle stupidement.

— Partis pour des essais, là-bas à Santee. T'es pas au courant ? Sont tous partis pour la journée, la nuit, et p'têt' même bien la nuit de demain. Moi, j'sais juste que j'ai la meute à nourrir jusqu'à après-demain. J'savais pas qu'y avait encore quelqu'un.

Après une courte pause, il fit un pas pour se rapprocher. Emily, dont la main était posée légèrement sur le dos d'Elvis, sentit un léger grondement envahir le chien. Elle se tenait raide et droite.

— T'es pas toute seule, quand même ?

— Oh non, bien sûr que non. Cleta est à la maison.

— Pas vu sa vieille caisse.

— Son fils l'a accompagnée.

Puis, elle ajouta sur un ton qui lui parut proche de l'hystérie :

— On attend ma tante. Elle doit venir avec son ami.

— Sûr ! Eh ben, une bonne journée alors, dit Kenny en souriant.

Il avait tout d'un feu follet, pensait Emily, mais très antipathique.

— J'vais rester encore un peu, reprit-il d'une voix traînante. J'viendrai sûrement me chercher un p'tit morceau de tarte. Ouais... P'têt'...

— Super. On t'en gardera une part. Salut, Kenny.

— Ouais, c'est ça.

Elle partit d'un pas qui se voulait tranquille, mais elle avait une envie irrésistible de courir. Elle sentait dans son dos le regard du garçon ; elle avait l'impression que ses yeux y creusaient des cratères fumants. Elvis, les pattes raidies, la suivait en grondant. Elle verrouilla portes et portes-fenêtres, alluma toutes les lampes dans la cuisine

63

et tourna la radio à fond. Ce n'est qu'une fois assise à la table de la cuisine qu'elle s'aperçut qu'elle tremblait de tout son être, un tressaillement aussi ténu que celui d'Elvis. Elle ne revit pas Kenny Rouse mais, chaque fois qu'elle regardait par la fenêtre de la cuisine, la vieille camionnette était toujours là.

Et Cleta qui n'arrivait toujours pas !

A quatre heures de l'après-midi, la luminosité avait perdu de son intensité aveuglante pour devenir blanche, opaque comme un œil sans paupières. La nuit allait tomber d'un coup. Quand Elvis demanda à sortir, Emily lui ouvrit la porte sur la route, et pas celle qui donnait sur les chenils et le fleuve. Il courut un peu dans l'herbe brune, fit ses besoins et revint comme une flèche. Il semblait avoir fait siens l'urgence et le silence qu'elle s'imposait. Elle verrouilla la porte derrière lui et ne remit plus les pieds dans les pièces de devant.

Elle erra dans l'immense cuisine silencieuse à la recherche de quelque chose à manger. Elle réussit à trouver de la dinde froide avec de la sauce, du lait et les fameux gâteaux aux graines de sésame auxquels personne n'avait touché. Elle allait tout monter dans sa chambre et allumerait les lampes partout. Elle mettrait la radio et fermerait sa porte à clé, mais d'ici là, Cleta serait certainement arrivée...

Elle s'attarda près du réfrigérateur pour jeter un coup d'œil au calendrier accroché par un aimant sur la porte. C'était forcément un almanach de chiens, offert par une marque de croquettes qu'ils n'utilisaient pas. Il représentait des chiots. Elle chercha ce qui était noté à la date de la veille et reconnut l'écriture penchée de sa tante « Thanksgiving av. Parmenter », et à la ligne suivante « Columbia, symph. av. Althea/Evelyn/Lana ».

Depuis de nombreuses années, sa tante passait la journée de Thanksgiving à Columbia afin d'assister au concert de musique classique donné par un orchestre en tournée. Elle dormait ensuite dans une des immenses chambres de l'hôtel Radisson et faisait ses courses le lendemain. Emily trouva soudain pitoyables les petits plaisirs étriqués de Jenny. Des larmes lui montèrent aux yeux à la pensée de la vie de sa tante dont elle connaissait le moindre détail depuis sa plus tendre enfance – c'était certainement Buddy qui la lui avait racontée. Deux mois à peine après le mariage de sa sœur avec Walter Parmenter, Jenny Carter s'était mariée à son tour avec le beau et bon à rien Truman Raiford. Le couple avait d'abord vécu dans un appartement à Ravenel, où Truman possédait une sorte de petite entreprise. Jenny était institutrice à l'école élémentaire. Tous deux avaient de grands projets, car le père de Jenny s'était engagé à léguer son vaste domaine à ses deux filles, et il y avait peu d'espoir que son diabète lui accorde une longue rémission.

Il mourut effectivement le Noël suivant. Il laissait la plantation et tous ses biens à Caroline et à Walter. Jenny et Truman héritaient seulement de la grande exploitation agricole située sur John Island. C'était une ferme bien entretenue, sans prétention et qui se prêtait bien à la culture des tomates et autres légumes. Truman vendit à un ami sa petite affaire chancelante et se fit gentleman-farmer. Il ne lui fallut pas longtemps pour convaincre Jenny de mettre tous ses biens à son nom pour des « raisons fiscales », et encore moins longtemps – un an ou deux – pour couler l'exploitation. Truman empocha le titre de propriété, ramassa une manucure blonde de dix-neuf ans de Rantowles et fila vers les immenses plaines du Middle West. Walter essaya plutôt mollement de retrouver sa trace, sans grands résultats. Il était alors plongé corps et âme dans l'édification de l'empire qui reposait tout entier sur l'échine souple des Boykins.

Caroline s'exerçait à son nouveau rôle de châtelaine. Elle avait proposé à Jenny de venir s'installer avec eux, mais celle-ci avait refusé, préférant un petit appartement à Ravenel. Elle était une enseignante estimée et avait vite trouvé un poste dans le collège de ses débuts. Depuis, elle n'en avait plus bougé ; ses élèves l'adoraient. Emily se demandait si elle ne regrettait pas quelquefois de n'avoir jamais eu d'enfants.

Debout dans la cuisine glaciale, elle prit conscience pour la première fois du mauvais tour que la vie avait joué à sa tante. Elle était sûre que Jenny aurait aimé vivre à Sweetwater avec Walter. Au lieu de quoi, elle s'était lentement glissée dans les pantoufles confortables de la cinquantaine pendant que lui s'enfonçait, jour après jour, dans une amertume que seuls ses Boykins avaient le pouvoir d'adoucir. Son rêve lui revint en mémoire. Tout arrive-t-il toujours trop tard ?

Son assiette à la main, elle passa devant la porte-fenêtre de la véranda et constata la présence de la camionnette, toujours à la même place. Kenny Rouse était assis sur l'aile, les bras croisés, immobile, le regard fixé sur la maison. Quand Emily apparut devant la porte-fenêtre, il lui fit un petit geste bravache et un sourire qui s'ouvrait sur un fouillis de dents semblable à la mâchoire d'un requin. Elvis s'immobilisa et se mit en arrêt, ce que faisait rarement l'épagneul. Il recommença à gronder. Suivie du chien, la fillette grimpa quatre à quatre l'escalier qui lui sembla interminable et s'enferma à nouveau dans sa chambre. Elle fouilla dans le désordre de son bureau pour trouver le téléphone portable rose, cadeau de Noël de sa tante, et fit le numéro de Cleta. C'était l'un des rares qu'elle connût par cœur. Elle retint son souffle pendant tout le temps que Cleta mit à lui répondre.

— Cleta ? demanda-t-elle à bout de souffle. C'est toi, Cleta ?

— Ouais, c'est moi. C'est qui ? Emily ?

— Oui, oui. Je... je me demandais à quelle heure tu venais ?

Il y eut une longue pause.

— C'est mon jour de repos, Emily. Tijuan était vraiment mal hier matin, alors Robert a dû vite l'emmener au centre de désintoxication et c'est moi qui garde les p'tits. J'avais prévenu miste' Walter que je ne venais pas aujourd'hui. Où est Jenny ?

— Tu sais bien que pour Thanksgiving elle va toujours à Columbia pour assister à un concert avec des amies. Elle ne revient que demain ou... dimanche.

— T'es toute seule ? interrogea Cleta d'un ton strident. T'as une drôle de voix.

Emily tenta d'insuffler un peu de vigueur à sa voix chevrotante.

— Ou... i. Papa et les garçons sont à des essais, tu sais bien, par là-bas. Ils ne doivent pas rentrer ce soir, je crois.

La voix de Cleta monta d'une octave.

— Doux Jésus, y m'a jamais parlé de ça ! J'aurais d'mandé à quelqu'un ou... à Jenny. Elle est toujours contente d'être avec toi.

— Il a dû oublier.

— Il oubliera plus quand je m'en vais lui met' la main dessus. Y faut pas avoir peur. Avec toutes ces lumières et les chiens, t'as pas de raison. Demain, je serai là à la première heure. C'est le tour d'Esther, la cousine de Tijuan, de s'occuper des p'tits. On sait pas trop cette fois-ci combien de temps y vont garder Tijuan.

— Mais non, je n'ai pas peur. C'est juste parce que Kenny Rouse est encore assis sur sa voiture, et qu'il n'a pas l'air de vouloir partir, et... qu'il n'a pas bougé d'ici depuis midi ! Je pense qu'il sait que je suis seule.

Il y eut le bruit d'un souffle retenu, puis une pause,

avant que Cleta ne réponde d'une voix calme et pratique :

— Emily, écoute bien ! Tu vas donner un tour de clé à toutes les portes. Prépare des affaires dans un sac ; je t'envoie G. W. Il sera là dans un tout p'tit quart d'heure. Quand il klaxonne, tu sors, mais pas avant, tu entends ? Je lui ai dit et redit, à miste' Walter, que le Kenny Rouse, c'est de la raclure de caniveau. S'il essaie d'entrer, tu téléphones à la police. T'as Elvis à côté ?

— Ou... i.

— Alors, y a pas de souci. Emmène-le aussi. J'ai du poulet frit et des choux, du pain au maïs et un gâteau au Coca-Cola. Vous allez vous régaler !

Emily reposa le téléphone et s'assit sur le bord du lit. Elle éteignit la radio pour mieux entendre le bruit d'une porte que l'on essaierait d'ouvrir ou des pas dans l'escalier. Elle était dans un état de panique absolue lorsque lui parvint enfin le tintamarre de la vieille guimbarde de G. W. Elle put à peine se mettre debout. Ce ne fut qu'un long moment après qu'elle eut franchi le seuil de la porte d'entrée que les battements de son cœur se calmèrent. Un coup d'œil sur le côté lui révéla que Kenny et sa camionnette n'étaient plus là. Elle ne l'avait même pas entendu partir. A peine avait-elle parcouru la distance la séparant du camion de G. W. que sa terreur se transforma en un profond dégoût pour son attitude pathétique.

Ecœurée, elle se dit tout bas : « J'ai transformé cette petite crapule minable en une créature diabolique. »

Imaginant soudain la réaction de Buddy, elle devint toute rouge et s'empressa de grimper dans la camionnette surchauffée. G. W. l'accueillit avec un immense sourire et sa belle voix claire de ténor.

— Salut, Emily.

Il chantait à l'église épiscopale méthodiste noire de Goshen que fréquentait toute la famille de Cleta.

— Salut, G. W.

A côté d'elle, Elvis frétillait de son arrière-train roux et léchait les doigts du jeune homme posés sur le volant. Homme ou chien, tout le monde adorait G. W. Pringle.

— Tu n'as croisé personne en arrivant ? lui demanda Emily.

— Personne à part le Kenny Rouse. Quand il m'a vu, il a sauté dans son camion et a détalé comme un lapin. Il s'est arraché de l'allée comme un pilote de course. Pourquoi ? T'attendais quelqu'un ?

— Non, non, personne, c'était juste pour savoir.

Plongés dans un silence confortable, ils roulèrent dans le crépuscule brumeux. G. W. était un géant de seize ans à la peau brune, qui avait conservé l'âge mental d'un enfant de huit ou neuf ans. L'école s'étant révélée inadaptée à ses besoins, il aidait sa mère à la maison et faisait des gros travaux pour les voisins. Il était pompiste à la station-service Besson, ramasseur de tomates pour les grosses fermes agricoles, sacristain le week-end, et presque toujours disponible pour garder des enfants à la dernière minute. Si G. W. aimait presque tout faire, il y avait quand même trois choses qu'il préférait par-dessus tout : les enfants, les étoiles et le chant. Souvent – surtout à la période des étoiles filantes – il emmenait sur les berges du fleuve les gamins dont il avait la charge. Il adorait leur montrer les explosions de pluies d'étoiles en leur chantant des airs étranges au rythme obsédant, dans une langue inconnue. Cleta avait expliqué à Emily que c'étaient de très vieux airs rapportés d'Afrique par les premiers esclaves et que la langue était du *gola*, un mot qui venait sûrement d'Angola, ce pays d'Afrique de l'Ouest d'où étaient partis tant d'esclaves.

Emily connaissait G. W. depuis toujours : il l'avait

69

gardée quand elle était toute petite et ils avaient toujours été si bien ensemble qu'ils n'avaient jamais eu besoin de se parler. Assise dans le camion bringuebalant, la tête posée sur l'appuie-tête déchiré et les pieds sous l'air chaud, Emily se laissa bercer par le ronron du moteur. Elle somnolait, et Elvis dormait d'un sommeil profond peuplé de rêves excitants, quand ils traversèrent le bois marécageux de Pleasant Point pour arriver à l'extrémité de l'allée boueuse où se cachait la petite maison de Cleta.

Sur le pas de la porte, celle-ci les attendait, radieuse, un petit bébé noir dans les bras et une cuillère en bois à la main.

— Allez, maintenant que vous voilà sauvés, on va remplir vos assiettes jusqu'à ce que votre ventre explose !

— Cleta, quand as-tu peint ta porte en bleu ? demanda Emily. C'est vraiment joli.

— C'est contre les zombis et le mauvais œil, expliqua G. W. de sa voix joyeuse. Je l'ai peinte pour Thanksgiving.

Cleta lui jeta un regard attendri.

— C'est vaudou et c'est pour éloigner les mauvais esprits et le malheur. J'me souviens qu'avant, toutes les maisons par ici étaient bleues. J'dis pas que j'y crois, mais ça peut pas faire de mal. Depuis l'automne, il y a un trafic de crack dans la baraque au bout de la rue et la police fait rien. On dirait qu'y deviennent chaque jour de plus en plus braillards et méchants. Y a même eu des coups de fusil. J'suis presque sûre que c'est là que Tijuan achète sa dope. Alors, si un peu de peinture bleue, ça aide..

A l'intérieur de la petite maison, d'une propreté immaculée, la pièce principale était très accueillante avec son poêle à kérosène rougeoyant planté majestueusement en plein milieu. C'était une pièce-patchwork, faite d'éléments collés les uns aux autres, ou les uns sur les autres. Journaux et revues faisaient office de papier peint, et des morceaux de carton servaient de vitres aux fenêtres. Chaises, tables, canapés, tout était disparate. Des châles et des plaids – certains très beaux – recouvraient presque tous les meubles. Emily reconnut le vieux sofa de leur cuisine et un fauteuil en cuir déchiré, recollé avec du ruban adhésif, qui avait longtemps séjourné dans le bureau de son père. Près du poêle, un très élégant rocking-chair en osier à l'assise et au dossier percés de trous avait été repeint en jaune vif. A sa vue, Emily éprouva un sentiment inattendu de tendresse.

Cleta avait suivi le regard d'Emily.

— Ouais, il vient bien de chez toi, dit-elle en souriant. Ta maman et moi, on y passait des heures à te bercer pour t'endormir. Miste' Walter me l'a donné quand... Bon, bref, il y a quelques années. Tous nos bébés l'adorent.

Emily regarda le fauteuil et le nourrisson emmailloté de couvertures que Cleta tenait dans les bras. Il était de la taille d'un chiot.

— Je peux ?

— Assieds-toi d'abord dans le fauteuil. Je crois bien qu'il va dormir encore une heure ou deux. Ça, c'est Robert Junior, et la petite puce qui gigote là-bas, c'est not' Wanda, qui vient juste de finir sa sieste. Il y a aussi Katie, c'est toujours elle qui ferme la porte à clé.

Emily rapprocha le vieux fauteuil du feu et s'assit. Elle eut l'impression qu'il se mettait à se balancer tout seul, un mouvement primaire aussi vieux que le monde, une sorte de matrice en bois. Cleta installa une serviette propre sur l'épaule de la fillette et y déposa le petit garçon endormi. Instinctivement, Emily arrondit ses bras autour du bébé, comme si elle avait toujours fait ça. Elle abaissa son visage pour sentir son odeur chaude de lait et de talc, prit une grande inspiration et se mit à le bercer. Il miaula lentement avant de se rendormir et une bulle se forma sur ses petites lèvres roses.

— Tu savais que les bébés avaient la même odeur que le ventre des chiots nouveau-nés ? dit-elle.

La lumière clignotante et la chaleur du feu, l'odeur sucrée du bois et des choux, celle de lait et de talc du bébé se conjuguèrent pour plonger Emily dans un état second. Elle eut l'impression de s'être évadée dans un endroit étrange où des feux brûlaient dans les forêts, où des gens chantaient des airs doux accompagnés par les battements lents de petits tambours... elle les connaissait tous : ils faisaient tous plus ou moins partie de la famille... et à l'extérieur du cercle de feu crépitant, des ombres féeriques se déplaçaient lentement. Emily eut un léger sourire et posa sa joue sur celle du bébé. Elle était chez elle. Jamais encore elle n'avait ressenti ce puissant sentiment d'être arrivée à bon port.

Derrière elle, assis sur un vieux sofa, G. W. psalmodiait d'une voix douce :

— Du miel dans la pierre, pour nourrir les enfants de Dieu,

« Du miel dans la pierre, du miel dans la pierre.

« Du miel dans la pierre, pour nourrir les enfants de Dieu,

« Pour nourrir tous les enfants de Dieu.

Elle se réveilla en sursaut quand Cleta vint lui prendre le bébé pour le mettre dans son moïse. Il s'agitait en poussant de petits cris plaintifs et lui rappela à nouveau les chiots.

« Je comprends maintenant pourquoi les gens veulent tellement avoir des bébés, se disait-elle encore à moitié endormie. Mais il ne faudrait surtout pas qu'ils grandissent ! »

Au cours du dîner, elle demanda à G. W. :

— C'était quoi, ce que tu chantais ? C'était bien toi, non ?

— Ouais. Je sais pas trop ce que ça veut dire. J'ai appris cet air avec le vieux Gilley en bas de la route et j'aime bien le chanter.

— C'est du *gola*, intervint Cleta. C'est une chanson de grâce. Un genre de bénédiction.

— M. Gilley te l'a apprise aussi ?

— Non, je la connais depuis toujours. Là-bas, à Frogmore, d'où je viens, tous les vieux parlaient, chantaient ou hurlaient en *gola*. Y dansaient aussi. Ça, c'était quelque chose. Je m'rappelle encore quand je sautais par-dessus le feu...

Emily eut la brusque sensation que Cleta appartenait à un univers différent, immense, ancien, constitué d'autant de terre et d'air que de feu, dont la composante principale n'était faite que de bénédictions et de protections à l'usage des familles. L'espace d'un court instant, il sembla à Emily qu'elle était face à une inconnue. Cette femme qui venait chez eux depuis toujours n'était peut-être en fait qu'une femme d'emprunt qui avait décidé de passer toutes ses journées en leur compagnie pour leur apporter sa protection en contrepartie du salaire que lui versait Walter. Comme devant un oracle arrivé d'une planète lointaine, Emily eut l'impression d'avoir perdu l'usage de la parole.

Elle réussit tout de même à articuler :

— C'était joli. J'aimerais bien connaître des chansons comme ça.

— Je t'en apprendrai un jour avec G. W., répondit Cleta.

Cette nuit-là, Emily coucha dans un lit de fer peint en blanc qui servait habituellement de canapé. Cleta l'avait tiré devant le poêle et recouvert de vieux édredons aux motifs très étranges, à l'odeur de naphtaline et de feu de bois. La truffe dirigée vers la chaleur, Elvis dormit paisiblement, sans les rêves qui l'habitaient en général et le réveillaient brutalement.

Le lendemain matin, au moment de repartir, Emily eut envie de pleurer.

— J'aimerais bien vivre ici.

— Mais t'as déjà une jolie maison à toi.

— C'est pas chez moi.

— Ça le sera un jour, dit gentiment Cleta. Mais pour ça, la maison a besoin de toi.

Quand, dans la lumière froide de midi, elle avait grimpé les escaliers menant à sa chambre, Emily avait eu la certitude absolue que cette demeure n'avait pas – et n'aurait jamais – besoin d'elle.

Elle était encore couchée, à regarder sa petite télévision en noir et blanc – cadeau d'anniversaire de Buddy juste avant sa mort –, quand elle avait entendu son père et ses frères rentrer. C'est pendant le générique de *La Guerre des étoiles*, qui n'avait jamais cessé de la ravir *(partir là où personne n'est encore jamais allé)* que lui parvinrent les bruits de portières, de grosses chaussures et de voix d'hommes. Quand donc les jumeaux avaient-ils pris la voix de leur père ? Peut-être pendant la chasse de la veille, ou bien lors des essais. Cela faisait sans doute partie des événements qui transformaient les petits garçons en hommes, mais Emily ne le saurait jamais, car les femmes et les petites filles n'avaient pas le droit d'aller aux essais. Les jumeaux lui avaient même raconté qu'une fois, quand elle était toute petite, elle avait sangloté pour qu'on l'emmène.

Elle arrêta à regret *La Guerre des étoiles* pour mieux entendre. La voix sèche de Cleta appela son père, puis la porte se referma. Un court moment plus tard, elle surprit les pas des garçons qui marquaient un arrêt devant la porte de la cuisine, avant de rejoindre la petite pièce de télévision. Immédiatement après, il y eut le stupide braiment du générique de *Cops*. Mais la voix de Cleta continua de couvrir tous les autres sons. Elle semblait s'acharner contre son père qui demeurait silencieux.

Un long moment plus tard, Walter vint frapper à sa porte.

— Emily, puis-je entrer ? Il faut que l'on parle.

— Oui.

Son cœur battait à grands coups. A côté d'elle, Elvis leva la tête et se mit à gémir.

Son père entra. Il resta debout, toujours vêtu des vêtements qu'il portait pour les essais : une vieille veste de coton huilé et de hautes bottes en caoutchouc. Il passa un certain temps à étudier minutieusement les motifs du vieux tapis d'Orient qui venait de la chambre de Buddy avant de relever enfin la tête pour la regarder. Comme cela arrive parfois, Emily eut l'impression d'être face à un inconnu. Son cœur se serra. C'était Buddy qui se trouvait en face d'elle, mais un Buddy dont le visage se serait figé à la suite d'une blessure causée par quelqu'un ou quelque chose, et dont le regard demeurait fixé sur des rêves illusoires.

« Il est vraiment beau, se disait Emily. C'est drôle que je ne m'en sois encore jamais aperçue. Je ne suis pas sûre que ce soit moi qu'il voit ! »

— Je suis désolé que tu sois restée seule ici. Je me serais certainement souvenu de ta présence si tu ne t'étais pas cachée aussi longtemps.

L'absolue stupidité de la remarque la laissa pantoise. Fallait-il vraiment qu'il la voie pour se souvenir d'elle ?

— On va faire en sorte que cela ne se reproduise pas. Je pense qu'il est grand temps d'établir quelques petites règles pour bien savoir où nous en sommes tous les deux.

75

Il détourna à nouveau les yeux pour regarder le fleuve recouvert d'un brouillard gris ardoise.

— Premièrement, concernant Elvis : c'est un bon chien et je sais que tu en es très fière, mais un Boykin qui ne chasse pas n'est pas un atout. En fait, c'est même un handicap. Je ne veux pas que d'éventuels acheteurs le voient. Il donne une trop bonne impression et tous n'auront qu'une envie, c'est de le voir chasser... et c'est impossible. Bien. Alors, quand nous aurons des invités ou des clients, je veux que tu l'enfermes dans ta chambre. Si ce sont des gens qui viennent à l'improviste et que tu n'es pas là, je le mettrai dans la grange. Ce n'est pas trop te demander, j'espère ! Si tu refuses, on sera obligés de s'en séparer.

Dans le silence qui suivit, Emily eut l'impression qu'elle venait d'échapper à une balle. Elle en avait encore les oreilles vibrantes et le visage cuisant.

Elvis gémit. Walter scrutait toujours le fleuve avec la plus grande attention. Sans la regarder, il répéta :

— C'est possible ?

— Oui.

— Bien. Une seconde chose : je ne pense pas que passer tout ton temps chez Cleta, et plus particulièrement avec G. W., soit une bonne idée. Je sais bien que la journée d'hier a été un peu... disons spéciale, mais je ne veux pas que tu en prennes l'habitude. Tu as sûrement des petites amies à l'école que tu pourrais inviter ici, ou bien chez qui tu irais le week-end. Je sais aussi que tu aimes bien t'occuper des chiens, mais les après-midi en semaine sont suffisants. Tu deviens une jeune demoiselle et il faut te conduire en conséquence.

— Oui, répéta Emily.

Elle ne s'adressait de toute façon qu'à un seul de ses profils. Il était passé maintenant à l'étude du marais, des *hammocks* et de la forêt sombre et luisante d'humidité de l'autre côté du fleuve.

Après un nouveau silence, il la regarda.

— Je suis content que tu acceptes, car je n'ai pas envie de devoir continuellement me faire du souci pour toi.

« Je me demande bien quand ça lui est déjà arrivé ! »

Emily était furieuse et elle sentait les larmes lui monter aux yeux. Elle aurait voulu détourner le visage pour les lui cacher, mais elle ne voulait pas avoir l'air de regarder ailleurs.

— On est d'accord ? dit-il avant de quitter la chambre.

Il s'arrêta un instant, puis ajouta :

— Je suis désolé d'avoir hurlé l'autre jour au sujet d'Elvis.

Elle ne répondit rien et, quelques secondes plus tard, elle entendit le bruit de ses pas dans l'escalier.

En fin de compte, elle n'avait pas pleuré ; elle était seulement restée assise par terre, Elvis serré contre elle. Deux autres séries avaient suivi *La Guerre des étoiles*. Quand Cleta vint frapper à la porte, il lui parut qu'un temps interminable venait de s'écouler.

— J't'ai fait des p'tites brioches. Elles sortent du four. Mange-les pendant qu'elles sont chaudes. Y a du lait aussi. T'as rien mangé à midi, et ton petit déjeuner est déjà loin. Je peux entrer ?

Emily se rappela son petit déjeuner chez Cleta : le gazouillis des bébés, le crépitement du feu, le pain de maïs tout frais arrosé de mélasse, les œufs brouillés dorés, les saucisses qui grésillaient dans le poêlon de fonte, et le café au lait. Tout était chaud et délicieux chez Cleta.

Emily demeura sur le sol.

— Entre.

Cleta posa le plateau sur le bureau et, les mains sur les hanches, se planta devant Emily.

— Ton papa a dit qu'il allait te causer. Je lui ai pas mâché mes mots. Je lui ai fait savoir ce que je pensais de sa façon d'faire. Non, mais... partir comme ça en te laissant ici ! Bon, je vois que ça n'a pas l'air de s'être arrangé ?

— Oh, non, pas du tout, mais pas du tout, répondit Emily d'un ton virulent. Il a établi quelques règles pour que la situation soit bien claire entre nous. La première, c'est que, en dehors de nous, plus personne ne doit voir Elvis. *Plus jamais !* Je dois le cacher quand il y a des visiteurs. C'est ça, ou Elvis part. Ensuite, il faut que j'invite mes petites amies ici le week-end, ou que j'aille chez elles. Je me demande d'ailleurs ce qu'il ferait si je le prenais au mot. Les petites amies en question, elles ont des anneaux dans le nez ou le nombril et elles portent toutes des chemisiers qui laissent voir le soutien-gorge... quand, par chance, elles en mettent ! Elles n'arrêtent pas de jurer comme des charretiers. Et il y en a quelques-unes qui sont allées jusqu'au bout ! Elles font ça dans une vieille caravane sur le terrain vague, près de chez Meggett.

Emily continua :

— Et aussi, je ne dois plus entraîner les chiens le week-end ! Et je deviens, pour le citer, « une jeune demoiselle », et je me conduis comme il faut. Comme s'il avait la moindre idée de ce que doit faire une « jeune demoiselle »...

Elle fut obligée de s'arrêter tant elle avait du mal à respirer, ses poumons étaient comme du ciment liquide. Elle ne dit cependant rien à Cleta sur l'interdiction faite d'aller chez elle. Elle était assise par terre, Elvis serré contre elle, et essayait de retrouver son calme.

— C't homme-là a rien compris à rien, grommela Cleta.

— Cleta, pendant tout le temps qu'il parlait, il ne m'a pas regardée une seule fois ! Jamais ! Il examinait le tapis, le fleuve, les bois, mais il n'a pas un seul instant posé les yeux sur moi ! Je n'avais encore jamais pris conscience que ma vue lui était aussi insupportable.

Les mots jaillirent dans un geyser de larmes. Elle enfouit la tête dans le poil bouclé d'Elvis. Maladroitement, Cleta s'agenouilla à côté d'elle et les entoura tous les deux de ses bras. Les larmes d'Emily finirent par se tarir, mais la blessure infligée continuait de la paralyser.

— Emily, lui dit alors Cleta, je veux que tu ailles te regarder dans ce miroir. Allez, lève-toi.

De mauvaise grâce, Emily lui obéit.

— Qu'est-ce que tu vois ?

Emily se rapprocha du miroir en pied. Elle vit un petit visage avec des traces de larmes, un nez rouge, un fouillis de boucles flamboyantes et de grands yeux noisette mouillés de pleurs. Mais, stupéfaite, elle découvrit aussi des formes arrondies, la courbe de ses hanches, la rondeur de sa taille. Et... des seins ! De petits renflements qui étaient bien visibles sous le vieux tee-shirt avec son slogan : « L'épagneul Boykin – le seul chien à ne pas faire de vagues ! » Le bout de ses seins pointait très clairement sous le P de « épagneul » et celui de « pas ». Elle fixait son reflet, hagarde. Quand donc tout cela était-il arrivé ? Comment se faisait-il qu'elle ne s'en soit pas rendu compte avant ? C'était une femme en réduction que lui renvoyait le miroir. Emily la prit immédiatement en horreur.

Elle interrogea Cleta du regard.

— Eh oui ! Tout d'un coup, t'es plus la p'tite Emily. Ça ennuie bien ton papa, j'peux te le dire. Mais ce qui lui fait encore plus de souci, c'est que tu es le portrait tout craché de ta maman quand elle s'est mariée. Y a longtemps que j'ai vu la ressemblance. Je me demandais quand il allait s'en apercevoir, lui. Toi, j'étais sûre que tu pouvais pas, car y a pas une seule photo d'elle ici. Tu es une nouvelle Mlle Caroline en chair et en os. Dans sa tête, la petite graine a dû finalement germer.

— S'il l'aimait tant que ça, pourquoi ne veut-il pas que je lui ressemble ? questionna Emily en reniflant.

— Il a failli mourir de chagrin lorsqu'elle est partie. Depuis, il a plus jamais prononcé son nom. La ressemblance, ça doit lui faire mal, mais ça lui passera, tu verras !

« Je ne vois pas bien par quel miracle, se disait Emily, si notre ressemblance augmente un peu plus chaque jour ! Si ça continue, on va être forcés de se parler par écrit. »

— Mange mes p'tits gâteaux, maintenant, lui dit Cleta. J'ai apporté du bacon pour Elvis. Avant de rentrer, je vais préparer à manger pour ce soir. Y faut que tu descendes dîner, Emily. C'est pas vraiment le moment de lui tenir tête, à ton papa.

Après le départ de Cleta, tout en mangeant machinalement les brioches et en distribuant de minces lanières de bacon à Elvis, Emily avait réfléchi à l'importance de cette journée. Elle devinait instinctivement qu'elle resterait un repère tout au long de sa vie. Elle allait devoir considérer son père sous un autre angle, celui d'un homme blessé à mort et tentant de surmonter sa douleur. Elle n'était certes pas encore prête à lui pardonner, mais elle se sentait obligée de modifier son angle de vue. Elle ne savait pas ce qu'il en résulterait. Qui sait si la pitié ne viendrait pas sournoisement l'envahir ?

Elle se leva et se dirigea lentement vers le miroir pour regarder à travers l'écran de ses doigts écartés la *nouvelle* Emily. C'était un changement de perspective qui allait lui demander une adaptation bien plus importante que celle nécessaire pour son père. C'était une secousse tellurique de forte amplitude. Elle ne pouvait pas – et ne voulait pas – être cette créature que lui renvoyait le miroir. Pas maintenant, ni peut-être jamais. L'idée la terrorisait.

Ce soir-là, pour descendre dîner, Emily enfila une gigantesque chemise de flanelle au-dessus de son jean, après s'être méticuleusement frotté la figure et avoir rassemblé la masse indisciplinée de ses boucles en une stricte queue-de-cheval. Pendant tout le temps qu'elle mit à se préparer, elle évita soigneusement le miroir. Le lundi suivant, avant de se rendre à l'école, elle comprima et aplatit ses seins avec du ruban adhésif. Elle eut très mal en le décollant le soir, mais la souffrance eût été pire si elle s'en était dispensée.

Dans le bas pays, la sagesse voulait qu'un automne froid fût toujours annonciateur d'un printemps précoce et chaud. Or, le froid cinglant continua à sévir pendant tout le mois de janvier, alors que c'était habituellement la période où forsythias et camélias perçaient et où le marais se colorait de vert.

A l'école, autour du drugstore et du supermarché, les gens maugréaient :

— Jamais vu un hiver pareil !

Les vieux qui fréquentaient la petite épicerie familiale et les stations-service de Meggett, Hollywood et Adams Run leur répondaient :

— Tu parles, on en a connu de bien pires. Je me souviens d'un mois d'avril où il a neigé. Je crois que c'était en... 1937. C'est vrai que, maintenant, c'est plus rare. C'est à cause de tous leurs trucs dans l'espace qui réchauffent la planète !

Ce n'était pas non plus le temps idéal pour les quelques oiseaux et animaux dont la saison s'étendait jusqu'au début du printemps. Les très basses températures n'étaient pas plus adaptées à l'apprentissage des

81

Boykins. Ils auraient déjà dû quitter les enclos pour être dans les bois et le marais. Tout stagnait à Sweetwater et la plantation donnait l'impression d'être étouffée sous un linceul de froid venu de lointaines contrées nordiques. Prétextant de vagues entraînements sportifs, les garçons restaient tard le soir à l'école. Quand ils rentraient, ils empestaient le parfum bon marché, la bière et... l'origan. Comme tous les enfants de plus de dix ans élevés dans les fermes du bas pays, Emily savait ce que dissimulait cette odeur, mais apparemment pas Walter. Il ne posa donc pas de questions aux jumeaux. Il préférait passer de longues heures, enfermé dans son bureau, à feuilleter des revues sur la faune et la flore, ou à lire les journaux sportifs. Pour Noël, les garçons lui avaient offert un ordinateur d'occasion, pensant que la profusion complexe des informations fournies par Internet sur la chasse et les chiens l'intéresserait. Mais, vers la fin du mois de décembre, Walter avait recouvert l'ordinateur d'une housse et ne l'avait plus touché depuis.

Emily avait limité l'entraînement des chiots à la grange et à l'enclos, quand le vent n'était pas trop violent. Dans les chenils, elle avait poussé le chauffage à fond. Elle passait beaucoup de temps confinée dans le noir, à regarder *Stargate* avec Elvis. Sortir sans raison lui paraissait sans intérêt. Quand elle y était forcée, comme pour prendre le car scolaire, elle le faisait en courant à toute vitesse, la tête enfouie dans le col remonté de son manteau. Elle était bien la seule dans tout Sweetwater à ne pas étouffer sous l'emprise de l'hiver. A vrai dire, ça l'arrangeait même, car elle n'avait ainsi aucune décision à prendre. Les problèmes se régleraient à la fin de l'hiver. Profondément blottis sous la couette, Emily et Elvis passèrent de longues nuits à dormir, aussi engourdis que des plantes sous la neige, et sans ressentir le plus petit signe annonciateur du printemps.

4

Un petit matin de la fin mars, l'hiver desserra enfin ses griffes et quitta le bas pays sur ses grandes ailes salies de neige. C'était arrivé d'un coup : si, comme la majorité des gens de la campagne, vous étiez déjà levé, une seule inspiration aurait été suffisante pour reconnaître, mêlée au remugle habituel du marais et du fleuve, cette petite bouffée tiède d'air salé lourde du parfum des fleurs lointaines et de l'océan. Le temps avait enfin tourné. Profondément endormis dans la paille ou réfugiés dans la mousse des *hammocks*, tous les animaux dressèrent la tête, relevèrent le museau et pointèrent une oreille impatiente à la promesse du renouveau.

Même si, comme Emily et Elvis, vous dormiez encore, enseveli sous une montagne de couettes, il vous aurait été impossible de ne pas sentir au plus profond de vous-même l'imminence de la transition. Depuis de longues semaines déjà, Emily avait conscience qu'un immense changement se préparait. Elle ignorait encore la forme qu'il prendrait, mais elle sentait qu'il la talonnait et elle entendait parfois trembler la terre sous son pas lourd. Ce serait plus important que le printemps ; ce serait l'ébauche d'un *savoir* infini. Sans vraiment pouvoir se l'expliquer clairement, Emily pressentait que ce *savoir* ferait d'elle un être plus substantiel, digne d'accueillir l'annonce que lui adressait l'univers : elle connaîtrait enfin cette chose sans nom dont les enfants ignoraient tout.

Du plus profond de son sommeil, elle entendit Buddy lui murmurer : « Et quelle brute bestiale, son heure enfin venue, se traîne vers Bethléem pour naître[1] ? »

« Crâneuse », lui chuchota son cœur.

Soudain impatiente, elle se mit à s'agiter dans tous les sens, rejeta ses lourdes couvertures et s'allongea sur le dos, bras et jambes étendus, attendant de recevoir le cadeau apporté par la brise tiède. Elvis se réveilla brusquement et s'assit pour scruter longuement le visage endormi d'Emily. Elle sourit, très légèrement ; le chien se mit à gémir.

C'était un nouveau rêve. Il n'avait rien de la consistance impalpable du premier de ses grands rêves. Celui-là démangeait comme dans la vie réelle et il n'avait rien d'un rêve d'enfant. Emily sentit ses pieds nus crisser sur quelque chose de rugueux et, en regardant le sol, elle s'aperçut que c'était l'ancien tapis de sisal qui était dans l'entrée. De la cuisine lui parvenait une odeur de poulet frit et elle avait au fond de la gorge un goût fétide à la douceur écœurante.

En observant autour d'elle, elle vit qu'elle était accroupie sous l'escalier, dans l'alcôve lugubre où se trouvaient la table et la chaise du téléphone dont personne ne se servait. Pour Emily, ce cagibi constituait une place spéciale, une sorte de grotte depuis laquelle elle pouvait en toute sécurité écouter les conversations privées des adultes de Sweetwater afin de se faire son idée, au jour le jour, de la situation générale. Comme souvent dans ce genre de rêve, tout en étant seule, elle

---

1. Poème apocalyptique de W. B. Yeats, *La Seconde Venue*. (*N.d.T.*)

était avec un chien du nom d'Elvis qui, bien que pas encore né, occupait déjà la moitié de son cœur.

Elle n'avait pas pour habitude de faire le guet dans le vestibule pour épier les adultes, les voix la renseignant bien mieux que les visages. Très tôt, en effet, Emily avait su déchiffrer le son des voix. Parfois, elle pensait qu'elle était même née avec ce don.

Depuis sa cachette, elle distinguait les voix de ses parents, mais ils parlaient trop bas pour qu'elle comprenne. Ils étaient très en colère. Le cœur d'Emily battit douloureusement. Jamais elle n'avait entendu sa mère s'exprimer avec une telle fureur. Son père non plus n'avait pas l'habitude de crier, sauf pour des problèmes de chiens, mais sa voix prenait alors des inflexions mornes et glaciales. Elle avait tellement peur de regarder qu'elle mit un long moment à s'y décider.

Son père et sa mère se tenaient sous le grand lustre, alors moins terni et ébréché. Le globe diffusait un halo de lumière pâle, suffisante cependant pour enflammer la masse de boucles rousses de sa mère et souligner les traits anguleux de son père. C'était la première fois qu'Emily voyait ses yeux bleus étinceler ainsi, mais bien plus que la colère de sa voix, ce fut la vue des larmes sur ses joues qui la terrorisa. Voir son père pleurer était tout simplement exclu de son petit univers.

Sa mère portait une robe de soie légère très pâle. Emily connaissait cette robe de princesse et elle l'adorait. Bien que sa mère fût de dos, Emily savait parfaitement comment elle serait lorsqu'elle se retournerait. La robe aurait un décolleté plongeant découvrant une peau nacrée et des perles de la même couleur. Le soir, quand sa mère se penchait pour l'embrasser, c'étaient ces mêmes perles qui se balançaient au-dessus de son petit lit. Instinctivement, Emily respira très fort pour sentir son parfum de tubéreuse et de citron. Elle tendit le cou à travers la balustrade pour mieux voir son visage. Elle était sûre que sa mère aurait son tendre sourire malicieux et du rouge cuivré sur les lèvres. Lorsque sa mère lui effleurait la joue d'un baiser, elle laissait toujours une légère empreinte fauve et Emily essayait chaque fois de la conserver le plus longtemps possible. C'était une infime partie de sa mère.

Elle lui disait alors de sa voix douce : « Dors bien, petite puce. Je te rapporterai quelque chose de la soirée. »

Rassurée, Emily se glissait alors dans les doux replis du sommeil et, le lendemain matin, elle découvrait généralement une part de gâteau, de tarte, ou un petit canapé à la crevette posé sur l'oreiller.

Emily ne voulait pas que sa mère se retourne. Elle devinait que son visage serait pâle de fureur et sa bouche, une fente sifflante. Bien consciente toutefois de rêver, Emily tenta désespérément de se réveiller mais, comme dans tout cauchemar, elle était incapable de bouger.

Puis elle entendit clairement sa mère dire :

— Je n'ai absolument plus rien à faire ici.

Elle ramassa le petit nécessaire de nuit en crocodile placé à côté d'elle, puis passa devant Walter pour sortir par la porte ouverte – c'était l'été – avant de refermer le battant grillagé. L'éclat soyeux de sa jupe ivoire dans l'obscurité des escaliers fut la dernière image qu'eut Emily de sa mère. Le rêve s'interrompit et tout devint noir ; elle se tenait dans un endroit vacant, indéterminé, sans la moindre trace présente ou passée de vie humaine.

Elle poussa un cri étranglé qui la réveilla. C'était le cri d'un petit enfant. Elvis lui lécha frénétiquement la figure pour l'aider à revenir à la réalité. Des bruits de casseroles lui parvinrent de la cuisine. Elle vit au même moment le rayon pâle du soleil et le sang. Il tachait le bas de son pyjama et maculait ses mains. C'était du sang chaud et épais, et elle comprit immédiatement qu'il avait un rapport avec l'aiguillon douloureux qui lui vrillait le creux du ventre. L'espace d'un bref instant, cependant, elle crut être morte, tuée par le rêve.

Elle se leva d'un bond, descendit dans la cuisine et se jeta dans les bras couverts de farine de Cleta. Les sanglots l'empêchaient de parler. La cuisinière la serra solidement contre elle et la berça comme un bébé en fredonnant dans ses cheveux emmêlés un air sans paroles. Emily se cramponna désespérément à elle. Si elle la lâchait, elle était sûre d'être aspirée par un gouffre sans fond.

Au bout d'un moment, Cleta desserra son étreinte et la repoussa légèrement pour la regarder.

— Qu'est-ce qui t'arrive, p'tit chou ?

Elle abaissa les yeux.

— Oh ! Mais, y faut pas pleurer pour ça ! C'est tes p'tites affaires, c'est tout, et c'est pas trop tôt !

— Non ! Mais non, c'est pas ça, répondit Emily en sanglotant. Je sais déjà tout. Il faut faire attention pour ne pas avoir des bébés et tout le reste ! Les filles à l'école passent la moitié de leur temps à pleurnicher quand elles les ont, et le reste à chigner quand elles ne les ont pas. On croirait que leur Graal, c'est le distributeur de tampons. Moi, c'est différent. Tu vois... Cleta, j'ai fait ce rêve horrible, et j'ai l'impression que c'est... enfin, que c'est comme si le rêve était en train de me tuer ! J'ai un poignard dans le ventre !

Cleta hocha légèrement la tête.

— Tu m'écoutes bien, Emily. Même le rêve le plus affreux n'a jamais tué personne, que je sache ! Les premières règles, ça fait toujours très mal, y faut pas aller chercher midi à quatorze heures ! On va t'arranger un peu tout ça. Je vais te faire couler un bain bien chaud et je m'occupe de tout. Après, tu me raconteras ton rêve.

Allez, grimpe. Ton papa et les garçons vont pas tarder à descendre pour le petit déjeuner.

Dans la maison, il y avait trois salles de bains modernes, avec douche et étagères incorporées, toutes carrelées de blanc. Son père et les garçons s'en étaient attribué deux, et la troisième – celle destinée à Buddy – n'avait jamais servi. Emily avait hérité de la salle de bains d'origine ; construite en 1936, elle était vraiment et indubitablement d'époque. Dans cette pièce très haute de plafond, profonde comme une caverne et avec tous les équipements sanitaires relégués dans les coins, on aurait facilement pu faire du patin sur son énorme surface de linoléum verdâtre. Fixée au plafond et actionnée par une chaîne, la petite lampe du lavabo constituait l'unique source de lumière. Les murs étaient verts, comme le linoléum, et, le matin très tôt ou le soir au crépuscule, on aurait dit une salle sous-marine chatoyante. Même l'air semblait scintiller dans les reflets que jetait le miroir copieusement piqué. Les fenêtres dataient du XIXe siècle et avaient gardé les vitres ondulées d'origine. Il n'y avait pas le chauffage central, Walter jugeant absurde l'idée de chauffer une pièce de cette dimension pour n'en utiliser que brièvement les toilettes, ou pour un bain rapide. Un poêle bleu et ventripotent à kérosène trônait en plein milieu. Si l'on voulait se laver en plein hiver, il fallait d'abord s'accroupir sous le poêle pour actionner une petite manette, puis attendre que son ventre devienne rouge. Emily adorait cette pièce. Depuis que Buddy lui avait parlé de l'Atlantide, elle trouvait qu'elle ressemblait à l'antichambre d'une princesse.

Elle s'emmitoufla dans un gros peignoir de bain et retourna se blottir dans son lit, attendant que Cleta allume le feu et fasse couler son bain. Lorsque celle-ci l'appela, elle courut jusqu'à la salle de bains, lui tourna le dos pour ôter son peignoir et plongea pratiquement dans l'énorme baignoire aux pieds griffus. Elle s'enfonça jusqu'au cou dans l'eau bouillante, puis ferma les yeux et posa la tête sur le rebord. L'eau chaude semblait avoir filtré un peu de la douleur de son ventre et dissous une infime partie de son chagrin. Allongé sur le tapis de bain, Elvis grogna à la poursuite d'une puce. Emily éprouva un sentiment fugace de sécurité.

Elle n'ouvrit les yeux que lorsque Cleta lui demanda sèchement :

— Emily, c'est quoi, ces marques sur ta poitrine ?

Le ruban adhésif avait laissé de profondes traces rouges, plissant la peau de ses seins. Emily se saisit à toute vitesse d'un gant de toilette. Cleta le lui ôta de force et étudia les marques avec la plus grande attention. Lorsqu'elle releva la tête, une expression de compassion adoucissait son visage.

— T'as essayé d'aplatir tes seins pour qu'on les voie pas ? C'est ça ? Emily, Emily ! Qu'est-ce que je vais faire de toi ? Tu sais bien qu'y a rien, collé ou pas collé, qui va t'empêcher de ressembler à une femme.

Emily recommença à pleurer.

— Eh bien, moi si, je peux ! Je ne veux pas grandir pour devenir une petite mijaurée qui minaude et jette ses... sa... poitrine à la tête de tous les mâles dans un rayon de cinquante kilomètres. Et jamais, tu entends bien, Cleta, jamais je n'irai traîner près du distributeur de tampons, ou à côté de la caravane sur le parking. C'est mon corps, et je fais ce que je veux avec. Je me collerai du ruban adhésif de la tête aux pieds si j'ai envie !

Cleta lui repoussa une mèche de cheveux mouillée sur le front.

— Y a des tas d'autres façons d'être une femme. Des façons bien, mais je suppose que tu n'en connais pas beaucoup, car des femmes ici, y en a pas des masses ! C'est même un désert, et ça me donne du souci.

— Toi, tu es bien une femme, non ?

— Emily, j'peux pas t'apprendre ce genre de choses. Je suis juste une vieille ignorante. J'suis jamais allée là où tu iras un jour. Je peux t'aimer toute ta vie et avec tout mon cœur, mais là, j'peux rien pour toi. Laisse-moi un peu réfléchir à tout ça et sors de l'eau. Je vais t'apporter une bonne serviette chaude, une tasse de thé avec de l'aspirine, et tu pourras retourner au lit. Pas question que je t'envoie à l'école aujourd'hui.

En sortant de la baignoire, elle vit à la surface de l'eau des filaments de sang flotter comme des spirales. Elle fila comme une flèche et se recoucha. Vêtue de sous-vêtements propres et de la petite serviette pliée que Cleta avait préparée, elle but une gorgée de thé brûlant.

— Il y a de l'alcool là-dedans ?

— Oh, un peu de gin. Ça calme le mal. Bois et tu ne sentiras plus rien. Je vais appeler Mlle Jenny après l'école pour qu'elle apporte ce qu'il faut. On en profitera pour discuter un peu.

— J'veux pas que tu en parles à tante Jenny, à papa ou à qui que ce soit, dit Emily, la bouche pâteuse.

Sous l'effet conjugué du gin, de l'aspirine et de la chaleur des couvertures, elle sentait sa douleur et ses problèmes s'évanouir. Elle aurait bien aimé que le temps s'arrête.

Cleta la rassura.

— J'vais certainement pas parler de ça à ton papa ou aux garçons. Ça leur mettrait les grelots. Mais il faut que j'en discute avec ta tante, car je vois personne d'autre pour t'aider.

— Ma mère aurait pu le faire, murmura Emily.

À part Buddy, c'était bien la première fois, songea-t-elle confusément, qu'elle parlait de sa mère à quelqu'un.

— Ouais, mais ça se trouve qu'elle est pas là en ce moment ! répondit Cleta d'une voix sèche et sévère.

Brusquement, le rêve lui revint à l'esprit dans toute sa réalité brûlante.

— J'ai rêvé d'elle la nuit passée. Jamais je n'ai fait de rêve plus horrible. Je suis sûre que c'est ça qui a tout déclenché !

— Raconte-moi ce rêve, demanda Cleta en s'asseyant à côté d'elle sur le lit.

Emily se mit à le lui décrire sans oublier aucun détail. Arrivée à la fin, elle ne pouvait plus du tout respirer, submergée par le chagrin et à nouveau sous l'emprise du cauchemar. Elle hoquetait, s'étranglait et griffait l'air. Cleta la retourna sur le lit et lui administra un violent coup entre les omoplates. Sous l'effet de la surprise, Emily se cabra et l'air passa à nouveau dans ses poumons, mais le râle ne disparut pas complètement. Elle garda longtemps la voix rauque et la gorge doulou-reuse. Assis sur le sol, Elvis n'avait pas cessé de gémir, essayant à multiples reprises de grimper sur le lit, jusqu'à ce que Cleta le mette dehors et referme la porte. Il avait pleurniché et gratté, mais elle était restée inflexible.

Quand Emily respira à nouveau normalement, Cleta prit la bouteille de gin et, comme si de rien n'était, lui pressa le goulot contre les lèvres.

— Avale.

Emily obéit, s'étrangla et recracha tout sur sa couette.

— Allez, encore.

A la seconde tentative, Emily avala le liquide brûlant. Tout de suite après, elle sentit une douce chaleur lui monter du ventre et l'envahir tout entière. Tel un fauve acculé, le rêve battit en retraite, mais il continua de rôder et de gronder. Emily tournait sans cesse la tête vers les coins et les recoins de la chambre pour tenter d'aperce-voir sa grande ombre noire.

— Bon, maintenant parlons un peu de ce rêve, fit Cleta.

Emily gémit et se rencogna dans les oreillers.

— Non. Comment faire si je l'ai encore ? Oh, Cleta, s'il revient encore et encore...

— Arrête, Emily. Y va pas revenir.

Cleta avait le regard perdu très loin, vers ce lieu qu'elle seule pouvait atteindre.

— Comment le sais-tu ?

— Parce que ça n'a rien à voir avec un rêve. J'suis pas la mieux placée pour te parler de tout ça, mais tu dois savoir la vérité. Et si le seul qui sait a décidé de ne plus jamais en parler, alors... En plus, t'as besoin de savoir, car sinon, ça te collera aux basques toute ta vie comme une vieille harpie et tu sauras jamais quand elle va te mettre le grappin dessus.

— J'ai déjà eu cette impression. Il y a une semaine. Comment as-tu deviné ?

— Tout le monde sait. Y a des gens qui appellent ça le sort ; d'autres, le mauvais œil, mais, au fond, on sait tous que ça s'appelle la vérité et qu'elle essaie toujours de nous rattraper. Si tu cours, elle court encore plus vite, et si tu te retournes pour la regarder en face, elle se carapate.

— Tu veux dire que mon rêve, c'est la *vérité* ?

— Ouais. Je savais pas si ça te reviendrait un jour. Y a des gosses à qui ça arrive jamais. Tout de suite, ça fait mal de savoir, après on dort mieux. C'est sûr que c'est pas le moment idéal, mais ça te travaille trop à l'intérieur. Y faut qu'on l'aide à sortir.

Emily ferma les yeux et s'adossa contre le lit. Le reste du monde lui semblait chaud et réconfortant. Elle se sentait comme dans un cocon. Qui ou quoi pourrait bien l'atteindre ? Les cris d'Elvis lui parvenaient assourdis, comme retransmis par une lointaine télévision.

— Je suis prête. Tu peux tout me raconter maintenant.

En même temps qu'elle les prononçait, elle ressentit l'idiotie de ses paroles. Son sourire se transforma en gloussement ridicule.

— Tout ce que j'ai à faire, c'est boire encore un peu de gin.

— J'en bois pas souvent, mais y a des fois où ça tient compagnie. Bon, tu te calmes et tu m'écoutes jusqu'au bout sans rien dire. Après, on avisera.

Emily la regarda en silence. Gin ou pas, il fallait qu'elle se prépare à entendre quelque chose de terrible. Elle voyait déjà l'ombre menaçante s'avancer, mais c'était encore abstrait, irréel.

Cleta commença d'une voix devenue soudain tout à la fois morne et tranchante.

— C'était pas un rêve. Ça s'est vraiment passé une nuit, quand tu devais avoir dans les trois ans. Ton papa et ta maman croyaient que j'étais déjà partie, mais je repassais dans la cuisine. D'abord, ils se sont parlé très fort. Jamais je les avais entendus crier comme ça. Après un moment, j'ai ouvert à peine la porte pour voir. Seigneur, je sais que c'était pas bien, mais j'ai pas honte !

— Que...

Cleta leva la main.

— Je suppose qu'ils se disputaient depuis un bon moment. Ta maman se mettait des fois en colère et faisait beaucoup de raffut quand elle n'avait pas ce qu'elle voulait. Ton papa faisait toujours ses quatre volontés. Mais ça se passait dans leur chambre, la porte fermée. En général, la femme de ménage était au courant, mais pas moi. Ils étaient debout dans le vestibule sous le grand lustre. Elle avait cette jolie robe en soie qu'elle s'était achetée à Atlanta pour un mariage chic à Charleston, et sa petite valise à côté d'elle. Elle était face à ton papa à lui hurler des horreurs en pleine figure. Lui, il était figé comme une statue avec les joues pleines de larmes. Ça se voyait qu'il était enragé lui aussi. Il lui a dit quelque chose comme « Il n'y a donc rien ici qui t'intéresse ? », et elle a répondu, aussi clair que le jour : « Non. Il n'y a rien, *plus rien* qui m'intéresse ici. » C'est à ce moment-là que je t'ai vue, près du cagibi. Tu avais ta petite chemise de nuit et tu avais l'air d'un fantôme. Tu étais blanche comme un linge. Je pouvais plus respirer tant j'avais envie de courir pour te prendre dans mes bras. Tu t'es alors retournée et t'as filé dans les escaliers sans bruit comme un petit lapin. Puis, ton papa a dit : « Tu peux pas juste partir comme ça, en laissant les p'tits ? Ça veut dire qu'ils sont rien pour toi ? » Et elle a répondu : « Les jumeaux, y s'occuperont d'eux, comme d'habitude. Et puis, tu es là, toi. Y a longtemps qu'ils s'intéressent plus à moi. Emily est trop bébé pour se souvenir de moi. Tu trouveras bien quelqu'un pour s'occuper d'elle. Jenny, peut-être ? Je parie que ma gentille petite sœur ne mettra pas longtemps avant de rappliquer ici... d'une façon ou d'une autre ! Et Buddy... Buddy, je reviendrai le chercher. Je vais pas le laisser tout seul ici dans cette horrible maison morte où on s'occupe que de chiens et... de tuer des oiseaux ! Il part avec moi. Il est sensible comme moi, il a besoin d'être entouré de gens, de musique, d'art et de... *d'élégance*, et, ici, y en a pas ! Dis-lui bien qu'il m'attende. » Après ça, elle a ramassé sa valise, a claqué cette porte, et on l'a plus jamais revue. Ton papa est resté figé sur place et il a mis du temps à traverser le couloir pour aller s'enfermer dans son bureau. Je suis rentrée chez moi et, toute la nuit, j'ai tourné et retourné dans ma tête ce que j'allais faire avec toi. J'ai rien trouvé d'autre que de lui demander le lendemain matin où était ta maman et il m'a répondu : « Elle est partie en voyage et je veux plus, tu entends bien,

Cleta, que tu prononces son nom, jamais plus, tu as bien compris ? » Et voilà, c'était comme si rien ne s'était passé ! Et pendant toutes ces années, pour me rassurer, je me répétais que tu n'avais pas compris ce qui se passait. Mais, bien sûr que c'était impossible ! Alors, je me disais qu'il y aurait bien quelqu'un pour tout te raconter, avant que la vérité ne te cavale après. Je savais bien que tu l'aurais toujours sur les talons. Mais, maintenant, la cavalcade, c'est fini !

Emily sentit la froideur mortelle d'un iceberg s'enfoncer si loin dans son estomac qu'elle comprit qu'il ne fondrait plus jamais. Il ne lui écorcherait pas la peau comme le rêve, il se tiendrait là, immobile, et la ferait mourir de froid.

— C'est à cause de moi ? arriva-t-elle à murmurer. J'ai toujours su que c'était ma faute. Les gens m'ont toujours regardée bizarrement quand ils prononçaient son nom. C'est moi, j'en suis sûre, le *rien du tout* dont elle parlait. Si j'avais eu de l'importance pour elle, jamais elle ne serait partie !

— Mais non, t'as rien à voir là-dedans ! C'est tout simplement qu'elle était trop vide à l'intérieur pour s'intéresser à quelqu'un. Alors elle s'est sûrement dit qu'en cherchant bien elle finirait par trouver quelque chose.

— Mais je me souviens bien d'elle… lorsqu'elle se penchait au-dessus de mon lit pour m'embrasser, et quelquefois pour me chanter un air. Elle me rapportait toujours des petites choses de ses soirées…

— C'est pas qu'elle t'aimait pas. Qui pourrait ne pas t'aimer ? C'est juste qu'elle n'est pas capable d'aimer suffisamment pour se fixer longtemps quelque part. Mais bon, j'espère pour elle qu'elle a fini par trouver. Et puis, non ! Elle le mérite même pas !

Lorsqu'elle prononça ces paroles, Emily entendit une violente colère dans la voix de Cleta.

— Tu... alors, tu ne sais pas où elle est ?

— Personne le sait, à part, je suppose, ton papa, qui est muet comme une carpe là-dessus. Pour lui, c'est comme si elle était morte ! Mais si c'était le cas, au moins la situation serait claire.

— Tu ne crois pas qu'elle... qu'elle est malade, ou quelque chose comme ça ?

— Non, j'crois pas.

— Buddy non plus ne le pensait pas. Une fois, il m'a dit qu'elle avait toujours su très bien prendre soin d'elle.

— Tu parlais beaucoup d'elle avec Buddy ?

— Une seule fois. Il changeait toujours de sujet.

— Je suppose ! Après ce qu'elle lui a fait !

— Raconte-moi. Je sais juste qu'il l'a attendue et qu'elle n'est jamais revenue le chercher. C'est ça ?

— Ouais, lui répondit lentement Cleta. Je pense qu'elle lui a dit qu'elle partait, mais qu'elle reviendrait le chercher plus tard. Il aimait sacrément sa mère. Elle n'arrêtait jamais de lui dire qu'il était beau, intelligent et qu'il la rendrait fière un de ces jours... lorsqu'ils pourraient enfin vivre tous les deux ailleurs !

— Mais elle n'est jamais revenue.

— Eh non ! Un peu avant qu'elle parte, Buddy a commencé à plus pouvoir tenir sur ses jambes et à tomber devant tout le monde. Elle a dû se dire qu'il allait lui faire perdre du temps, ou quelque chose dans ce style. Il a plus jamais parlé d'elle, mais ça devait le ronger. Il toujours su qu'il avait un truc vraiment moche. Comme c'était un garçon intelligent, il a jamais eu besoin de personne pour lui expliquer !

Oh, Buddy ! Les mots semblaient gravés à l'acide sur la surface de l'iceberg qui se trouvait en elle. Oh, Buddy...

Emily sentit ses yeux se remplir des larmes de toute la fatigue accumulée, mais ils étaient trop douloureux pour qu'elle puisse pleurer. Trop important, tout était trop important ! Elle était persuadée que l'analyse complète de tout ce qui venait de lui arriver ne pourrait que la tuer. Alors, elle se forçait à garder l'esprit totalement vide.

— Et jamais plus personne n'a parlé d'elle ? demanda-t-elle d'une voix assourdie.

— Non, pas que je sache. Ton papa a les garçons, ses chiens et cette vieille baraque qu'il pense, un jour ou l'autre, transformer en une de ces plantations de richards, comme il y en a le long du fleuve. Y va leur montrer à tous ! Ouais, parfaitement ! Il va leur prouver à tous qu'il a besoin de personne, même pas d'elle, et c'est ce qu'il se tue à faire depuis cette fameuse nuit !

— Je pourrais l'aider.

— Ouais, il faudra bien qu'un jour il s'en rende compte !

Cleta ouvrit la porte et Elvis plongea sous les couvertures, tout contre Emily. Il ne s'endormit pas et garda son regard doré fixé sur Emily.

Cleta resta à côté d'elle jusqu'à ce qu'elle s'endorme. Emily avait pensé qu'elle n'arriverait plus à dormir, mais elle ne se réveilla qu'à la nuit tombée en entendant le bruit feutré des pas de sa tante. Le rêve assassin n'était pas revenu et ne reviendrait plus.

Tante Jenny avait emménagé pendant le week-end. Emily n'en prit tout à fait conscience que lorsqu'elle émergea vraiment le dimanche soir. Pendant trois jours, elle avait dormi comme une bête en état d'hibernation : de temps à autre, elle se réveillait pour avaler inconsciemment des soupes et des purées que lui montait Cleta, changer les serviettes que lui avait apportées tante Jenny et se laver la figure. Chaque fois qu'elle bougeait, Elvis se précipitait pour lui lécher énergiquement le visage. Plus tard, Jenny lui raconta qu'Elvis avait refusé de la quitter pendant ces trois jours, exception faite de descentes éclair pour ses besoins. Il était resté enfoui près d'Emily, immobile comme une momie. Il mangeait et buvait dans la chambre d'Emily.

Elle se rappela avoir entendu sa tante lui dire au cours d'une de ses tentatives avortées pour se réveiller :

« Emily, tu as là un véritable ami.

— Je sais. C'est mon meilleur ami, et c'est le seul.

— Tu as beaucoup d'amis, Emily, mais tu ne les connais pas encore tous. »

Quand Emily se réveilla dans la soirée du dimanche, elle comprit qu'il ne lui serait plus possible de rester encore longtemps cachée dans sa chambre. Elle n'avait de toute façon plus sommeil. Ses cinq sens étaient en éveil et elle les sentait tous particulièrement bien aiguisés. Dehors, le vert pâle du crépuscule printanier scintillait et la brise ressemblait à une caresse sur son visage. Emily entendit les aboiements des chiens dans les chenils, le braillement de la télévision, la respiration régulière d'Elvis à côté d'elle, des bruits de pas lourds dans le couloir et dans les escaliers, le vacarme des casseroles dans la cuisine... Très loin dans le marais, elle perçut le coassement des grenouilles de printemps. Elle sentit le fumet de la soupe de légumes, l'odeur plus soutenue des chiens et de son propre corps, ainsi que le parfum subtil de sa tante. Elle avait le goût de l'eau froide du puits artésien et une impression de coton dans la bouche, comme après être restée trop longtemps sans parler.

Elle percevait avec une rare netteté les contours de sa chambre et le visage de sa tante penchée au-dessus d'elle. Elle voyait même les pores de sa peau et l'éventail des minuscules rides imprimées par le soleil autour de ses yeux.

S'efforçant d'éclaircir sa voix qui avait perdu l'habitude de parler, elle réussit à dire à sa tante :

— Hem ! Ça fait longtemps que tu es là ?

— Un certain temps. C'était assez drôle de vous voir dormir tous les deux.

— Ça fait longtemps que je dors ?

— Presque trois jours, mis à part quelques coupures. Tu devais en avoir besoin. Tu as bien meilleure mine qu'à mon arrivée. Tes joues ont repris de la couleur et tu as le regard un peu moins fixe. Comment te sens-tu ?

— Plutôt bien.

Puis la mémoire lui revint ; elle ferma les yeux et attendit. Son ventre se contracta et se tordit, mais la douleur fut moins pénible et surtout moins intense.

— Tante Jenny, tout ça... Cleta t'a dit ? Elle devait te parler. C'était... c'était horrible ! Atroce ! Je ne sais plus quoi faire.

— Tu n'as rien à faire du tout. Tu as juste fait ce dont tu avais le plus besoin : dormir. Pauvre petit ange, le mauvais sort t'a frappée trois fois.

— Trois mauvais sorts !

— Eh bien, oui. Le rêve, la malédiction, et la... la vérité ! Moi, à ta place, j'aurais dormi au moins dix jours.

— Tu sais, au sujet du rêve et de... ces souvenirs ?

— Cleta m'a tout raconté : il fallait bien qu'elle le dise à quelqu'un. Personne d'autre n'est au courant. Ce sera à toi de le leur apprendre, si tu le souhaites.

— Tu savais, toi... quand elle est partie en pleine nuit ?

— Je savais qu'elle était partie brusquement mais, jusqu'à maintenant, j'ignorais tout des circonstances. Ton père ne m'en a jamais parlé et les garçons non plus. Je ne pensais pas que tu avais tout vu et tout entendu, et surtout que tu en avais gardé le souvenir.

— Pendant très longtemps, je n'y ai pas pensé. En fait,

jusqu'à mon rêve. Est-ce qu'on a essayé de retrouver sa trace, de la ramener, de faire quelque chose, quoi ?

— Je ne sais pas. A l'époque, ta mère et moi n'étions plus très proches. Si ton père a essayé, il ne m'en a jamais rien dit.

— Et on sait où elle est ?

— Non, ma chérie, pas à ma connaissance.

Jenny repoussa gentiment les boucles emmêlées d'Emily. Les gens lui faisaient toujours ça.

— Mais... comment se débrouille-t-elle pour vivre ? Je veux dire, avec quel argent ? Tu crois qu'elle en a emporté ? Je ne pense pas qu'elle était capable de trouver du travail. Elle n'aurait pas trop su comment s'y prendre.

Jenny sourit, mais le sourire était loin d'être tendre.

— Oh, ne t'inquiète pas trop pour elle, elle savait s'y prendre quand elle voulait. Je ne crois pas qu'elle ait jamais manqué d'argent.

— Mais...

— Assez pour aujourd'hui. Peut-être qu'un jour, on en saura plus. Pour l'instant, tu dois prendre un bain, t'habiller et venir manger quelque chose en bas avec moi. Ton papa et les garçons ont dîné de bonne heure, car ils devaient aller vérifier l'état des haies pour les chiens à John Island. Ils ne seront pas de retour avant longtemps.

— Je ne veux pas voir mon père en ce moment.

— Ce soir, tu n'y es pas obligée, mais demain, on dînera tous ensemble. Il est grand temps de reprendre une vie normale.

— Tu seras ici demain soir ?

— Emily, je compte m'installer quelque temps à Sweetwater, peut-être un an ou deux. Ça t'ennuie ?

— Oh, non ! Bien sûr que non ! Mais pourquoi ?

— Cleta et moi avons parlé entre femmes avant d'aller trouver ton père pour avoir une petite discussion à ton sujet. Il ne fait aucun doute qu'il y a besoin d'une femme ici, ne serait-ce que pour faire le poids avec nos trois hommes ! Comme Cleta est fatiguée et qu'elle se fait vieille, on est arrivés à un arrangement. Après mes cours, je viendrai remplacer Cleta pour préparer le dîner et faire tout le reste. Je passerai également mes week-ends à Sweetwater. Cleta continuera à venir le matin pour faire ce qu'elle a toujours fait, sauf le dîner. Même si je n'utilise pas de lard pour faire cuire le poulet, je ne suis pas si mauvaise cuisinière que ça !

— Qu'est-ce que tu as dit au juste à mon père ?

Emily était frappée de stupeur. Que de changements !

— Je lui ai fait remarquer que tu n'étais plus une petite fille et que tu avais besoin de quelqu'un pour t'aider à grandir. En bref, que tu avais besoin d'une présence féminine.

— Et il a répondu quoi ?

— Il m'a donné l'impression de quelqu'un à qui l'on vient de retirer un poids. Il m'a même proposé de me payer.

— Te payer, toi ?

— Bien sûr que non ! Je ne veux pas d'argent pour être avec toi : tu es déjà un trésor. Et puis, c'est un peu chez moi ici. J'y ai grandi et vécu plus longtemps qu'aucun d'entre vous. Je n'ai pas besoin d'être payée pour revenir chez moi.

— Ton appartement ne va pas te manquer ?

— Pas une seconde. Qui pourrait regretter cet endroit ? En revanche, j'ai toujours eu la nostalgie de cette maison.

Sur ce, elle descendit s'occuper du dîner. Emily alla dans la salle de bains sous-marine et observa son visage dans le miroir verdâtre. Elle n'avait pas changé. Comment était-ce possible ?

Allongée dans l'énorme baignoire remplie d'eau chaude, Elvis à côté sur le tapis de bain, elle se mit à

101

réfléchir à ces trois derniers jours. Elle trouvait qu'il valait mieux le faire quand sa tante était encore là. La première chose qui lui vint spontanément à l'esprit fut qu'elle ne pourrait plus jamais penser à son père et à sa tante de la même façon. Chaque fois qu'elle le regarderait, elle verrait, comme dans un repentir, un jeune homme blessé à mort par le départ de sa femme. Quant à sa tante, efficace et sereine, elle l'imaginerait petite fille jouant dans la plantation ensoleillée, peut-être même dans les endroits où elle allait avec Elvis. Elle la voyait observer les glissades des dauphins dans la crique ou assise sur le ponton, lisant à l'ombre d'un chêne, un pied dans l'eau scintillante du fleuve.

Elle se la représenta ensuite quittant Sweetwater pour son minuscule appartement, forcée d'abandonner à sa sœur et à son jeune mari ce qui avait toujours été sa maison.

Emily se sentit envahie par un sentiment nouveau issu de son *savoir* tout neuf : c'était de la pitié, quelque chose qu'elle avait toujours eu en horreur.

Encore et toujours ce changement !

Elle se lava et se frotta la peau à s'en écorcher, puis mit des vêtements propres et descendit pour prendre le premier des nombreux dîners qu'elle allait partager avec sa tante.

Tout se passa plutôt bien. Rapidement, tante Jenny fit partie du décor au même titre que son père, les garçons, les chiens et le fleuve. Il ne fallut guère plus d'un mois à Emily pour oublier que sa tante n'avait pas toujours habité Sweetwater.

Lors du premier dîner en famille, son père l'avait accueillie solennellement et cérémonieusement. Il lui avait dit qu'il espérait que sa petite grippe était terminée

– Emily lança un furtif regard de gratitude à sa tante –
et que les dispositions prises étaient bien celles ordonnées
par le médecin. Cleta allait pouvoir enfin se reposer,
puisque Jenny avait très gentiment accepté de vivre ici,
ce qui aiderait sans aucun doute Emily à devenir une
parfaite demoiselle. Il semblait très heureux, presque
chaleureux. Il se resservit deux fois des pâtes *alla puta-
nesca* de Jenny.

En se levant, il la complimenta :

— Excellent, ce dîner.

Avant de s'éclipser vers la télévision, les jumeaux
lancèrent :

— Très bons, tes macaronis, tante Jenny.

Walter était resté debout. Il sortit de sa poche une
feuille de papier pliée.

— J'ai fait une petite liste de ce qu'Emily devrait
apprendre. Bien entendu, elle ne pourra pas faire toutes
ces choses-là d'un coup, mais petit à petit et à son
rythme. J'imagine, Jenny, que tu pourras te charger de
certaines, et pour les autres je te fais confiance pour
trouver les professeurs adéquats. Je les ai classées par
ordre de priorité. Tu les étudieras après le dîner et nous
en discuterons demain soir, si tu veux bien.

Sur ces mots, il disparut lui aussi, attiré comme un
papillon de nuit par la lueur clignotante de la télévision,
et par… les phéromones mâles.

Emily et sa tante se regardèrent en silence et montèrent dans la chambre de la fillette pour examiner la liste.
Jenny en prit d'abord connaissance, puis la passa sans un
mot à sa nièce. Les coins de sa bouche frémissaient.
Emily lut jusqu'au bout les recommandations de Walter.

— *Apprendre à s'habiller en jeune fille, avec des jupes pour
l'école et d'autres pour les occasions spéciales. Pas de maquillage ou de talons hauts, mais plus de shorts courts. Jenny,*

103

je vais mettre à ta disposition un budget vêtements adéquat pour lequel tu n'auras pas à demander mon autorisation. J'ai confiance en ton goût.

— Apprendre à cuisiner quelques recettes pour de petites réceptions, comme des soufflés, des canapés, des gâteaux de crabe, des cassolettes, des crevettes et des gâteaux de riz. Tes petits biscuits aux graines de sésame, Jenny, seraient également une bonne idée.

— Apprendre à échanger des propos intelligents avec les invités. Plus question pour Emily de courir avec le chien se cacher dans sa chambre, ni de se réfugier dans les chenils.

— Apprendre à jouer d'un instrument. J'ai toujours apprécié les femmes qui jouent du piano après le dîner. Tu disposeras d'une somme à part pour les leçons.

— Apprendre à pratiquer un sport féminin, et un autre plus mondain : le tennis ou le golf. Quoique, quand j'y réfléchis, le golf soit un sport terriblement cher. Va pour le tennis ! Inutile de te préciser que je l'ai prévu dans le budget. Et, naturellement, le bridge. Je crois que tu y joues, Jenny ? Et puis, bien évidemment, des cours de danse. Je sais qu'il y a une école à Charleston où les jeunes filles prennent des cours à partir de treize ans. Peux-tu te renseigner ?

— Procure-toi aussi quelques brochures sur les écoles privées de Charleston et des environs. Je penche personnellement pour Charlotte Hall. J'aimerais bien qu'avant ses treize ans, Emily se fasse à cette idée.

Et c'était signé : « Walter L. Parmenter ».

Emily et sa tante échangèrent un regard avant d'éclater de rire. Elles rirent tellement qu'elles en roulèrent sur le lit d'Emily. Elvis se mit de la partie, folâtrant et aboyant joyeusement.

Quand elles furent à nouveau en mesure de parler, la fillette demanda :

— On ne va pas vraiment faire tout ce qu'il a écrit ? Les jupes pour aller à l'école, des leçons de danse !

La voix encore étranglée de rire, Jenny la rassura.

— Mais non, bien sûr que non. On dirait un plan de bataille dressé à l'intention de l'entrée dans le monde d'une débutante du Sud profond. Mais, enfin, si tu le souhaites...

— Je préfère mourir.

— Moi aussi ! Il y a cependant dans la liste des choses que l'on pourra faire, car elles ne sont pas toutes désagréables, certaines sont même amusantes. De plus, ça nous permettra de lui dire que tu fais des progrès. Et puis, si tu acceptes de mettre une petite robe de temps en temps pour le dîner, ou d'échanger deux ou trois mots avec des visiteurs, il oubliera vite tout le reste. Apprendre à danser ou à jouer au tennis, ça n'est pas forcément ennuyeux, non ? Aller acheter quelques vêtements non plus, à commencer, ma petite chérie, par un bon soutien-gorge. Quant à la cuisine, c'est l'enfance de l'art. On aura tous nos week-ends pour s'exercer.

— Il ne dit pas que je ne dois plus m'occuper des chiens.

— Non, mais j'imagine qu'il a parfaitement compris où se trouvait son intérêt.

— Ce qui veut dire ?

Mais sa tante ne voulut rien ajouter.

Les jours passèrent, les semaines s'enchaînèrent et le temps s'écoula. Les changements opérés par Jenny furent très progressifs et agréables. Il ne fallut guère de temps aux membres de la famille pour oublier leur vie avant son arrivée. C'était comme si les Parmenter avaient toujours vécu ainsi. Ils dînaient tous les soirs tranquillement, en prenant tout leur temps. Jenny avait insisté pour que chacun profite du repas pour raconter un des événements de la journée qui l'avait marqué. Ils avaient tous accepté de bonne grâce, même s'il ne s'agissait encore que de marmonnements indistincts, c'était néanmoins une conversation, et Walter rayonnait de plaisir à les entendre.

Ensuite, ils regardaient désormais la télévision tous ensemble. Emily estima que c'était un exploit titanesque.

Dès le premier soir, Jenny s'était exclamée : « C'est digne des barbares, cette façon que vous avez tous les trois de vous esquiver au fond de la véranda et de faire hurler ce truc dans toute la maison, sans un mot pour Emily ou pour moi. Vous pourriez tout aussi bien vivre au fin fond du Yukon, dans une cabane en rondins. A quoi bon inculquer à Emily les manières d'une jeune fille bien élevée si c'est pour inviter ses amies dans ce genre de maison ? »

Ils se réunissaient maintenant pour regarder CNN ensemble pendant une heure ou deux : c'était la seule chaîne pour laquelle un compromis avait été trouvé. Puis Emily et Jenny montaient dans leurs chambres – Jenny occupait celle de Buddy – pour discuter ou regarder la petite télévision d'Emily. Elles se couchaient tôt. Si sa tante était triste ou regrettait son ancienne vie, si elle ployait sous le fardeau de cette nouvelle famille, ou pleurait sur celui que cette maison ne lui avait jamais permis de porter, la fillette n'en sut jamais rien. Leurs chambres étaient trop éloignées.

Les images de sa mère l'abandonnant perdirent graduellement de leur intensité.

Face aux longues et belles journées d'un printemps tout à fait normal en fin de compte, le spectre du changement recula. Apaisée, Emily semblait flotter dans un banal océan de monotonie.

Un samedi après-midi au début du mois de mai, elles étaient assises sur les bancs en bois gris argenté à l'extrémité du ponton sur le Wadmallaw et sirotaient de la limonade, les jambes allongées au soleil. Le marais était maintenant presque complètement vert et frémissait de tous les hôtes fourmillants qu'il hébergeait. La marée montante avait rempli les petites criques. Sous ses paupières fermées, Emily voyait des spirales rouges et les cercles de feu du soleil.

Jenny inspira une grande bouffée d'air, puis la rejeta longuement, en disant à Emily d'une voix endormie :

— Tu sens ? Glycine et chèvrefeuille. L'été approche.

Mais ce qui arriva, dans le sillage de l'été, ce fut Lulu Foxworth, aussi belle, étincelante et vulnérable qu'une galère portugaise échouée, et tout aussi dangereuse. Le changement n'allait épargner personne à Sweetwater, et rien ne serait plus jamais comme avant.

5

Les gens qui habitent près d'un océan ou d'un fleuve ont le privilège de vivre sous une lumière changeante. Toute autre lumière, aussi radieuse fût-elle, leur paraîtra toujours statique et anémique en comparaison, déclenchant chez eux un sentiment de vulnérabilité, comme s'ils se retrouvaient soudain privés de vêtements.

— J'ai besoin d'être près de l'eau, vous diront-ils. Je ne peux pas vivre loin de l'océan... du fleuve, de la crique, ou de toute eau dans laquelle se reflètent le soleil, les nuages de tempête, la dérive perlée de la brume, la vague déferlante du crépuscule.

En fait, ce qu'ils veulent dire, c'est plutôt :

— Je suis incapable de vivre sans cette lumière qui danse avec moi. Je la porte comme une peau vivante et, sans elle, il me manque une chose essentielle.

C'est cet épiderme de lumière qui retient captifs près de leur port d'attache aux eaux depuis longtemps stériles le batelier, le pêcheur de crevettes ou de homards. On les aperçoit parfois, ces pauvres vieillards indigents à la peau tannée, assis à l'extrémité des docks et incapables de chercher refuge à l'intérieur des terres, car ils devraient y vivre écorchés.

Loin du fleuve, Emily ressentait toujours profondément l'absence de la lumière de l'eau. Elle avait encore en mémoire le souvenir d'une sortie scolaire à Washington au cours de laquelle elle avait refusé de suivre son groupe au musée de l'Espace, préférant aller observer la course rapide du Potomac. Il lui avait ensuite été impossible de justifier son geste. La seule fois où, à sept ans, on l'avait envoyée dans un camp de vacances en Caroline du Nord, la vue du lac opaque et immobile enserré dans les montagnes l'avait tellement hantée qu'elle avait pleuré jour et nuit. Cinq jours avant la fin de son séjour, son père avait été obligé de venir la chercher en catastrophe. Pensant que son chagrin était dû à l'éloignement, il n'avait montré aucune patience pour ce qu'il considérait comme un enfantillage. Incapable de lui expliquer que ses larmes n'avaient rien à voir avec le mal du pays, Emily était demeurée silencieuse pendant tout le trajet du retour.

Ce ne fut qu'en se retrouvant enveloppée par la lumière tremblante du Wadmallaw à marée haute qu'elle s'était sentie apaisée. Pendant longtemps, elle n'avait plus voulu quitter le fleuve, sauf pour quelques petits trajets indispensables : aller à l'école, chez le dentiste ou chez le médecin. Cependant, elle calculait toujours à la minute près le temps qui la séparait de son retour.

Quelques années plus tard, quand elle avait décrit à Buddy la sensation de panique qu'elle avait eue loin du fleuve, il l'avait rassurée :

« N'aie pas peur de quitter les gens ou les endroits que tu aimes, car eux ne te quittent jamais. Ils restent en toi quelque part.

— Tu veux dire, par exemple, dans mon cœur.

— Oui, bien sûr, ou bien dans ton foie, dans ta rate, ou pourquoi pas dans ta *medulla oblongata*. Personne ne connaît exactement l'endroit où l'on enfouit ce que l'on a de plus cher. »

Emily avait alors pensé que chez elle, ce devait être dans le creux de l'estomac, car c'est là que s'installaient ses chagrins, ses peurs, mais c'est également à cet endroit précis que se manifestaient les premiers frémissements de joie.

Elle avait dit à Elvis : « Mon estomac bondit de joie. Ça pourrait être pire, non ? Imagine que je te dise par exemple : mon côlon saute de joie ! »

Un samedi matin, au tout début de juin, Emily fut réveillée par un pinceau de lumière pointillée venu du fleuve. Elle resta longuement à le regarder jouer sur le plafond de sa chambre, puis elle s'étira à fond et respira l'air frais qui entrait par la fenêtre ouverte. Ce serait peut-être la dernière journée agréable de l'été avant l'arrivée de la chaleur humide et suffocante qui se tenait déjà tapie en embuscade sur le bas pays. Tous les fruits seraient alors mûrs, les fleurs épanouies, et ne lui parviendraient plus par la fenêtre que l'odeur lourde du fleuve et sa moiteur amniotique.

En règle générale, Emily se levait toujours à l'aube, pas pour travailler, juste pour se sentir vivre. Cependant, il y avait des jours où elle aimait traîner dans son lit à rêvasser et à câliner Elvis. C'était toujours pendant cette heure matinale qu'elle laissait son esprit vagabonder vers des domaines flous, abstraits.

Si l'on vit très longtemps avec des gens et qu'ils vous quittent, est-on toujours la même personne ?

Les meubles gèlent-ils dans l'Antarctique ? Et les sofas ?

Y a-t-il déjà eu le cas d'un enfant qui aurait refusé de grandir et qui y soit parvenu juste à force de volonté ?

Est-ce normal de prier quand on ne croit pas en Dieu ?

Elle avait posé cette question à Buddy qui, après réflexion, lui avait répondu que oui, et que c'était même une excellente chose. Les gens pouvaient ne pas croire avec leur tête, mais leur cœur avait bien conscience de l'existence d'une puissance supérieure, car sans elle ils auraient vécu dans la terreur constante. En fait, dans leurs prières – peu importait le nom qu'ils leur donnaient –, c'était de *ça* qu'ils parlaient.

« Alors, c'est à nous que les chiens adressent leurs prières ?

— Pourquoi pas ? Ça paraît logique, non ? »

Le pointillé de lumière poursuivait sa course sur les murs. Emily s'étira à nouveau. La journée s'annonçait bonne. Son père et les jumeaux devaient déjà être partis pour la réunion régionale des éleveurs de Boykins de Charleston nord. Ils allaient, une nouvelle fois, tenter de convaincre le très élitiste Club américain canin que le Boykin avait sa place parmi les épagneuls. Depuis l'époque où les éleveurs de Boykins de Caroline du Sud avaient obstinément refusé d'appliquer les standards et les restrictions imposés – « C'est quand même pas un New-Yorkais qui va m'expliquer comment m'y prendre pour élever mes épagneuls, nom de nom ! » –, la reconnaissance du Boykin en tant que race devenait aussi difficile à atteindre que la lointaine Saturne. L'envie de défier le Yankee maraudeur n'avait, semble-t-il, jamais disparu du bas pays. Cependant, les meetings continuaient.

Pour Emily, cette journée était remplie de promesses. Elle allait enlever les entraves d'une chienne magnifique qu'on venait de leur confier et commencer son dressage. Il y avait aussi les nouveaux chiots de Daisy, tous plus bruyants et remuants les uns que les autres. Plus tard dans la matinée, elle irait avec sa tante à Sweetwater Creek pour voir les dauphins. Ensuite, elles descendraient en hors-bord jusqu'à l'embouchure du Wadmallaw pour pique-niquer. Si l'eau était assez chaude, elles se baigneraient. C'était peu probable.

Début juin, les fleuves profonds donnaient toujours l'impression d'être à la bonne température, mais les baigneurs intrépides découvraient vite à leurs dépens que sous la surface se cachait une lame glaciale qui provoquait le même choc électrique qu'une gorgée de bière glacée au gingembre. Mais c'était une si belle journée que se baigner ou pas n'avait aucune importance.

Il n'était pas loin de dix heures quand, une tasse de café au lait et un beignet à la main, elle vint s'asseoir sur les marches du porche. Tante Jenny la rejoignit et se mit à écosser des petits pois, Elvis se prélassant à leurs pieds.

— Emily, il serait temps que tu t'actives, non ? Tu en as bien pour deux heures avec les chiens et, le temps ensuite d'arriver au fleuve, on sera au bord de l'inanition !

— Ou... i, répondit nonchalamment Emily.

Elvis avait brusquement levé la tête vers la porte ; une minute plus tard, elles entendirent le claquement sec du battant grillagé, suivi du pas énergique de Walter. Vêtu d'un pantalon kaki au pli à la rigueur toute militaire et d'une chemise en oxford, il avait encore le visage rougi par le feu du rasoir et la marque du peigne dans ses épais cheveux humides.

— Bonjour, lui dit Jenny. Je croyais que tu étais en pleine réunion.

— Bonjour, papa, marmonna Emily.

— Mesdames, leur annonça-t-il, j'ai une surprise pour vous, et elle est de taille. Hier soir, j'ai eu Rhett Foxworth au téléphone. Il veut nous acheter un Boykin, car Towny Chappelle lui a dit que les nôtres étaient de loin les meilleurs. L'aventure lamentable de Thanksgiving a finalement l'air de ne pas se terminer si mal que ça ! Foxworth sera là vers midi pour se faire une idée des chiens et assister à leur entraînement. Sa femme et sa fille l'accompagneront. J'aimerais bien qu'on fasse tous bonne impression. Jenny, pourrais-tu préparer du thé glacé à la menthe ? Emily, je t'autorise à faire une démonstration de dressage, mais surtout tu m'enlèves ce short et cette chemise ! Robe ou jupe, *s'il te plaît*, et Elvis, enfermé dans ta chambre !

— Qui est ce Rhett Foxworth ? murmura la fillette.

Elle se prit immédiatement à détester l'homme et toute sa famille présente, passée ou à venir.

— Rhett Foxworth, c'est le Tout-Charleston. Une des plus vieilles familles, la plus grosse fortune, une importante plantation, une maison en ville classée aux monuments historiques. Quand on va savoir que Foxworth achète ses chiens ici, toute la clique du club de chasse va nous dérouler le tapis rouge et, très honnêtement, rien ne me fera plus plaisir ! Emily, quand tu auras terminé avec les chiens, ce serait bien que tu t'occupes un peu de sa fille. Tu pourrais lui faire visiter la plantation, discuter avec elle, enfin... ce genre de choses. Je crois savoir que sa mère fait partie du comité d'administration de Charlotte Hall.

— Alors, là, bien sûr... murmura Emily entre ses dents.

Et, plus fort :

— Quel âge, sa fille ? Le baby-sitting, c'est pas trop mon truc.

— Elle est trop grande pour ça ! répliqua son père. Qui sait, tu vas peut-être te faire une nouvelle amie. Allez, cours te changer.

— Papa... commença Emily d'une petite voix désespérée.

Mais sa tante l'interrompit.

— Walter, pas une jupe en juin, un matin, et à la campagne en plus ! Peut-être, à la rigueur, un joli pantalon avec une petite chemise assortie.

— N'importe quoi, mais pas ce vieux short en jean. Et

surtout pas ce haut. Et n'oublie pas de te coiffer, lui lança-t-il avant de se diriger vers les chenils.

Emily jeta un coup d'œil à sa poitrine et à son corsage, manifestement trop étriqué, sur lequel s'étalait une affirmation dont l'humour ne conviendrait peut-être pas à la situation[1].

— Je vais aussi m'enlever l'os que j'ai dans le nez, dit-elle à Jenny d'un ton amer en se levant.

— Calme-toi, Emily. C'est une grosse affaire pour lui. Et il commence à peine à te considérer comme une jeune fille, ce qui lui demande forcément un temps d'adaptation. D'un autre côté, il veut bien que tu montres ce que tu sais faire avec les chiens. C'est un peu une façon implicite de reconnaître ta valeur.

— Et ça, il ne pourrait pas me le dire ?

— Non, en tout cas pas encore.

Lorsqu'elle arriva dans sa chambre, elle remarqua que le pinceau de lumière avait disparu du mur. Par la fenêtre, le fleuve miroitait comme du papier d'aluminium froissé, du *miroir d'eau*, comme elle l'appelait quand elle était petite.

Sans un regard pour la glace, elle se débarrassa à toute vitesse de son short et de sa chemise pour enfiler le pantalon en coton rose et la blouse paysanne achetés par sa tante. Elle ne les avait encore jamais portés ; cette tenue n'était pas adaptée à son répertoire habituel, mais elle serait parfaite pour la représentation devant les Foxworth. Elle mit des sandales blanches et tenta de discipliner ses boucles rousses en les attachant avec un lacet. Le visage collé au miroir délavé de la salle de bains, elle se fit une grimace. Le reflet que lui renvoya la glace

---

1. Un jeu de mots à partir d'un palindrome difficile à rendre sans en dénaturer tout l'humour : GOD IS DOG SPELLED BACKWARDS (« Dieu et chien, c'est pareil, mais lus à l'envers »). (*N.d.T.*)

était celui d'une fille habillée pour faire les boutiques de Charleston, pas pour dresser des épagneuls dans un enclos.

Elle s'adressa à Elvis qui la regardait.

— Il faut que tu restes ici, car papa va sortir son grand jeu pour un gros bonnet hyper-riche. Je te relâcherai dès que ces gens seront repartis, c'est-à-dire dans pas longtemps.

Avant de refermer la porte, elle lui jeta un coup d'œil. Résigné, il était déjà installé sur la couette, au pied du lit.

— Bon, tu ne vas pas pleurer ou aboyer ?

Il poussa un profond soupir et posa la tête sur ses pattes croisées. Elle était sûre qu'il ne bougerait plus.

A midi moins le quart, la famille au grand complet était réunie sur le porche. Jenny avait mis une longue jupe à fleurs et un tee-shirt bleu sans manches ; elle paraissait jeune et jolie. Walt et Carter, la réplique parfaite de leur père, portaient un pantalon kaki et un polo.

Emily murmura à l'oreille de sa tante :

— Garde-à-*vous* !

Il était très exactement midi et une Land Rover maculée de boue venait de s'arrêter en crissant sur le gravier de l'allée.

— S'il est si riche que ça, il pourrait avoir des gens pour laver sa voiture, chuchota Emily à sa tante.

— C'est ce qu'on appelle le « chic négligé » !

— Bienvenue à Sweetwater, lança Walter d'un ton jovial. Nous sommes heureux de vous avoir.

— Merci à vous, lui répondit un homme très bronzé à la carrure imposante, un peu dégarni, les cheveux très noirs avec un visage poupin et lisse de garçonnet. Walter Parmenter ? Rhett Foxworth. Appelez-moi Rhett.

Il fit un geste vers les deux femmes derrière lui.

— Mon épouse Maybelle et ma fille Lulu, dont nous avons oublié le véritable prénom.

Tout le monde rit. On se serra la main, on hocha la tête et on se répandit en politesses. Emily était restée en arrière et observait les fabuleux Foxworth : le Tout-Charleston.

Les mains tendues vers Walter, un sourire éclatant découvrant des dents parfaites, Maybelle Foxworth s'avança en vacillant légèrement sur le gravier. Emily se fit la réflexion que ses ballerines en vernis jaune n'allaient pas résister plus de deux minutes dans le chenil. Maybelle était petite, voluptueuse et sa peau incroyablement bronzée avait la couleur d'un cappuccino crémeux. Un serre-tête de velours noir encadrait son visage rond et retenait des cheveux blond platine. Une jupe portefeuille fleurie et un caraco jaune assorti à ses ballerines permettaient d'admirer sa taille très fine et son décolleté époustouflant. De minuscules rides d'expression et de soleil entouraient de beaux yeux bleus. A l'exception de la peau légèrement crêpée sur la poitrine et le cou, elle faisait très jeune, bien trop jeune pour être la mère de la grande fille. Plus tard, Jenny lui expliqua, en se moquant légèrement, que certaines femmes se stabilisaient à l'apogée de leur beauté et n'en bougeaient plus jamais. Emily se disait que, tout bien pesé, le travail avait été parfait.

Elle s'adressa à Walter en roucoulant.

— J'ai tellement entendu parler de vous ! Towny ne tarit pas sur vos magnifiques chiens ! Et de votre maison ! Un exemple parfait de ces vieilles plantations le long du fleuve : simple, sans prétention, de belles lignes, avec une vue et des ouvertures splendides sur le fleuve. Towny a mille fois raison !

Walter prit la main qu'elle lui tendait et, jetant un regard perplexe à sa « plantation simple et sans

116

prétention », faillit se mettre à bégayer. Maybelle avait souvent cet effet sur les gens. La première fois qu'on la voyait, on avait l'impression de se trouver face à une magnifique créature sortie tout droit d'un des parcs Disney : éclatante de couleurs, très animée et déplaçant un maximum d'air.

— Nous sommes vraiment contents que vous ayez pu vous libérer, arriva-t-il cependant à répondre. Towny Chappelle m'a *tellement* parlé de vous.

Emily aurait bien parié le contraire, mais elle préféra se taire et analyser. C'était donc ainsi que ça se passait.

— En bien, j'espère ! s'exclama Maybelle en se trémoussant. Towny est si *coquin*. Il va falloir que je m'occupe de lui un jour ou l'autre.

Walter hocha vigoureusement la tête.

— Oui, en bien uniquement.

— Alors tant mieux ! Je vous présente ma fille.

Maybelle fit un pas de côté pour révéler la jeune fille qui était restée parfaitement muette et immobile pendant tout le temps qu'avaient duré les roucoulades de sa mère et les sourires carnassiers de son père.

Elle gardait la tête baissée et Emily ne vit que la masse de ses cheveux blond argenté, dont la couleur était si semblable à ceux de sa mère que, l'espace d'un bref instant, elle pensa que Maybelle ne devait pas se teindre, après tout. La seule différence était que sa fille les portait tirés en arrière et attachés à la diable.

— Ma fille, Lulu. Ou plus exactement Louisa, mais il faut toujours que je vérifie le nom sur son extrait de naissance.

Les Parmenter murmurèrent un bonjour poli. L'immobilité de la jeune fille avait quelque chose d'inquiétant, et le mot « tabou » sauta brutalement à l'esprit d'Emily.

Lulu Foxworth releva alors la tête et Emily ressentit un léger frisson de... de quoi exactement ? Un choc, peut-être ? Elle eut d'abord l'idée parfaitement absurde que Lulu Foxworth était morte et momifiée. Elle avait le visage, les bras et le cou si finement sculptés qu'elle donnait l'impression d'être une de ces effigies ornant les tombes médiévales, ou une sainte sculptée dans le marbre. Elle affichait un bronzage uniforme : sa peau bistrée, mate, sans nuances, et presque sans démarcation, semblait avoir été soigneusement et amoureusement peinte. Seuls ses yeux paraissaient vivants, et leur éclat était presque insoutenable. Du même bleu que ceux de sa mère, ils étincelaient et brûlaient d'un cobalt intense. Il y eut un souffle ténu, comme si une brise légère et soudaine s'était mise à virevolter dans l'air : Emily reconnut la respiration retenue des Parmenter. Les yeux de sainte Lulu Foxworth en faisaient quelqu'un de tout à fait différent.

— Bonjour, murmura-t-elle.

Elle avait de nouveau le regard fixé sur ses pieds étroits et bronzés, chaussés de souples mocassins.

Le regard d'Emily quitta les chaussures et remonta. Lulu portait un jean si bas sur les hanches qu'il ne pouvait tenir que par la seule force de la volonté. Un minuscule anneau d'or ornait son nombril. Un tee-shirt très court, qui lui recouvrait à peine les seins, découvrait une peau veloutée et bronzée. Sa minceur extrême et la finesse de ses attaches ne faisaient que mieux ressortir sa poitrine et ses hanches, qui étaient somptueuses et de la même couleur que le reste de son corps.

Emily entendit Walt Junior murmurer presque religieusement un « Seigneur... ». Le visage de son père avait viré au rouge brique et ses yeux ne quittaient plus Rhett Foxworth. Emily jeta un coup d'œil à son propre accoutrement de fausse fermière et lança un regard de pur triomphe à son père. Il ne le vit pas.

— Bon, je pense que nous allons commencer par nos petits jeunots déjà dressés. Qu'en dis-tu, Emily ? Montre donc aux Foxworth ce dont sont capables les Boykins de Sweetwater.

Sans un mot, Emily ramena du chenil trois de ses élèves préférés, chacun à un stade différent de dressage. A son ordre, ils s'assirent, se relevèrent, vinrent au pied et effectuèrent tous les exercices de base. Puis ce fut au tour de Maggie, une chienne adulte, d'exécuter les différentes étapes du répertoire, notamment de rapporter du gibier d'eau et de rester impassible au bruit des coups de fusil. Ses yeux dorés frémissant, elle s'acquitta de sa performance avec brio, rapportant très délicatement dans sa gueule l'oiseau factice. Les Foxworth applaudirent. Emily releva les yeux en rougissant. Même Lulu avait applaudi et souri : c'était comme une statue née à la vie.

Alors qu'elle raccompagnait les chiens au chenil, elle entendit son père dire :

— Oui, Emily me donne un sérieux coup de main avec les chiens. C'est une bonne petite assistante.

Juste avant que sa colère et son chagrin ne se transforment en un flot de bile, sa tante précisa de sa voix claire et adorable :

— En fait, c'est Emily qui dresse tous nos chiens. C'est une magicienne !

— J'aimerais bien qu'elle me montre sa méthode, lança Foxworth. Je ne l'ai jamais vue faire le moindre geste, ni donner un seul ordre.

— Oh, elle sera sûrement d'accord, répondit Walter en manquant s'étrangler.

Quand la fillette revint du chenil, elle trouva Rhett en grande conversation avec Walter ; Maybelle discutait avec sa tante ; les jumeaux avaient le regard fixé sur la jeune fille, leurs gigantesques pieds incapables de rester immobiles.

Emily hésita à rejoindre le groupe, ne voulant pas se retrouver face à face avec Lulu : elle n'avait rien à lui dire. Mais Lulu s'avança vers elle, lui souriant de sa grande bouche, les joues légèrement colorées et les yeux débordants de lumière.

— Vous avez été formidable, lui dit-elle d'une voix douce et si lente qu'elle donnait l'impression d'être à bout de souffle. Les chiens étaient magnifiques. J'aimerais être capable d'en faire autant.

Emily bredouilla de vagues remerciements. Tous se dirigèrent ensuite vers le chenil pour voir la dernière portée de Daisy. Les chiots avaient trois semaines et caracolaient dans tous les sens, montant sur le dos de bronze bouclé de leur mère pour tenter d'escalader bravement les hautes parois de la caisse.

— Je ne vais pas pouvoir choisir, s'exclama Foxworth. J'ai rarement vu une portée aussi réussie. Leur mère... elle en a d'autres ? J'aimerais en voir un plus vieux.

— Oui, bien sûr, répondit Walter. Vous avez par exemple la chienne qu'Emily vous a montrée à l'entraînement et dont le géniteur est Buck, le mâle qui correspond le mieux à nos standards et critères. Il a obtenu de nombreuses récompenses, vous le verrez quand on passera devant son chenil.

Ils quittèrent la grange. En jetant un coup d'œil derrière elle, Emily aperçut Lulu, apparemment fascinée, toujours accroupie à côté des chiots. Elle l'entendit fredonner d'une voix assourdie.

Son père avait l'air tout joyeux.

— Depuis le début des vacances, c'est bien la première fois qu'elle s'intéresse à quelque chose, et je peux vous dire que ça m'enlève un poids. A la maison, elle reste toute la journée enfermée dans sa chambre à écouter sa musique tribale.

Deux taches rouges lui enflammant les pommettes, Maybelle l'interrompit d'une voix sèche.

— Pour l'amour du ciel, Rhett ! Tu sais bien qu'elle est encore très fatiguée. Avec toutes les activités qu'elle s'est imposées et sa volonté d'être major de sa promotion, son année universitaire a été un calvaire. Elle a surtout eu une très grosse grippe. Alors, elle a besoin de dormir et de récupérer, c'est tout. Tu ne veux pas que nous achetions un de ces chiots ?

— Trop jeunes, répondit son mari. De toute façon, je veux que ce soit cette jeune demoiselle qui les dresse. Si elle est d'accord, bien sûr, mais ça risque de prendre du temps.

— Lulu pourrait venir leur rendre visite de temps en temps, non ? ajouta Maybelle à l'adresse de Walter.

— Bien volontiers. Avec plaisir, et Emily pourra aussi lui montrer ce qui l'intéresse.

Lulu attendit que son père eût mis le contact et klaxonné pour rallier le groupe rassemblé autour de la Land Rover.

— Je n'ai jamais vu de ma vie des chiens aussi beaux, leur dit-elle de sa voix douce et lente.

Emily vit qu'elle avait les yeux rouges et profondément cernés. Pendant un bref instant, son visage avait pris un aspect rigide et blanchâtre, cadavérique, et ses pupilles s'étaient élargies au point d'éclipser le bleu de ses iris. Buddy lui avait raconté la légende des enfants *échangés*[1] à la naissance. L'histoire lui avait fait très peur à l'époque ; à présent, elle semblait planer dans l'air comme une menace. Puis Lulu redevint Lulu.

---

1. Le terme utilisé en anglais : *changeling* (un changelin) a disparu de la mémoire collective et du dictionnaire français. C'est un vieux mythe du folklore d'Europe du Nord, notamment utilisé par les frères Grimm. Il s'agit d'un être maléfique substitué à un petit humain par une fée, un elfe ou un troll. (*N.d.T.*)

Après le départ de la Land Rover, Walter se tourna vers sa famille, jubilant.

— Il en a acheté trois. Je crois que c'est gagné. Ce sont des gens charmants, non ?

Tous acquiescèrent, et plus particulièrement les jumeaux. Emily remarqua cependant dans les yeux de sa tante une petite expression pensive et un minuscule froncement de sourcils.

Avait-elle aussi été témoin de l'*échange* ?

Pendant le dîner, ce soir-là, le téléphone sonna et son père alla répondre. A son retour, il avait le pas militaire et paraissait visiblement en proie à une violente excitation.

— Vous serez sûrement heureux d'apprendre que c'était Maybelle Foxworth. Elle voulait que je lui fasse une faveur et je lui ai dit qu'elle pouvait tout me demander. Elle m'a expliqué que Rhett et elle se font du souci pour Lulu, que sa fatigue n'est pas normale, et qu'elle n'est pas bien remise de sa grippe. La « saison » des débutantes va bientôt commencer à Charleston ; pour pouvoir participer aux grands bals et réceptions de Noël, il faut que Lulu se repose et qu'elle récupère. Une idée lui est venue à la suite de l'intérêt qu'a montré sa fille pour nos chiens. Elle lui a semblé... Comment m'a-t-elle dit, déjà ? « Restaurée ». Oui, je crois bien que c'est son terme. C'est un tel miracle de la voir s'intéresser à quelque chose que son mari et elle se demandent si Lulu ne pourrait pas passer l'été chez nous. Elle pourrait nous aider avec les chiens. Lulu a toujours su s'y prendre avec les animaux. Je lui ai donc parlé du petit studio vide, au-dessus de la grange. Elle pense que ça ferait parfaitement l'affaire ; ils se chargeraient de le meubler et d'apporter tout le nécessaire pour ses repas. Maybelle a ajouté qu'elle était pratiquement sûre qu'on ne verrait jamais sa fille en dehors du travail. Elle m'a répété que, depuis son retour, c'était bien la première fois que Lulu avait l'air de s'intéresser à quelque chose. En fait, c'est une idée de Lulu, mais Maybelle est sûre qu'elle saura se rendre utile, ne serait-ce qu'en nettoyant les chenils. Vraiment, ça leur sauverait la vie à tous. Alors, je lui ai dit que nous serions ravis de l'avoir.

Il y eut un grand silence, seulement rompu par les grognements de joie des jumeaux.

— Quel choix bizarre pour une étudiante épuisée, remarqua tranquillement Jenny. Il y a très certainement d'autres retraites légèrement plus chic ! Walter, tu crois que tu vas pouvoir la supporter ? Elle me semble un peu... fragile.

Emily ne dit rien. Dès le premier mot de son père, elle avait compris que ce serait l'été de Lulu Foxworth. L'été de l'*échange*. Rien ni personne n'empêcherait l'événement de se produire. Il était inscrit dans l'air entourant Lulu. Emily était glacée de colère.

« Je ne la laisserai pas faire du mal à mes chiens, se répétait-elle farouchement. Elle ne touchera pas à un poil d'Elvis ! »

Pendant le reste du repas, Walter exulta de bonheur. Son visage, si souvent abstrait et dur, était littéralement illuminé.

— Une Foxworth chez nous pendant trois mois ! On va s'en occuper comme si elle faisait partie de la famille. Il n'est pas question pour elle de rester isolée dans son studio pendant tout l'été. Elle dînera avec nous, et elle pourra même assister à des essais et à des shows... Ses amis et ses parents viendront lui rendre visite ! C'est la chance de notre vie !

— Quelle chance ? demanda Jenny d'un air faussement intéressé.

— Une chance pour chacun dans cette famille de... de devenir quelqu'un, de représenter quelque chose ! Nous partagerons son monde et elle, le nôtre. Et réfléchis un peu à tout ce qu'elle va apporter à Emily ! Toutes ces choses que les jeunes filles de Charleston sont censées faire et savoir ! Emily va rencontrer les amies de Lulu et, en un rien de temps, elle sera elle aussi une débutante.

— Tu ne penses pas aller un peu vite en besogne, Walter ? Sa mère a seulement dit qu'il lui fallait du repos, de la tranquillité et de la simplicité. Et surtout de la solitude ! Si elle veut partager notre vie, elle saura bien nous le faire savoir. La remise en état du vieux studio ne va-t-elle pas coûter les yeux de la tête ? Il est complètement en ruine.

— Maybelle m'a dit que son mari et elle nous dédommageraient. Ils veulent également payer une pension pour Lulu. Quant à elle, elle ne veut surtout pas d'argent, juste s'initier au dressage et nous aider... et puis lire, et dormir. Maybelle m'a assuré que nous ne nous apercevrions même pas de sa présence.

« Moi, si ! » se répétait Emily avec obstination.

Sitôt le dîner terminé, elle monta directement dans sa chambre avec Elvis. Elle se coucha et le serra contre elle pour regarder la télévision. Elle lui parla de Maybelle, de Rhett, de Lulu Foxworth et des projets de son père. Elle lui raconta également l'événement extraordinaire dont elle avait été témoin : l'*échange* de Lulu. Mais, avec le recul et tandis qu'elle y réfléchissait à nouveau, tout cela lui apparut bien irréel.

— Oui, peut-être, dit-elle au chien en secouant la tête... Mais une chose est sûre, elle ne te mettra pas le grappin dessus !

Il la fixa de ses yeux dorés et se pelotonna contre elle. Sa respiration se calma et il s'endormit.

Emily ne trouva pas le sommeil aussi facilement. Elle attendit longtemps que sa tante vienne lui dire bonsoir pour lui parler de ce qu'elle avait vu – ou imaginé avoir vu. Elle en profiterait pour avoir son avis sur Lulu.

Seulement voilà, tante Jenny ne vint pas. Emily l'entendit parler avec son père, en bas. Puis leur conversation sérieuse prit un tour plus léger, plus décousu, celui de deux personnes se connaissant depuis longtemps. Pour la première fois, elle entendit son père rire avec sa tante. Elle en oublia sa colère et sa détresse, tant il était réconfortant d'entendre des rires d'adultes résonner dans la grande maison. Elle s'endormit apaisée.

La semaine suivante, Maybelle vint en compagnie de Lulu constater l'avancement des travaux du studio.

Pendant de longues journées, Walter, les jumeaux et G. W. – occasionnellement aidés par un Kenny Rouse récalcitrant – s'étaient employés à débarrasser le studio des vieilleries accumulées. Puis, ils avaient lessivé et encaustiqué le vieux parquet en pin et badigeonné les murs de blanc. Lorsque les Foxworth arrivèrent, les fenêtres fermées, collées par la peinture, étaient recouvertes d'une épaisse couche de crasse, et une puissante odeur de poussière et de chien flottait dans tout le studio. Les hommes n'avaient pas encore eu le temps de s'occuper de la minuscule cuisine. Walter n'était pas content : il aurait voulu que tout fût terminé pour l'inspection *foxworthienne*.

Emily et son père suivirent les Foxworth dans l'escalier branlant pour la visite de la tanière de Lulu. La fillette n'y avait pas mis les pieds depuis un jour ou deux et elle la découvrit soudain avec les yeux des deux visiteuses. Son cœur se remplit de joie car, malgré le revêtement de peinture et d'encaustique, la pièce était toujours aussi miteuse et d'une banalité écrasante. Jamais un Foxworth n'avait dû loger dans un endroit pareil. Lulu était certainement habituée au marbre et à l'acajou et ne devait dormir que dans un luxe d'oreillers en plumes, de rideaux damassés et de draps de coton soyeux. Il était hautement improbable que le studio puisse lui plaire ou convenir à sa mère.

Quand ils se retrouvèrent tous au milieu de la pièce vide et brûlante, enveloppés d'une myriade de particules poussiéreuses dansant dans les rais blafards d'un soleil qui n'arrivait pas à traverser les fenêtres crasseuses, un long et pesant silence s'installa.

— Comme vous le voyez, ce n'est pas encore terminé, finit par dire Walter. Les fenêtres vont être changées. Sur le sol et les murs, on mettra ce que vous voudrez. La salle d'eau va être complètement carrelée et la vieille baignoire sabot, remplacée par une douche. Une fois achevé, ça pourra ne pas être mal.

Clairement épouvantée par ce qu'elle voyait, mais trop bien élevée pour le montrer, Maybelle répliqua d'une voix lente :

— Oui, bien sûr, mais… je ne sais pas. J'avais pensé que ce serait plus… abouti. Et c'est si petit. Il faudrait aussi l'air conditionné, car Lulu n'est pas habituée à dormir dans une chaleur pareille.

— Ça va de soi, répondit Walter d'un ton où le désespoir perçait. Nous avons besoin d'une petite journée pour tout finir.

— Et cette cuisine… continua Maybelle sans terminer sa phrase.

Pas une seule fois sa voix n'avait roucoulé ou flûté. C'était la Maybelle de retour aux affaires.

Il y eut un nouveau silence, interrompu par Lulu.

— J'adore cet endroit. Tout est propre, dépouillé et austère, comme une cellule monacale ou une petite chambre dans une île grecque. Je ne veux rien sur le sol et les murs doivent rester blancs. Il me faut juste des persiennes, comme en Italie, et ce sera parfait. Pas d'air conditionné. J'ai un gros ventilateur qui suffira amplement. Et j'adore la baignoire sabot. Pour la cuisine, j'ai juste besoin d'un four à micro-ondes et de l'eau courante. J'ai un petit réfrigérateur qui conviendra largement.

Walter acquiesça.

— La cuisine sera finie d'ici votre installation, dit-il.

— Lulu... commença Maybelle.

La voix claire et exceptionnellement forte de sa fille l'interrompit.

— C'est ce que je veux. C'est exactement ce que j'avais en tête, et c'est tout ce dont j'ai besoin en ce moment.

La mère et la fille se dévisagèrent un court instant, puis Maybelle leva les mains et les laissa retomber. Elle adressa un sourire dépité à Walter.

— Alors on le prend, et on vous remercie pour tout. Je vais un peu modifier son côté spartiate avec un lit, un sofa, un fauteuil et des tas d'oreillers. J'ai un magnifique petit tapis mexicain. Oui, ça pourrait être charmant.

— Je ne veux pas qu'il soit charmant, fit Lulu d'une voix à nouveau très basse. Je veux...

Emily ne réussit pas à entendre la fin de la phrase, mais elle aurait juré que Lulu avait dit « pénitentiel ».

« Peut-être est-elle sur le point de se retirer dans un couvent et veut-elle s'exercer un peu ici avant, songea-t-elle méchamment. J'espère surtout qu'elle s'est trouvé un ordre où il est interdit de parler ! »

Lorsqu'ils ressortirent dans le soleil exténuant de midi, Lulu demanda si elle pouvait utiliser une salle de bains.

— Naturellement, répondit Walter. Madame Foxworth ?

— Non, merci, pas pour moi, répondit Maybelle d'une voix distante.

« Elle boude, se dit Emily. Je parie que cela doit être la troisième fois dans toute sa vie que quelque chose lui résiste. »

— Emily, emmène donc Lulu dans ta chambre. Je ne pense pas que Cleta ait déjà fait les autres salles de bains.

Emily savait pertinemment que les salles de bains de son père et des garçons n'étaient pas faites et qu'elles devaient ressembler comme d'habitude aux cabines bourbeuses d'un gymnase mal entretenu.

— C'est par là.

Elles pénétrèrent dans la maison sombre et silencieuse et n'échangèrent pas un mot jusqu'à la chambre d'Emily.

La fillette s'assit sur la banquette de brocart élimé.

— C'est au fond, dit-elle. Je vous attends ici.

Lulu pénétra dans la chambre et referma la porte. Quelques instants plus tard, Emily l'entendit parler sur le ton qu'elle avait employé le week-end précédent pour s'adresser aux chiens. Son cœur fit de faibles soubresauts, comme un poisson au bout d'un harpon. Elvis ! Son père et elle l'avaient complètement oublié. Elle ouvrit la porte et entra.

— Jamais je n'en ai encore vu d'aussi beau, murmura Lulu dans un souffle. Pourquoi est-il enfermé ici ? Comment s'appelle-t-il ?

— Elvis, répondit Emily d'un ton maussade. C'est mon chien. Il ne me quitte jamais. J'avais oublié qu'il était dans ma chambre.

— J'aimerais le voir à l'entraînement. S'il est aussi doué qu'il est beau, mon père va déplacer des montagnes pour le voir.

— Il... il ne chasse pas. Il sait chasser, il est même extraordinaire, mais au dernier moment, il ne... il refuse. On ne sait pas pourquoi. Mon père ne veut pas que les gens le voient.

— Alors, je n'en parlerai pas.

Lulu serra encore une fois l'épagneul contre elle et lui murmura à l'oreille, suffisamment fort pour qu'Emily l'entende :

— Je parie que je sais exactement pourquoi tu refuses de chasser. Tout simplement parce que tu ne veux pas !

Il lui lécha le visage. Emily s'assit sur le lit et attendit. Lulu ressortit toute fraîche de la salle de bains et embrassa Elvis sur le haut de sa tête soyeuse. Le petit derrière tout bouclé du chien remua de plaisir. La jalousie venait de planter ses fines dents acérées dans le cœur d'Emily. Elle referma la porte d'un coup sec et descendit l'escalier, suivie de Lulu.

Elle entendit Elvis gémir. C'était bien la première fois qu'il pleurait après son départ.

Au milieu de la nuit, elle fut réveillée par le crissement des ongles du chien qui arpentait le parquet de la chambre.

6

Le troisième week-end de juin, Lulu emménagea. Toute la semaine, il y avait eu d'incessantes allées et venues de camions conduits par des chauffeurs noirs qui avaient déchargé à longueur de journée de lourds fardeaux hermétiquement emballés. Maybelle en personne avait monté des rouleaux de moquette et de tissu au studio. Un chauffeur inconnu d'une marque d'appareils électroménagers tout aussi inconnue avait livré un climatiseur qu'il n'avait réussi qu'avec force jurons à faire passer par l'escalier étroit.

Après le déchargement de chaque nouvelle cargaison, Emily chuchotait à l'oreille de sa tante :

— Elle n'avait pas dit qu'elle ne voulait rien de tout ça ?

— J'imagine qu'il ne doit pas toujours être facile de tenir tête à Maybelle.

Lulu n'était pas venue une seule fois.

— Elle dort, leur expliqua Maybelle, secouant la tête avec l'air entendu d'une mère confrontée aux caprices d'une débutante. Je n'ai jamais vu quelqu'un dormir autant. Je dois reconnaître qu'elle a eu une très mauvaise grippe, et son dernier trimestre a fini de l'achever. J'avais pourtant essayé de la mettre en garde : « Mon chou, qu'y a-t-il de si important qui ne puisse attendre le prochain semestre ? Qu'y a-t-il de plus essentiel que ta santé ? »

Mais rien n'y a fait. Elle a voulu suivre tous les colloques organisés aux quatre coins du pays. En tant que représentante de son université, elle était obligée, bien sûr, de participer à toutes les rencontres. En dernier ressort, j'ai dû lui signer une dispense pour quitter le campus avant la fin de l'année. Je pense qu'elle récupère de tout ça.

Le matin de la diaspora finale, la canicule était pratiquement insupportable. Le ciel blanc de chaleur avait l'air plat et le fleuve stagnait, noir et visqueux. Des ondes de chaleur déformaient les *hammocks* et les bois éloignés ; plus rien ne bougeait dans le marais paralysé. La laîche avait replié son éventail d'or vert ; la mousse espagnole pendait inerte des grands chênes. On ne voyait ni n'entendait plus aucun des nombreux hôtes habituels du fleuve. Il n'y avait plus de plocs ni de ploufs, ni trilles, bruissements ou bourdonnements. Le charivari criard des cigales s'était tu, tout comme le crépitement sec des crevettes plongeant dans leurs trous. Une puissante odeur de boue émanait du fleuve à marée basse ; un morne ballottement avait remplacé les petites claques vigoureuses habituellement infligées aux piles du ponton. Hommes et animaux étaient tout simplement assommés. Même les chiens dans les enclos avaient cessé de couiner et de s'agiter.

Rassemblés au grand complet dans l'allée principale et tout aussi silencieux, les Parmenter s'essuyaient le front et le cou trempés de sueur. Pomponnés de frais et arborant des tee-shirts identiques aux manches coupées, Walt Junior et Carter n'avaient pas la force de se livrer à leurs messes basses habituelles. Ecrasés par la canicule, ils ne bougeaient plus, le torse et les biceps si luisants qu'Emily avait cru un court instant qu'ils les avaient huilés à la façon des culturistes avant un concours. Avec sa chemise en oxford bleu et son pantalon kaki au pli impeccable, seul son père semblait résister à la fermentation caniculaire. Son regard bleu aiguisé était en alerte et ne

131

quittait pas l'extrémité de l'allée d'où émergerait le caravansérail.

Ils avaient d'abord entendu le grondement et le grincement de nombreuses automobiles avant d'assister, éberlués, à l'arrivée d'une procession ininterrompue de véhicules tout-terrain, de camions, de remorques et de voitures plus classiques. Rhett ouvrait la marche au volant de sa Land Rover en compagnie de Lulu, avachie et bossue à côté de lui. Maybelle suivait dans un cabriolet BMW rouge cerise. Elle souriait et saluait de la main comme dans une publicité. Le soleil donnait à ses cheveux impeccablement coiffés de somptueux reflets d'argent. Emily se demandait par quel miracle elle avait réussi à éviter une insolation en conduisant tête nue par cette chaleur.

Walt et Carter avaient repris leurs conciliabules secrets.

— Ce p'tit bijou a besoin d'un chauffeur, dit l'un des deux.

— Pile ou face ? proposa l'autre.

Leur père leur lança un regard si incendiaire qu'ils se turent.

Derrière les deux voitures de tête, une camionnette étincelante vert vif arborant l'emblème de Maybud transportait un réfrigérateur flambant neuf. Une immense remorque, habituellement réservée au transport des chiens de chasse, était remplie à ras bord d'un bric-à-brac de lampes, d'un grand miroir au cadre orné de volutes, d'une collection de plantes vertes géantes et d'un énorme téléviseur. Des véhicules de taille plus modeste, chargés de cartons de livres étiquetés, de vaisselle, d'un four à micro-ondes, d'une chaîne stéréo et d'un ordinateur, fermaient la marche.

Les mots « chameaux » et « éléphants » trottaient dans la tête d'Emily, qui assistait bouche bée au spectacle. Elle cherchait désespérément leur origine quand Buddy vint soudain à sa rescousse en lui soufflant : « *Les Bijoux de la couronne*, bien sûr ! On l'a vu ensemble. Tu te souviens bien, ce maharadjah à la tête de caravanes d'éléphants et de chameaux... »

Elle n'avait pu s'empêcher de rire tout haut. Son père lui jeta un regard réprobateur, mais les éléphants et les chameaux n'en continuèrent pas moins de défiler dans sa tête.

Les hommes noirs qui s'étaient relayés sans relâche dans les escaliers du studio portaient tous la même tenue : une chemise vert sombre avec un pantalon aux poches ornées d'un M majuscule. Ils auraient pu être recrutés pour leur magnifique prestance aussi bien que pour les prouesses qu'ils avaient accomplies pendant tout le temps qu'avait duré l'emménagement. Ils avaient travaillé dans le silence absolu et quand le dernier colis emballé avait été monté au studio, Lulu était descendue de la Land Rover, où elle avait somnolé pendant toute la durée des opérations, pour remercier chacun d'eux en les appelant par leur nom.

Ils lui répondirent tous en chœur, en hochant la tête.

— Mademoiselle Lulu.

Le plus vieux, aux tempes grisonnantes, se pencha pour lui dire quelque chose à l'oreille. Elle le serra très fort dans ses bras avant de lui répondre.

— Je ne serai pas absente longtemps, Leland.

— Revenez-nous aussi vite que possible.

Débarrassés de leur contenu hétéroclite, les véhicules en file indienne avaient remonté l'allée pour disparaître comme ils étaient venus.

Souriante, Maybelle sortit de la grange et les rejoignit en sautillant.

— Walter, vous n'allez pas en croire vos yeux. Il a finalement du potentiel, ce petit studio. Si j'étais célibataire comme Lulu, j'y logerais avec plaisir... Il faudrait peut-être qu'il soit un peu plus proche du centre car nous, les planteurs, nous avons l'habitude de vivre dans la brousse, mais les jeunes préfèrent les endroits plus animés, c'est comme ça ! Dès que l'installation sera terminée, vous viendrez voir par vous-même, mais il faut bien compter encore une petite heure. Lulu, tu n'as vraiment pas envie de monter ? J'ai mis l'air conditionné à fond. On se croirait dans une grotte. J'aimerais avoir ton avis sur quelques petits détails.

Avant de suivre sa mère dans la grange, Lulu avait adressé un léger signe de tête aux Parmenter. Emily avait eu beau tendre l'oreille, elle n'avait pas entendu une seule parole passer entre la mère et la fille.

Rhett était depuis longtemps reparti pour Maybud, prétextant un rendez-vous avec l'administration forestière au sujet de son exploitation de pins, l'une des sources de revenus de son domaine.

— Vous savez ce que c'est, Parmenter, dit-il à Walter en lui serrant la main. Si ce n'est pas une chose, c'en est une autre !

Les Parmenter restèrent assis à l'ombre de la véranda à boire du thé glacé dans des verres ruisselants de buée que Cleta remplissait au fur et à mesure. Cleta était la seule à n'avoir jamais manifesté une quelconque curiosité pour Lulu ou pour ses parents.

Après la première visite de la famille, Emily lui avait demandé :

« Tu la trouves comment ?

— Jolie fille. De beaux yeux et de beaux cheveux, mais elle a que la peau sur les os et elle est trop nerveuse. Elle saute au plafond dès qu'on lui parle ! Cette p'tite, elle a quelque chose qui tourne pas rond. Et c'est pas la fatigue ou la maladie ! Une p'tite gosse aussi riche qui vient se cacher ici tout l'été, tss... tss... »

Emily tenta à plusieurs reprises d'aborder le sujet de Lulu, mais Cleta refusa obstinément de répondre.

S'éventant de la main dans la chaleur infernale, Maybelle ressortit enfin de la grange, suivie par Lulu dont la peau semblait parfaitement sèche, à la limite de la déshydratation. De minuscules rides tout aussi desséchées entouraient ses yeux magnifiques. Emily se sentit profondément agacée de constater que rien n'avait le pouvoir de l'enlaidir. Sans aucun maquillage, ses cheveux dorés ramassés en une vague queue-de-cheval, les paupières rougies, le nez et les pommettes envahis de taches de rousseur, Lulu n'en continuait pas moins d'attirer tous les regards. Son short blanc, son tee-shirt, ses longues jambes musclées et bronzées, tout était parfaitement sec.

« C'est sûr qu'elle ne doit pas souffrir de la chaleur dans son petit studio bien froid, mais attendons un peu de la voir dehors avec les chiens », se répétait Emily avec un plaisir sadique.

Walter proposa du thé et des gâteaux au sésame à Maybelle.

— Non, il faut que je parte, répondit-elle en roucoulant. Lulu a besoin de faire une petite sieste et si je reste une minute de plus à lui tourner autour, elle va finir par me tuer. De plus, je suis déjà en retard pour mon bridge. Vous savez, elle a vraiment hâte de vous montrer son petit appartement, mais plus tard dans l'après-midi. Elle me l'a promis.

Elle se retourna pour regarder sa fille qui s'empressa d'acquiescer en souriant, comme une enfant prise sur le fait. Elle la serra ensuite très fort dans ses bras.

— N'oublie pas que tu as juré d'appeler ce soir. Et tu sais que tu peux rentrer à la maison à tout moment.

— Oui, oui, d'accord, répondit Lulu de sa voix douce et voilée. Merci pour tout. Remercie aussi papa pour moi.

135

Elle sourit à la ronde, s'excusa et s'évanouit dans l'obscurité de la grange. Fronçant les sourcils, sa mère resta quelques instants à la contempler avant de s'adresser à Jenny.

— Je vous la confie. C'est encore une enfant.

— Ne vous inquiétez pas. Nous prendrons bien soin d'elle.

Maybelle monta dans sa petite BMW rouge, fit ronronner le moteur et disparut. Les Parmenter se regardèrent. Il était trois heures de l'après-midi, ce samedi 16 juin, et l'univers était parfaitement immobile.

Ce soir-là, les Parmenter ne furent pas conviés à la visite du royaume. Lulu vint en effet frapper à leur porte et dit à Emily venue lui ouvrir :

— J'espère que vous me pardonnerez tous de devoir reporter la visite officielle, mais je dois passer des coups de téléphone. J'aimerais aussi revoir un peu la décoration de ma mère qui, quelquefois, déborde de... d'enthousiasme.

Walter et Jenny les rejoignirent.

— Il me tarde vraiment de voir ce que vous avez fait du studio, dit Jenny en souriant.

— En ce moment, ça ressemble plutôt à un claque de La Nouvelle-Orléans.

Emily et Jenny éclatèrent de rire. Comment lui résister ? Walter les regarda en fronçant les sourcils, puis invita une nouvelle fois Lulu à partager leur souper. Emily le dévisagea. Où avait-il trouvé ce mot de « souper » ? C'était un dîner qu'ils prenaient le soir à six heures.

— C'est très gentil à vous, mais je vais juste manger une petite omelette avant de me coucher et de lire. Vous n'imaginez pas le luxe ! Chez moi, avec ma mère, c'est quasiment impossible.

Lorsque Lulu repartit, Elvis se mit à gémir en regardant Emily.

— Pas bouger, lui ordonna-t-elle sèchement.

Il s'assit, le regard blessé, ses yeux mordorés pleins de tristesse. Elle se baissa pour le caresser.

— Je suis désolée. Je m'étais pourtant juré de ne pas m'en prendre à toi.

Walter avait assoupli la réclusion d'Elvis, tout au moins vis-à-vis de Lulu, puisqu'elle était déjà au courant de son existence et qu'elle avait promis de ne rien dire à son père. Ce n'était pas le cas pour leurs autres visiteurs : Elvis était toujours interdit de séjour dans la maison.

Emily fut bien obligée de donner son accord. C'était toujours mieux que rien.

Le lendemain matin, lorsque Walter et Emily se rendirent vers huit heures aux chenils, ils y trouvèrent Lulu, assise sur un sac de croquettes. Elle avait les bras remplis des chiots de Daisy qui s'agitaient dans tous les sens, remuant frénétiquement leur bout de queue et lui léchant énergiquement la figure. Les yeux clos et le visage encore luisant de savon et de la bave des chiots, Lulu avait un sourire béat, comme si elle venait d'avoir la vision du paradis. Dans la lumière matinale, elle brillait de mille feux comme une amulette d'or minutieusement polie, et dégageait un frais parfum de lavande anglaise. Avec son vieux jean coupé, les pommettes et les yeux creux, elle était plus jolie que jamais. Amère, Emily cherchait désespérément ce qui pourrait bien diminuer l'éclat de cette insolente beauté. Elle se surprit à penser que lorsqu'on avait la chance d'être aussi belle que Lulu, on ne devait même plus faire attention à son apparence. Emily ne s'y intéressait pas non plus, toutefois ce n'était pas parce qu'elle était sûre de sa beauté, mais tout simplement pour ne plus être effrayée par sa lente – mais persistante – métamorphose.

En les voyant arriver, Lulu s'adressa à Walter.

— J'espère que je n'ai rien fait de mal, mais je n'ai pas pu résister.

— Non, non, bien au contraire. Très tôt, les jeunes chiots ont besoin du contact des hommes. Ça les habitue à leur compagnie. Vous pouvez jouer avec eux tant que vous voudrez. Ça fera des vacances à notre pauvre Daisy !

Emily jeta un bref regard à son père. Walter n'avait jamais permis à aucun des chiots de pénétrer dans la maison. Ils auraient été gâtés, déstabilisés, disait-il, et au lieu de n'obéir qu'à un maître, comme tout bon chien de chasse, ils auraient suivi le premier venu – ce qui était une catastrophe pour un épagneul !

Saisissant le coup d'œil de sa fille, il rougit légèrement.

— Je viens juste de terminer un livre écrit par les moines de New Skete, qui dressent et élèvent des chiens connus du monde entier. Cet ouvrage – que tout le monde s'accorde à trouver excellent – m'a finalement convaincu que les chiens devaient être en contact le plus tôt possible avec les hommes. Et j'allais justement vous demander, à toi, aux garçons et à Rouse – si jamais il refait surface –, de passer du temps avec les chiots. Comme ils ont également besoin de se familiariser avec l'intérieur de la maison, et qu'il n'est pas question de les laisser vagabonder n'importe où, j'envisage de transformer la grande remise au-dessus de la grange en une sorte de pièce à vivre, avec des canapés, des tapis, des lampes et une radio. On pourrait même y installer une machine à café et une à glaçons. Les chiots apprendraient vite tout ce qui est interdit : grignoter les fils électriques, ou uriner sur le tapis ! Ce serait une très bonne initiation. Vous pourriez, chacun à tour de rôle, y passer une heure ou deux après votre travail.

— Laissez-moi m'en charger ! s'exclama Lulu de sa voix essoufflée. Vous avez tous des tas d'autres choses à faire, et j'aimerais tellement passer une heure ou deux avec les chiots.

— D'accord. On va y réfléchir, et faire un essai. Pour commencer, vous n'avez qu'à en prendre quelques-uns avec vous dans le studio. Mais j'ai bien peur que vos jolies choses ne résistent pas longtemps à leurs petites dents aiguisées.

— Ce n'est pas grave.

Dès la première heure, Lulu se révéla parfaitement dans son élément avec les chiens. Emily était chargée du dressage de quatre nouveaux rejetons de Ginger, une chienne douce et patiente dont les petits n'avaient jamais eu de problèmes de communication avec Emily. Afin toutefois d'éviter de passer pour une folle aux yeux de Lulu, elle avait décidé de ne pas lui parler de sa méthode. Elle lui enseignerait la procédure classique et verrait bien comment elle se débrouillait. Or, une toute petite demi-heure fut suffisante. Emily commença avec Bandit, un gros et joyeux chiot qui devait apprendre à s'asseoir. Elle lui lança un ferme « Hup », tout en lui appuyant doucement sur l'arrière-train. Son père lui avait expliqué que c'était la technique traditionnelle pour les épagneuls, mais elle n'avait encore jamais eu l'occasion de l'essayer. Elle devait en même temps lever la main droite pour habituer le chiot à obéir aussi à un signal visuel. Lulu l'observa avec la plus grande attention.

Emily avait silencieusement prévenu Bandit : « Tant qu'elle sera là, on devra appliquer la méthode. Après, on refera comme avant. »

Bandit la regarda avec gravité et s'assit gaiement.

— C'est vraiment extraordinaire, s'exclama Lulu. Et au premier essai ! Ils sont vraiment plus doués que la majorité des gens !

Emily lui confia alors Molly, une future diva capricieuse, l'antithèse absolue de sa douce et sereine génitrice.

« Voyons voir ce que va donner notre petit phénix », se dit-elle.

Lulu s'assit dans l'herbe face à Molly et la fixa droit dans les yeux. Molly lui retourna le regard de ses yeux jaunes largement entourés de blanc. Lulu se redressa et, comme si elle avait fait cela toute sa vie, ordonna à Molly de s'asseoir.

La petite chienne s'exécuta au premier essai.

La jeune fille se baissa pour la caresser et la féliciter, puis leva les yeux vers Emily.

— Elle est vraiment douée. Ils le sont tous ! Incroyable ! Ils ont réussi tous les deux à leur premier essai !

C'était la première fois que Lulu ne donnait pas l'impression d'être tendue comme un arc, ou de porter un masque. Vacillant comme la lueur d'une bougie, un sourire éclairait son beau visage froid. L'*échange* se tenait certainement en embuscade, mais il n'aurait pas lieu ici, et pas tout de suite.

— Apprendre la position assise, observa Emily d'un ton guindé, c'est ce qu'il y a de plus facile pour eux. Presque tous les chiots y arrivent du premier coup. Mais c'est moins vrai pour le reste.

— Par exemple ? demanda Lulu d'un air très intéressé.

Emily remarqua qu'elle avait les pommettes colorées et que la sécheresse avait disparu de son regard bleu ardent.

— Eh bien, ils doivent apprendre à obéir à : « pas bouger », « au pied » et « couché ». « Au pied », c'est le plus difficile pour eux. Ensuite, il y a des stades plus compliqués en fin de dressage, comme celui de prendre et de rapporter des leurres, de résister au bruit des coups de fusil, et de rester longtemps immobile dans l'eau. On va commencer avec les exercices basiques.

— Les coups de feu, répéta pensivement Lulu. C'est difficile ?

— Pour qui ?

Lulu la regarda froidement.

— Pour les chiens, bien sûr. Je sais tirer depuis que j'ai la force d'épauler un fusil.

— Ah !

— Oui, et je n'ai jamais chassé. Mais, comme malheureusement les chasseurs existent, il vaut mieux que leurs chiens soient correctement dressés... dans l'intérêt des uns comme des autres !

C'était exactement ce que pensait Emily, et cela la rendit d'autant plus amère.

Vint le tour de deux autres débutants. Emily et Lulu leur firent exécuter les premiers exercices et, à part un petit cafouillage de Molly – une erreur de Lulu ! –, tout se déroula impeccablement.

— Pour aujourd'hui, c'est tout, dit Emily. Même si on a besoin de nombreuses séances, il faut qu'elles restent courtes. Les chiots ne sont pas capables de se concentrer longtemps.

Lulu essuya sur son short ses fines mains bronzées couvertes de bave.

— Et maintenant ?

— On passe à l'entraînement des chiens dans l'enclos. Ils sont presque tous en laisse, mais les plus âgés ont vraiment besoin d'être attachés.

— Ensuite ?

— On déjeune. Après, on nettoie les chenils, on change la paille et on vérifie si les chiennes n'ont pas besoin qu'on leur masse les tétons. Ensuite, on les nourrit et on nettoie tout au jet. On regarde aussi si les chiens doivent voir le vétérinaire.

— Et après ?

Perdant patience face au brillant phénix, Emily lui répondit sèchement.

— Après ? Après, on rentre à la maison. Tu n'as pas

encore idée combien une douche et une sieste te seront nécessaires après tout ça ! L'après-midi, c'est les garçons qui s'en occupent. Ils apprennent aux chiens plus avancés à rapporter, et papa termine le dressage.

— Tu pourrais aussi me montrer ?

— Ouais, mais je ne le ferai pas. C'est chasse gardée ! Papa piquerait sa crise s'il voyait quelqu'un se mêler du dressage final de ses chiens. Il ne sait même pas que j'en suis capable.

— Comment as-tu appris ? demanda Lulu, les yeux brillants d'intérêt.

— J'ai regardé en cachette.

— J'ai du mal à imaginer ton père piquant une crise.

— Eh bien, essaie de toucher à ses chiens, et tu comprendras vite ce que je veux dire par « piquer une crise » !

Elles finirent leur travail sans plus échanger la moindre parole. Elles s'adressèrent un bref signe de tête avant de se séparer pour aller déjeuner chacune de son côté, Emily dans la maison, Lulu dans le studio. L'air conditionné se mit à ronronner et Emily, ulcérée, claqua la porte grillagée de l'entrée. Personne n'avait l'air conditionné dans la grande maison. Même par les nuits les plus brûlantes, ou les plus moites, elle endurait la canicule comme un mal nécessaire – bien que fort désagréable – de la vie dans une plantation.

« Le fleuve nous procure tout l'air conditionné dont nous avons besoin », se plaisait à répéter son père.

Pour la première fois, elle imaginait combien il devait être agréable d'échapper à la chaleur étouffante de midi en se rafraîchissant sous l'air froid et sec du climatiseur.

« Je parie qu'elle se met toute nue devant », se prit-elle à songer, puis elle reconnut à contrecœur qu'elle était plutôt douée avec les chiens. « Je me demande si elle

142

communique également avec eux ? En y réfléchissant, j'ai l'impression qu'il y a un peu de ça. »

Ce serait l'ultime blessure pour son ego déjà bien meurtri. Elle en repoussa immédiatement l'éventualité et grimpa dans sa chambre pour se rafraîchir le visage, avec l'intention de serrer Elvis contre elle avant de descendre manger.

Il n'était pas à sa place habituelle sur la descente de lit. Il ne se trouvait pas non plus dans la salle de bains. D'un pas pesant, Emily redescendit dans la cuisine où Cleta servait le déjeuner.

Elle se glissa à sa place sur la chaise qui collait désagréablement à ses jambes nues.

— Quelqu'un a-t-il vu Elvis ?

— J'l'ai vu passer et sortir y a un petit moment, dit Cleta. Je s'ppose qu'il est allé chercher de l'ombre.

Emily hocha la tête. L'épagneul aimait bien se réfugier sur la pelouse, à l'endroit humide où était branché le tuyau d'arrosage, et où un léger souffle d'air montait du fleuve. Mais il n'y était pas quand elle traversa la pelouse pour aller aux chenils. Ce n'est qu'en arrivant à l'enclos qu'elle l'aperçut : il suivait Lulu qui descendait de chez elle avec deux chiots dans les bras.

— J'espère qu'il n'y a pas de problème pour les chiots, lança-t-elle à Emily.

Mais, en remarquant le regard qu'elle lui lançait, elle s'empressa d'ajouter :

— Je ne l'ai pas kidnappé. Je lui ai ouvert la porte parce qu'il grattait. Il a dû entendre les chiots à l'intérieur et aura voulu voir ce qui se passait.

Elvis poussa sa truffe dans la main d'Emily, un geste qu'il faisait toujours lorsqu'il voulait attirer son attention.

— Il ne faut pas aller embêter Lulu, lui dit-elle d'une petite voix qui sonnait faux.

Il la regarda intensément et lui lécha la main. Pendant le restant de l'après-midi, Emily et Lulu nettoyèrent les chenils, vérifièrent l'état des chiennes, remplirent les gamelles, ne s'adressant la parole que lorsque c'était indispensable. Elvis ne quitta plus Emily ; chaque fois qu'elle attaquait une nouvelle corvée, il venait s'asseoir, très grave, à côté d'elle. L'écart est grand entre une fillette de douze ans et une jeune fille de vingt, mais c'est un véritable fossé qui sépare Charleston d'un élevage d'épagneuls. Quand elles eurent terminé, elles se saluèrent poliment. Tout heureux, Elvis trotta aux côtés d'Emily pour attendre tranquillement l'heure du dîner. Lorsqu'elle s'allongea sur son lit après le bain, il se cala avec délice contre elle.

— Je suis sûre que c'est elle qui t'a appelé !

Tout en se serrant plus fort contre elle, il afficha son sourire de chien.

— Arrête de la suivre. Ça me fait trop de peine !

Il gémit et lui lécha le visage.

A part les nuages obèses bordés de pourpre qui s'entassaient au-dessus du fleuve, la matinée suivante se déroula de la même manière. Une odeur d'ozone et de pluie planait dans l'air.

— Pas de chiots, aujourd'hui. La pluie ne va pas tarder et on doit faire la tournée des chiens pour leur donner à manger et à boire avant l'orage.

A l'heure du déjeuner, elles quittèrent la grange pour l'enclos. A l'approche de la tempête, l'air était chargé et lourd. Tout près des clôtures, Kenny Rouse était assis les jambes croisées sur l'aile de sa voiture. Lorsqu'il aperçut Emily, il afficha un large sourire et, avec ses mains, se dessina des seins sur la poitrine.

La fillette ne rougit pas de peur, mais de colère. Elvis commença à gronder faiblement. Lorsque Lulu sortit de la grange, Kenny fit des gestes obscènes et, exhibant sa panoplie complète de dents de requin, se mit à projeter son bassin en avant. Le grondement du chien devint plus puissant.

— C'est qui, ce crétin ? demanda Lulu d'une voix claire et forte.

— Kenny Rouse. Il nettoie les chenils et nourrit les chiens quand on n'est pas là. Je ne sais pas pourquoi papa le garde. Il est toujours là à nous fixer, à montrer ses dents et à se toucher. Je le hais.

— Hum... grommela Lulu.

Elle ramassa une brassée de chiots, salua Emily de la tête et disparut dans les escaliers. Elvis ne la suivit pas. Le poil du cou tout raide, il ne quittait pas des yeux Kenny Rouse, toujours avachi sur sa voiture, qui regardait dans la direction de Lulu.

Juste après le déjeuner, alors que les premières gouttes de pluie s'écrasaient en crépitant sur la terre brûlée, l'homme vint frapper violemment à la porte. Contrairement à son habitude, Elvis se mit à grogner. Walter alla répondre et Emily se cacha sous l'escalier pour écouter.

Elle entendit Kenny dire de sa voix traînante et nasillarde :

— Je pars. Vous m'devez de l'argent pour la semaine passée.

— Non, tu n'es pas venu, répondit Walter d'un ton neutre.

Emily savait que son père n'avait jamais vraiment apprécié Kenny, mais son remplacement n'allait pas être facile. Les volontaires ne se bousculaient pas.

— Eh ben, alors, pour la semaine d'avant !

— Rien du tout ! Et dis-moi, au fait, tu n'aurais pas par hasard déjà reçu ce qu'on te devait ?

Kenny cracha et jura. Emily passa la tête entre les barreaux de l'escalier. Sur la joue du garçon, rougeoyante dans l'obscurité, elle vit l'empreinte d'une main bien dessinée.

Il sortit en plastronnant avec un nouveau geste obscène, avant de regagner, très digne, sa vieille camionnette. Au moment où il prenait le rond-point en faisant crisser et voler le gravier, Emily aperçut Lulu en bas de l'escalier du studio qui se balançait d'avant en arrière, les mains enfoncées dans les poches et souriant légèrement. Lorsque son regard croisa celui d'Emily, elle lui fit un petit salut et rentra chez elle.

— Mesdemoiselles, à compter d'aujourd'hui, vous êtes seuls maîtres à bord, leur dit Walter le lendemain matin, en les rejoignant au chenil.

— Comment ça ? interrogea Emily d'un air innocent.

— Hier, Rouse nous a donné sa démission. Il est parti sans même attendre son argent.

Il glissa un coup d'œil vers Lulu.

— Je me demande vraiment ce qui s'est passé.

— Quel dommage ! remarqua-t-elle d'une voix légère.

Un peu à contrecœur, Emily adressa un faible sourire à Lulu qui, en retour, lui fit un petit signe de tête.

La défection de Kenny Rouse ne donna lieu à aucun autre commentaire, mais c'était comme si un léger craquement avait fendillé la laque de la cloison qui s'élevait entre elles.

Il ne fallut pas très longtemps aux Parmenter – exception faite d'Emily – pour tomber sous le charme de la jeune fille. Son enthousiasme, sa bonne volonté, ses manières impeccables et sa passion pour les chiens les envoûtèrent. Très rapidement, Lulu révéla de véritables dons pour le dressage. Elle ne montait jamais dans sa chambre sans prendre avec elle une brassée de rejetons de Daisy, devenus – comme l'avait prédit Walter – des chiots heureux et débordants d'enthousiasme. Elle disparaissait dans son studio à la fin de la journée et ils ne la revoyaient plus jusqu'au lendemain. Ils entendaient parfois de la musique, souvent classique, mêlée aux glapissements des chiots. Quelquefois, en plein milieu de la nuit, Emily apercevait de la lumière à la fenêtre. Elvis gémissait alors, mais il ne l'avait plus jamais suivie chez elle. Jour après jour, Lulu s'était progressivement fondue dans le train-train de Sweetwater. Cela s'était fait sans bruit et si naturellement qu'Emily était bien forcée de reconnaître que l'arrangement fonctionnait à merveille.

Walter insista à plusieurs reprises pour que Lulu prenne ses repas avec eux ; les jumeaux continuèrent à se lancer des défis et à se pomponner. Puis, avec le temps, la dynamique s'épuisa et les poses disparurent. Après une nouvelle invitation à dîner de Walter et un refus toujours aussi gentil et poli de Lulu, Jenny le prit à part.

— Walter, si j'étais toi, j'arrêterais de l'embêter. Elle semble avoir besoin de laisser les choses comme elles sont. Si tu continues, elle va partir. Qu'adviendra-t-il alors de tes projets concernant le club de chasse ?

Il arrêta donc ses approches. Pendant les nuits brûlantes, la lumière brillait très tard dans le studio de Lulu. Quelquefois, Emily se réveillait au son des allées et venues impatientes d'Elvis.

— Ça ne te regarde pas, lui disait-elle dans un demi-sommeil.

Il regrimpait alors dans le lit et se blottissait contre elle.

7

Le 1ᵉʳ juillet, Lulu reçut la visite de ses parents. Emily s'était souvent demandé pour quelle raison Rhett et Maybelle n'étaient toujours pas venus. Elle avait posé la question à sa tante qui lui avait répondu : « J'imagine qu'on ne leur a pas laissé le choix ! »

C'était un samedi après-midi, et pour une fois, le bas pays ressemblait au rêve que s'en faisaient les gens qui l'avaient quitté depuis longtemps, mais regrettaient toujours leur départ. L'air doux était imprégné du parfum des fleurs toutes proches et de celles plus lointaines, apporté par le fleuve. L'ombre du porche était fraîche et la chaleur, très supportable sur la pelouse ainsi que dans les allées qui menaient des chenils au fleuve. L'humidité étouffante avait temporairement disparu et le bleu ardent du ciel se reflétant sur le fleuve paraissait presque insoutenable. La brise apportée par la marée agitait l'eau de vaguelettes irisées. Dans les *hammocks* et les bois lointains, la luminosité était parfaite et permettait de distinguer avec netteté les infimes détails du moindre palmier, de la plus petite touffe de mousse, de fougère, le frémissement des feuilles dans les chênes verts, et jusqu'au noir sur les troncs des arbres.

Tous les habitants du fleuve, du marais et du ciel semblaient s'être passé le mot pour faire bonne impression aux Foxworth. Les mulets bondissaient ; les crevettes gigotaient ; les tortues se laissaient tomber dans l'eau au milieu de grands éclaboussements ; les balbuzards plongeaient et tournoyaient dans les airs et, de l'autre côté du fleuve, le jeune aigle qui vivait à la lisière de la forêt balayait l'azur de son ombre majestueuse. Plus loin, dans les *hammocks*, les bois des cerfs à queue blanche jetaient des éclairs dans la pénombre. De Sweetwater Creek s'éleva le sifflement d'un alligator qui alla se perdre ensuite au-dessus de la péninsule.

Maybelle portait un boléro fleuri, et un ruban bleu retenait son casque de cheveux dorés.

— Comme c'est agréable ici ! C'est exactement le genre de journée qui vous pousse à vouloir vivre dans une plantation, et la vôtre est tellement adorable ! Rhett, tu ne trouves pas qu'elle ressemble à Maybud ?

— J'aimerais bien que Maybud ait quelques-uns de ses atouts, répondit-il d'une voix chaleureuse.

Son visage poupard au nez retroussé était tourné vers le fleuve et les bois lointains.

— On pourrait faire une réserve de chasse assez intéressante avec ces champs et ces pâturages – sans parler de la crête que nous avons aperçue en arrivant. Maybud a un marais, mais pas de hauts plateaux. J'adorerais venir chasser à Sweetwater.

— Sans problème. Quand vous voudrez, répondit Walter avec un large sourire.

Ils s'installèrent sur le porche, dans les vieux fauteuils en osier et la balancelle qui, ce jour-là, avaient semblé moins défraîchis aux yeux d'Emily. Walter avait exigé des garçons ronchons que tout soit repeint en vert foncé – la couleur de Charleston – et Cleta avait lavé et repassé les housses des coussins. Jenny avait pris chez elle quelques-unes de ses précieuses plantes vertes, ainsi que les paniers de fleurs ornant habituellement son minuscule balcon. On avait même sorti le caoutchouc qui s'étiolait dans le bureau de Walter pour le tailler et nettoyer ses feuilles. Deux ou trois jours de soleil avaient suffi à lui rendre un peu de sa raideur victorienne. Emily eut une brève vision du porche – de toute la maison, en fait – à l'époque de sa gloire.

Cleta apporta du thé glacé à la menthe et de fines allumettes au fromage. A l'exception d'Emily et de Lulu, ils avaient bu et mangé en déclarant tout délicieux. Lulu était aussi pâle et immobile qu'à sa première visite à Sweetwater et Emily, mal à l'aise, remplie d'une crainte mal définie. Elle détestait la longue jupe fleurie et le tee-shirt sans manches achetés par Jenny. Elle se sentait envahie d'une profonde aversion pour les parents de Lulu. Elle attendait avec impatience leur départ pour que leur présence ne gâche plus cette belle journée.

Maybelle reposa son verre de thé glacé et adopta l'air de quelqu'un attaquant les choses sérieuses :

— Lulu, ma chérie, tu m'as l'air en forme. Tu sais, je redoutais que tu te sentes un peu seule et… mais tu me sembles bien reposée. Je me demande même si tu n'aurais pas pris quelques grammes ? Tu dors beaucoup, j'espère ? As-tu fait de jolies promenades et profité de cet endroit tellement agréable ? T'es-tu déjà baignée ?

— Je passe presque tout mon temps avec les chiens, ce qui ne m'empêche pas de me reposer quand j'ai fini mon travail.

Maybelle continua à babiller, en jetant un regard attendri à Lulu qui l'ignora.

— Comment avez-vous trouvé son petit nid ? Adorable, non ?

Après avoir marqué une légère hésitation, Jenny commença à dire

— Mais, c'est que.

La voix tendue, Lulu l'interrompit.

— Ils ne sont pas encore montés au studio. Ils sont si fatigués à la fin de la journée que je ne vais pas en plus leur demander de venir visiter mon... nid !

— Oh ! Lulu, c'est vraiment impoli de ta part. Avant de partir, on passera y faire un petit tour.

Jenny intervint rapidement.

— Peut-être n'est-il pas encore complètement du goût de Lulu ?

Cette dernière lui jeta un regard reconnaissant.

— Je continue effectivement à changer les meubles de place.

Avec une moue qui se voulait boudeuse – mais dont l'effet était gâché par la marque de rouge à lèvres sur ses dents – Maybelle s'exclama :

— Mais, chérie, il était parfait ! J'avais vraiment hâte que tu le fasses visiter. Ne perds pas trop de temps à le modifier. Il était vraiment à ton image !

Lulu resta silencieuse. Faisant un geste vers la petite BMW décapotée à la peinture rouge étincelant, Maybelle continua :

— Tu as vu que nous t'avons ramené la voiture ? Ton papa l'a fait repeindre. Elle est jolie, non ?

« Jolie » n'était pas vraiment le mot. La petite voiture était tout simplement magnifique, un bijou, un netsuke finement taillé, un œuf de Fabergé. Pratiquement en transe, Walt Junior et Carter avaient le plus grand mal à ne pas reposer leurs verres pour courir inspecter cette merveille. Même Cleta, sortie pour remplir les verres, lui avait jeté un coup d'œil en secouant la tête, avant de marmonner en souriant : « Hmm ! Ça, c'est de la voiture ! »

Lulu se taisait toujours. Emily vit les muscles de sa bouche se tendre et la petite veine de sa tempe battre violemment. Le visage de Lulu ressemblait au masque satiné d'une geisha, mais la colère finit par percer et

151

déchira l'étoffe lisse. Emily ne l'avait encore jamais vue furieuse et elle l'observait, fascinée.

— Je te remercie, maman, répondit la jeune fille d'une voix parfaitement égale, mais tu sais parfaitement que je ne veux pas de cette voiture ici. Il me semble que je te l'ai dit depuis le début. Non ?

— Si, tu me l'as dit. Mais tout le monde peut changer d'avis, mon chou ! Tes amis te regrettent et se demandent tous ce qui t'est passé par la tête pour venir t'enterrer dans ce… enfin dans cet endroit… si agréable ! J'ai pensé que tu n'osais pas les inviter ici pour ne pas déranger ces gens si charmants et que la voiture te permettrait plus facilement d'aller et venir. Tu pourrais par exemple aller déjeuner à Jasmine. Avec Sister. Il y a aussi Missy Longstreet qui organise une petite réception pour sa colocataire de Virginie. Elle a invité tous tes amis. Je lui ai dit que je ne serais pas surprise que tu quittes temporairement ta cellule monacale et ta retraite, même si je reconnais volontiers que cet endroit est absolument divin. Les gentils toutous peuvent bien se passer de toi quelques heures par semaine, non ?

Elle regarda Walter avec un sourire éclatant.

— Cela va de soi. Emily peut la remplacer à tout moment.

« Ouais… bien sûr », se dit cette dernière.

Lulu prit une profonde inspiration avant de répondre.

— Mère, je travaille énormément pendant toute la journée. Je pense que je fais du bon travail ici. J'ai une bonne relation avec les chiots et je ne souhaite pas briser cette dynamique. Pour une fois, je fais quelque chose d'intéressant. Je n'ai aucune envie de tout laisser tomber pour un oui ou pour un non, surtout si c'est pour aller déjeuner avec une fille que je connais depuis la maternelle ! Je n'irai ni à Maybud ni à la petite fête stupide de Missy. Je t'ai déjà expliqué que je voulais rester ici au moins jusqu'à la fin septembre, ou... jusqu'à ce qu'on me jette dehors. Et c'est bien ce que j'ai l'intention de faire ! Je suis heureuse ici, beaucoup plus que je l'ai jamais été.

Heureuse ? s'interrogeait Emily.

— Voilà. Tu n'as plus qu'à reprendre la voiture et la ramener à la maison.

Elle s'arrêta, jeta un regard autour d'elle avant de continuer d'une voix sourde :

— Je dois vous paraître bien ingrate et plutôt mal élevée. Pardonnez-moi.

Tous les Parmenter secouèrent la tête avec force.

— Lulu... commença sa mère.

— Je vous demande de m'excuser, répondit-elle en se levant brusquement, très raide. Je n'ai pas encore donné à manger aux chiots de Giddy, et les autres ont besoin de courir.

Elle se retourna pour partir, mais Maybelle la rappela sèchement.

— Lulu !

Sa voix avait perdu sa cadence mélodieuse et son ton enjôleur.

— Emily peut vous remplacer si vous voulez rester un peu plus longtemps avec vos parents, intervint Walter.

Sa fille lui lança un regard furieux. Elle avait projeté d'aller à la crique avec Elvis pour voir si les dauphins étaient là. Il faisait si chaud...

— Non, répondit Lulu d'une voix coupante. C'est mon travail et je compte l'assumer. De plus, maman et moi, nous ne passons pas un jour sans nous téléphoner. Je t'appellerai ce soir, maman. Excusez-moi.

Et elle s'en fut. Emily avait cependant eu le temps de surprendre des larmes sur ses joues lisses et bronzées. Elle se sentit envahie, bien malgré elle, d'une violente pitié. Ils étaient horribles, ces Foxworth, surtout Maybelle.

153

Elle se dit qu'elle aurait fait comme Lulu.

Il y eut un silence pesant, que brisa la voix redevenue suave de Maybelle.

— Elle est tellement impulsive ! Elle a toujours été comme ça, n'est-ce pas, Rhett ? J'espère néanmoins que vous ne pensez pas que nous l'avons mal élevée. Elle a été tellement surmenée...

— N'y songez plus, l'interrompit gentiment Jenny. Elle travaille énormément et elle est très douée avec les chiens. Moi-même, je me rappelle encore des scènes terrifiantes avec ma mère, et à cette époque-là, Lulu ne me serait pas arrivée à la cheville !

Emily regarda sa tante, interdite. Elle ne parvenait pas à s'imaginer Jenny faisant une scène spectaculaire à quiconque.

Maybelle se leva à moitié de sa chaise, manifestement prête à abandonner le terrain à sa fille, lorsque Walter s'exclama d'une voix forte :

— Vous n'allez pas partir tout de suite ! Jenny et Emily nous ont fait leur fameuse tarte sablée aux fraises. Il faut que vous la goûtiez.

Emily jeta un coup d'œil furieux à sa tante. Quelle tarte aux fraises ? Jenny évita son regard.

— Bon, juste un petit morceau alors.

Maybelle se rassit. Emily n'avait encore jamais vu quelqu'un avoir autant envie d'être ailleurs.

Cleta apporta la tarte. Assis en équilibre sur le bord de leurs fauteuils, les Foxworth chipotèrent. Le visage et le cou d'Emily brûlaient. Walter ne se rendait-il vraiment compte de rien ? Les Foxworth n'avaient pas arrêté de les traiter comme des parents pauvres. Ce devaient vraiment être de bons comédiens si personne ne s'en était encore aperçu. Tout au moins jusqu'à maintenant !

Walter l'appela à ce moment-là.

— Emily, viens par ici.

Craignant le pire, elle alla le rejoindre sur la balancelle. Il s'adressa à Maybelle.

— On m'a dit que vous étiez très active à Charlotte Hall.

Emily sentit le sang se retirer d'un coup de son visage.

— En effet, répondit Maybelle d'une voix glaciale, je suis une de ses anciennes élèves, tout comme ma mère et Lulu.

— Je réfléchis en ce moment à des lycées pour notre Emily, et je me demandais si, à votre avis, Charlotte Hall pourrait lui convenir. Ses notes sont excellentes et la famille de sa mère a toujours eu des attaches profondes à Charleston.

— Oui, sa mère... répliqua Maybelle du ton d'un charmeur de cobra. Avant de me marier, j'ai dû la rencontrer à une soirée ou à une autre. Eclatante, enjouée, très vive, non ? On se demandait tous d'où elle venait. Oh ! Mais, au fait, vous deviez être là, également ?

En disant cela, elle s'était retournée vers Jenny pour lui adresser son sourire de requin.

— Je crois que votre sœur était encore au collège mais que vous veniez juste d'obtenir votre diplôme à... Charleston nord, non ?

— Non, à l'université de Charleston, répondit calmement Jenny.

— Ah, oui ! Bon, mais en ce qui concerne cette jolie enfant, il faudra attendre encore un peu pour savoir si elle peut entrer à Charlotte Hall. Je pourrais vous aider plus efficacement si je connaissais un peu mieux votre famille. Je vais vous faire envoyer une brochure.

— Peut-être pourriez-vous glisser un mot ou deux à qui de droit ?

Jenny l'interrompit en se levant.

— Walter, il se fait tard et je suis sûre que les Foxworth ont beaucoup de choses à faire par un après-midi comme celui-là.

Maybelle en profita pour se lever précipitamment, avec l'air d'un perroquet prêt à s'envoler.

— Effectivement, nous avons notre garden-party à Spartina et il faut vraiment que nous nous dépêchions si nous voulons passer à la maison nous changer. Rhett, pourrais-tu conduire la petite voiture ? J'ai assez pris le soleil pour aujourd'hui.

Avant que les Parmenter aient réussi à placer un mot, les Foxworth s'étaient évanouis dans l'allée principale.

— Emmy-puce, dit Walter tout content, te voilà maintenant avec une amie bien introduite en cour. Enfin... à Charlotte Hall !

La fillette s'enfuit en courant.

En dehors de l'ombre fraîche du porche, l'après-midi flamboyait sous l'éclat implacable du soleil. Il ne faisait pas particulièrement chaud, mais Emily sentait la lumière aveuglante du fleuve lui cogner sur la tête et lui appuyer sur les épaules à la manière d'un géant qui aurait voulu l'enfoncer sous terre. Au loin, dans les enclos, la chorale assourdissante des chiens aboyait : « *A manger !* Vous avez oublié l'heure du repas ou quoi ? » Le bruit et le soleil explosaient comme une supernova. Terrifiée et incapable de réfléchir, Emily voulut leur échapper à tout prix. La terre et le ciel semblaient s'être unis pour l'abattre.

Elle courut à la façon d'un petit animal poursuivi par la meute. Elle courait pour retrouver l'ombre, la paix et la sérénité. Elle fila d'une traite jusqu'à la vieille grange obscure où elle avait enfermé Elvis avant l'arrivée des Foxworth, en lui expliquant silencieusement : « C'est juste pour un petit moment. Ce sont des gens horribles et ils ne resteront pas longtemps. Et, même si papa pense le contraire, ils n'ont rien à faire de péquenots comme les Parmenter. On ira voir les dauphins après. »

Il lui avait répondu : « Oui, je sais. »

Puis il avait remué la queue avant de se coucher, le museau sur les pattes avant croisées, dans la petite cavité où son grand-père conservait les blocs de sel pour des chevaux qui ne tarderaient pas à s'évaporer.

Emily s'était mise à courir dans le soleil, adoptant inconsciemment le rythme de la chanson de G. W.

Du miel dans la pierre, pour nourrir les enfants de Dieu,
Du miel dans la pierre, du miel dans la pierre.
Du miel dans la pierre, pour nourrir les enfants de Dieu,
Pour nourrir tous les enfants de Dieu.
Satan, si furieux, et moi, si heureux,
Il a perdu les âmes qu'il croyait posséder,
Du miel dans la pierre, du miel dans la pierre.

Emily faisait bien attention à marquer la cadence avec le pied droit, afin d'éviter de disparaître de la surface de la terre.

Mais sous les paroles de la chanson, elle entendait aussi une petite voix plaintive tenir une sorte de dialogue :

« Il ne s'arrêtera jamais. Jamais. Il ne comprend rien. Rien du tout. A seize ans, je pars d'ici. Ma mère l'a bien fait. Alors, pourquoi pas moi ?

— A Sweetwater, aujourd'hui, deux filles viennent d'échapper à leurs parents. C'est drôle. Avec tout son argent, elle n'est pas mieux lotie que moi ! C'est même pire. Moi, j'ai Elvis... »

(Oh ! Du miel dans la pierre.)

En arrivant à la grange, elle ouvrit violemment les battants de la double porte. L'obscurité soudaine lui fit cligner les yeux. Bien que les chevaux aient depuis long-temps disparu, le bâtiment conservait l'odeur ancienne du foin mêlée à celles plus récentes de la paille, de la poussière, des médicaments pour chiens et des aiguilles de pin des litières. Une seule était absente, et c'était celle-là même qu'Emily était venue chercher : la bonne odeur de soleil et de poussière exhalée par le poil bouclé et flamboyant d'un jeune chien.

Elle se dirigea lentement au fond de la grange, vers le réduit à sel, là où elle avait laissé Elvis. Elle le voyait bien malgré l'obscurité et les particules de poussière qui dansaient par la porte entrebâillé : il n'était pas là.

« Jamais il n'aurait quitté l'endroit sans ma permission, réfléchissait-elle effondrée. C'est elle qui me l'a pris. Elle est venue le chercher ici pour l'emmener dans son foutu studio, et elle s'est barricadée avec lui ! »

Elle entendit Buddy observer de très loin :

« Ce n'est pas une façon de parler.

— Tu as ri la première fois que je l'ai dit !

— Ouais, mais tu n'avais que huit ans alors.

— Ça m'est égal. Je vais monter, prendre mon chien et lui dire de lui ficher la paix. Si elle en veut un, elle n'a qu'à se l'acheter. Elle peut tout se payer, les chiens, les chenils, tout !

— Tu as tort, Emily.

— Je m'en moque ! »

Folle de rage, elle affronta à nouveau le soleil et grimpa bruyamment l'escalier du studio. La porte était fermée, mais ça aussi, elle s'en moquait. Elle l'ouvrit violemment.

Elle fit un pas dans la pièce, puis s'arrêta brusquement. Elle avait devant elle un kaléidoscope insensé d'images : des tentures blanches, vaporeuses, flottantes ; une forêt miniature de plantes vertes ; des étagères de livres et d'équipement hi-fi ; un tapis roulé et un amon-cellement de coussins satinés entassés dans un coin à côté d'une petite chauffeuse orange retournée contre le mur ; un joli lit étroit. Lulu était assise dessus, les genoux remontés jusqu'au menton, et se balançait d'avant en arrière, comme blessée au ventre. Elle avait les yeux fermés et sa bouche s'ouvrait sur un rictus de douleur, comme un petit enfant. Elle ne pleurait pas ; elle se berçait seulement d'avant en arrière, d'arrière en avant, en serrant Elvis dans ses bras. Il était immobile, pressant le museau contre son épaule. Quand elle se balançait, il bougeait avec elle. Lorsqu'il aperçut Emily, il leva la tête en gémissant doucement, mais il ne fit aucun mouvement. Lulu non plus.

Emily redescendit et marcha lentement sous le soleil d'un pas raide, prenant bien garde à ne pas tomber dans l'abysse qui venait de se creuser sous elle. Cela ne l'étonnait pas. Elle avait toujours su qu'il était là, mais jusqu'à ce jour elle avait eu des compagnons pour l'en protéger : Buddy d'abord, Elvis ensuite.

Et maintenant, plus personne. Elle sentit un souffle glacial s'élever des profondeurs de l'abysse et lui souffler sur la nuque en grondant. Au-dessus d'elle, le ciel bleu minéral ne lui offrait que le spectacle d'un espace vide, infini.

« C'est ça, la solitude », se dit-elle en posant avec précaution un pied après l'autre pour se maintenir en équilibre sur l'étroite passerelle qui enjambait les ténèbres. Son cœur battait de terreur, et résonnait comme une cloche creuse sonnant le tocsin. Doucement, elle appela Buddy, mais il ne répondit pas.

En arrivant à la porte d'entrée grillagée, elle trouva un mot de sa tante collée avec du sparadrap.

Je suis allée à Edisto avec ton père pour ramener les garçons. Leur voiture est tombée en panne et ils n'ont trouvé personne pour les raccompagner. Je suis désolée de ne pas être là à ton retour, mais j'ai pensé qu'une petite discussion avec ton père était indispensable. Je sais qu'il t'a blessée aujourd'hui, mais dors un peu et nous en reparlerons quand je rentrerai. Emily, essaie quand même de lui lâcher un peu la bride. Il ne se rend pas toujours compte.

Emily monta l'escalier de sa chambre un pied après l'autre, comme un automate, en se répétant :

— Je ne lui lâcherai pas la bride. Jamais. Pas plus que je ne lâcherai la bride à Mlle Gotrocks[1] Foxworth. J'ignore ses problèmes, je ne veux même pas les connaître. Et eux tous ? Ils m'ont lâché la bride, peut-être ? Il pense qu'il a le droit d'organiser ma vie dans le moindre détail. Et elle, elle a mon chien maintenant. Non, c'est fini, les arrangements. Terminé. Je ne vais pas subir une nouvelle fois son prêchi-prêcha stupide et son jeu des questions et des réponses. Il ne va pas non plus m'imposer des règles supplémentaires. Je vais faire comme si rien ne s'était passé. Même s'il insiste, je ne lui en parlerai pas. Si tante Jenny le force à aborder le sujet, je resterai calme et polie. A partir de maintenant, je l'ignorerai tout simplement. Il ne me reste plus que quelques années à le supporter. Si je dois être seule, eh bien, tant pis ! Il y a énormément de gens qui vivent seuls. Et je vais récupérer mon chien. Et me débarrasser de Lulu. Personne ne s'incruste à vie. Personne !

Elle se sentit alors submergée par une calme assurance et un sentiment inconnu jusqu'alors de force et de compétence qui l'accompagnèrent jusqu'à sa chambre, l'aidèrent à tirer les rideaux sur le soleil aveuglant, à ôter son déguisement ridicule et à revêtir son vieux tee-shirt pour plonger dans son lit.

---

1. Le vieux Gotrocks, le héros comique et millionnaire d'un film muet américain. (*N.d.T.*)

Puis cette calme assurance disparut dans l'abysse, entraînant Emily à sa suite. Elle tourna, tourbillonna et s'enfonça sans fin dans des ténèbres d'une profondeur qu'elle n'aurait jamais pu imaginer. Sa bouche était remplie de vent et son cœur battait de plus en plus lentement.

Elle saisit son oreiller à deux mains et le pressa contre son visage, respirant la bonne odeur de savon et de soleil. Accablée de désespoir, elle se mit alors à pleurer comme jamais encore ça ne lui était arrivé. Sa gorge lui faisait mal et ses poumons débordaient du sel de toutes ses larmes. Pendant un long moment, sa respiration se bloqua, puis elle se remit à sangloter et à hoqueter, à gémir et à hurler, mais seul le vieil oreiller de plumes partagea sa peine.

« Je veux ma mère ! Je veux qu'elle revienne ! »

A force de larmes, elle finit par tomber dans un sommeil lourd et profond qui la paralysa pendant plus de deux heures. Lorsqu'elle se réveilla, elle avait mal partout. Tout engourdie et engluée de sommeil, elle resta allongée, sentant vaguement quelque chose de tiède dans son cou, comme une promesse de sécurité et d'amour.

A moitié endormie, elle sourit.

— Maman...

« Elvis. » Emily se réveilla complètement et le prit dans ses bras. Elle sentit sa truffe humide contre son oreille.

— Merci d'être revenu, murmura-t-elle, toute colère envolée.

Une heure plus tard, alors que la luminosité aveuglante avait laissé la place à un crépuscule plus frais, elle se tenait debout devant la porte de sa chambre. Elle avait pris un bain, enfilé un jean délavé presque blanc avec un tee-shirt rose tout neuf et attaché la masse flamboyante de ses cheveux encore humides. Haletant de joie, Elvis était assis à côté d'elle, frappant le sol de sa minuscule queue.

— Tu te souviens bien ! lui chuchota-t-elle. Il ne s'est rien passé. C'est plus notre affaire. On va être très polis. C'est encore ce qu'il y a de plus facile à faire. Quelques étés encore, et on ne sera plus là. Réfléchis déjà à un endroit sympathique où tu aimerais vivre. Moi-même, je vais y penser de mon côté.

Elle s'avança dans la pénombre du couloir pour descendre dîner. La petite fille et le chien étaient sur la dernière marche quand de petits coups résonnèrent sur la porte grillagée. Walter sortit de la cuisine pour ouvrir. Vêtue d'une robe blanche sans manches, Lulu se tenait sur le seuil. Ses cheveux argentés et lisses cascadaient sur ses épaules cuivrées. Sous son bronzage, elle avait les pommettes rouges. Ses yeux étincelaient et l'ombre d'un sourire enfantin se dessinait sur ses lèvres sans maquillage. Son parfum de lavande envahit le vestibule.

— L'invitation à dîner tient-elle toujours ?

8

Plus tard dans l'année, Emily avouerait à Lulu que sa première réaction quand elle l'avait vue ce soir-là debout dans le hall avait été : « Génial ! Le dîner de cauchemar en perspective ! Bon, je pourrai toujours en parler avec Elvis et Buddy. Et puis rien ne dit qu'il y en aura d'autres ! »

— Tu as dû me détester, répondit tranquillement Lulu.

— Non, j'ai juste... Oui, c'est vrai.

Lulu sourit, ce qui lui arrivait souvent à cette époque-là.

— Je ne t'en veux pas. J'ai dû te faire penser au coucou.

Emily la regarda sans comprendre.

— Le coucou, c'est cet oiseau qui a la mauvaise habitude de déposer ses œufs dans des nids étrangers pour les faire couver par d'autres. Bien sûr, lorsque les oisillons sortent de l'œuf, la maman-oiseau s'aperçoit qu'ils sont bizarres et différents, mais ça ne l'empêche pas de s'en occuper. C'est comme si... un étranger s'installait chez toi, dans ta famille, et voulait tout te prendre.

Un frisson d'angoisse envahit Emily. La comparaison avait quelque chose d'inquiétant et, pour la première fois depuis de nombreux mois, elle repensa aux *échanges*.

— Non, je n'ai pas du tout cette impression. Je te vois plutôt comme une grande sœur.

— Seigneur ! Que ferais-tu d'une grande sœur ? Ça ne

sert qu'à donner des ordres et à porter des jugements !
C'est d'une amie que tu as besoin, et je préférerais ce rôle.

— Bon, d'accord, murmura Emily timidement. Mais
des amies, tu en as déjà tellement, et en plus, elles ont le
même âge que toi... Moi, je ne suis qu'une gosse.

— Oui, mais tu en sais plus que bon nombre d'adultes.
Et on s'intéresse aux mêmes choses. C'est ça, une amie !
De plus, tu es forte, je m'en suis aperçue tout de suite. Tu
ne peux pas savoir combien j'en avais besoin quand je suis
arrivée ici. Tu sais partager aussi, et tu ne juges pas... ce
que pas une seule de celles que tu appelles « mes amies »
n'a jamais été capable de faire !

« Non, je ne suis pas forte, et je ne l'ai jamais été, se dit
Emily, terrorisée par l'implication. Surtout, ne prononce
pas ce genre de paroles et ne compte pas sur moi, non
plus ! Ça me fait trop peur. »

En dépit des nombreuses remarques sur ce qui était
convenable ou non, et après des mises en garde répétées
pour ne pas « toujours déranger Lulu pour un oui ou pour
un non », la jeune fille devint son amie.

D'abord fragile et hésitante, leur amitié débuta dès ce
premier dîner. Ce soir-là, en dépit de la jovialité forcée de
Walter, des fanfaronnades des jumeaux – Lulu lui avait
confié plus tard avoir eu du mal à respirer dans l'atmosphère saturée d'effluves de testostérone –, et de son
propre silence boudeur, une petite graine coriace avait été
plantée et s'était ensuite obstinée à germer. Bien avant la
fin du repas, Lulu réussit à tous les faire rire – même
Emily, à son corps défendant. C'était une conteuse irrésistible, une sibylle invitée par la tribu à venir s'asseoir près
du feu à l'entrée de la caverne pour leur raconter le
monde en prenant bien garde à ne pas les effrayer. Les
Parmenter s'accoutumèrent vite à réclamer à leur sibylle
moderne toujours plus d'histoires dans lesquelles la fiction

dépassait souvent le réel, et où le comique des situations était largement exploité.

C'était ça, Lulu Foxworth.

Quand elle s'était assise à leur table pour ce premier dîner, elle semblait fiévreuse, le visage écarlate, les yeux brillants et le corps parcouru d'un frémissement continu. Mais d'une certaine façon, ça lui allait plutôt bien ; personne ne l'avait encore vue aussi animée. Son léger tremblement n'était peut-être que la manifestation de son désir de leur plaire à tout prix.

Installée près de Jenny et à gauche de Walter, elle illuminait la petite pièce de sa présence. Par comparaison, Jenny avec ses allures de biche élégante et gracile paraissait bizarrement éteinte, un peu comme une esquisse sépia.

Emily souffrait en silence du spectacle grotesque offert par sa famille à Lulu : enflé d'orgueil et de fatuité, Walter avait l'air d'un de ces gros ballons se dandinant à la parade de Thanksgiving, et les garçons semblaient arriver tout droit de leur caverne.

Tante Jenny avait préparé, ce soir-là, les crevettes que Walt et Carter avaient rapportées de Folly Beach avec des *grits* [1]. Walter s'excusa auprès de son invitée de ce plat plébéien. Interceptant le regard blessé de Jenny, Lulu se récria immédiatement.

— Crevettes et *grits*, c'est vraiment le seul plat qui me rappelle la maison. Chaque samedi et pendant toutes les vacances, Lutetia, notre vieille cuisinière, en prépare toujours, et si on n'aime pas ça, tant pis ! Moi, j'ai toujours adoré ce plat, mais le vôtre, madame Raiford, est bien meilleur. Il a un petit arrière-goût que je n'arrive pas à reconnaître..

---

1. Accompagnement traditionnel dans le sud des Etats-Unis, composé de gruau de maïs. (*N.d.T.*)

165

— Appelez-moi Jenny, lui dit-elle gentiment. Je me sers toujours de crevettes fraîches, et je ne mets jamais de ketchup. Je préfère faire ma propre sauce tomate, avec les tomates de John Island et les herbes de mon potager. Là, j'ai ajouté du thym et de la coriandre, que je crois bien être la seule à apprécier ici... privilège de cuisinière !

— Moi aussi, j'aime la coriandre, mais je me suis toujours servie de ketchup, comme Lutetia. A propos de recette, il faut que je vous raconte l'histoire des cours de cuisine que ma mère et ses partenaires de bridge du Yacht Club nous ont imposés un hiver. On devait toutes être en troisième à Charlotte Hall et on s'ennuyait tellement que nos mères étaient au bord de l'hystérie collective. Elles ont donc décidé d'engager la cuisinière du Yacht Club, réputée notamment pour ses fameuses crevettes aux *grits*. Une fois par semaine, elle devait venir chez l'une ou chez l'autre pour nous enseigner quelques recettes locales. Enfin, c'est ce qui avait été convenu ! On a donc commencé par les crevettes aux *grits*. Ça se passait chez moi, à Legare, mais chacune, bien sûr, devait faire sa part. On a utilisé toutes les marmites et casseroles disponibles. Le ketchup coulait à flots et la cuisine s'est vite transformée en abattoir. Nos mères avaient dans le même temps conclu un accord avec le Yacht Club, celui de mettre nos fameuses crevettes au menu du brunch du dimanche suivant. La cuisinière est donc repartie avec sa cargaison de crevettes. Nos mères ayant informé le ban et l'arrière-ban des prouesses culinaires de leurs charmantes petites lycéennes de Charlotte Hall, le Yacht Club était bourré à craquer. Il faut dire que l'esprit de clan et la solidarité n'ont jamais été de vains mots à Charleston, d'autant que la majorité des familles du vieux Charleston sont plus ou moins alliées.

— Ça a dû être un franc succès, dit Walter d'un air entendu. Ça ne fait que confirmer ce que je m'escrime à répéter à Emily. Elle doit apprendre à cuisiner des spécialités de Charleston. Peut-être pourriez-vous lui donner quelques petites leçons ?

Lulu sourit à Walter, puis à Emily en lui faisant un discret clin d'œil. C'était juste un léger battement de ses longs cils dorés, si imperceptible que la fillette se demanda même si quelqu'un d'autre l'avait intercepté.

— Je ne pense pas être la plus qualifiée dans ce domaine, car je dois quand même vous avouer que la recette avait été nettement améliorée. On y avait versé tout le gin que nous avions réussi à subtiliser dans les bars des parents. Tout le monde nous a félicitées sur la saveur de ce plat corsé, mais rares ont été ceux à se relever de table dignement. La vieille Mme Burton Triplett a dégringolé dans l'escalier et y est restée échouée en hurlant de rire comme une baleine. Elle avait quatre-vingt-treize ans ! On a toutes été consignées pendant le reste du trimestre. Les leçons de cuisine ont immédiatement pris fin, mais nous avons été soumises à un nouvel assaut : le bridge, qui s'est révélé nettement moins intéressant !

Au récit des exploits culinaires de Lulu, tous les Parmenter – même Emily – éclatèrent de rire. Néanmoins, après avoir ri de bon cœur, Walter adopta un air légèrement scandalisé. Les débutantes de Charleston n'étaient donc pas toutes de parfaites petites épouses en puissance !

Cette nuit-là, Emily comprit que Lulu pouvait devenir une alliée.

C'était la première fois qu'ils demeuraient à table aussi longtemps. D'habitude, le soir à sept heures, ils étaient déjà tous assis devant la télévision pour l'heure de programme imposée. Ce soir-là, il était plus de neuf heures quand Jenny se leva, interrompant une nouvelle vague de rires provoqués par ce qu'elle appellerait toujours les « chroniques charlestoniennes ».

— Lulu, si vous les laissez faire, ils passeront la nuit ici à vous en réclamer toujours plus. Mais on va en rester là pour ce soir, car toutes les deux, vous devez vous lever très tôt demain matin.

Lulu mit sa main sur sa bouche.

— Oh ! Ce que je ne supporte pas chez les femmes du Sud, c'est de ne jamais savoir s'arrêter, et voilà que je fais pareil. Je suis *vraiment* confuse. C'est sûrement parce que vous savez écouter. Chez nous, quand je parle, c'est toujours : « Oh... ce n'est que Lulu, c'est rien ! » Aussi, j'ai vraiment apprécié votre indulgence et votre gentillesse, mais je vous promets de ne plus recommencer.

Jenny la coupa.

— Pas du tout. On recommencera autant de fois que vous voudrez. En deux heures, on en a plus appris sur le vieux Charleston qu'en vingt ans ! La prochaine fois, on s'y mettra plus tôt, c'est tout.

— Oh ! J'espère bien qu'il y aura une prochaine fois.

Avec un bel ensemble, tous les Parmenter la rassurèrent.

— Ne vous inquiétez pas, s'exclama Walter, radieux, nous en ferons même une habitude !

Puis il ajouta à l'adresse d'Emily :

— Ecoute bien Lulu. Elle va t'apprendre ce que j'ai toujours voulu pour toi, c'est-à-dire à te conduire et à vivre comme une vraie dame.

Emily rougit violemment. Elle était à nouveau folle de rage, contre son père et contre Lulu.

— J'suis pas une dame, murmura-t-elle, le regard baissé. Je suis juste une gosse du marigot avec des chaussures crottées.

— Tu as l'étoffe pour devenir mieux qu'une dame, répondit Lulu d'une voix à nouveau sérieuse. J'ai l'intime conviction que tu deviendras une femme extraordinaire. Tu as quand même raison sur un point : tes chaussures sont vraiment sales... les miennes aussi, d'ailleurs !

Pourrais-tu tout de même me faire l'honneur de me raccompagner chez moi… avec tes chaussures crottées ? J'aimerais avoir ton avis sur ce que ma mère s'obstine à appeler mon « petit nid » !

La colère d'Emily s'envola.

— Pourquoi pas ? dit-elle d'un ton qu'elle espérait nonchalant. Puis-je emmener Elvis ?

Mais il était introuvable. Elles traversèrent la cour sombre jusqu'à la flaque de lumière éclairant faiblement l'entrée de la grange où elles le découvrirent sagement assis, tout sourire, battant la mesure avec sa queue.

— Que fais-tu là ? lui lança Emily, agacée de le voir à nouveau posté à la limite du domaine de Lulu.

— Il sait toujours parfaitement où tu es, ce que tu fais… Quand il part dans une direction, c'est que tu vas arriver dans la seconde qui suit. C'est assez étrange. Emily, serais-tu, par hasard, une ensorceleuse de chiens ?

— Non, il a toujours fait ça. C'est comme une sorte de frère.

— Alors, ça te fait trois frères ! Tu as de la chance. Je suis fille unique et j'aurais aimé en avoir au moins un.

« Avec Buddy, j'en ai quatre. Il aurait sûrement été un frère formidable pour toi, il t'aurait adorée », se surprit-elle à penser. Mais elle ne dit rien. Elle ne se sentait pas encore prête à partager Buddy avec Lulu.

Elles montèrent à tâtons dans le vieil escalier toujours plongé dans l'obscurité. Emily eut un peu honte de cette négligence et se promit d'en parler à Jenny. Lulu ne devait pas être habituée à ce laisser-aller.

Arrivée en haut de l'escalier, la jeune fille ouvrit la porte fermée à clé et vernie de frais.

— Ta… da… da…

Interdite, Emily resta sur le seuil. Elle n'arrivait pas à associer le souvenir du vieux studio délabré envahi de toiles d'araignées au spectacle inattendu que lui offraient ces voiles blancs, ce parquet brillant et les touches de couleur au milieu de tout ce vert.

— Terrible ! réussit-elle à murmurer.

Lulu lui sourit.

— Oui, terrible, c'est bien le mot ! Surtout depuis que j'ai revu, si je peux dire, la copie de ma mère ! Entre.

Emily se retrouva au milieu de la grande pièce qui servait de chambre et de living. Elvis, demeuré sur le pas de la porte, gémissait et n'osait pas entrer.

— Allez, viens ! Tu es déjà...

Emily s'arrêta brusquement. Il ne fallait surtout pas que Lulu sache qu'elle l'avait surprise le matin même dans un état de désespoir absolu, serrant convulsivement Elvis contre elle.

Le chien s'étendit sur la petite descente de lit blanche, la tête sur ses pattes avant croisées, avec l'air d'être chez lui.

Emily lui rappela silencieusement d'une voix déterminée : « Non, tu n'es pas chez toi. »

Il battit de la queue : « Oui, je sais. »

Il n'y avait qu'une seule lampe allumée sur la table de chevet, près du joli petit lit peint.

« Ah, c'est ça, le fameux lit français dont parlait Maybelle, pensa Emily en regardant autour d'elle. Tu parles, on dirait que c'est un enfant de quatre ans – et encore, pas très doué – qui a peint les fleurs et la vigne vierge ! J'en ai vu de plus réussis. Même moi, je serais capable de faire mieux. »

Du châssis en fer du lit pendait un genre de moustiquaire dont les flots de gaze cascadaient sur le parquet ciré. Il n'y avait qu'un seul oreiller blanc sur le lit orné d'un couvre-lit en coton uni, également blanc. Un édredon délavé imprimé de minuscules fleurs d'un bleu fané était plié au pied. Une somptueuse peau lainée blanche était jetée sur le parquet. Sûrement une peau de mouton, se dit Emily qui n'en avait encore jamais vu. C'était la seule concession au luxe qu'offrait la petite pièce à l'aspect monacal.

Et cependant... elle donnait une tout autre impression. C'était comme des sables mouvants prêts à vous engloutir en vous promettant de vous apporter la sérénité et le repos d'un sommeil sans rêves. Entre le mur et le lit, tout l'espace était occupé par un écran de verdure composé de très hautes plantes vertes qui, ajouté à la moustiquaire, confortait la sensation de se trouver dans une jungle inoffensive où il devait être reposant de dormir. De vieux coussins en dentelle étaient empilés sur un sofa très bas, lui-même recouvert de ce qui ressemblait à un autre édredon décoloré. Dépourvues de rideaux, les fenêtres à petits carreaux permettaient à la lune et au soleil de l'éclairer. Sur les rebords étaient placés de petits pots d'herbes en terre cuite : des herbes aromatiques, sûrement ! Tante Jenny avait les mêmes dans son jardin. Sur le mur opposé au lit, de nombreux livres remplissaient les rayonnages d'une bibliothèque. Le cœur d'Emily se serra ; Buddy avait presque la même dans sa chambre. L'une des étagères était occupée par une radio, des cassettes et un ordinateur portable en mauvais état. La bibliothèque, le confortable fauteuil et l'ottomane en partie recouverte d'un batik ocre étaient les seuls véritables meubles de la pièce. Qu'étaient devenues les innombrables possessions du maharadjah ?

Un grand tableau incendiait l'un des murs blancs, une explosion de couleurs qui transformait l'aspect monacal de la cellule en un endroit voluptueux, secret, vibrant d'une vie primaire. Un jaguar irréel rôdait au milieu d'un fouillis extravagant de plantes tropicales ; des pyramides pourpres s'élevaient sous un ciel d'un bleu insoutenable dans lequel tournoyaient et plongeaient de très vieux oiseaux à l'aspect effrayant ; un petit homme brun, trapu, levait vers le ciel un réceptacle en pierre dégoulinant de rouge. Emily eut d'abord un sentiment de frayeur, puis une sensation de chaleur, avant de se sentir transportée par une joie violente. Irrésistible. Terrifiante. Exquise. Elle se retourna pour s'assurer que la blonde Lulu ne s'était pas soudain transformée en une prêtresse brune à moitié nue. Le tableau ne correspondait en rien à la jeune fille frémissante qui était venue frapper à leur porte, ou à cette pièce au dépouillement méditerranéen, et pourtant... il était bien à sa place ici. Emily se souvint alors du mot que Lulu avait à peine murmuré le tout premier jour : « pénitentiel ». Si c'était bien ce qu'elle avait dit, alors c'était là l'autel devant lequel le pénitent venait se prosterner.

— Richard Hagerty, commenta la jeune fille en souriant. C'est un peintre de Charleston que j'adore depuis toujours. Il est également médecin. C'est sûr que si l'on est capable d'infliger aux gens un choc aussi violent, il faut ensuite pouvoir les soigner ! Tu aimes ?

— Je ne sais pas trop. C'est assez... euh... inhabituel. Ça doit être dur après d'accrocher des tableaux de fleurs ou d'ancêtres. Non ?

Lulu rit.

— Tu as raison. Beaucoup le jugent scandaleux. Ma mère le hait. Elle le trouve païen. Et elle n'a pas tort. Allez, viens, je vais faire du thé et je te promets ensuite de te laisser partir.

Non sans hésitation, Emily alla s'asseoir sur le petit sofa, suivie d'Elvis. Pendant que Lulu préparait du thé dans la cuisine, ils écoutèrent les rumeurs nocturnes de l'été dans le bas pays : le chant discordant des sauterelles dans les chênes verts ; les glissements feutrés d'un petit animal dans la laîche du marais ; le jappement d'un chiot énervé dans les chenils ; le silence captivant. Il n'y avait pas de lune, mais les étoiles scintillaient, brûlantes, énormes et si proches. Le ciel plus bas que d'habitude semblait se pencher pour regarder par les fenêtres de Lulu. En l'apercevant, Emily s'était retenue pour ne pas hurler tant sa présence lui parut pesante. Malgré son côté apaisant, elle serait incapable de vivre dans cette pièce trop envahissante.

Lulu apporta le thé sur un plateau en fer.

— Alors, le verdict, c'est quoi ? Ma tanière te plaît-elle ?

— Oui, c'est assez inhabituel.

Emily était en fait incapable de se faire une véritable opinion, même si elle savait déjà que cet appartement resterait à jamais gravé dans sa mémoire.

Elles burent leur thé en silence, puis Emily demanda :

— Qu'as-tu fait du tombereau d'affaires avec lequel on aurait facilement pu meubler une ou deux maisons ?

— J'ai presque tout casé dans la grange, là où ton père veut faire sa pièce à vivre. J'ai répété à ma mère sur tous les tons que je n'avais besoin de rien, mais elle n'entend que ce qu'elle veut. Alors, voilà ! J'ai tout descendu et, lorsque ton père aura besoin de la place, je demanderai que l'on vienne vous en débarrasser.

— Tu as tout descendu toute seule ?

— Je suis plus forte que j'en ai l'air. Pendant mes deux premières années d'université, j'étais dans l'équipe de hockey.

Alors, les fragiles débutantes pouvaient également mouiller leurs fines chemises dans des sports de voyou ! Emily enregistra cette nouvelle donnée dans le dossier renfermant ce qu'elle savait de Lulu.

— Ta mère ne va sûrement pas apprécier !

— Ça, c'est le moins qu'on puisse dire ! Mais c'est là où je vis, et pas elle. C'est le premier appartement qui correspond à mon goût et à ce que je suis réellement, et non pas à une languide demoiselle du XVIIIe siècle !

— Mais ta mère aurait pu t'acheter des meubles neufs.

Dans le monde d'Emily, si on n'aimait pas ce qu'on avait, on se procurait autre chose – à condition bien sûr d'en avoir les moyens. Si la plantation n'était meublée que de vieilleries, c'est tout simplement parce que les Parmenter n'avaient pas les moyens de les remplacer. Jamais elle n'avait remis cette évidence en question.

— Chez nous, à Charleston, on n'en achète jamais, répondit Lulu avec un fin sourire. On a *nos* meubles.

Après un nouveau silence, elle continua :

— Ecoute, Emily. Je sais que tu as surpris Elvis ici. J'avoue que c'est moi qui suis allée le chercher. Je n'étais vraiment pas bien et j'avais besoin de me raccrocher à quelqu'un de solide. Les chiots ne sont pas encore assez costauds, et je ne voulais pas abuser de votre gentillesse. Elvis a l'air si... stable.

La fillette acquiesça. L'absurdité de parler d'un chien comme d'un être humain ne lui avait pas échappé, mais cela n'avait guère d'importance.

— J'aurais dû te prévenir, mais si je t'ai blessée, c'est vraiment sans le vouloir. Je sais que c'est ton chien. Quand il t'a entendue monter cet après-midi, il a gémi en regardant la porte. Il avait envie de te rejoindre. Lorsque j'ai finalement... récupéré, il a filé sans demander son reste.

Emily gratta les oreilles d'Elvis qui changea de position sans cesser de dormir.

— Tu es vraiment malade ?

Elle n'avait encore jamais parlé aussi intimement à quelqu'un, excepté, bien sûr, à Buddy. Voilà encore un point qu'elle devrait analyser plus tard.

— D'une certaine façon, oui, répondit Lulu sans la regarder.

— Pourquoi n'es-tu pas restée chez toi, alors ? Je ne

sais pas trop si on sera capable de te soigner comme il faut ici, surtout si tu es *vraiment* très malade.

— Et pourtant, je n'ai que vous. Vous tous, les chiens, cette pièce, et cet endroit. Je ne suis pas ce que l'on appelle *vraiment* malade, avec fièvre, virus et tout le reste, mais ma famille, sans même s'en apercevoir, ne fait que tout aggraver. Comme je te l'ai déjà dit, ma mère n'entend que ce qu'elle veut. Si j'essayais vraiment de lui expliquer ce qui ne va pas, elle me répondrait que c'est juste un peu de fatigue et qu'il faut que je me repose. En fait, c'est ce qu'elle m'a *déjà* dit. Donc, je n'avais plus qu'à me prendre en charge. Et quand j'ai vu les chiens, j'ai tout de suite eu la conviction que je pourrais guérir ici. Je le pense toujours. Elvis m'a beaucoup aidée... et vous tous ce soir !

Emily ne répondit rien. D'importantes questions demeuraient en suspens, mais elle se sentait incapable de les poser. C'était un territoire effrayant et douloureux, un domaine réservé aux adultes.

« Je ne suis pas prête pour toutes ces choses, se disait-elle, très en colère. Je ne suis pas assez vieille pour ça. »

Comme si elle avait entendu les pensées d'Emily, Lulu poussa un long soupir, se frotta le visage et se redressa sur le sofa.

— Rassure-toi, je ne le ferai pas, car ce ne serait pas très honnête de ma part. Ma maladie, c'est mon problème, et je ne veux surtout pas que toi ou ta famille vous sentiez obligées de m'aider. Je peux quand même t'assurer que je ne suis ni folle, ni dangereuse, ni rien de tout ça. Je ne monterai pas dans ta chambre en hurlant, un couteau de boucher à la main...

L'image était si terrible qu'Emily en frissonna d'horreur. Lulu éclata de rire et repoussa la masse désordonnée de ses boucles rousses.

— En quelques mots, et pour que tu n'aies plus peur,

je me suis mise dans une situation que je ne peux plus maîtriser. Jamais je n'ai eu la conviction d'appartenir à ce Charleston dans lequel ma famille vit depuis la nuit des temps, qui est souvent merveilleux et tellement séduisant qu'il en devient parfois irrésistible. J'ai accepté de me couler dans le moule pour lequel j'étais programmée depuis ma naissance, et je me suis si bien appliquée à jouer mon rôle que personne – pas même moi, parfois – n'a jamais eu le moindre doute. J'ai fait mes études à Randolph Macon, encore et toujours le choix de ma mère... et parfaitement inadapté à mon cas ! Je voulais aller dans le Vermont, à Bennington, où on a toute latitude de faire des études à son rythme. Comme ma décision mettait ma mère dans un état d'hystérie totale, j'ai trouvé plus facile d'aller à Randolph Macon qui, je dois l'avouer, n'a pas eu que des désavantages. Mais, c'est comme pour Charleston, je ne m'y suis jamais sentie vraiment dans mon élément. Alors, pour ne plus avoir à réfléchir, je me suis jetée comme une forcenée dans toutes les activités possibles et imaginables. Mais j'étais tellement tendue et épuisée que je n'arrivais plus à me projeter plus loin que le lendemain. Et puis, il y avait la perspective angoissante de la « saison » des débutantes, et... un jour, j'ai commencé à pleurer sans pouvoir m'arrêter. Ma mère est venue me chercher pour me traîner chez un psy qui m'a plus ou moins raconté que je m'étais mise dans une situation d'échec afin d'éviter de regarder ma vie en face, et surtout de l'assumer. A cette époque, j'aurais été absolument incapable de changer une ampoule électrique, alors changer ma vie, tu parles... J'étais à nouveau tombée sur quelqu'un qui ne voulait pas m'entendre.

— Alors ?

Emily était fascinée. Une débutante qui refusait de l'être, un nouvel élément à ajouter au dossier.

— Je lui ai dit de s'occuper de ses affaires et je suis

rentrée chez moi. Je me suis enfermée à clé dans ma chambre et j'ai refusé d'en sortir. Mes parents se sont alors aperçus que je n'étais pas seulement « fatiguée », mais ils n'ont rien trouvé d'autre pour expliquer ma réclusion volontaire. Ils ont dit à tout le monde que j'avais absolument besoin de calme et de repos avant d'attaquer la « saison ». Lorsque ma mère m'a vue avec les chiens, elle a pensé que je pourrais passer l'été ici et que tout serait ainsi réglé. Elle est allée raconter partout que je passais les vacances dans une plantation avec une charmante famille qui élevait de magnifiques Boykins, ma nouvelle passion. Je l'ai laissée dire. Ce qu'elle pouvait inventer m'était devenu complètement égal. Je n'avais plus qu'une idée, celle de m'installer ici, car en restant chez moi, j'étais sûre de mourir, alors que chez vous, j'avais une petite chance…

Elle se tut et Emily demeura, pensive, à la regarder. La jeune fille venait de lui offrir le cadeau le plus important que jamais encore aucun adulte ne lui avait fait. Un cadeau intime, complexe, exigeant. Elle ne savait que répondre. Malgré toute la franchise dont Lulu venait de faire preuve, elle eut le sentiment qu'elle lui cachait encore quelque chose. Lorsqu'elle l'avait surprise, plus tôt dans l'après-midi, son visage décomposé n'avait reflété que le désespoir et la terreur, et en aucun cas l'amélioration de la convalescence. Lulu lui avait rappelé *Le Cri*, le célèbre tableau d'un peintre norvégien que Buddy lui avait montré dans un livre d'art et qui l'avait terrifiée. Que lui arriverait-il si, un jour, elle-même se retrouvait dans cet état ? Elle mourrait, c'était certain.

— Bon, j'espère que tu vas guérir, fit-elle bêtement.

Lulu rit et la serra brièvement contre elle.

— Oui, ne t'inquiète pas et n'y pense plus. Pour ma cure, j'ai trouvé l'endroit, Elvis, et surtout toi. Et je n'oublie pas toute ta famille ! Ça va marcher. Mais si, par hasard, je n'allais pas bien, pourrais-tu me prêter ton chien pour quelques heures, ou même pour une nuit ?

Emily se sentit soudain calme, puissante, responsable : la confidente du mystère, la dispensatrice de faveurs.

— Bien sûr, mais préviens-moi avant. Quelquefois, moi aussi, j'ai besoin de lui. On pourrait organiser une sorte d'emploi du temps, car si vraiment tu ne t'en es pas encore aperçue, mon père est carrément en train de me tuer.

— Ils sont tous pareils ! Ton papa a l'air plutôt gentil. Déterminé. Très déterminé, oui...

Emily l'interrompit. Pas de quartier pour Walter Parmenter !

— Ça, pour être déterminé, il l'est ! Il n'y a qu'une seule façon de faire : la sienne. C'est comme tes parents, il est complètement sourd ! Seules deux choses l'intéressent, et elles passent avant tout le reste : ses chiens et son énorme ambition d'entrer dans le monde des planteurs... et il croit que ce sont les chiens qui vont l'aider à pousser la porte. C'est pour ça qu'il est aux anges depuis que tu t'es installée ici. Il est sûr d'avoir enfin atteint son but.

— Mais, pourquoi ? Ici, tout est tellement plus... *réel.*

Emily ajouta, repartie dans son sujet préféré :

— Et puis, il y a aussi cette affaire de débutante. Non, mais tu me vois en débutante ? Je ne peux pas imaginer quelque chose de pire !

Elle se tut brusquement, confuse, mais Lulu la rassura.

— Ça va. Toutes les débutantes ne sont pas comme... tu l'imagines. Il y en a qui travaillent dans des camps d'immigrés, d'autres qui passent leurs vacances d'été à Haïti ou dans des endroits tout aussi terribles.

— Toi aussi, tu pourrais faire ça ? On n'est donc pas obligée de suivre la tradition normale ? Je ne sais même pas en quoi ça consiste...

— Emily, je suis un peu trop fragile pour ça. J'ai la

178

force de m'occuper des chiots, et c'est à peu près tout. En plus, ça me fait beaucoup de bien d'accomplir un travail intéressant. Je croyais ne plus en être capable.

Lulu ne lui avait naturellement pas tout dit, mais Emily ne voulait surtout pas connaître cette chose terrible qui lui avait tordu la bouche en un hurlement silencieux et désespéré. Même si Lulu la croyait forte, elle était incapable de supporter le poids de cette révélation. Elle n'eut plus qu'une envie : se réfugier dans sa chambre pour regarder *Star Trek*, dans son lit, en mangeant des chips avec Elvis bien serré contre elle.

— Tu penses avoir besoin d'Elvis cette nuit ?

— Non. Ce soir, ma thérapie, c'était vous tous. Allez, au lit tous les deux ! Et, par pitié, Emily, *arrête* de t'inquiéter pour moi ! Jamais je n'aurais dû te raconter tout ça. Pauvre Elvis. On devrait lui accrocher une plaque de sauveteur !

Emily mit longtemps avant d'allumer la lumière dans sa chambre ; le studio était également resté plongé dans l'obscurité. Avec sa bonne odeur de chien et de soleil, Elvis dormait paisiblement contre elle.

Avant de se retourner pour se caler dans le creux de son lit, elle murmura à son oreille :

— Quelle drôle d'histoire !

Elle dormit d'un sommeil sans rêves et, le lendemain matin, exceptionnellement frais et lumineux, tout lui parut normal. Elle se sentait adulte, expérimentée, et pas du tout surprise d'avoir maintenant une amie aussi étincelante qu'une licorne fabuleuse – ou un diamant – qui s'était installée pour quelque temps dans sa grange.

9

Pendant le mois de juillet, Lulu vint souvent dîner à la ferme. C'était toujours à l'improviste, malgré l'insistance de Walter qui aurait bien aimé que tout fût planifié à l'avance. A chaque fois qu'il abordait le sujet, elle lui répondait gentiment qu'elle ne voulait pas imposer une routine aussi inflexible à toute la famille et qu'elle préférait souvent dîner légèrement et se coucher très tôt.

— Surtout, ne prévoyez rien pour moi. Ça me fait déjà tellement plaisir de m'asseoir avec vous pour bavarder ! Vous savez, je ne mange vraiment pas beaucoup.

A la voir, c'était évident. Elle paraissait plus animée et moins pâle sous son bronzage, mais elle était toujours d'une minceur excessive. Sous sa peau veloutée, pommettes et salières se dessinaient comme des bas-reliefs et il eût été facile de compter les côtes que découvraient largement ses tee-shirts raccourcis. Le regard étincelant de ses extraordinaires yeux bleus était encore parfois fiévreux et ses mains avaient toujours cet infime tressaillement.

Inquiet à l'idée qu'elle ne mangeât pas suffisamment, Walter envoyait régulièrement Cleta lui apporter des assiettes de petits pains chauds au jambon et, quand arrivait l'heure du déjeuner, de copieux sandwichs faits avec le bon gros pain et la riche mayonnaise de Cleta. Il ne se passait guère de jour sans que tourtes et biscuits traversent plusieurs fois la cour pour le studio. Pour mettre un terme à ces largesses, Lulu dut exiger un moratoire.

— Vous êtes l'une des meilleures cuisinières que je connaisse, dit-elle à Cleta, mais le médecin m'a prévenue que je ne retrouverais pas l'appétit avant un moment. Alors, il est dommage de gâcher cette bonne nourriture. Il vaudrait mieux la mettre de côté pour le jour où je serai vraiment affamée !

Un après-midi, Cleta déclara d'un air sombre à Jenny qui rentrait de ses cours :

— C'est pas de sandwichs qu'elle a besoin, cet' p'tite ! Elle a un truc qui la mange à l'intérieur, et si elle a faim… c'est d'autre chose !

— Je vais demander à Walter qu'il arrête avec la nourriture. Elle mange sûrement suffisamment quand elle vient dîner. Mais je suis d'accord avec toi pour dire que quelque chose la travaille.

Cleta enfonça fermement son feutre d'été sur sa tête.

— C'est pas la peine de vous y mettre à tous pour trouver, et surtout pas Emily. Lulu est une gentille gosse, mais elle couve un sale microbe… qui s'attrape !

— Je ne crois pas qu'elle ait ce genre de maladie. Je pense plutôt qu'elle récupère de sa fatigue et de la grippe. Il est probable qu'elle souffre aussi d'un traumatisme, peut-être en relation avec sa famille. Elle a surtout besoin de calme et d'avoir des gens autour d'elle. J'aime bien quand elle vient dîner avec nous. Et ça fait tellement plaisir à Emily !

— Ouais, mais cette p'tite, elle a besoin de plus encore. Elle veut tout. Y faut qu'on fasse attention à Emily !

— Emily est bien plus heureuse maintenant, Cleta. Et je fais très, très attention à elle. C'est d'ailleurs pour ça que je suis ici.

Cleta fit la moue.

— Les gens voient jamais ce qu'ils ont sous le nez ! ajouta-t-elle avant de claquer la porte grillagée.

Jenny la regarda partir. Dans l'air calme de l'après-midi, elle entendait les rires de Lulu et d'Emily couvrir les jappements joyeux des chiens. Le petit froncement de sourcils, né le jour même de l'arrivée de Lulu, refit son apparition : il creusait lentement son sillon.

Cependant, lorsque Lulu venait dîner et que les rires fusaient de toute part, Jenny avait du mal à s'inquiéter. Avec une sorte d'ironie désabusée, Lulu leur racontait toujours de nouvelles anecdotes sur le mythique Charleston. Plutôt maladroitement, Walter prit l'habitude de l'accompagner avec des histoires de son cru. Tout le monde riait respectueusement, car malgré tous ses efforts il n'était – et ne serait jamais – qu'un piètre conteur. Walt Junior et Carter, eux aussi, s'y étaient mis avec des comptes rendus très enjolivés – et lourdement chargés d'allusions sur leurs conquêtes et prouesses sexuelles – de leur traversée titanesque vers l'âge adulte. Très gênée, Emily les regardait s'aplatir comme des peaux de lapin devant Lulu qui souriait, hochait la tête avec intérêt et leur réclamait de nouveaux faits d'armes.

La fillette ajouta à son dossier l'excellente éducation des débutantes.

Après l'arrivée de Lulu, les dîners de juillet constituèrent pour tous les Parmenter une période hors du temps.

En août, une touffeur lourde et humide s'abattit sur le bas pays, sans le moindre souffle de vent ni la plus petite averse. Les chiots et les chiennes furent déplacés de la grange pour des chenils de fortune faits de toile et de grillage au fond des bois. Emily et Lulu se levaient à l'aube et profitaient de la relative fraîcheur pour exercer les chiens. Elles leur donnaient très souvent à boire et arrosaient sans arrêt les chiennes et leurs petits. Les épagneuls adultes n'étaient plus entraînés que le soir. Quant aux Boykins d'âge intermédiaire, ils étaient à la charge de Walt Junior et de Carter qui, suants et dégoulinants dans leurs vieux tee-shirts, les emmenaient en ronchonnant au-dessus du fleuve sur un terrain plat couvert de laîche. Presque chaque après-midi, les garçons et les chiens rentraient trempés, exhalant une forte odeur d'eau salée. Nager avec les chiens était strictement interdit, mais Walter fermait les yeux. Après leur travail et avant de monter se laver et se changer, Emily et Lulu s'aspergeaient longuement avec le tuyau d'arrosage. Elles n'étaient pas encore allées une seule fois au fleuve pour se baigner. Lulu avait toujours poliment refusé et Emily pensait que c'était probablement pour ne pas se montrer à moitié nue devant les jumeaux pantelants.

Parmi l'interminable succession de journées toutes plus brûlantes les unes que les autres, il y en eut une particulièrement éprouvante. Ce jour-là, le soleil semblait avoir atteint son degré d'ébullition maximum et l'absence de tout souffle d'air était devenue à tel point asphyxiante que Walter décréta un jour de congé pour Emily et Lulu.

— On tuerait les chiots si on les faisait bouger par un temps pareil, dit-il. On reprendra l'entraînement quand il fera plus frais.

— Ça lui a même pas traversé l'esprit que nous aussi, nous pouvions mourir ! fit amèrement remarquer Emily à Lulu.

— Ce n'est pas grave. On a un jour de repos. Tu veux passer l'après-midi au studio, l'air climatisé à fond, avec Elvis et les chiots ? On pourrait regarder *Seabiscuit*.

— Je ne savais pas que tu avais une télé.

— Elle est dans le placard, mais je peux la sortir. Ça te dit ?

— Ça raconte quoi ?

— Emily, tu es vraiment ignare, répondit Lulu en riant. C'est l'histoire extraordinaire de ce tocard de petit cheval qui est devenu un grand champion. Tout le monde a adoré ce film.

Emily jeta un coup d'œil à Elvis. Il grogna et partit s'affaler dans la terre humide près du tuyau d'arrosage. Une nouvelle fois, Emily se prit à penser que porter ce genre de fourrure rouge par une canicule pareille devait être une pure abomination. Elle sourit à Lulu.

— On pourrait faire le même film avec Elvis. On changerait juste le titre en *Dogbiscuit*[1] !

Lulu apprécia l'humour.

— C'est très drôle. Comment ça t'est venu ?

— J'sais pas.

De très loin, Buddy lui souffla : « Si, tu le sais. » Emily sourit, ça faisait si longtemps que Buddy était silencieux.

— J'ai une meilleure idée, reprit-elle. On prend un pique-nique et on va nager à la crique. On aura peut-être même droit à une surprise. Mais il faut attendre que l'eau baisse encore un peu.

— C'est quoi ?

— Tu verras.

Puis elle alla mendier quelques sandwichs, des pêches et du thé glacé à Cleta.

Elles prirent un raccourci pour se rendre sur la péninsule où s'élevait la plantation. Le champ utilisé par Walter pour entraîner les chiens adultes à la chasse était complètement desséché et plus rien ne bougeait, même pas les grosses sauterelles écrasées par le soleil. A part les nuées bourdonnantes de moucherons, elles étaient apparemment les deux seuls êtres encore vivants. Emily ouvrait la marche, mais elle n'était pas sûre d'atteindre

---

1. Croquette pour chiens. (*N.d.T.*)

vivante la lisière de la forêt. Tête baissée et langue pendante, Elvis trottait résolument à côté d'elle. Elle n'avait pas le souvenir d'avoir déjà connu une journée aussi chaude. Elle se retourna pour jeter un coup d'œil à Lulu, cramoisie, qui respirait difficilement.

— On aurait dû prendre des chapeaux, mais il fera bientôt meilleur.

En pénétrant dans la forêt de chênes verts et de palmiers nains, elles furent accueillies par une énorme bouffée de chaleur moite qui leur colla à la peau. Le petit chemin bordé d'arbres menant à la crique était envahi par un fouillis de touffes de foin odorant ; personne ne semblait avoir foulé depuis longtemps les bords du sentier encombrés par des tas de feuilles décomposées.

Depuis quand Emily n'était-elle pas allée à la crique ? Thanksgiving. Une éternité, en fait ! Le monde lui avait alors paru bien différent. Elle se rappelait encore son retour dans la nuit violette, le cœur débordant de colère et de chagrin, Elvis marchant devant elle, son poil roux brusquement enflammé par un éclat de lune. Elle avait ignoré alors la raison de ce violent sentiment d'amour qui l'avait étreinte à la vue du pelage fauve et bouclé. Depuis, elle savait que c'était le souvenir des cheveux de sa mère étincelants sous la lumière du lustre… la nuit où elle avait quitté Sweetwater pour toujours.

Etait-ce mieux d'en être consciente ?

« Oui, lui répondit sa tête.

— Non », lui assura son cœur.

Il y avait Lulu maintenant, mais aussi ce nouveau savoir qui permettait à son cœur de reprendre très lentement goût à la vie.

Un silence pesant écrasait le petit chemin. Toutes les créatures qui faisaient habituellement trembler l'air de leurs trilles, de leurs gazouillis, de leurs pépiements et agitaient l'eau de plocs et de ploufs somnolaient, assommées. Elles étaient terrées dans la boue, cachées dans l'ombre touffue, ou ensevelies dans les profondeurs humides de leurs trous. Il faudrait attendre la brise apportée par la marée montante pour que tout ce petit monde reprenne son mouvement orbital autour du soleil. Pour l'instant, la forêt et le promontoire boueux étaient parfaitement immobiles, victimes d'un envoûtement général.

Emily et Lulu quittèrent l'abri de chênes et de palmiers pour admirer Sweetwater Creek dont l'eau semblait à peine frémir. Ce n'était qu'une illusion, car le courant au fond de la crique restait soumis au rythme des grandes marées du lointain Gulf Stream. En partie immergées, les berges laissaient apparaître çà et là de la boue grise et luisante sous la vaste étendue de laîche. A marée haute, le marais ressemblerait à une immense prairie verte, percée d'éclats bleus où serpenteraient de petits affluents donnant l'illusion de vouloir filer à l'extrémité du monde, alors qu'ils s'arrêtaient à la ligne des arbres, limite de l'autoroute et début de la vie rurale. Mais à marée montante, comme à présent, on pouvait encore voir les milliers de trous de crabes, les bancs d'huîtres sur les berges ; distinguer l'eau plus sombre où se cachaient les crevettes, les branches basses et les arbres déracinés sur lesquels les tortues prenaient le soleil et où les gros serpents somnolaient, à l'affût. Pour l'instant cependant, tout le petit peuple de la crique était encore invisible.

Lulu se laissa tomber sur l'herbe.

— Y a personne ! fit-elle en s'essuyant le front.

Emily s'assit à son tour.

— Attends un peu.

A côté d'elle, Elvis regardait l'eau avec envie.

« Dans un petit moment », lui dit-elle silencieusement. Puis, à voix haute :

— Si on veut se baigner, c'est tout de suite, car l'eau sera beaucoup trop profonde après.

— Tu nages là-dedans ? C'est dégoûtant. S'enfoncer jusqu'au cou dans cette fange visqueuse ? Hors de question, même si je dois mourir de chaleur ! Et je ne parle pas de l'odeur putride qui va nous coller à la peau pendant des jours !

Emily renifla ; elle était habituée aux effluves riches des algues, à ceux de toutes les créatures vivantes ou mortes de la crique, et à la puanteur sucrée de la boue organique. C'était le souffle de la vie.

— On n'aura qu'à prendre une douche en rentrant. Mais il y a des endroits très profonds où l'eau est fraîche. Regarde là-bas, tu vois, où c'est plus foncé, eh bien, c'est un trou à crevettes et, même à marée basse, je ne suis jamais arrivée à en toucher le fond. Si tu veux t'épargner la boue, il faut que tu restes dans l'eau froide.

— Mais c'est quoi, cette boue ? L'eau est tellement verdâtre et épaisse qu'on ne peut pas voir à dix centimètres. Qui sait ce qu'il y a dedans ? Et elle a l'air si claire... de loin !

— Ce n'est pas de la saleté. Ce sont des organismes vivants. Dans ce marais, chaque centimètre grouille de vie. Si tu remplissais un verre de cette eau, tu apercevrais des milliers de créatures frétiller. Même si au microscope elles ressemblent à des dragons ou à des monstres, il n'y en a pas une seule qui serait capable de t'attaquer et, de toute façon, tu ne les sentirais même pas.

— Comment peux-tu en être si sûre ?

— Eh bien, ça fait longtemps que je nage ici et j'ai *observé* l'eau au microscope. C'est vraiment quelque chose !

— Qui t'a montré tout ça ?

— Mon... quelqu'un.

187

Emily n'était pas encore prête à partager Buddy, pas maintenant, ni peut-être jamais. On a tous besoin d'avoir *quelque chose* à soi.

— Comment fais-tu pour entrer dans l'eau sans marcher dans la boue ?

— Je grimpe sur cette vieille souche de chêne qui m'emmène jusqu'au bord du trou, et après je me laisse glisser.

Le tronc du vieux chêne était tapissé d'une épaisse couche de bernaches vivantes et mortes, et se terminait par une poignée de crabes qui agitaient leurs gigantesques pinces rouges.

— Ne va pas me raconter aussi que ces crabes sont inoffensifs !

Emily frappa dans ses mains et ils disparurent.

— Tant qu'on restera ici, ils ne reviendront pas. On voit souvent aussi un couple de loutres qui jouent sur la berge, mais elles filent au moindre bruit. Ici, il faut juste faire attention aux serpents, mais il n'y en a pas aujourd'hui. J'ai bien regardé.

Après être demeurée un long moment silencieuse, Lulu dit d'un air déterminé :

— Allez, je préfère mourir que de rester une minute de plus à mijoter !

Elle enleva son short et son débardeur, respira un grand coup puis, nue comme un ver, marcha jusqu'à l'extrémité du tronc et se laissa tomber dans le trou. Emily l'avait observée, fascinée ; jamais encore elle n'avait vu de femme nue, ou de seins et de poils autres que les siens, et encore étaient-ils à peine visibles sous l'eau savonneuse du bain. Lulu lui avait donné d'une certaine façon l'impression d'être encore… plus nue que ce à quoi elle s'attendait de quelqu'un sans vêtements. Les étroites marques blanches laissées par son maillot de bain mettaient en valeur ses petites fesses rondes et le triangle de poils argentés. Les bouts de ses seins étaient si foncés qu'ils ressemblaient à des yeux. Gênée, Emily avait senti ses joues s'empourprer et son cou devenir brûlant.

Lulu ressortit la tête de l'eau, les cheveux plaqués sur son beau crâne étroit, les yeux fermés, avec une expression de pure béatitude.

— C'est un vrai régal ! Tu as raison, l'eau est délicieusement fraîche, et je me moque de ce qu'il y a au fond. Tu viens ?

Très lentement et avec regret, Emily ôta son short et son tee-shirt, sous lesquels elle portait son vieux maillot une pièce rouge grisâtre, complètement délavé par des années de baignades. Elle tenta instinctivement de cacher ses seins qui débordaient du vêtement comme des fruits trop mûrs.

— Pour l'amour du ciel, Emily, enlève-moi cet horrible truc ! Si tu crois que je n'ai encore jamais vu de fille nue ! A Randolph Mason, on ne s'habillait que si c'était vraiment nécessaire, et tu n'as pas idée du nombre de filles qui déambulaient nues le soir après la douche.

La fillette ferma les yeux très fort ; rouge de la tête aux pieds, elle ôta son maillot, courut le long de l'arbre et se jeta dans l'eau avec une telle violence qu'elle but la tasse. Elle refit surface toussant et crachant. Lulu avait raison. L'eau froide sur la peau nue, c'était… transcendant !

— Je parie que tu mets ce vieux truc même lorsque tu te baignes seule. Jette-le aux orties ! Emily, tu as un corps splendide. Un jour, tu en seras très fière, et je suis sûre qu'il va faire le bonheur de plus d'un. Si tu veux vraiment un maillot de bain, achète-toi un bikini et pavane-toi dedans. Tu seras très belle, bientôt. Tu l'es déjà. A quoi ça pourrait bien te servir si tu n'en profites pas ?

Emily était stupéfaite. Jusqu'à présent, la métamorphose de son corps ne lui avait valu que le regard vicieux et les gestes obscènes de Kenny Rouse. A part ça, elle ne savait vraiment pas qu'en penser.

« Et le tien, tu l'aimes ? » eut-elle envie de demander à Lulu, toutefois elle ne le fit pas. Elle ne savait trop pourquoi, mais elle avait l'impression que Lulu ne semblait pas particulièrement heureuse, ou fière, de son corps amaigri qui paraissait inassouvi. Affamé.

Sur la berge, Elvis pleurnichait.

— Pauvre petit chien ! J'ai oublié de te donner la permission. Allez, vas-y. Lulu, regarde !

Elvis se mit à courir et plongea dans l'eau, la tête dressée, les pattes repliées, la queue bien raide, fier comme un pape. Il ressemblait à une torpille de bronze fendant l'eau. Quand il les eut rejointes, il secoua énergiquement ses longues oreilles bouclées pleines d'eau et se maintint à leur hauteur en faisant de petits cercles. Il aboya un coup, l'air de dire : « Ouf ! Ça va mieux ! »

— Il est superbe, murmura Lulu.

— C'est ce que font tous les Boykins doués, expliqua Emily avec fierté. Les épagneuls ne sont pas tous capables de nager. Certains ne font que lever le gibier ; d'autres le lèvent *et* le rapportent. C'est le cas d'Elvis.

Elles remontèrent sur le tronc pour regagner leur petit promontoire. Lulu s'allongea nue sur ses vêtements éparpillés et, après avoir hésité quelques instants, Emily fit comme elle. Elle n'eut d'abord conscience que de sa nudité avant de se retourner sur le dos et de s'endormir sous l'emprise conjuguée de la chaleur, du silence et de l'odeur de la crique.

Après leur petite sieste, elles se rhabillèrent et mangèrent.

— C'est quoi, cette chose extraordinaire que tu devais me montrer ? demanda Lulu.

190

L'eau de la crique n'était plus qu'un mince ruban d'à peu près un mètre de large sur à peine soixante-quinze centimètres de profondeur qui se faufilait entre les berges grises, laissant apparaître çà et là des trous noirs et visiblement très profonds.

Emily eut un grand sourire avant de répondre :

— Attends... là-bas, juste après la courbe.

Elle savait que c'était un bon jour. Sous la petite butte, la boue mouillée était labourée de sillons profonds.

— Qu'est...

— Chut. Ecoute.

Dans le silence de l'après-midi, elles perçurent plutôt qu'elles ne l'entendirent un minuscule clapotis rythmé qui se transforma vite en un battement continu, aussi insidieux et envahissant que la mélopée des cigales. Elvis releva la tête et regarda vers la crique. Lulu jeta un coup d'œil interrogatif à Emily.

— C'est quoi ?

— Viens voir.

Elles se levèrent et allèrent contempler la petite plage de boue au-dessous du promontoire.

— Mon Dieu, qu'est-ce que c'est ? murmura Lulu dans un souffle.

Des bancs serrés de petits poissons argentés que le soleil faisait étinceler tentaient de se hisser, affolés, sur la berge. Immobiles et silencieuses, plusieurs grosses mouettes et une aigrette blanche les observaient.

— Ce sont des mulets. On s'en sert comme appâts, expliqua Emily.

— Ils ont vraiment l'air terrorisés.

— On le serait à moins. Ecoute bien.

Elles entendirent d'abord, venant de la crique, un étrange cliquètement aigu à peine perceptible, puis elles virent se dessiner une longue torpille argentée, suivie de deux ou trois autres aussi discrètes et furtives qu'un sous-marin à moitié immergé. En un rien de temps, elles furent une demi-douzaine. Luisants, mouillés, gris et blanc, le nez fin et pointu au milieu de grands yeux écartés, un sourire doux et malicieux à la Walt Disney, les dauphins venaient d'envahir la crique.

— Qu'est-ce... tenta à nouveau de dire Lulu.

Emily lui fit signe de se taire.

Le dauphin de tête décrivit un cercle et la crique fut submergée d'un son strident. Les autres se mirent alors à rassembler des petits tas compacts de mulets et à les presser contre le rivage. Ils avaient la tête brillante juste au ras de l'eau et les yeux fixés sur leurs frétillantes proies argentées. Puis, avec une précision d'horloge, tous se précipitèrent dans un bel ensemble vers la rive boueuse, provoquant une vague énorme qui souleva les dauphins et leurs victimes. La violence de la mêlée fut étourdissante, faisant gicler et étinceler des milliers de particules argentées dans le soleil. Lorsque la vague redescendit, elle abandonna sur la berge boueuse les mulets se débattant avec l'énergie du désespoir. Complètement échoués sur la berge, les six dauphins s'attaquèrent à leur butin. Ils formaient sur la plage un ballet parfaitement synchronisé, tous couchés sur le flanc droit, la mâchoire souriante, se régalant de leurs proies frétillantes. Tournoyant au-dessus d'eux, les oiseaux descendaient en piqué pour avoir leur part du festin. Dès le repas terminé et comme obéissant à un autre signal, ils se propulsèrent à l'aide de leurs nageoires dorsales et de leurs queues pour partir aussi rapidement qu'ils étaient venus. Ce qui restait des mulets alla aux oiseaux. Quelques instants suffirent pour que la crique retrouvât le silence.

En tout et pour tout, le ballet des chasseurs et de leurs proies n'avait duré que cinq minutes. Après le départ des dauphins, Lulu et Emily demeurèrent un moment immobiles, puis Lulu se tourna vers Emily, le visage lumineux, la bouche légèrement ouverte et des traces de larmes sur ses joues bronzées.

— Mon Dieu ! dit-elle dans un souffle. C'était tout simplement... magique. Surnaturel. Qui sont-ils ? Viennent-ils ici souvent ? Qui leur a appris ? Comment savais-tu qu'ils seraient là cet après-midi ?

Savourant son nouveau rôle de pédagogue, Emily lui expliqua tout.

— Ils viennent à la fin de l'été et en automne. Il leur arrive de le faire une fois ou deux par jour, mais quelquefois c'est beaucoup plus. Ça dépend, j'imagine, de l'importance des bancs de mulets. Année après année, on les voit ici, toujours à la même place. Ça a l'air d'être plus ou moins une affaire de famille, car je suis sûre que c'est la même bande de dauphins qui fréquente cette crique, et qu'avant eux, c'étaient leurs ancêtres. Il y a d'autres dauphins le long de la côte, mais ceux-là ne sortent jamais du bas pays, sauf peut-être pour aller en Géorgie.

— Ils sortent directement de l'eau ! De l'océan, et hop ! sur la berge !

— Eh oui ! Pendant deux mois, ils viennent ici presque tous les jours avant de disparaître jusqu'au mois d'août suivant, mais on peut être sûr qu'ils seront là et que ce seront les mêmes. Parfois j'ai l'impression que c'est une sorte de jeu pour eux.

— Comment savais-tu qu'ils viendraient ?

— Ça fait *très* longtemps que je les observe. Je savais qu'ils seraient là, car j'avais vu leurs marques encore fraîches et bien lisses. Et il y en avait beaucoup, ce qui voulait dire qu'ils étaient souvent venus pendant l'été. Il y a des années où on ne voit que très peu de marques, ou alors vieilles et desséchées, mais pas cette année. C'est une bonne année à dauphins !

— Vont-ils revenir aujourd'hui ?

193

— Oui, sûrement, mais je n'aime pas rester trop long-temps à les observer. Ça risque de leur faire peur. Toi, tu aimerais avoir tout le temps des gens qui te regardent manger ?

— Non, pas spécialement. Alors, rentrons. C'était déjà tellement magique de les voir danser ce... magnifique ballet. Je ne voudrais surtout pas m'en lasser.

Elles reprirent lentement le chemin ombreux bordé de chênes verts et de palmiers, avant d'être obligées de plonger à nouveau dans la touffeur du champ.

Après un long silence, Lulu, qui se traînait péniblement derrière Emily, lui demanda :

— Elvis n'aboie jamais après eux ?

— Non, et je ne sais pas pourquoi.

— Il sait reconnaître la magie, ce chien ! J'aurais aimé être Viviane. *La Dame du lac.* Tu connais ?

— Non, je devrais ?

— Oui. Dans les légendes arthuriennes, Viviane est la maîtresse de Merlin. Après l'avoir séduit, elle l'a entraîné dans une grotte enchantée près de la mer – ou près d'un lac – d'où ils ne sont plus jamais ressortis. J'aimerais moi aussi rester toujours ici, ne pas être contrainte de quitter la crique, le fleuve, tout ça. Tu as de la chance. D'une certaine façon, tu es comme Viviane. Tu pourrais ne jamais partir d'ici, enfin, pas tout de suite. Et même après, personne ne pourra t'empêcher d'y revenir. Quoique, là-bas, tu t'en sortiras sûrement très bien. Tu es douée, Emily.

— Là-bas, où ?

Lulu fit un geste vague vers le nord, là où s'étendaient le monde et le chaos.

— Oui, là-bas, dans le monde. Tu seras bien forcée d'y aller. Chacun est obligé de le faire un jour ou l'autre, car même avec toute l'intelligence du monde, on a besoin de cette expérience.

— Et si ça ne me plaît pas ?

Emily avait bien compris que la jeune fille venait de s'évader de ce *là-bas* avec la ferme intention de ne plus jamais y remettre les pieds.

— Comme je te l'ai déjà dit, tu pourras toujours revenir, mais d'abord il faut y aller pour savoir.

— Je n'irai pas ! Je resterai ici et je dirigerai la ferme. Papa ne sera pas toujours là, et même s'il pense le contraire, Carter et Walt, sitôt leurs diplômes en poche, ne traîneront pas une minute de plus ici. Ils ont envie de parcourir le monde, et ils vont filer directement à Myrtle Beach[1].

Lulu éclata de rire.

— J'espère quand même qu'ils ne s'arrêteront pas là. Crois-le ou pas, le monde ne se résume pas à Myrtle Beach. Si ton seul objectif est de diriger la ferme, tu auras quand même besoin d'une bonne dose de connaissances et d'expérience.

— Pour quoi faire ? Je sais déjà tout sur les chiens.

— Oui, mais une ferme, c'est comme une entreprise. L'argent, les aspects économiques, et... les relations publiques. Ça te servirait à quoi d'avoir de magnifiques chiens si tout le monde ignorait leur existence ? De plus, que tu aimes ça ou non, tu devras apprendre à composer avec le vieux Charleston, car c'est là que tu les vendras, tes Boykins. Et puis, j'allais oublier le plus important, je veux parler de la littérature. Ça te donne le sens permanent de ta place dans l'univers. Le mauvais côté de la chose, c'est qu'il faut aussi savoir lui échapper. Et le bon...

---

1. Grande plage de plus de cent kilomètres située en Caroline du Sud, célèbre pour sa vie nocturne, ses divertissements extravagants et son golf. (*N.d.T.*)

Elle s'arrêta un instant, avant de continuer d'une voix douce :

— « Si l'amour te réclame ; si tu es en fusion avec les étoiles,

« Alors tu aimeras avec chaque infime atome de ton être, avec chaque molécule de ton sang...

Puis elle resta un long moment silencieuse. En la regardant, Emily sentit sa peau brûler et une immense vague tiède l'envahir.

— C'est quoi ? C'est de qui ?

— Un poème écrit par une femme que j'adore, Anne Michaels. Je l'ai découverte au lycée et, depuis, je ne me sépare jamais de ses livres. Tu devrais lire ses poèmes, Emily.

— Mon frère, lui aussi, avait l'habitude de faire ça.

Les mots avaient jailli comme de la lave en fusion.

— Faire quoi, Emily ? demanda Lulu en souriant.

— Citer des extraits d'un poème. On en lisait beaucoup ensemble.

Elle s'arrêta net, mais il était trop tard.

— Ton frère ? Lequel ?

Lulu avait l'air très étonnée. Emily ne put s'empêcher de sourire, avant d'éclater de rire à l'idée de Carter ou de Walt lisant ou récitant des poèmes. Alors, la peine si longtemps tenue à distance refit surface.

— Non, pas ceux-là. Mon frère Buddy. Il est... mort. Il avait sept ans de plus que moi.

— Je suis désolée, Emily. Il était malade ?

— Oui, répondit brièvement Emily.

Elle voyait toujours le Purdley étincelant tournoyer dans l'air avant de finir dans le fleuve. Jamais elle n'en parlerait à Lulu.

— Il doit beaucoup te manquer. Que lis-tu en ce moment ?

— Je ne lis pas.

— Pourquoi ça ?

— Je n'ai aucune raison de lire.

— C'est justement un des grands intérêts de la lecture. Tu n'as jamais besoin d'une raison particulière pour avoir envie d'ouvrir un livre. Sans la lecture, je serais morte.

« Moi, c'est lire qui me tuerait », pensa Emily.

Une petite brise, ou plutôt un infime souffle, fit frissonner au même moment la mousse espagnole dans les chênes et le duvet sur la nuque d'Emily. C'était l'heure de la marée. Pour leur retour, il ferait encore chaud, mais la chaleur ne serait pas aussi accablante qu'à l'aller. Derrière elle, Emily entendit Lulu pousser un léger soupir.

Elles étaient presque arrivées à l'orée du champ couvert de chaumes quand Elvis s'arrêta brusquement pour regarder fixement la droite, dans la pénombre des chênes et des palmiers. Elles firent de même. Elvis ne grondait pas ; il attendait, et Emily était sûre de voir apparaître quelque chose ou quelqu'un. Elle posa doucement la main sur sa tête.

Emergeant de l'ombre profonde, un homme et son chien cheminaient en silence. Seul un très léger déplacement d'air trahissait leur présence. L'homme et le chien s'arrêtèrent ; Lulu, Emily et Elvis, aussi.

C'était un très vieil homme, maigre et voûté, tel le sarment rabougri d'une glycine ou la branche noueuse d'un chêne. Il avait le visage labouré par d'innombrables sillons et ses yeux, profondément enfoncés, brillaient de l'éclat du charbon incandescent. Il portait une salopette bleu délavé, une chemise à manches longues sans aucune trace de transpiration et, au creux du coude, un fusil cassé, bon marché, mais luisant de cire et de graisse.

Sa vieille chienne labrador noire à la truffe blanche avait le poil encore tout humide. Emily se demanda si elle

197

avait encore la force de nager, et remarqua son arthrite lorsqu'elle vint s'asseoir près de son maître en claudiquant et en traînant les pattes arrière. Ni le maître ni le chien ne représentaient une quelconque menace, mais le cœur d'Emily se mit à battre plus fort. Ils auraient tout aussi bien pu être les esprits desséchés du marais.

Elvis alla à la rencontre de la vieille chienne, lui renifla le museau et agita la queue. Elle lui sourit, la langue pendante, et laissa Elvis la lécher en poussant un léger grognement de plaisir.

Emily entendit Lulu dire derrière elle :

— Ça a marché ? Je vois que votre chienne est allée dans la crique. J'espère qu'elle vous a rapporté quelque chose d'intéressant.

« S'ils sont allés chasser, ils n'ont pu trouver que des palombes, et certainement pas dans la crique. Il faut s'enfoncer à l'intérieur de nos terres, mais toutes nos chasses sont gardées. Je me demande si je dois lui dire quelque chose, réfléchissait Emily. Et ça servirait à quoi ? Ils n'en ont plus pour très longtemps, ce vieil homme et son vieux chien, à chasser... ou à braconner. »

Le regard du vieil homme se posa sur Lulu. Il s'éclaircit la voix avec un bruit sec et grinçant.

— Non, rien ! Fait trop chaud. Mais je ne chasse plus. Je fais semblant. C'est pour la chienne.

Il souleva le bord d'un chapeau inexistant et, suivi de la chienne, traversa le chemin pour disparaître dans les bois. Elvis leur lança un petit jappement d'adieu et vint s'asseoir en posant la tête sur la jambe d'Emily. Aucune des deux ne parla. Quand elle se retourna, elle vit des larmes silencieuses couler sur les joues de Lulu qui souriait.

— Tu comprends pourquoi je ne veux pas partir d'ici ? D'abord, des dauphins qui dansent dans une crique, puis ce vieil homme extraordinaire dont le chien est ce qu'il a de plus important sur terre. Comment veux-tu abandonner un endroit où les gens aiment autant leur chien ? Que peut offrir le monde de plus merveilleux ?

« Et alors ? C'est ce que je pense, et ça n'a rien de génial », eut envie de lui répondre la fillette soudain inexplicablement agacée. Elle ne dit rien cependant. Le vieux couple rencontré dans la pénombre du chemin l'avait aussi profondément bouleversée.

Alors qu'elles approchaient de la vieille maison qui miroitait dans l'air brûlant, Emily ne put s'empêcher de demander :

— Mais tu vas quand même devoir repartir un jour, non ? C'est bien ce que tu as dit en arrivant ici.

Elle n'était pas sûre de vouloir entendre la réponse, mais elle avait brusquement besoin de savoir.

— Non, c'est pas sûr. Je vais peut-être rester ici. Peut-être que oui, peut-être que non ! C'est comme toi, tu partiras peut-être d'ici au lieu de t'occuper de la ferme. Tu pourras te marier aussi et avoir la plus grande maison de Charleston. Ou bien tu iras vivre au Maroc entourée d'une multitude d'amants, et tu deviendras une légende vivante. Peut-être même te présenteras-tu aux élections présidentielles ? Tu sais, Emily, les gens changent, évoluent, et c'est souvent sous la pression des autres.

— Personne ne me fera changer ! s'exclama Emily sur un ton de défi.

Elle se prenait pour qui, cette Lulu Foxworth ? Pour Dieu, pour parler comme ça de son avenir !

— Il y a quelqu'un qu'il faut absolument que tu rencontres.

— Non, certainement pas si c'est pour me changer ! Je ne veux voir personne !

— Oh, ça ! Si elle décide de te changer...

— Qui ça ?

Lulu l'étreignit très fort avant de lui répondre.

— Grand-mère.

Puis elle s'enfonça dans l'obscurité de son escalier délabré et referma la porte.

10

Walter était aux anges.

— Bien sûr qu'elle ira, assura-t-il à Lulu le lendemain soir au dîner. Tout le monde dans le bas pays est au courant de cette soirée. Je me souviens en avoir entendu parler alors que je n'étais même pas encore installé ici. C'est très gentil à vous de l'inviter ! C'est vraiment le genre d'événement qu'elle doit connaître.

Assise face à lui, Lulu avait souri. A la lueur des hautes bougies ivoire, son visage donnait l'impression d'un mystère, d'une allégorie. C'est vers la fin de l'été que l'habitude avait été prise de dîner dans la grande salle à manger. Emily ne s'en était même pas étonnée ; elle avait trouvé le changement plutôt agréable. Jenny et Cleta avaient nettoyé la splendide cheminée en marqueterie de toute la poussière et la cendre qui s'y étaient accumulées depuis plus d'un siècle avant de l'encaustiquer. Jenny avait sorti l'argenterie et les chandeliers habituellement réservés aux fêtes de Thanksgiving et de Noël. Elle avait également déballé le beau service Haviland de sa mère. La porcelaine était si fine qu'Emily voyait ses doigts à travers en transparence.

« Comme il est beau ! s'était-elle exclamée quand elle avait vu le service pour la première fois.

— Il appartenait à ta grand-mère. Je me racontais

toujours que je le mettais de côté pour toi mais, en fait, je m'y accrochais parce que j'ai tellement peu de choses qui me viennent de ma mère. Il est clair cependant que sa place est ici, dans cette pièce, et qu'il y restera.

— C'est généreux de ta part, avait dit Walter en souriant. J'ai toujours voulu qu'Emily et les garçons vivent au milieu de belles choses. Quand Emily était petite, on dînait souvent autour d'une jolie table bien dressée, mais elle ne doit plus s'en souvenir... »

Il s'était alors interrompu. Des six personnes qui se trouvaient ce soir-là à la table de Walter, cinq savaient que l'argenterie, la porcelaine et la presque totalité du service en cristal avaient disparu en même temps que la belle Caroline Carter-Parmenter.

Souriant à la ronde, Jenny s'adressa à Lulu.

— Lulu, parlez-nous de cette fameuse fête. J'en ai déjà entendu tellement de versions différentes !

— Ouais, ajouta Walt Junior en mastiquant son poulet. Moi, on m'a dit que la vieille dame gardait toute l'année un animal en réserve – un cerf, je crois – pour lui faire sauter la cervelle à minuit. J'aimerais pas la croiser dans un stand de tir.

Walter lui jeta un regard courroucé qui le fit rougir. Carter vint à sa rescousse.

— Bon, il y a bien une vieille dame, non ? Et elle canarde bien quelque chose ?

Muette de colère, Emily vit sa tante se crisper. C'était bien la seule personne dans toute la plantation contre laquelle elle ne se sentait pas remplie de rage.

Le sourire de Lulu s'élargit.

— La vieille dame, c'est ma grand-mère, mais elle n'a jamais tiré de sa vie sur un seul animal. Une fois par an, pour son anniversaire, elle sort le vieux Purdley qui est dans la famille depuis des siècles et tire en l'air à minuit. C'est comme ça qu'elle fête son anniversaire !

— Pourquoi ? demanda Walt, soudain très intéressé.

Toujours silencieuse, Emily songeait que les jumeaux étaient bien les seuls Parmenter à ne pas frémir à l'évocation du mot « Purdley ».

— Parce que c'est son anniversaire. Parce qu'elle aime ce fusil et le bruit qu'il fait. Et parce que... elle peut tout se permettre !

— Et il y a une grosse réception juste pour la regarder faire ça ? s'exclama Carter, incrédule.

Dans son monde, les vieilles dames n'avaient pas pour habitude de tirer au fusil pour leur anniversaire, et encore moins de fêter l'événement en grande pompe.

— Oui, il y a une magnifique soirée ! Aussi loin que je me souvienne, il y en a toujours eu une pour son anniversaire. C'est mon grand-père Foxworth qui a institué la tradition et, à sa mort, mon père a continué. Maman et papa l'organisent maintenant à Maybud. La seule différence est que grand-mère n'assiste plus à la fête. Elle reste chez elle, dans son pavillon, où elle n'invite que les gens qu'elle aime à assister à son fameux coup de fusil de minuit. Elle dit que n'importe quel imbécile du bas pays peut tirer un coup de fusil, alors elle ne voit pas pourquoi elle en inviterait cinq cents pour la regarder faire la même chose bouche bée. Cependant, tous attendent dans un silence religieux d'entendre le coup de feu pour lui porter un toast et jeter leurs verres dans la cheminée... comme pour l'anniversaire de la reine ! Puis la soirée continue jusqu'à l'aube, alors que grand-mère est couchée depuis belle lurette. Il y a même des gens qui peuvent passer la nuit entière à Maybud sans jamais la voir, si elle a décidé cette fois-là de ne pas se montrer.

— Ils jettent vraiment les verres dans la cheminée ?

Walt pensait que c'était ce à quoi il fallait s'attendre de la part de vieilles dames qui tiraient au fusil à minuit – incroyable !

— Il ne doit plus vous en rester beaucoup…

— Maman les achète au supermarché, répondit Lulu en riant.

Visiblement, elle se régalait en leur narrant ce conte moderne à la lueur des bougies, un nouveau cadeau chatoyant offert à ses hôtes.

Emily ne trouvait pas ça drôle du tout. Elle était furieuse contre Lulu qui, sans même la prévenir, avait demandé à son père devant la famille réunie l'autorisation de l'emmener à cette soirée. Emily pouvait imaginer Lulu malheureuse, triste, mais jamais elle n'aurait pensé qu'elle la trahirait. De plus, l'admiration béate de son père et des garçons l'exaspérait. Elle était bien décidée à ne pas aller à cette réception, mais elle savait qu'à part Jenny tous allaient se liguer contre elle. Les yeux fixés sur son assiette, elle était trop ulcérée pour avaler le moindre morceau.

— Elle va avoir besoin d'une nouvelle robe, dit Walter en riant. Qu'en penses-tu, Emmy-puce ?

Sans prêter attention à son silence, il continua sur sa lancée.

— Tu iras avec Jenny en choisir une belle dans une grande galerie commerciale. Allez, je vais même faire un effort. Pourquoi pas dans une petite boutique chic de King Street ? Vous pourrez les accompagner, Lulu ?

La jeune fille évita le regard d'Emily pour répondre.

— Oui, bien sûr. Mais Jenny saura faire ça beaucoup mieux que moi. Il y a bien un siècle que je n'ai pas franchi le seuil d'une boutique.

Emily retrouva un semblant de voix pour murmurer :

— Je n'irai pas dans une galerie, une boutique ou… je ne sais où pour m'acheter une robe. Je n'irai pas non plus à une fête stupide où une vieille dame tire au fusil. Je n'irai nulle part, un point, c'est tout ! C'est ce que je vous aurais dit si vous m'aviez seulement demandé mon avis.

204

Elle regarda fixement Lulu qui se contenta de lui sourire gentiment.

Walter prit alors cette voix blanche qu'il réservait habituellement à ses enfants quand leur ignorance têtue le mettait dans l'embarras ou lorsque, comme ce soir, ils devenaient une menace pour son vieux rêve sur le point d'enfin se matérialiser.

— Tu vas aller à cette soirée, et dans une robe décente. Je veux maintenant que tu t'excuses auprès de Lulu, et que tu la remercies pour sa gentillesse.

Emily se leva et sortit en trombe. Elle entendit son père furieux la rappeler et Lulu lui dire :

— Ce n'est pas grave. Elle a raison. J'aurais dû lui en parler d'abord. Je suis persuadée que ma grand-mère pourrait lui apporter beaucoup, mais je ne veux pas la mettre au pied du mur. J'en rediscuterai avec elle demain matin. Et si elle ne veut pas acheter de robe, je pourrai toujours lui en prêter une.

Emily s'était arrêtée dans le couloir de la salle à manger pour écouter les dispositions qui fixaient son sort. Elle entendit sa tante observer d'une voix égale :

— C'est beaucoup demander à une petite fille qui n'a encore jamais mis les pieds à une réception. A son âge, et sans même la prévenir, vous ne vous attendiez tout de même pas à ce qu'elle saute de joie à l'idée d'aller chez des gens dont elle ignore tout. Peut-être l'année prochaine, si Lulu est toujours d'accord.

— Il n'est jamais trop tôt pour apprendre à devenir une dame. Elle ira, même si je dois l'y forcer. Elle me remerciera plus tard.

— Et comment t'y prendras-tu ? demanda doucement Jenny.

— Je vais y réfléchir. Je pourrais déjà enfermer son chien dans le chenil, et ne le libérer que lorsqu'elle aura changé d'avis.

Emily monta l'escalier en courant, étouffant sous la colère et la panique. Elle savait bien qu'elle n'avait plus le choix. Elle n'entendit pas les protestations de Jenny et de Lulu.

Elle grimpa tout habillée dans son lit et s'enfouit sous le drap. Elle n'arrivait même plus à pleurer ; son cœur était sec. Elvis quitta le tapis pour la rejoindre. Il lui lécha la figure et, quand elle souleva le drap, se glissa contre elle. C'est alors qu'elle se mit à pleurer, la tête dans son cou.

— Cet été, je croyais avoir trouvé une amie, mais je m'étais trompée. Même si on doit continuer à travailler ensemble, jamais plus je ne lui adresserai la parole. Inutile également qu'elle envisage, même une seconde, de t'emprunter ! C'est moi qui ai besoin de toi, maintenant.

Il grogna doucement et posa son museau dans ses cheveux. Ils restèrent ainsi sans bouger jusqu'au lendemain matin. La première chose qu'elle vit en ouvrant les yeux fut Lulu assise au pied du lit, les mains pendant entre les genoux, la tête basse et le regard fixé sur le sol. Emily ne fit aucun mouvement, mais Lulu sentit qu'elle était éveillée. Elle tourna la tête vers elle et une ébauche de sourire se dessina sur ses lèvres. La fillette croisa son regard mais demeura de glace.

— Je suppose que tu es folle de rage contre moi ?

Emily ne répondit pas.

— Si j'étais à ta place, je le serais. Je t'ai mise dans une situation intenable. Mais avant de décider de ne plus jamais me parler, écoute-moi.

Immobile, Emily se taisait toujours. Après avoir bâillé et s'être étiré longuement, Elvis regardait Lulu en battant frénétiquement de la queue, mais il resta à côté de sa maîtresse.

— Emily, commença Lulu d'une voix presque imperceptible, je ne peux pas ne pas assister à l'anniversaire de ma grand-mère que j'adore. Elle en aurait trop de peine, d'autant que je n'ai encore jamais manqué un seul de ses anniversaires, mais je ne *peux* pas aller dans cette maison toute seule. Ça m'est impossible. Ces gens-là préféreraient voir leurs enfants se noyer plutôt qu'admettre, comme ma mère, qu'ils ne tournent pas rond, et je n'ai vraiment plus l'énergie d'inventer de brillantes excuses pour leur raconter où je passe l'été, quand je vais rentrer, ou d'autres petits mensonges dans ce genre. Si j'y vais seule, ils vont m'assaillir de questions, alors que si tu es là, ils hésiteront. On ne pose pas de questions devant... une inconnue, à plus forte raison quand elle est aussi jeune. C'est pour ça que je t'ai tendu ce traquenard. J'étais sûre que ton père t'obligerait à m'accompagner. Mais j'étais sincère, Emily, quand je t'ai dit qu'il te fallait absolument faire la connaissance de grand-mère.

Elle s'arrêta. Comme Emily ne disait toujours rien, elle murmura d'une voix à peine audible :

— Emily, viens. J'ai besoin de toi.

— Pourquoi moi, et pas quelqu'un d'habitué à ce genre de grandes réceptions ? Je ne veux pas me trouver au milieu de tous ces gens chic. Je ne saurais même pas quoi leur raconter ! Ils vont penser que je suis une sorte de rat de marécages, et que tu t'encanailles avec moi. Ils auront bien raison. De toute façon, il n'est pas question de me traîner dans les boutiques pour m'acheter une robe de soirée. Explique-moi aussi comment je vais faire pour parler avec ta grand-mère au milieu de tout le raffut...

Emily avait commencé sa tirade d'une voix forte et assurée, mais l'avait terminée d'un ton plaintif de bébé. Elle secoua la tête avec colère.

— J'ai besoin de toi parce que, précisément, tu n'es

pas comme eux, continua Lulu. Tu es différente comme… l'est cet endroit. Tu es comme un écho des chiens, du fleuve, des dauphins et… du vent dans les pins la nuit. Et tu as en toi une myriade d'étoiles incroyables. Si tu m'accompagnais, ce serait comme si j'avais avec moi un petit morceau de tout ça, une sorte de talisman, qui me protégerait et m'éviterait de replonger dans… tout le reste. Je n'y survivrai pas, Emily !

— Moi non plus, si c'est aussi terrible que ça, répondit Emily en frissonnant. Si *toi*, tu en es incapable, tu ne peux pas t'attendre à ce que *moi*, j'y passe toute la nuit, non ?

Lulu s'adossa contre le lit et lui sourit d'un air las.

— C'est juste une foutue soirée ! C'est tout. Il n'y aura pas de messes noires ou de sacrifices de nouveau-né ! Quelquefois, il y en a même qui arrivent à être très drôles. Elles m'amusaient à une certaine époque. Plus maintenant.

— C'est Elvis qu'il te faut, pas moi.

Sa colère était retombée. Comment pouvait-elle refuser d'aider cette merveilleuse licorne blessée ?

— Je l'emmènerais bien s'il me jurait de s'oublier sur l'Aubusson ! Non, c'est de toi que j'ai besoin. Promets-moi d'y réfléchir. Tu sais, on ne sera même pas forcées d'aller à la grande réception, enfin toi. Moi, j'y ferai juste un petit tour. Il y a longtemps que grand-mère n'y va plus. Comme je te l'ai dit, elle invite seulement les gens qu'elle aime. Toi, c'est sûr que tu lui plairas. Nous serons les deux seules à passer toute la soirée avec elle.

— Ah bon, alors pourquoi s'habiller ?

Emily s'aperçut qu'elle venait de parler comme si l'affaire était conclue.

— C'est pour le cas où des invités m'arrêteraient au passage et s'étonneraient de me voir vêtue n'importe comment. Mais c'est surtout pour grand-mère. Elle dit toujours que l'allure, c'est important, et elle aime me voir élégante. Quant à toi, tu te sentiras mieux dans une tenue un peu plus élégante que tes vieux jeans coupés. De plus, j'ai envie de te faire un cadeau. On va trouver une robe que tu aimes vraiment, quitte à la garder pour plus tard quand tu en auras besoin. Fais-moi plaisir, Emily, accepte. J'adore faire des cadeaux et je n'ai pas encore réussi à t'en faire un seul de tout l'été.

Pour Emily, l'idée que l'on puisse lui faire un cadeau sans motif la dépassait complètement. Personne ne lui en avait encore jamais fait, à l'exception des cadeaux traditionnels de tante Jenny et de son père pour Noël et pour son anniversaire. Une fois, Cleta lui avait donné un petit poupon noir coiffé d'un foulard. Il y avait très longtemps de cela, mais elle s'en souvenait encore : c'était juste après le départ de sa mère. Emily avait adoré le poupon. Elle ne savait pas ce qu'il était devenu.

— Bon, d'accord, finit-elle par dire de mauvaise grâce.

Devant le sourire radieux de Lulu, elle ajouta :

— Merci.

Et le marché fut conclu.

Pendant toute la semaine précédant la soirée, Lulu flamboya, scintilla et crépita comme un feu de joie impossible à maîtriser. Au dîner, elle racontait des histoires tellement scandaleuses et calomnieuses sur le vieux Charleston que même Walter s'aperçut qu'elle les inventait. Cela n'avait plus aucune importance. Emily se dit qu'il y avait eu plus de rires cette semaine-là dans la salle à manger que dans toute la maison depuis qu'elle était née. En voyant le visage réjoui de Lulu et ses mains de brodeuse d'histoires apparaître et disparaître à la lueur des bougies, elle se rappela soudain l'histoire que lui avait racontée Buddy avec cette femme... Qui donc, déjà ?

Elle entendit Buddy lui souffler du plus profond de son être et d'un ton plutôt énigmatique : « *Les Mille et Une Nuits.* »

Elle lui répondit tout aussi silencieusement : « Oui, d'accord. Merci bien, mais ça ne m'avance pas. Je ne sais même pas de quoi ou de qui tu me parles ! »

Buddy n'ajouta rien et, par expérience, Emily sut que s'il avait résolu de se taire, il ne rétablirait pas le contact. C'était toujours lui qui décidait du moment.

Ce ne fut qu'à la veille de la réception que la mémoire lui revint. Lulu venait de leur offrir l'un des dîners les plus brillants, sa pièce de résistance. C'était l'histoire d'une mère de famille de Charleston, tout ce qu'il y avait de plus respectable, qui avait envoyé des cartes de vœux où elle posait nue, allongée sur une chaise longue, dans le style de la *Maja nue* de Goya.

— Dommage de ne pas en avoir eu l'idée cinq années plus tôt quand ses doudounes – s'cusez-moi, Walter – n'avaient pas encore baissé pavillon. Elle a disparu tout de suite après, abandonnant mari et enfants, pour se réfugier dans une communauté. Personne n'en fut particulièrement étonné. Les gens se contentèrent de dire : « Ah oui ! Elle. Sa famille a toujours été un peu bizarre. » Ma mère était avec elle à Charlotte Hall et, déjà à cette époque-là, elle n'arrêtait pas de se promener nue dans les vestiaires. Grand-mère a juste déclaré que certaines personnes n'étaient pas faites pour vivre habillées.

— Qu'était-il écrit sur la carte ? demanda Emily.

— « Que Dieu vous accorde le repos, joyeux compères, et que les chagrins vous soient épargnés. » La moitié de Charleston pensait connaître ceux dont elle parlait, mais rien n'est moins sûr. Les gens disent toujours ça.

Elvis sur les talons, Emily était sur le point de monter dans sa chambre quand elle surprit la voix de sa tante.

Elle discutait avec Cleta qui était venue montrer à Robert et à Wanda les nouveaux chiots de Gloria. Dans la cuisine, emmêlés les uns dans les autres sur un vieil édredon, les petits et les chiots poussaient des cris et des jappements de joie. Jenny et Cleta les observaient au pied de la balustrade, discutant à voix basse.

— Lulu était dans une forme éblouissante, non ? disait Jenny. As-tu entendu l'histoire de cette dame et de ses cartes de vœux ?

— Non, j'ai pas tout suivi, mais je vous ai entendus vous tordre de rire toute la soirée. Elle s'y connaît, la gosse, pour raconter les histoires ! Elle me fait penser à cette Cher... ou Chérie quelqu'chose, une femme qui devait inventer une nouvelle histoire toutes les nuits, sinon le roi lui coupait la tête.

— Qui ça ? Ah oui, Shéhérazade, l'épouse de ce roi d'Orient qui, nuit après nuit, laissait son histoire en suspens pour piquer la curiosité de son maître et retarder son exécution. Mais pourquoi diable Lulu t'y fait-elle penser ?

— A cause de son air quand elle raconte ses histoires. Elle a le regard qui tournicote dans tous les sens pour êt'sûre que vous riez bien. Et ses histoires, tss... tss... chaque soir, elles sont de plus en plus foldingues, comme si elle avait peur qu'il lui arrive quelqu'chose si, par hasard, vous étiez plus contents d'elle !

— Que pourrions-nous lui faire de si terrible ? demanda Jenny, perplexe.

— La renvoyer chez elle.

— Ce n'est sûrement pas à nous de décider. Mais où as-tu entendu parler de Shéhérazade ?

— Un jour, Buddy nous en a parlé, à Emily et à moi. Il a même dit : « Vous voyez, ça, c'est une dame qui savait faire ce qu'il fallait. »

Cleta retourna dans la cuisine pour mettre de l'ordre dans le tas de bébés et de chiots. Jenny resta là, pensive, à la regarder. Le petit froncement-Lulu lui plissait à nouveau le front. En haut de l'escalier, Emily se souvenait.

C'était un jour d'hiver très sombre ; la pluie martelait les fenêtres de la chambre de Buddy et le feu crachait, humide. Même s'il ne faisait pas vraiment froid, c'était l'impression que donnait l'énorme chambre obscure. Buddy, Emily et Elvis étaient rassemblés près du feu. Le garçon s'était emmitouflé dans un vieux plaid dont le tartan, assurait-il, correspondait au clan Maclellan, ancêtre des Parmenter. Il avait fait des semaines de recherches dans un livre sur *Les Clans et Plaids d'Ecosse* avant d'arriver à cette conclusion. Même si les Parmenter n'étaient qu'une branche cadette, c'était quand même valable. Après sa mort, Emily avait pris la vieille couverture dégoûtante et l'avait placée sur la dernière étagère de son placard. Parfois, lorsque Buddy restait trop longtemps silencieux et que la solitude lui donnait envie de hurler, elle s'enveloppait dans le plaid pour s'endormir au son aigu des cornemuses et dans le fracas des claymores. Elle s'était toujours promis de ne jamais s'en séparer.

Ce jour-là, se rappelait-elle, Cleta était arrivée avec une pile de linge propre et s'était arrêtée pour écouter Buddy raconter l'histoire de Shéhérazade, l'héroïne des *Mille et Une Nuits*. Emily pensait avoir oublié, mais tout lui revenait lentement : la pluie, le feu, la terreur et la joie ressenties pour cette jeune femme qui ne pouvait compter que sur son esprit pour ne pas mourir.

Que lui serait-il arrivé si une nuit, par exemple, elle avait été trop fatiguée, ou même malade, pour inventer ?

Elle revit alors Lulu pendant le dîner, presque frénétique, absorbée par le fil de son histoire. Les avait-elle vraiment regardés pour être bien sûre qu'ils riaient ? Emily ne s'en était pas aperçue, mais désormais elle ferait attention. L'image de Lulu-Shéhérazade était à la fois pitoyable et inquiétante.

Elle essaya, une nouvelle fois, d'interroger Buddy : « Qu'en penses-tu ? Lulu te rappelle-t-elle vraiment Shéhérazade ? »

Il accepta, cette fois-ci, de renouer le contact :

« C'est toi qui y as pensé la première, lorsque tu n'arrivais pas à trouver ni le nom ni l'histoire. Et comment y es-tu parvenue ? Mince alors, Emily ! Je ne pourrai pas toujours être là pour te mettre les points sur les "i" ! Bien sûr que c'est une Shéhérazade !

— Bien sûr, répéta Emily, boudeuse. Bien sûr que tu me l'as soufflé, comme d'habitude ! Alors, puisque tu es si fort, dis-moi ce qui peut lui arriver de si terrible si on n'aime pas une de ses histoires ?

— C'est à elle que tu dois poser la question », répondit-il avant de retourner à son silence.

Emily comprit que la conversation était terminée, mais elle y songea longuement, bien après avoir éteint la lumière. Lorsque, serrée contre Elvis, elle s'endormit enfin, l'idée bizarre de Lulu jouant la comédie pour ne pas mourir continua de la poursuivre.

La nuit suivante, Emily était immobile en haut de l'escalier, trop effrayée pour pouvoir descendre. En bas, il y avait Lulu, Walter, Jenny et les jumeaux qui attendaient leur Cendrillon parée pour le bal. Lulu avait passé des heures à arranger sa robe, à lui relever les cheveux et à les attacher de différentes façons, puis elle lui avait mis du rose aux joues avec une grosse houppe. Il ne restait plus à Emily qu'à trouver le courage de soumettre cette créature inconnue au jugement des premiers regards de la soirée. Elle avait l'impression que tout mouvement brusque de sa tête mettrait en péril l'étrange édifice de boucles et ferait glisser son rose à joues. Les petits talons de ses escarpins constituaient un péril encore plus dangereux. Si elle avait pu partir en courant, elle l'aurait fait. Même Elvis l'avait exceptionnellement précédée dans les escaliers. Quant à Buddy, il restait silencieux et absent.

Parmi tous les regards fixés sur elle, elle ne vit que celui, approbateur, de Lulu. Si elle arrivait à ne pas quitter des yeux le visage lumineux de Lulu et le sourire joyeux d'Elvis, elle parviendrait peut-être à négocier la descente des marches sans trop se ridiculiser. Pour la soirée, elle aviserait après, si toutefois elle décidait d'y aller, ce qui était loin d'être certain. Blême de dépit et de terreur, Emily se décida enfin à poser un pied sur la première marche.

Seul lui parvint le bruit de quelques souffles. Le silence était devenu oppressant, mais elle se garda de relever la tête par crainte de trébucher avec ses nouvelles chaussures. Elle avait espéré entendre au moins un ou deux commentaires, quelques petits compliments, même un peu forcés, mais pas ce silence de mort. Elle s'immobilisa, raide, sur la dernière marche et releva le front.

Radieuse, Lulu souriait et approuvait de la tête. Les jumeaux, tante Jenny et son père la fixaient, pétrifiés. Emily sentit remonter dans sa gorge le dîner avalé à toute vitesse et des larmes lui piquer les yeux. Que se passait-il ?

Son accoutrement était-il à ce point grotesque ?

Walter quitta le hall sans un mot. Après son départ, il y eut un court silence vibrant interrompu par un « Mon Dieu ! » de Jenny, un « Nom de Dieu ! » et un « Oh, mince, alors ! » des jumeaux. Lulu les regarda, surprise, puis se tourna vers Emily qui retenait ses larmes.

— Tu es magnifique, absolument splendide, dit-elle à Emily.

Puis elle s'adressa aux autres.

— Mais que se passe-t-il ? Qu'avez-vous donc tous ?

— Tu es tout le portrait de ta mère, Emily, répondit Jenny en souriant. Et tu es belle... tout simplement ravissante !

Les jumeaux lui adressèrent un sourire hésitant.

— On aurait dit maman descendant l'escalier, s'exclama Walt. Je l'ai vue descendre comme toi des centaines de fois. Je n'avais pas encore remarqué la ressemblance. Emily, tu aurais pu tout aussi bien être... elle !

— Ouais, renchérit Carter. Elle était exactement pareille quand elle allait à des fêtes ou à des trucs comme ça. Bon Dieu, Emily, c'en est presque effrayant. Jolie, quand même !

De toute son existence, c'était le premier compliment que lui adressaient les jumeaux. Cela ajoutait encore à l'étrangeté de la soirée. Elle sentit les larmes se frayer un chemin au milieu de la couche de blush qui donnait à ses joues ce velouté de pêche.

Elle s'apprêtait à remonter dans sa chambre lorsqu'elle sentit la truffe d'Elvis se coller contre elle. Elle perçut le martèlement des pieds des jumeaux regagnant en toute hâte la tanière où Walter les avait précédés. Ils avaient fui les larmes d'Emily comme des poulets attaqués par un faucon. Elle entendit ensuite la douce voix pleine de compassion de tante Jenny.

— Emily, je t'en prie, reste. Tu es magnifique. C'est ta soirée, c'est ta nuit. Je vais parler à ton père. Tu ressembles tellement à ta mère que ça doit lui être proprement insupportable.

Malgré les larmes qui l'aveuglaient, Emily se retourna d'un coup pour la regarder bien en face.

— Si c'est ça, le problème, vous n'avez qu'à m'échanger pour un autre modèle. Si déjà il ne supporte plus la ressemblance, que fera-t-il plus tard ? Il continuera à fuir et à me claquer la porte au nez chaque fois qu'il me croisera ?

— Bien sûr que non ! Il finira bien par s'y faire et...

Sans même la laisser finir, Emily se retourna pour monter les premières marches.

— *Non !*

C'était la voix ferme de Lulu, pleine d'une autorité qu'elle ne lui connaissait pas. Emily s'arrêta, mais ne se retourna pas.

— N'essaie pas, tu entends bien, n'essaie pas de filer comme un lapin. Rien ne justifie ta fuite. C'est le problème de ton père, pas le tien. Maintenant, redescends que j'arrange un peu les dégâts de ton maquillage. Il est grand temps de partir !

Lulu se tenait très droite, les bras raides le long du corps et les poings crispés. A part deux petites taches écarlates sur ses pommettes hautes, son visage était impassible. Elle avait le regard étréci et aigu d'un faucon. La fillette descendit l'escalier pour se jeter dans ses bras. Jenny referma les siens, grands ouverts. Frétillant d'amour, Elvis tenta de s'insinuer entre les deux jeunes filles. On n'entendit plus que le tic-tac de la vieille horloge et le souffle conjugué d'Emily et de Lulu.

Lulu écarta Emily pour l'étudier d'un œil critique.

— Le mascara a coulé, le blush a filé. Nez rouge. Superdiva va rectifier tout ça !

Elle emmena Emily dans les toilettes du bas et répara les dégâts avec poudres et pinceaux.

— Et voilà ! Regarde-toi.

Pendant qu'elle se préparait, Emily avait obstinément refusé de se regarder. Et voilà que le miroir au tain usé et entouré de coquillages lui renvoyait le reflet d'une inconnue, d'une jeune fille dont la masse de cheveux acajou retenue en chignon laissait échapper un frisottis de petites boucles tout autour du visage. Une jeune fille dont le rose des pommettes devait autant aux larmes qu'au blush, avec des yeux étirés de chat et une mignonne petite bouche aux lèvres corail. Elle était cette jeune fille au menton pointu, à la gorge gracile, aux épaules lisses et nues avec de fines perles aux oreilles et un seul rang de perles nacrées au cou, qui se rendait à une soirée.

Elle se tourna vers Lulu.

— Je ne sais plus qui je suis. Je ne suis plus moi, je ne suis pas encore elle. J'ai l'impression de ne plus être tout à fait réelle.

— Il vaudrait mieux que tu t'habitues à regarder cette jolie fille : c'est ton avenir ! Allez, ouste, il est temps de lever le camp !

Elles regagnèrent le hall. Le cœur d'Emily battait à se rompre à l'idée de cette soirée. Jenny était toujours là, un léger sourire aux lèvres. Elle prit brièvement sa nièce par les épaules.

— Vous êtes éblouissantes toutes les deux. Amusez-vous bien. Je veux que vous me racontiez tout dans les moindres détails !

Elvis gémit, mais resta sans bouger à côté de Jenny.

Elles sortirent dans la nuit chaude bruissant des chants de criquets.

Lorsque Lulu avait demandé qu'on lui prête le camion pour aller à Maybud, Emily lui avait dit :

« Pourquoi tu ne demandes pas plutôt qu'on te ramène ta voiture ? A la rigueur, on pourrait emprunter celle des garçons, une fois qu'ils l'auront nettoyée. Le camion pue le chien et les croquettes.

— C'est ça, l'idée. Si je dois aller à ce machin, il faut que j'emmène les chiens pour me porter bonheur ! »

Elles partirent donc en cahotant dans le camion bringuebalant et poussif en direction de l'autoroute et de la
propriété des Foxworth. Lulu maniait le camion encom-
brant comme elle faisait tout le reste, c'est-à-dire avec
efficacité et doigté, évitant les ornières et les souches
d'arbres, le tout avec une assurance consommée.

— Où as-tu appris à conduire des camions ?

— Il y en a des tas à Maybud. Je les ai toujours adorés.
Un de mes amis en avait un, il me laissait souvent le
volant.

Elles arrivèrent à la route goudronnée et mal entretenue qui les conduirait à l'autoroute. De là, elles
s'enfonceraient dans les bois touffus d'Edisto Island, au
sud de Sweetwater, où, depuis 1798, Maybud étendait sa
splendeur distinguée à l'embouchure du fleuve Dawhoo.
A vol d'oiseau, Sweetwater, situé sur l'autre rive du
Wadmallaw, paraissait très proche mais, comme beaucoup d'endroits dans le bas pays, il fallait pour y arriver
faire des kilomètres sur de petites routes tortueuses. Les
ponts n'étaient pas considérés comme indispensables
dans cet arrière-pays reculé et encore sauvage.

Elles traversèrent la nuit tiède et profonde d'août sans
parler. Un insecte venait de temps à autre se suicider sur
le pare-brise et, quelquefois, la forme sombre aux yeux
rouges d'un petit animal sauvage bondissait sur la route
avant de filer dans les bois. Emily ne se remit à parler que
lorsqu'elles s'engagèrent sur le chemin de terre conduisant au fleuve et à Maybud.

— J'aurais pensé que dans un énorme endroit comme
ça, il y aurait au moins une petite indication, un panneau
ou un portail ! Comment fait-on pour vous trouver ?

— Ceux qui viennent ici connaissent.

Il y avait quelque chose dans la voix de Lulu qu'Emily
ne parvenait pas à définir, comme une sorte de morne

indifférence qui ressemblait à tout sauf au plaisir de rentrer chez soi.

La route défoncée se rétrécit en une piste serpentant au milieu d'une végétation si dense qu'elle se transforma en un tunnel vert foncé. Accrochée aux grands chênes, la mousse balayait le camion et les branches cinglaient la carrosserie. La seule lumière dans le tunnel était celle des phares éclairant les feuilles. « Noir comme toute l'Egypte », aurait dit Cleta.

Le cœur plein d'appréhension, Emily se tut à nouveau, puis souffla d'une petite voix qui ressemblait à un miaulement plaintif :

— Je ne veux pas y aller, Lulu. Je veux rentrer.

— Trop tard.

Elles quittèrent le cocon de mousse du *hammock* pour plonger dans une énorme caverne illuminée.

11

Par la suite, Emily considérerait toujours leur arrivée ce soir-là comme une épiphanie, une révélation, un rêve éternel. La piste s'était élargie pour devenir une allée de gravier bordée de gigantesques chênes verts ruisselants de mousse dont certaines branches balayaient le sol. A mi-chemin et de chaque côté de l'allée, des guirlandes de petites lumières blanches étaient piquées dans la mousse, créant une sorte de cocon lumineux et vaporeux qui enveloppait le camion. Puis les arbres se transformèrent en hautes torchères que la brise faisait papilloter. En arrière-plan, se détachant dans l'obscurité des bois comme un navire amiral, se dressait la plantation illuminée. Chaque fenêtre était une explosion de lumière. Des bougies votives éclairaient l'arrivée et donnaient aux buis taillés au cordeau l'apparence d'arbres de Noël miniatures. A l'arrière de la maison, des lueurs traçaient de stricts chemins rectilignes parmi les balustrades et les terrasses du jardin qui descendaient sans doute jusqu'au fleuve. Tout près de l'entrée, les branches basses des chênes étaient décorées de lanternes en papier. Ce soir, Maybud était une maison de lumière qui miroitait au milieu des bois comme l'un des palais enchantés de sir Thomas Malory. La plantation semblait flotter dans l'espace.

Emily ne put retenir son souffle, et Lulu lui sourit.

— Ça aide, la lumière, non ? En temps normal, on voit les traces marron dans le gazon, la boue dans le carrefour, la peinture qui s'écaille sur les volets, mais quand ma mère s'y met, ça devient un endroit magique. De l'extérieur, bien sûr !

Elles s'engagèrent dans le rond-point menant à un double escalier en fer forgé qui ouvrait sur un portique à deux étages. Ses vieilles briques patinées faisaient ressortir la blancheur étincelante des deux rangées de fines colonnades qui le soutenaient. Un élégant pignon orné d'un médaillon ovale coupait le faîte du toit.

Lulu désigna le balcon du second étage d'où se déversait un flot de lumière nacrée.

— La salle de bal, jugée comme l'une des plus élégantes du bas pays, est l'endroit qu'il faut éviter à tout prix... enfin, à mon avis !

Sweetwater n'avait en tout et pour tout qu'un grenier.

— Alors, tu n'y es jamais allée ? parvint à murmurer Emily.

Elle avait du mal à parler fort dans ce lieu féerique, craignant que le son de sa voix ne vienne craqueler la coquille de cet œuf enchanté. Et qui sait alors quel genre de créatures s'échapperaient du jaune ?

— Une seule fois, répondit Lulu en ralentissant. C'était pour mes seize ans, et ce fut la soirée la plus mortelle de toute mon existence. As-tu déjà lu *Le Masque de la mort rouge* d'Edgar Poe ?

Emily secoua la tête. Buddy considérait les livres de Poe comme des romans à l'eau de rose.

— C'est l'histoire d'un grand bal que donnent des gens réfugiés dans un château isolé au milieu des bois pour échapper à la peste qui décime les environs. Ils font bombance pendant que la populace meurt. Comme c'est un bal masqué, tous ignorent qui se cache sous le masque de leur partenaire. Bon, ils boivent énormément, dansent longuement et rient de plus en plus fort en attendant minuit pour enlever leurs masques. Le moment venu, ils découvrent avec horreur *la mort* sous un des masques. Ils comprennent alors qu'ils n'ont en fait échappé à rien du tout, et qu'ils vont tous mourir. Ma fête était moins dramatique, mais c'était un peu dans le même genre. Tout au moins pour moi.

— C'est horrible ! Jamais, vraiment, tu n'es allée à une fête qui te plaisait ?

Emily savait bien qu'elle essayait de gagner du temps en posant ce genre de questions. Elle retardait le moment où il lui faudrait descendre du camion pour affronter cette lumière aveuglante dans laquelle elle était sûre de se noyer.

— Non. Jamais ici. Quant aux autres, il n'y en a pas beaucoup dont je me souvienne. Peut-être quelques goûters d'anniversaire à la maternelle de Mlle Hanahan, mais on disait déjà que j'étais une petite fille étrange, insociable.

Elle gara le camion sur l'herbe de la contre-allée et serra le frein à main. Elles se trouvaient bien après la courbe que dessinait l'allée principale, mais encore assez loin du portique où de jeunes hommes en chemise blanche et cravate noire dirigeaient les invités en leur demandant poliment les clés pour garer leurs rutilants 4 × 4. Emily ne vit pas une seule voiture qui ne fût pas un de ces monstrueux véhicules. Tous les invités avaient sûrement été obligés de chercher leur route au milieu de la jungle, des savanes et des velds avant d'atteindre ce paradis flamboyant. Peut-être même au milieu de hordes d'éléphants menaçants et de troupeaux de lions rugissants ? Et fuir devant les guépards, semer des rhinocéros...

Lulu devina sa pensée.

— On pourrait facilement imaginer qu'ils arrivent tout droit de la forêt tropicale d'Amazonie ! Non, non, la plupart d'entre eux n'ont fait que traverser Charleston. J'imagine qu'on a besoin de ce genre de monstres pour se frayer un chemin au milieu des touristes.

Lulu restait assise immobile dans l'obscurité, inspirant et expirant longuement. Emily remarqua qu'elle avait à nouveau les mains qui tremblaient. Elle n'avait visiblement pas envie de franchir le seuil de la demeure ancestrale. L'idée réjouit un peu Emily, mais elle ressentit immédiatement un sentiment de culpabilité. Cela devait être horrible d'être aussi terrifiée à la seule pensée de rentrer chez soi !

— Où sont-ils tous ?

— Dans la salle de bal, dans la salle à manger, dehors dans les jardins, près du fleuve, partout où il y a à manger et à boire. Viens, Emily. Allons-y.

La fillette était incapable du moindre geste.

— Je ne peux pas. Je ne sais parler que de chiens.

— On ne va pas là-dedans, on va chez grand-mère, mais il faut d'abord contourner la maison pour prendre le petit chemin à travers le bois. N'aie pas peur, il fait nuit mais je connais la route par cœur.

— Tu te gares là ?

— Ouais, ça va donner un peu de classe à la maison !

Soulagée, Emily accepta de descendre du camion. Elle entendait de la musique et des rires qui montaient de la terrasse à l'arrière de la maison. Immobile, elle admirait la constellation scintillante de lumière blanche lorsque Lulu se retourna brusquement pour s'enfoncer dans l'ombre épaisse des vieux chênes barbus.

— Suis-moi et fais bien attention à ces horribles

bosquets de camélias. On dirait une jungle. Grand-mère les a plantés lorsqu'elle s'est mariée et elle refuse catégoriquement que ma mère y touche.

Le petit chemin était d'un noir d'encre. Les bruits criards des sauterelles, des criquets, et le léger clapotis de l'eau semblaient être les seuls liens la rattachant encore au monde qu'elle avait quitté en même temps que la route goudronnée de Maybud. Des feuilles lourdes de rosée lui frappaient le visage et elle trébuchait sans cesse sur ses ridicules talons. Elle ne quittait pas des yeux Lulu qui marchait devant elle, pur obélisque chatoyant de soie blanche. C'était comme suivre un feu follet en ignorant vers quel endroit inquiétant il vous entraînait. Emily appréciait de moins en moins la situation.

— Es-tu sûre que c'est la bonne direction ?

Le son de sa voix brisant le silence la fit tressaillir. Quelle sorte de vieille dame pouvait vivre seule dans cette forêt noire et hantée ?

— Oui. Nous sommes arrivées.

Le chemin descendait en pente raide vers une maisonnette de pierre couverte de vigne vierge, au milieu de chênes verts et de palmiers. Un ruban de fumée s'échappait de la cheminée posée de guingois sur le toit d'ardoises en pente et de la lumière jaune filtrait par les petits carreaux des fenêtres étroites. Un muret de pierres sèches entourait un jardin de plantes exubérantes et des bols de croquettes pour chiens et chats étaient arrangés en cercle à l'extrémité de la pelouse bien entretenue. Plus bas, derrière la maison, le fleuve coulait en gargouillant. C'était le même bruit que faisait le Wadmallaw à marée haute. Emily sentit l'étau de sa poitrine se desserrer légèrement.

— On se croirait dans *Hansel et Gretel*, murmura-t-elle.

— Oui, et c'est tout à fait adapté. Ici, tout le monde sait que grand-mère est une sorcière.

Elle frappa à la lourde porte de bois bardée de fer.

— Grand-mère ! Y a-t-il place pour deux pèlerins las et affamés ?

Une toute petite voix au timbre argentin semblant appartenir à une très vieille poupée de porcelaine leur répondit.

— Entrez, pèlerins. Si j'avais dû attendre encore une minute de plus, j'aurais tout dévoré toute seule.

Lulu poussa la porte d'une immense pièce au plafond bas et alla serrer dans ses bras une minuscule créature, un elfe argenté assis près d'un feu de bois dans un fauteuil si profond qu'il paraissait l'engloutir. L'étreinte souleva à moitié l'elfe de son fauteuil. Emily vit des pieds petits et noueux chaussés d'élégantes pantoufles de satin noir et des jambes atrophiées, fines comme des allumettes.

Sur le seuil de la pièce, elle hésitait encore, incertaine.

— Venez donc vous montrer à la lumière, jeune fille. Il y a longtemps que je souhaitais vous connaître.

Hésitante, Emily avança lentement en chancelant sur les talons maudits. Elle aurait donné n'importe quoi pour être dans son lit avec Elvis à manger du pop-corn en regardant *Stargate*. Après avoir atteint la limite du fin tapis d'Orient posé près de la cheminée devant laquelle était assise la vieille dame, elle s'arrêta et attendit.

Entourés d'innombrables rides, enfoncés au milieu de poches profondes, d'étranges yeux bleus, étonnamment semblables à ceux de Lulu, la détaillaient. La vieille dame ne semblait faite que de rides ; sa jolie peau fine était entièrement plissée. Ses cheveux blancs argentés tirés et relevés très haut laissaient voir à plusieurs endroits un crâne rose. Elle avait le nez d'un empereur romain et son sourire découvrait de jolies dents blanches soulignées par un rouge à lèvres vif. Elle était très bronzée.

Elle tendit les mains à Emily qui, ne sachant trop quoi faire, se pencha pour les saisir. Elle avait des bagues à chaque main : de lourds diamants et d'énormes rubis et émeraudes menaçant à tout moment de glisser de ses doigts fuselés. Ses fines oreilles bien ourlées étaient parées de diamants en goutte d'eau. Elle était vêtue d'une robe noire en satin au décolleté plongeant qui laissait voir une peau terriblement ridée et constellée de taches de vieillesse sous un collier de diamants assorti aux boucles d'oreilles.

— Je te présente grand-mère, dit Lulu, assise sur le bras du fauteuil de la vieille dame. Je t'avais prévenue que c'était une sorcière. Grand-mère, Emily Parmenter, mon amie.

— Oui, il n'y a pas de doute, c'est une Parmenter, ou plus exactement une Carter, dit la vieille dame, tenant toujours les mains d'Emily. Petite, tu es le portrait craché de ta mère ! J'imagine que tu dois en avoir assez qu'on te le dise. La première fois que je l'ai vue, elle avait exactement la même coiffure. Un Renoir ! Comme toi.

Emily réussit à articuler dans un souffle :

— Vous connaissiez ma mère ?

Toute cette nuit était étrange, hors du temps. Très loin, au plus profond de son être, Buddy lui dit :

« Rien de lui ne saurait perdre d'éclat

« Qu'un profond changement

« Ne puisse transformer en splendeur étrange. »

Elle eut un sourire involontaire et la vieille dame lui sourit en retour.

— Assieds-toi près de moi, et dans un moment je te raconterai comment je l'ai connue. Lulu, il y a un plateau tout prêt avec un assortiment de ce qu'ils mangent de l'autre côté. Il y en a suffisamment pour assommer un éléphant.

Lulu apporta un lourd plateau en argent qu'elle installa sur un petit guéridon près de sa grand-mère. Elle versa du thé dans des tasses de fine porcelaine blanche qu'elle offrit ensuite à sa grand-mère et à Emily. Elle garnit leurs assiettes de toutes sortes de petites choses qu'elle leur tendit également. Elle s'acquittait de sa tâche avec une rare maîtrise, comme si elle n'avait fait que ça depuis son plus jeune âge... ce qui était certainement le cas, se dit Emily.

Elle examina son assiette. Il y avait d'énormes crevettes ; des petits canapés au jambon ; un minuscule volatile brun en gelée entouré de quelque chose d'épais et de pourpre ; des fruits confits ; des allumettes au fromage ; des biscuits au sésame ; une tranche de rosbif tout juste rosé ; de délicates pointes d'asperge baignant dans une sauce dorée et veloutée. Le second plateau était réservé à des petits gâteaux décorés de crème pâtissière, à des tranches épaisses d'un gâteau grenat et ivoire au carvi et à de minuscules choux garnis de crème fouettée, recouverts de sauce au chocolat.

— Des profiteroles, précisa Lulu devant le regard perplexe d'Emily. C'est Rusky qui les a faites et il n'y en a pas de meilleures. Toutes les grandes pâtisseries de Charleston ont essayé de la débaucher. Du citron et du sucre, Emily ?

— Oui, merci.

Elle chercha autour d'elle un endroit où poser sa tasse et son assiette : la fragile chaise en acajou, sur laquelle la vieille dame lui avait ordonné de s'asseoir, n'avait pas d'accoudoirs et elle ne voyait nulle part de desserte.

— Lulu, les petits plateaux ! s'exclama la vieille dame. Trois mois t'ont-ils suffi pour tout oublier ?

Lulu apporta de délicats petits plateaux de bois très sombre en ivoire incrusté d'or et en posa un sur les genoux d'Emily.

Elles mangèrent en silence : la vieille Mme Foxworth avec enthousiasme, Lulu en picorant de menus morceaux par-ci, par-là, et Emily en prenant uniquement de petites bouchées de ce que Lulu mangeait, du filet de bœuf, quelques biscuits au sésame et des allumettes au fromage. Elle avait une peur atroce de toucher aux plats qu'elle ne connaissait pas, craignant de ne pouvoir avaler ce qu'elle n'aimait pas.

— Mais c'est quoi, cette horrible sauce sur les pigeonneaux ? demanda Lulu d'une voix bougonne. On dirait du sirop pour la toux !

— C'est une sauce au porto et aux pruneaux, répondit en jubilant sa grand-mère. J'ai passé un marché avec ta mère. A chacun de mes anniversaires, elle a le droit d'essayer de nouveaux plats sans me demander mon avis, à la seule condition qu'elle ne m'amène pas ici tous ces gens qui ne voulaient « surtout pas partir sans me dire au moins un petit bonsoir ». Et voilà ! Une sauce au porto contre une fournée de raseurs.

Lulu repoussa son assiette.

— Elle aurait dû en rester à la sauce au champagne.

— En fait, j'aurais préféré qu'elle en reste plutôt au consommé de cailles et au chili de gibier, comme au début, avant que ces réceptions ne prennent l'allure d'audiences de rigueur avec la reine mère.

Les jambes allongées près du feu, Lulu lui précisa tranquillement :

— A part celles que tu réclames, tu sais très bien que ça fait très longtemps que tu n'as plus accordé d'audiences.

— Ces soirées n'ont plus rien à voir avec mon anniversaire. Elles ont comme unique but l'obsession de

Maybelle d'inviter tous ces gens à assister au coup de fusil tiré par une vieille folle à minuit. J'ai bien compris qu'il s'agissait d'une grande faveur que d'être invité sur la terrasse pour attendre, un verre de champagne à la main, mon coup de feu. On m'a même rapporté que des tas de gens se vantaient d'avoir été à mes côtés pour l'événement ! Je suis une légende vivante dans le bas pays et Maybelle ne louperait pour rien au monde un de mes anniversaires, même si on lui offrait en échange d'être membre du Colonial Dames [1]. Dans le bas pays, il n'y a que des familles triées sur le volet qui possèdent des légendes vivantes. Je crois même que je suis citée dans des guides de voyage. Et dire que ça fait bien dix ans que je n'ai pas mis les pieds dans la grande maison !

Emily sourit. Elle n'avait pas pu s'en empêcher. C'était ça, le pouvoir ; cela n'avait rien à voir avec le cérémonial des plantations, les chasses de Noël, le bal des débutantes et celui de Sainte-Cécile. C'était le pouvoir de tout refuser et de vivre selon son goût. Elle se disait que la vieille Mme Foxworth avait dû le recevoir à sa naissance et que Lulu suivait la même voie en refusant de retourner à Maybud pour la « saison » des débutantes. Emily était prête à parier que Lulu n'aurait aucun mal à y parvenir ; elle ne ferait que ce qui lui plairait et, de plus, n'aurait même pas à en payer le prix.

Lorsqu'elles eurent terminé, Mme Foxworth jeta un regard perçant d'abord à Emily, puis à Lulu.

— Mettez-vous toutes les deux debout pour que je puisse mieux vous voir.

Elles lui obéirent en silence. Peut-être le signal du départ ? pensa Emily pleine d'espoir.

---

1. Prestigieuse et influente société dont les membres se recrutent parmi les plus anciennes familles. Ce club fermé distribue des bourses d'études et dispose en général d'énormément d'argent destiné aux arts et aux lettres. (*N.d.T.*)

— Lulu, tu m'as l'air en bien meilleure forme qu'au mois de juin. Tu as des couleurs et ces vilaines omoplates sont moins pointues. Est-ce que tu manges bien, au moins ? Souvent, quand on est seule, on ne cuisine pas.

— Je mange très bien, ne t'inquiète pas. Je dîne presque tous les soirs chez les Parmenter. Jenny, la tante d'Emily, est une cuisinière hors pair. Je dors très bien, et chaque minute passée avec les chiens est un pur bonheur. C'est Emily, mon professeur. Elle est très forte ; il lui suffit de penser et les chiens lui obéissent. C'est vraiment troublant, mais n'en fais pas toute une affaire !

« Ah, bon, réfléchissait Emily. Voilà qu'elle dort bien maintenant. Et toutes ces nuits où elle garde la lumière allumée, et où elle a besoin d'Elvis ? »

— Bon, je n'en parlerai pas, alors. D'après ta mère, il paraît que l'on te retient prisonnière dans une ferme à chiens à des milliers de kilomètres de la maison et que tu n'es toujours pas arrivée à t'échapper. J'aimerais avoir ta version.

— Tu étais au courant, plus ou moins. J'ai dit à maman et à papa que je ne reviendrais à la maison que lorsque j'y serais vraiment prête, et… je ne le suis pas. Si je le pouvais, je resterais bien à Sweetwater pour la vie entière. De toute façon, maman et moi, on se téléphone presque tous les jours. Je l'ai seulement prévenue que si jamais elle me parlait de la « saison », je raccrochais aussitôt. Après deux ou trois tentatives, elle a finalement abandonné.

La vieille dame la scruta avec attention.

— Tu vas quand même bien rentrer un jour ou l'autre.

— Oui, un jour, mais certainement pas pour cette fichue « saison ». Je sais parfaitement ce dont j'ai besoin en ce moment.

— J'en suis sûre. A part ça, vous êtes toutes les deux somptueuses, ce soir. C'est vraiment dommage de gâcher tout ça pour une vieille dame et un fusil. Il me semble avoir déjà vu cette robe que tu portes, Lulu.

C'était un long fourreau de soie blanche qui tombait en s'évasant jusqu'aux pieds et dont le haut plissé n'était retenu que par une seule bretelle très fine. Pour toute parure, outre le casque brillant de ses cheveux argentés et le bronzage doré, Lulu ne portait que de petits diamants aux oreilles. Emily pensa que cette beauté avait plus sa place sur l'Olympe que dans une vulgaire ferme de chiens.

— Ouais, elle vient de chez Steuben de King Street. C'est la robe de mes dix-huit ans. A part les Parmenter, tu es la seule à l'avoir vue.

— Oui, oui, tu étais absente à ta soirée, acquiesça Mme Foxworth en souriant. J'ai entendu dire que tu étais allée t'encanailler chez Booter à Folly Creek et que tu étais restée jusqu'à l'aube à boire de la bière et à manger des huîtres avec les gens du coin. Tu as dû faire sensation.

— Ça, c'est sûr !

La vieille dame tourna son regard de païenne vers Emily.

— A ton tour. Voyons donc. Cheveux, parfaits. Les perles, juste ce qu'il faut pour une très jeune personne. Et ce piqué blanc est très mignon. C'est simple et classique, mais ça donne une idée de ce que tu seras plus tard. Tu es une très jolie fille. Comme ta mère. Dans n'importe quel bal du bas pays, tu ferais sensation. Comme ta mère.

— Ma mère... commença la fillette.

Mais Mme Foxworth l'interrompit gentiment.

— Tout à l'heure. Je te l'ai promis. Dis-moi, Lulu, je n'ai pas déjà vu aussi cette robe ?

— C'est celle que je portais à Charlotte Hall pour la remise des diplômes. Elle va bien mieux à Emily. On dirait qu'elle a été faite pour elle, avec sa taille de guêpe et ses jolis petits seins. J'essaie de lui en faire cadeau.

Emily sentit le rouge lui monter au visage quand la vieille dame ajouta :

— C'est vrai qu'ils sont mignons. Un jour, ma chère, tu en seras sûrement très contente. Moi, j'ai dû toute ma vie bourrer mon soutien-gorge de bas. Lulu, comment t'es-tu débrouillée pour récupérer les robes ? Tu as organisé un commando par une nuit sans lune ?

— J'ai tout simplement appelé Moselle par le téléphone de service. Elle a confié le tout à Leland qui me les a apportées en douce. Les chaussures, on les a achetées chez Target.

Lulu montra un pied étroit et bronzé à peine recouvert par de minces lanières argentées ; les talons aiguilles étaient maculés de boue. Emily tenta de cacher ses pieds et ses escarpins de satin blanc complètement en ruine : ils ne résisteraient pas à l'inspection.

— Ne sois pas gênée. Lulu et moi achetons toutes nos chaussures chez Target. Ça ne m'a jamais causé d'états d'âme de payer une fortune pour une robe, mais les chaussures... ce ne sont que des chaussures ! Elles s'usent vite, se salissent, se déforment et, de toute façon, les pieds, c'est très laid. Je n'ai jamais compris comment on pouvait débourser des sommes phénoménales pour des chaussures. Regarde celles-là : ce sont les plus chères de chez Target, et elles ne valent que vingt dollars.

Elle leva un pied tout déformé pour faire admirer à Emily sa ballerine en satin noir brillant.

Il y a donc des débutantes qui s'habillent pour pas cher. Encore une nouvelle information à ajouter au dossier.

— Bon, tu as maintenant le droit de savoir comment j'ai fait la connaissance de ta mère. Installe-toi confortablement dans ce fauteuil. Lulu, essaie de me trouver mes cigarettes. Je pense les avoir laissées sur ma coiffeuse.

— Ça finira par te tuer, ces cigarettes, lança Lulu en se mettant à leur recherche.

L'absurdité de la remarque saisit Emily et la vieille dame au même moment. Elles échangèrent un sourire. Tout d'un coup la fillette se sentit proche de cette fumeuse de cigarettes qui tirait au fusil, avec des chaussures bon marché, couverte de diamants et ne se régalant que de chili. Elle se sentait étonnamment bien dans le confortable sofa près du feu. La chaleur de l'âtre, l'excentricité de la pièce et la menace de la soirée écartée déclenchèrent chez Emily un profond bien-être. Elle ramena et replia ses pieds en soupirant d'aise.

— Je ne sais pas si Lulu te l'a dit, mais j'étais professeur à Charlotte Hall. Professeur d'anglais. Je venais juste de me marier et comme la maison était déjà complètement aménagée, je n'avais plus rien à faire et j'avais besoin de m'occuper. Ses dirigeants ont été assez gentils pour m'engager. Très rapidement, les enfants sont nés et il ne fut plus question pour moi de travailler. Enfin, pas à Charleston, et même si on avait largement les moyens d'avoir des nounous et tout le reste. Comme nous avions beaucoup de personnel, il ne me restait plus grand-chose à faire à la maison et je ne pouvais pas me résigner à ne rien faire d'autre que club de bridge-club de jardinage-réunions de parents d'élèves. Je me suis dit alors que je pourrais peut-être donner des leçons particulières. Charlotte Hall commença à m'envoyer quelques élèves. Très rapidement, des femmes m'arrivèrent de toute part pour me confier leurs enfants qui avaient tous les âges. Quand ta maman est venue me voir pour me demander de m'occuper de son fils, je n'avais plus de place pour un élève de plus. Elle m'a dit qu'il s'appelait Buddy, et je ne lui ai jamais connu d'autre nom.

Elle s'interrompit pour regarder Emily. Celle-ci avait le regard fixe. Buddy, ici ! Sa mère, dans cette pièce ! Comme elle ne parvenait pas à tout intégrer, elle resta silencieuse.

— Quand il est venu ici pour la première fois, il avait dix ans et je crois qu'il allait à l'école à Edisto. Mais sa maladie se remarquant de plus en plus, ses camarades se moquaient cruellement de lui. Caroline est arrivée, le tenant par la main. Il s'est arrêté et, après avoir fait du regard le tour complet de la pièce, il a lancé : « Si Merlin avait eu le loisir de choisir sa caverne, nul doute qu'il aurait voulu celle-là. » Je l'ai aimé immédiatement. Je pense qu'il me considérait comme une amie. C'était l'élève le plus doué que j'aie jamais eu. Très souvent l'heure de la leçon en durait deux, voire trois. Lorsque nous ne lisions pas, nous discutions – de tout. Il s'intéressait à tout. Cette pièce le fascinait et souvent nous nous contentions de faire le tour des différents objets pour que je lui raconte leur origine et leur histoire.

Elle marqua une nouvelle pause pendant laquelle elle prit une longue bouffée d'une cigarette maculée de rouge à lèvres. Emily regarda autour d'elle. Elle comprenait pourquoi Buddy avait aimé cet endroit. Chaque mur était recouvert d'étagères débordant d'un désordre de livres. Les banquettes sous les fenêtres et les tables étaient recouvertes de piles de livres. Çà et là étaient posés contre des étagères des tableaux violents, luxuriants et des aquarelles lumineuses représentant le bas pays. Tables et bureaux regorgeaient de photos. L'une d'elles attira le regard d'Emily. Dans son cadre en argent, elle représentait une très jeune femme blonde debout au pied d'un pont, la foule derrière elle, et un jeune homme noir lui entourant les épaules. Tous les deux semblaient se parler avec conviction. L'homme noir était indubitablement Martin Luther King Jr, et la jeune fille – qui aurait pu tout aussi bien être Lulu – était Mme Foxworth. Emily regarda la vieille dame, puis se tourna vers Lulu allongée dans un fauteuil profond, qui lui sourit.

— Non, tu ne te trompes pas. C'est bien le Dr King en compagnie de grand-mère, près du pont Edmund Pettus à Selma en Alabama. Grand-mère venait de participer à la marche avec lui. Elle a d'ailleurs pris part à beaucoup de défilés dans le Sud. Si elle n'avait pas été Mme Foxworth, née Coltrane, elle aurait été reléguée au ban de la société, comme font les amish avec leurs rebelles. Mais tout le monde se contentait de dire d'un petit air entendu : « Oh, les Coltrane, ils n'ont jamais réussi à tenir leurs filles ! » avant d'ajouter les lèvres pincées : « Ah, les Foxworth ont voulu envoyer leurs fils à Princeton et à Yale, eh bien, ils récoltent ce qu'ils ont semé ! » De dos, c'est grand-papa qui attend le signal du départ. Toute sa vie, il a gardé sur son bras la marque de la morsure d'un chien de la police.

La vieille Mme Foxworth sourit.

— Ouais, Brad et moi, nous étions les deux seuls véritables hippies de Charleston. Ton frère aimait particulièrement cette photo. Chaque fois, il voulait que je lui raconte l'histoire. La première fois qu'il l'a vue, il m'a dit qu'il aurait défilé lui aussi, et il l'aurait très certainement fait, même en chaise roulante. Ton frère, Emily, était la personne la plus courageuse que j'aie jamais connue.

— Sa chambre à la maison était un peu comme ici, réussit à murmurer Emily, la gorge serrée. Connaissiez-vous bien ma mère ?

— Non, pas vraiment. On échangeait juste deux ou trois mots quand elle amenait Buddy, c'est tout. C'était une beauté, et aujourd'hui, c'est son portrait que j'ai sous les yeux. Elle semblait toujours avoir une activité débordante, était souvent pressée d'être ailleurs. J'ai toujours imaginé que les endroits où elle courait devaient être prestigieux et fascinants. Elle embrassait Buddy sur le front en lui disant : « Ne sois pas trop brillant, mon ange », avant de s'envoler comme un colibri. Buddy se plongeait alors dans des piles de livres et ne relevait la tête que lorsqu'elle revenait le chercher. Il a lu en trois ans ce que tout garçon normal lit en douze. Nous nous sommes enivrés de lectures, Buddy et moi.

— Aimiez-vous ma mère ?

C'était une question importante pour Emily. La vieille dame réfléchit avant de répondre.

— Non.

Il y eut un nouveau silence. Le bois crépitait à l'abri du pare-feu.

— Trois ans… dit Emily à voix très basse.

— Il n'est pas revenu souvent après… le départ de ta mère. De temps en temps, c'était ta tante, quand elle ne travaillait pas, qui le déposait. Une seule fois, ton père l'a accompagné. Buddy lui ressemblait énormément. Il m'a beaucoup manqué. Nous nous téléphonions plusieurs fois par semaine, et cela a duré jusqu'à ses… dix-sept ans.

— Vous parlait-il de moi ?

Il s'agissait d'une question assez égoïste, mais Emily voulait vraiment connaître cet autre monde de Buddy, tellement inattendu.

— En fait, oui. Tu devais avoir trois ans quand il est venu pour la première fois ici. Il m'a dit qu'il était ravi d'avoir une petite sœur avec qui il pourrait lire : « Quand elle sera un peu plus âgée, on pourra lire tous les livres du monde. » Et c'est bien ce que vous avez fait, non ? Il me tenait toujours au courant de tes lectures et de tes réactions. Il disait que tu étais brillante. Très... intuitive, je crois.

— Je ne suis pas intelligente. Je ne sais rien faire d'autre que dresser des chiens.

— Mais tu lis, non ?

— Non, répondit brièvement Emily.

Elle n'allait pas entrer dans les détails, ni avec cette vieille sorcière époustouflante, ni même avec Lulu.

La vieille dame se contenta de lui dire, d'une voix où ne perçait aucun reproche :

— C'est dommage.

Au-dessus du fleuve, le ciel s'embrasa soudain et explosa en d'innombrables traînées panachées d'argent, de bleu, de rouge, de vert.

— Le sacro-saint feu d'artifice ! J'ai une année de plus et, pour une fois, je ne l'ai pas vue passer. Lulu, apporte-moi le fusil, veux-tu.

La jeune fille se leva, sortit de la pièce et rapporta le fusil. Emily sentit son estomac se contracter et de la bile lui remonter dans la gorge. Elle ne pouvait ni parler ni bouger. Le fusil était vieux, encaustiqué, incrusté d'argent, magnifique. Lorsque la vieille dame le prit des mains de Lulu, la fillette sursauta et poussa un petit cri involontaire.

Tenant l'arme cassée au creux de son coude, Mme Foxworth se retourna pour regarder Emily.

— C'était avec un Purdley ?

Elle acquiesça. Elle gardait les yeux fermés et serrés pour retenir ses larmes et pour ne pas voir le fusil.

— Je suis désolée, petite. Viens t'asseoir près de moi pour que je te raconte l'histoire de ces fusils. Ce sont de magnifiques objets et je ne voudrais pas que, pendant toute ta vie, tu en gardes cette peur horrible. Tu auras certainement l'occasion d'en voir d'autres dans ton travail avec les chiens. Tu ne peux pas fuir à chaque fois.

Elle tapota le bras de son fauteuil, mais Emily ne bougea pas et murmura, les yeux remplis de larmes :

— Je ne peux pas. Vous ne pouvez pas me forcer. Je veux rentrer chez moi. Lulu, je veux rentrer.

— Grand-mère, tu crois vraiment...

Son regard allait de sa grand-mère à Emily. Elle ne comprenait pas ce qui se passait, mais sentait qu'Emily était très malheureuse.

— Oui, je crois que c'est nécessaire, mais c'est à Emily de décider.

Emily s'était à moitié levée pour aller attendre Lulu dans le camion. Elle ne remettrait plus les pieds dans cette absurde maison de poupée. A quoi jouaient ces deux femmes, la vieille et la jeune ? Pourquoi voulait-on l'obliger à faire des choses dont elle était absolument incapable ? Ne voyaient-elles pas qu'elle n'avait pas encore treize ans et que ce qu'elles exigeaient d'elle allait la tuer ?

Elle entendit Buddy lui dire clairement : « Emily, il faut que tu le fasses pour moi, et pour comprendre. »

Tel un robot, elle se dirigea avec raideur vers Mme Foxworth et s'assit sur le bras de son fauteuil. Elle tremblait si fort qu'elle voyait les plis de sa robe blanche bouger.

La vieille dame l'entoura d'un bras et posa l'autre sur l'arme.

— Les Purdley sont des fusils de rois. Aucun autre fusil n'est aussi parfait. La société anglaise qui les fabrique est très ancienne. Elle les fait à la mesure exacte de ses clients. Il n'y en a que très rarement en vente ; presque tous restent dans la même famille, passant d'une génération à l'autre. Celui-ci a été fait pour mon père en 1929. Regarde son nom, il est incrusté dans la crosse et fait corps avec le fusil. Au-dessous du nom de mon père, il y a les initiales de l'armurier. Les vois-tu ?

Elle prit les doigts raides d'Emily et les guida doucement sur les lettres gravées de la magnifique crosse en argent. Emily avait cru qu'elle serait froide, mais elle fut surprise de la trouver tiède sous ses doigts, presque vivante.

Mme Foxworth guida ensuite sa main sur le double canon.

— C'est le travail d'un artiste dans le vrai sens du mot. Il y en a très peu ; et il n'y en avait qu'une poignée lorsque ce fusil a été conçu. Les deux artificiers les plus doués travaillaient pour Purdley.

Sous les vieux doigts ridés, Emily sentit la tiédeur de l'acier satiné.

Mme Foxworth se rassit et elle fit de même, attendant, les doigts croisés.

— La finalité d'une œuvre d'art presque parfaite n'est achevée que par l'usage qu'en fait celui ou celle à qui elle est destinée. Elle devient quelque chose de très beau si on l'utilise dans un but précis et avec une sorte de reconnaissance ; sinon, elle peut devenir un objet diabolique. Buddy n'avait que dix-sept ans, mais c'était la personne la plus courageuse et la plus déterminée que j'aie jamais connue. Il n'a fait aucune concession à son ennemie mortelle, et le Purdley lui a permis de l'abattre. C'est ce que je pense très sincèrement.

Emily revoyait la phrase qu'il avait griffonnée au bas du poème de John Donne : « Je l'ai eue, Emily. » Elle baissa la tête et pleura. Elle ne sanglota pas ; elle laissait calmement couler ses larmes tièdes. Quelques-unes tombèrent sur le fusil. La vieille dame ne bougea pas et la laissa pleurer.

Quand Emily s'arrêta, Mme Foxworth lui dit .

— Accompagne-moi dehors. Il est temps de fêter mon anniversaire, sinon la meute va débouler ici pour savoir ce qui se passe. Je vais tirer le premier coup, et toi, le second… à la mémoire de Buddy.

Toutes les trois se dirigèrent vers le jardin silencieux éclairé par la lune, la vieille Mme Foxworth lourdement appuyée sur sa petite-fille. Le silence était profond, rompu seulement par le chant du fleuve. Aucune créature ne s'agitait ni ne se déplaçait ; aucune, non plus, ne chantait, ne pépiait ni ne mugissait. L'immobilité de la nuit semblait faire partie de la magie de la maison et de sa propriétaire. Emily respirait très doucement. Elle avait l'impression de ne plus avoir d'air dans les poumons.

Mme Foxworth se cala contre le mur du jardin, leva le fusil et tira dans le vide au-delà du fleuve. Le bruit parut se répercuter à l'infini ; il ne s'arrêterait que très loin vers le sud, quand il aurait atteint l'océan Atlantique. Emily avait pensé un bref moment que le recul de l'arme renverserait la vieille dame, mais elle était restée très droite et immobile.

— Bon anniversaire, Mme Foxworth ! lança-t-elle avant de tendre le fusil à la fillette.

Profondément terrifiée, elle le prit en tremblant. Comment être bien sûre de ne pas tuer quelqu'un en tirant en l'air ? Comment être certaine que ce coup de feu n'allait pas être le détonateur d'autre chose ?

— Sais-tu tirer ?

— Oui, lui répondit Emily les lèvres serrées.

— Alors, bande tes muscles comme je l'ai fait et appuie très fort la crosse contre ton épaule. Laisse-moi te protéger un peu avec mon châle. Relâche ensuite doucement la détente.

Elle épaula le fusil comme son père le lui avait appris quand elle avait huit ans, puis souleva le canon en direction du fleuve et ferma les yeux.

Buddy lui souffla doucement : « Ouvre les yeux, Emily. Ne ferme jamais les yeux, sur rien. »

Elle fixa les étoiles et tira. Le bruit lui déchira les oreilles, la fit trembler et fractura le monde en mille morceaux. Elle abaissa le fusil et regarda la vieille dame. Le monde se reconstitua à l'identique. Des applaudissements lointains et assourdis se firent entendre.

Mme Foxworth posa un bras sur les épaules d'Emily et s'appuya sur elle pour rentrer. Emily la vit lui sourire sous la lumière du porche. Ne comprenant pas tout ce qui se passait, Lulu lui adressa également un petit sourire hésitant.

— Je constate avec plaisir que le courage est héréditaire dans votre famille, dit la vieille dame. Rentrons avant que ne se pointe la bande de raseurs avec le champagne. Je vais faire du chocolat chaud. Qu'en penses-tu ?

Avant de recommencer à pleurer en silence, Emily murmura :

— Je pense que c'est une bonne idée.

Et Buddy lui souffla : « Merci, Emmy. »

12

Son fait d'armes accompli, Emily s'était sentie aussi légère et soulagée qu'après une visite chez le dentiste. Confortablement enfoncée dans le sofa, elle s'était mise à parler sans pouvoir s'arrêter. C'était comme si une bonde avait été ouverte. Elle était consciente que c'était ridicule, mais ne pouvait plus refréner le flot de paroles. Elle racontait tout ce qui lui passait par la tête et sentait ses joues rougir à l'idée des inepties qui jaillissaient d'elle de manière incontrôlable. Assise face à elle près du feu, Lulu lui souriait. De l'autre côté de la cheminée, la vieille Mme Foxworth l'écoutait d'un air engageant, offrant un réceptacle à ces mots trop longtemps retenus.

— C'est le meilleur chocolat que j'aie jamais bu. Je suis sûre qu'il n'est pas en poudre comme celui de tante Jenny. Ça me rappelle Noël, le ski et tout le reste. Mais nous ne sommes même pas encore en septembre, non ? Je n'y ai pas pensé jusqu'à maintenant. Le feu est juste comme il faut. Il ne fait pas trop chaud. Si je vivais ici, j'allumerais un feu comme ça tous les soirs.

— C'est ce que fait grand-mère, dit Lulu, léchant de la mousse de chocolat sur ses lèvres. Quand il fait froid, le feu est parfait et quand il fait chaud, elle met l'air conditionné à fond. Ça rend ma mère folle, mais elle ne peut pas y faire grand-chose. Grand-mère possède tout, Maybud... et même l'air conditionné !

— Non, plus maintenant, intervint Mme Foxworth. Lorsque je me suis installée ici, j'ai donné Maybud à ton père. Je n'ai gardé que ce pavillon et le jardin, avec une seule réserve : qu'il ne vende rien pour que tout te revienne en l'état. Maybelle ne me l'a jamais pardonné. Mais quel peut bien être le poids d'une McClellanville-Cutler face à celui d'une Coltrane mariée à un Foxworth ? Maybud restera ainsi dans la famille. Maybelle peut jouer autant qu'elle veut à la châtelaine, et moi, je n'ai pas besoin d'invitation pour aller chez moi. Ce qui est encore plus important pour elle, c'est que sa fille héritera de tout, et si par malheur Rhett vient à disparaître avant elle, personne ne pourra la jeter dehors. De plus, comme je me moque complètement de ce qui s'y passe, Maybelle peut bien faire ce qu'elle veut. J'ai toujours trouvé Maybud trop vaste et trop ouvert à tous les vents pour avoir envie d'y vivre. C'est pour cette raison qu'à la mort de Bradley je me suis installée ici, après m'être débarrassée des trophées empaillés et des photographies de huit générations de chiens de chasse. J'ai toujours aimé ce petit pavillon près du fleuve et au milieu des bois, mais il était hors de question que tous ces chiens, ces antilopes, ces élans et je ne sais trop quoi encore me fixent de leurs yeux morts. Il y avait même un lion. Il était superbe. Je l'ai donné à un musée. Les administrateurs ne pouvaient pas me le refuser, nous sommes des membres donateurs depuis des générations. Du reste, je ne sais même plus ce qu'il est devenu, ce lion ! J'ai ensuite rempli cette pièce de mes livres préférés ; j'ai mis toutes les photos des gens que j'aime et j'ai complété la décoration avec mes peintres favoris. J'ai fait installer une grande cuisine et on a construit un patio où j'adore m'asseoir pour profiter de la brise à l'heure de la marée.

Je nourris tous les chiens errants, les chats, les ratons laveurs, les opossums, les mouffettes dans un rayon de soixante-dix kilomètres, et personne ne peut rien me dire. C'est dans cette pièce que je donnais mes leçons particulières. Buddy a été l'un des premiers à y venir.

— Je venais m'y réfugier dès que je pouvais, ajouta Lulu en souriant à sa grand-mère. Je racontais à ma mère que j'allais jouer au tennis ou au bridge, ou bien que j'étais invitée à déjeuner. Grand-mère ne m'a pas une seule fois mise à la porte. C'est elle qui m'a appris tout ce que devrait savoir toute débutante, mais qu'aucune ne connaît.

— Quoi, par exemple ? demanda Emily, intéressée.

La charge d'adrénaline ayant cessé de produire ses effets, elle sentait ses paupières s'alourdir. Elle regarda la petite horloge en chrysocale posée sur la cheminée. Presque une heure du matin. Elle avait l'impression d'être restée longtemps éveillée et d'être en arrêt, comme un chien de chasse. Jamais elle n'avait veillé aussi tard, mais elle ne voulait surtout rien perdre de la magie de cette nuit.

— Eh bien, James Joyce, Henry Miller... et le Kama-sutra, répondit Lulu en souriant malicieusement.

— Ce n'est pas vrai, Lulu. Peut-être un peu de Joyce, mais tu ne m'as jamais paru, même toute petite, avoir besoin de leçons dans ce domaine. Chère enfant, j'ai toujours pensé que tu avais l'âme d'une courtisane. Une délicieuse courtisane, bien sûr !

Lulu rit en tressautant de bonheur, et sa grand-mère en fit autant. Si Buddy lui avait parlé de James Joyce – sans lui avoir jamais rien lu de lui –, Emily ignorait tout d'Henry Miller et de ce Kama-sutra. Elle sourit cependant poliment, ayant bien pris conscience que les rires complices échangés entre la vieille dame et la jeune fille constituaient l'essence même de cette pièce et que, pour la première fois de sa vie, on la considérait comme une adulte. Cette connivence partagée la remplit d'un sentiment d'ivresse.

— C'est qui, cette Kama-sutra ? Une autre courtisane ?

Emily n'avait pas la moindre idée de ce qui se cachait derrière ce mot, mais elle en aimait bien le son guttural qu'elle faisait rouler dans sa bouche. De toute façon, si la vieille dame pensait que sa petite-fille en avait l'âme, ça ne pouvait être qu'une personne très recommandable.

— Le Kama-sutra, ce n'est pas quelqu'un, mais quelque chose, répondit Lulu. C'est une sorte de manuel qui t'enseigne comment devenir courtisane et t'apprend certaines choses, comme... la danse du ventre et autres extravagances et galipettes !

Sa grand-mère l'interrompit d'un ton sec pour la mettre en garde.

— Lulu...

Trop tard, elle était déjà debout. Elle avait enlevé ses chaussures et glissé sa robe de soie blanche dans son minuscule slip. Elle se tenait de face, les bras levés, le ventre projeté en avant et la tête rejetée en arrière, le casque de ses cheveux blonds ruisselant sur ses épaules. Les yeux clos, elle claquait des doigts et ondulait des hanches au tempo d'une musique qu'elle seule entendait. Ce n'était plus la Lulu de la grange, mais une jeune femme à la sensualité débridée. Pour Emily, il n'y avait aucun doute sur ce qu'elle était en train de mimer, même si elle ne l'avait encore jamais vu, et encore moins réussi à l'imaginer dans ses pensées les plus secrètes. Maintenant, non seulement elle savait à quoi *ça* ressemblait, mais la sensation que *ça* provoquait : elle sentit une petite trépidation fébrile envahir le creux de son ventre. Elle se tortilla dans son fauteuil, le visage et la poitrine en feu.

Quand Lulu se mit à émettre des sons rauques et hale-tants en balançant de plus en plus frénétiquement les hanches, Mme Foxworth se redressa et lui dit d'un ton sévère :

— Pour l'amour du ciel, Lulu, assieds-toi, s'il te plaît. Je ne t'ai jamais appris ça !

— Non, c'est vrai.

Elle se laissa tomber dans un fauteuil et remit de l'ordre dans ses cheveux. Elle avait les pommettes cramoisies, le souffle rauque et saccadé. Elle fit un sourire de petit diable à sa grand-mère, et redevint Lulu. Emily soupira, soulagée. L'autre Lulu l'avait entraînée malgré elle vers un lieu qu'elle se refusait farouchement à explorer.

— Ça ne s'apprend pas. C'est inné. C'est dans les mains, dans les hanches, dans les gènes. Grand-mère, je parie que c'était pareil pour toi et je suis également sûre qu'Emily, un jour...

Non, pensait Emily, révoltée. Jamais, jamais !

Pour une raison inexplicable, elle se rappela soudain les yeux porcins et fouineurs de Kenny Rouse le jour où il s'était touché en les regardant, Lulu et elle. Elle en eut des frissons. Elle avait brusquement envie de rentrer, de grimper dans son lit avec Elvis et de s'enfoncer sous les couvertures, même si les nuits étaient toujours aussi brûlantes.

— Avoue, grand-mère, que moi aussi, je t'ai appris des choses, non ?

— Petite, tu m'étonneras sûrement toujours, mais concernant plus précisément cette... affaire, tu n'étais pas encore née que j'en avais déjà fait le tour et, si je peux me permettre, je crois avoir été plus douée que toi !

— Oh ! Grand-mère !

Lulu fit semblant de prendre un air scandalisé, mais la vieille dame et la jeune fille éclatèrent à nouveau de rire.

Emily les accompagna. Elle espérait avoir l'air aussi indulgente et adulte que la situation le réclamait, mais elle priait intérieurement pour ne pas avoir à répondre à une question qui exigerait une réponse circonstanciée.

Les rires moururent. Pensive, la vieille Mme Foxworth regardait Emily.

— L'une des dernières fois où il est venu ici, Buddy m'a confié un livre pour toi. C'est un recueil des œuvres de Yeats dont vous aviez commencé à lire certains poèmes. Je le lui avais conseillé quand il m'avait demandé mon avis. Il avait d'abord voulu savoir à quel âge une petite fille s'intéressait vraiment à la poésie. Je lui avais répondu que pour moi il n'y avait pas vraiment d'âge, mais que douze ou treize ans, ça me paraissait bien pour avoir son premier livre de poésie. On l'a choisi ensemble ici et il y a écrit un message à ton intention. Il me l'a ensuite confié pour le cas où il ne pourrait pas te l'offrir lui-même. Il est toujours là ; je te le donnerai tout à l'heure.

— Je n'en veux pas. Je ne le lirai pas ! s'exclama violemment Emily.

— Cela te regarde, mais tu le prendras en partant, car je le lui ai promis.

Emily sentit un picotement douloureux remonter de sa gorge à ses yeux. Ça faisait trop ! Elle ne savait plus comment appréhender ce nouveau Buddy dans cet univers inconnu dont elle ignorait tout et qu'elle ne voulait surtout pas connaître. Seul l'intéressait le monde qu'ils avaient partagé ensemble.

De petits coups légers, répétés et insistants se firent entendre à la porte : un tambourinage féminin, un peu provocant, qui fit taire les occupantes du pavillon.

— Zut ! C'est maman, murmura Lulu. Grand-mère, je ne peux pas. Non, pas maintenant ! Elle ne va plus me lâcher, et si elle me rejoue son petit air de quand-vas-tu-enfin-rentrer-à-la-maison, je risque de l'étrangler. Vraiment !

Sa grand-mère l'observa un court instant, puis eut un petit signe d'acquiescement.

— Ne fais pas de bruit. Elle n'entrera que si je l'y invite.

Silencieuse, Emily les regardait à tour de rôle. Elle éprouva un bizarre sentiment de malaise.

La voix exagérément polie de Mme Foxworth s'éleva dans le silence.

— Oui, Maybelle, qu'y a-t-il ?

— Je voulais juste vous souhaiter un bon anniversaire, maman F., roucoula-t-elle. Tout le monde regrette votre absence. Et j'ai besoin de voir Lulu une minuscule seconde. Puis-je entrer ?

Les yeux hermétiquement clos, Lulu secoua la tête avec une telle violence que ses cheveux lui balayaient la figure. Ce n'était plus la sirène ensorcelante, mais une gamine qui piquait une colère et, à tout prendre, Emily préférait de loin celle-là.

Mme Foxworth la rassura d'un signe de tête.

— Qu'est-ce qui vous fait croire que Lulu est chez moi ? Pour l'amour du ciel, Maybelle, il est plus d'une heure du matin et j'allais me coucher !

— Mais j'ai entendu sa voix ! Vous ne pensez tout de même pas que je ne reconnais pas la voix de ma propre fille ? Lulu, écoute, j'ai une merveilleuse surprise pour toi. Tu m'entends, Lulu ! Une surprise qui arrive tout droit de Virginie, de Charlottesville très exactement ! Tu n'es pas contente ?

Lulu émit un petit son étranglé. Elle était immobile, comme changée en statue de sel. Elle avait le visage morne de la couleur de la craie et les lèvres décolorées. Elle haletait comme un petit animal traqué, tel un lapin acculé par des chiens de chasse. Le regard fixe de ses yeux bleus semblait mort. Mme Foxworth la dévisagea et, sans se retourner, dit sèchement à la femme qui donnait des coups de bec à sa porte :

— C'est la télévision que vous avez entendue, Maybelle, c'est tout.

— Alors, laissez-moi entrer juste une seconde pour vous souhaiter un bon anniversaire...

— Retournez plutôt chez vous avec votre cadeau. Je ne suis pas habillée et j'allais me coucher.

— Il faut vraiment que je lui parle, maman F.

— Eh bien, vous n'aurez qu'à lui téléphoner à la ferme demain. Rentrez chez vous, Maybelle. Je passerai vous voir demain, si c'est si important que ça.

— Maman F...

— *Rentrez chez vous !*

Le ton de Mme Foxworth était tel qu'Emily n'aurait pas osé lui désobéir même si sa vie en avait dépendu. Qu'on puisse tenir tête à la vieille dame pour quelque raison que ce soit lui paraissait tout simplement impossible. Il y eut à l'extérieur un murmure de voix indistinct, l'une agitée et l'autre lente et profonde, puis un bruit de pas s'éloignant sur le gravier.

Mme Foxworth entrouvrit très légèrement les lourds rideaux pour regarder attentivement dehors, puis se retourna vers Lulu, toujours immobile, le souffle retenu, et pâle comme un cadavre.

— Tu peux sortir par la porte de derrière et repartir par le petit chemin. Ta mère ne va sûrement pas risquer d'abîmer ses luxueux escarpins dans la boue. Mais que se passe-t-il, Lulu ? Qui était cette personne avec ta mère ?

Lulu ouvrit grands les yeux. Emily vit sa poitrine se soulever pour respirer à nouveau. Des cercles blancs entouraient son regard fixe et effrayé. Emily était paralysée. Si quelqu'un se tenait en embuscade dans la nuit noire et terrorisait à ce point Lulu, elle ne voyait vraiment pas comment elle pourrait mettre un pied dehors.

— Grand-mère, je ne peux pas...

— D'accord, mon ange, mais il faut que tu partes maintenant. Je vais surveiller les alentours pour le cas où elle reviendrait. Si c'est si grave que ça, il faut que l'on en parle toutes les deux. Tu sais que je suis toujours là pour toi, et que j'ai toujours su m'y prendre avec ta mère...

Lulu l'interrompit d'une petite voix sifflante.

— Là, tu ne peux pas m'aider. Ni toi ni personne. Je suis seule à pouvoir régler ce problème. Et je m'en sortais très bien... jusqu'à ce que ma mère vienne s'en mêler.

Dans la lumière blanche et directe de la cuisine, la vieille dame regarda à nouveau longuement sa petite-fille avant de venir les embrasser toutes les deux, d'abord Lulu, puis Emily.

— Partez, maintenant. Lulu, tu sais que je suis là et que je peux t'aider. Appelle-moi demain.

Elle se dirigea vers la porte de la cuisine et l'ouvrit. Dehors, le monde semblait avoir disparu, aspiré par l'obscurité humide et chaude qui sentait le fleuve. La lune était basse. Seul, un nuage iridescent de phalènes vacillait dans la lumière jaune du porche, apportant un semblant de vie à cette vaste étendue d'eau, de terre et de ciel. Lulu n'avait toujours pas bougé et sa grand-mère la poussa gentiment dehors, dans le noir. Emily resta en arrière. Elle ne voulait pas sortir dans ces ténèbres impénétrables et elle ne le ferait pas pour tout l'or du monde. Il n'y aurait personne pour la défendre.

— Prends soin d'elle, lui dit Mme Foxworth à voix basse. Elle est loin d'être aussi forte qu'elle le prétend. Appelle-moi si tu t'aperçois qu'elle ne va pas mieux. De toute façon, téléphone-moi. Je suis dans l'annuaire sous le nom de B. Foxworth Sr.

Elle prit les mains glacées d'Emily entre les siennes. Les mains de la vieille dame lui parurent aussi fragiles que les os d'un moineau, mais étonnamment fortes et chaudes. Assurance et compétence envahirent Emily.

« Je suis seule responsable maintenant et Lulu devra m'obéir », se répéta-t-elle d'un ton convaincu.

Elle se saisit de la main glacée de Lulu et allait la pousser hors du halo lumineux quand Mme Foxworth l'arrêta.

— Attends, Emily, ton livre.

— Je n'en veux pas !

L'anxiété la submergea de nouveau. Elle avait été contrainte d'intégrer la personnalité étrange d'une lumineuse vieille dame, puis d'assister à la transformation inattendue et inimaginable de Lulu Foxworth, mais elle ne voulait pas en plus qu'on la force à retoucher le souvenir de Buddy. Elle avait besoin de quelque chose de stable à quoi se raccrocher.

Le livre de Yeats à la main, Mme Foxworth insista d'une voix ferme.

— Emily, prends ce livre et lis-le. Tu le dois à ton frère.

Elle le prit en balbutiant un remerciement. Elle le jetterait dans le fleuve ou le laisserait tout simplement tomber dans le chemin de ronces et de bruyères. Elle rejoignit Lulu toujours immobile sur le chemin et lui saisit le bras.

— Allez, viens. On sera à la maison en un rien de temps.

La marée était haute et une puissante odeur de boue montait du fleuve. Le retour jusqu'au camion se fit dans le plus profond silence. Le concert des insectes et des animaux semblait s'être éteint avec la lune.

Emily n'entendait que l'écho de leurs pas trébuchant sur le chemin encombré de sarments de bruyère et le bruit de sa propre respiration. Lulu marchait devant elle comme un zombi et plus rien ne rappelait la jeune femme qui riait aux éclats et singeait l'amour avec fougue. Deux fois déjà, elle avait trébuché et, chaque fois, Emily l'avait retenue par les épaules. Elle n'avait rien dit, Emily non plus. Quand apparut enfin l'ombre du camion éclairée par la lueur de la grande maison, cette dernière poussa un profond soupir de soulagement. Elle entendit Lulu inspirer une grande bouffée de nuit noire comme si l'air était devenu éther.

— Ça va mieux. Je vais pouvoir conduire, dit la jeune fille d'une petite voix tendue.

Et c'est exactement ce qu'elle fit, dans un état de complète stupeur et le regard rivé à la route cabossée. Elle avait conduit le camion d'une main sûre, avec l'aisance et l'assurance que donne la vie dans les fermes et les parcs à caravanes du bas pays. Blanche jusqu'à la racine des cheveux, crispée, les mains agitées d'un léger tremblement, elle avait dirigé le camion sans encombre sur le chemin accidenté menant à la route goudronnée.

Lorsqu'elles arrivèrent à l'embranchement de l'autoroute, Emily s'étira et jeta un coup d'œil à Lulu.

— Je ne comprends pas pourquoi tu laisses ta mère te terroriser à ce point, commença-t-elle avec toute l'assurance que lui conférait son nouveau statut d'adulte. Pourquoi ne pas lui avoir dit de se mêler de ses affaires ? Tu as fait ça tout l'été. Que peut-elle bien te faire ? Ma parole, on pourrait croire...

— Arrête, Emily. Tais-toi ! Tu n'as pas la moindre idée de ce que tu racontes. On dirait un bébé qui... Tu n'es de toute façon qu'une gamine !

Emily, qui venait d'être ballottée toute une nuit entre l'enfance et l'âge adulte, se réfugia instinctivement dans une bouderie familiale et puérile. Elle se rencogna contre la portière et baissa la tête pour laisser de grosses larmes couler en reniflant bruyamment.

Ce n'est qu'en apercevant Sweetwater que Lulu se remit à parler.

— Je suis désolée. Je ne devrais pas m'en prendre à toi. Mais c'est une situation tellement... compliquée et pénible que je ne peux même pas t'en parler. Je ne voulais pas dire que tu étais un bébé, mais tu ignores encore trop de choses... et ça n'a rien à voir avec ma mère. C'est vrai que la plupart du temps je sais comment la manœuvrer et, comme tu l'as dit, c'est ce que j'ai fait tout l'été. Même et surtout si elle en est parfaitement inconsciente, elle a actuellement le pouvoir de me détruire et je ne peux pas la laisser faire. J'ai travaillé trop dur...

Elle se renversa sur son siège et étira les bras pour décontracter ses épaules.

— Même si je t'ai donné cette impression, je ne déteste pas ma mère. Dommage que tu ne l'aies pas connue lorsqu'elle était plus jeune. Elle riait tout le temps, dansait avec moi, jouait du piano et m'habillait avec ses robes. Quelquefois on prenait des sandwichs et du Coca-Cola pour descendre le fleuve avec notre Boston Whaler et pique-niquer dans un *hammock*. Je trouvais que c'était la plus belle femme du monde. Elle irradiait une sorte de lumière extraordinaire et je n'avais qu'une envie : lui ressembler. Elle a commencé à changer quand j'ai atteint l'adolescence. C'était comme si elle m'avait chargée de toutes ses ambitions déçues. Tout ce qu'elle n'avait pas eu avant son mariage avec papa, elle essayait de l'arracher pour moi en intriguant et en posant. Elle passait son temps à manœuvrer pour qu'on m'invite partout et pour que je devienne amie avec toutes les héritières des plus grandes plantations de Charleston. Il me fallait la bonne école, les cours de danse et de maintien et, bien entendu, des résultats excellents dans la meilleure université. Elle était tellement fière de mes

253

tableaux d'honneur et autres distinctions puériles que j'ai cru un moment qu'elle allait rédiger et faire imprimer une brochure vantant mes succès pour la distribuer au club de jardinage et au Yacht Club ! Et quand est arrivé l'épisode des débutantes, alors là, je ne l'ai plus reconnue et plus aimée du tout. Dès l'âge de treize ans, j'avais appris comment m'y prendre avec elle pour ne faire que ce dont j'avais envie. Mais là, c'était comme si toutes ces choses qu'elle voulait pour moi la rendaient vaine et vulnérable. Papa, lui, ne s'est jamais préoccupé de savoir où j'étais ni ce que je faisais, et encore moins avec qui. Il était tout simplement sûr que sa fille connaissait la marche à suivre. Le plus lamentable dans l'histoire, c'est que maman s'est escrimée pour rien. J'avais automatiquement droit à tout, car le nom de Foxworth, associé à celui de Coltrane, ouvre toutes les portes. Malgré son mariage, elle n'a toujours rien compris ! Grand-mère a raison. McClellanville-Cutler, c'est un nom qui ne vaut rien du tout par ici ! Tout n'est finalement qu'une question de patronyme.

— Enfin une bonne nouvelle ! Au moins je n'aurai pas à aller à Charlotte Hall, et je vais pouvoir éviter tous les chichis que papa voudrait me voir faire. Parmenter n'est pas un « sésame ouvre-toi » !

Mais tout en disant cela, Emily ressentit pour la première fois un minuscule sentiment de regret et d'envie pour cet univers singulier.

— Tu possèdes mieux que ça, si tu le veux. C'est quelque chose que tu as en toi. Tu ne le sais pas encore, mais je m'en suis aperçue, grand-mère aussi. Si vraiment tu le voulais, tu pourrais avoir tout le tralala de Charlotte Hall. Tu sais, Emily, ce n'est pas ce que tu t'imagines. J'y ai passé d'excellents moments. D'accord, il y a un peu de ces « chichis », comme tu les appelles, mais tout le reste est d'un très haut niveau. En matière d'éducation, c'est ce qu'il y a de mieux dans le bas pays... Et ça pourra te servir un jour.

— Alors, comment fait-on pour digérer tout le reste, tous ces... froufrous ?

— Il ne faut prendre que ce dont on a besoin et ignorer le reste. C'est très possible. C'est ce que j'ai fait, et d'autres avant moi. Comme dans toutes les bonnes écoles, ce sont les bases qui sont importantes. Et je te rassure, pour certaines filles, comme moi, la première corvée de « société » a été la robe habillée pour la remise des diplômes. Et la mienne te va à la perfection !

Butée, Emily répéta qu'elle n'avait pas besoin de toutes ces études et obligations pour diriger un chenil.

— Désolée, on en a déjà parlé et je continue de dire que tu en auras un jour besoin. La vie peut vite devenir triste et monotone sans quelques solides connaissances. Ton frère le savait bien, et il a tout fait pour t'en donner le goût.

Un lourd silence suivit, rompu par Lulu.

— Emily, je suis désolée pour Buddy. Je ne savais pas qu'il était mort de cette façon. Si grand-mère dit que c'est un acte de courage suprême et de distinction, c'est que c'est vrai. Cela a dû être terrible pour toi. J'imagine que ça a été le coup de fusil...

Emily l'interrompit, la gorge serrée.

— Tais-toi.

La facilité avec laquelle Lulu prononçait le nom de Buddy lui était intolérable. Elle ne voulait pas partager Buddy, ni sa mort, ni sa vie.

— Si tu ne veux pas que je te parle de ta mère, alors fais-en autant avec mon frère !

Lulu se rapprocha d'elle et lui serra brièvement l'épaule.

— Tu as raison.

Elles n'en dirent pas plus jusqu'à leur arrivée dans l'allée de Sweetwater. Comparée à la splendeur délirante de Maybud-Kubilay Khan et à sa débauche de lumières, la maison était à peine visible dans l'obscurité.

Une lampe brûlait au rez-de-chaussée ; tante Jenny devait l'attendre. Un nouveau sujet de colère pour Emily. Elle ne partagerait cette nuit ni avec sa tante ni avec personne.

Elles descendirent du camion dans leurs longues robes de soie et leurs talons pleins de boue. Près de la grange et sous la lumière jaunâtre qui restait allumée toute la nuit, elles aperçurent la forme dorée d'Elvis qui les attendait. Mais pourquoi près de la grange ? Pour Lulu ? En plus de la rancœur, la peine envahit son estomac.

Il trottina vers elles, la langue pendante, agitant gaiement son moignon de queue. Il se dirigea d'abord vers Emily et lui posa les pattes sur le ventre en léchant les mains qu'elle lui tendait. Il émit un petit bruit, une sorte de jappement haletant. Puis il alla vers Lulu et s'assit à côté d'elle, comme s'il lui avait donné son cœur.

Lulu regarda Emily, puis murmura :

— Puis-je le prendre cette nuit ? J'en ai vraiment besoin. Je pense qu'il le sent. Mais si tu ne veux…

— Surtout, ne t'en prive pas.

Ce n'était pas gentil. Elvis gémit doucement.

— Va avec Lulu, lui ordonna Emily.

Elle savait bien que c'était ce qu'il ferait de toute façon.

A la ferme, il y avait eu deux nouvelles portées de chiots qui passaient leur temps à dégringoler de leur litière pour caracoler gauchement dans le foin. Tout était si nouveau et si palpitant pour eux qu'ils semblaient s'être donné pour tâche d'en avertir le monde entier, et leurs jappements incessants trouaient le silence de la nuit. Elvis se tourna vers la porte de la grange et aboya une seule fois. C'était un aboiement qu'Emily n'avait encore jamais entendu : court, profond, autoritaire. Les jappements s'arrêtèrent d'un coup.

Elles s'entre-regardèrent.

— Ça ne me surprend pas, dit Lulu en souriant.

C'était un petit sourire incertain. Elle était encore livide et ses mains tremblaient toujours, mais Sweet-water avait déjà commencé son travail de cicatrisation. Elle ouvrit la porte et monta l'escalier, Elvis sur ses talons.

Restée en bas, Emily lui demanda :

— Ça va aller ?

— Je pense que oui. Dors bien, Emily, et merci, merci infiniment.

Elvis gémit, la porte se referma et Emily traversa la cour noire, soudain submergée par une lassitude si profonde qu'elle n'arrivait même plus à mettre un pied devant l'autre.

Quand elle ouvrit la porte grillagée, elle entendit la voix mélodieuse de tante Jenny lui dire depuis le salon :

— Viens un peu me voir, Cendrillon, pour tout me raconter. Comment c'était ? Extraordinaire, comme prévu ? As-tu été la reine du bal ? La vieille dame a-t-elle tiré à minuit ? Vite, j'ai hâte de tout savoir.

Sa nièce ne répondit pas à l'invitation. Elle se contenta de lancer, sans tourner la tête dans sa direction :

— C'était une belle soirée. Oui, la vieille dame a tiré son coup de fusil. Mais je suis vraiment très fatiguée, tante Jenny, et je te raconterai tout demain matin.

Il y eut un petit silence, puis elle entendit sa tante répondre :

— Alors, va te coucher, mon chou. Tu me raconteras tout ça plus tard. Ton père a promis de vous laisser faire la grasse matinée.

Emily grimpa l'escalier, referma la porte de sa chambre ; la place vide d'Elvis la brûlait comme une blessure. Elle se déshabilla à toute vitesse, se jeta dans son lit et éteignit la lampe. Elle entendit sa tante marcher lentement pour fermer les lumières avant de regagner sa chambre, celle de Buddy, au fond du couloir.

Le corps rompu de fatigue, Emily resta un long moment étendue sans bouger, puis se souvint du livre de poésie que la vieille dame lui avait remis de force. Elle alluma à nouveau la lumière et le retrouva sous la robe blanche toute froissée de Lulu. Elle se recoucha et, très lentement, l'ouvrit.

Sur la page de garde, l'écriture irrégulière et penchée de Buddy l'atteignit comme un poignard. Il avait écrit :

Pour Emily quand elle aura treize ans.
Mais un seul aima ton âme vagabonde.

Il avait simplement signé : « Buddy ».

Elle éteignit la lumière, enfonça la tête dans l'oreiller et, une nouvelle fois cette nuit-là, pleura son frère. Ce ne fut que bien plus tard qu'elle prit conscience que le message avait été écrit au passé.

13

Emily se noyait dans l'eau étale et mordorée de la crique. Décrivant de petits cercles dans le remous agité de marée basse, elle s'enfonçait lentement dans le sable ondulé de la crique où se cachaient les grandes raies noires et silencieuses. Elle s'enfonçait dans le trou à crevettes dans lequel elle avait nagé avec Lulu, et où l'entouraient des milliers de crevettes transparentes et voraces acharnées maintenant à lui ronger les chairs et à la dépouiller de son enveloppe charnelle. Elle s'enfonçait toujours plus profond, traversant le trou à crevettes sans fond, puis l'abysse au froid de mort avant de sombrer enfin dans les cinquante centimètres de boue veloutée dont la concentration de micro-organismes constituait, au dire de certains, le plus riche réservoir de vie sur terre. Là, dans la boue chaude, soyeuse, grouillante et malodorante du bas pays, Emily, à présent réduite à un simple atome, un point lumineux, une invisible conscience, s'immobilisa. Elle était bien dans ce lieu extraordinaire, amniotique et infiniment chaud. Elle était enfin chez elle ; elle ne voulait – ni ne pouvait – couler plus bas ; elle avait rejoint l'éternité.

Le bruit devait se faire entendre depuis un bon moment déjà quand il réussit enfin à atteindre Emily, réfugiée dans les entrailles du marais salant. Elle avait d'abord tenté de le repousser hors de sa conscience, mais il s'était fait de plus en plus insistant. La pinçant, la tirant, la déchirant, il parvint à l'arracher à la gangue soyeuse de la boue et à la faire émerger hors de l'abysse glacial. Elle grandit, grossit et recouvra son encombrante enveloppe corporelle avant d'exploser à la surface de l'air raréfié et rugueux. Un tel sentiment de perte l'envahit alors, qu'elle resta longtemps immobile, les yeux fermés. Quand elle se décida enfin à regarder autour d'elle, elle se retrouva dans son lit, couverte de sueur, au milieu d'un fouillis de draps. Assis sur son oreiller, Elvis aboyait sans relâche.

Tout hébétée et encore ivre de marais, Emily ne comprit tout d'abord pas ce que faisait ce chien roux installé sur son oreiller et qui aboyait à lui déchirer les tympans. Effrayée, elle s'efforça de l'éloigner puis, le monde ayant retrouvé son axe et elle, son équilibre, elle reconnut Elvis. Il semblait vouloir la prévenir d'un événement terrible. Son cœur se mit à battre violemment.

— Chut, Elvis, murmura-t-elle doucement. Tu vas réveiller tout le monde.

Elle essaya de le prendre dans les bras, mais il résista et aboya de plus belle.

— Mais que se passe-t-il ?

Elle avait du mal à parler tant sa poitrine était contractée. Les yeux mordorés d'Elvis lui disaient clairement qu'un malheur était arrivé. Cela avait sûrement un rapport avec la soirée : une chose avait dû les suivre jusqu'ici et son souffle avait réussi à la débusquer au plus profond de la crique.

L'épagneul bondit hors du lit, se dirigea vers la porte et attendit en la regardant. Comme elle ne bougeait toujours pas, il vint la tirer par l'ourlet de sa chemise de nuit, avec un grognement sourd qu'elle ne lui avait encore jamais entendu. Elle se leva. Il courut jusqu'à la

assieds-toi. C'est pas juste ! Je ne sais plus quoi faire ! Ne t'avise pas de mourir !

Pas un instant elle n'envisagea d'aller chercher de l'aide à la maison. Quelque part au fond d'elle-même, elle savait que le faire sauverait peut-être la jeune fille, mais tuerait son âme. Elle la secouait toujours avec vigueur quand Lulu poussa un petit cri étranglé, ouvrit les yeux et la regarda d'un œil fixe. Pendant un long moment, elles restèrent à se dévisager, puis Lulu baissa le regard vers l'eau souillée et les vêtements maculés d'Emily. Avant de refermer les yeux, elle lui dit d'une voix rauque et écorchée de vieille femme :

— Pars, Emily. Laisse-moi.

— Non ! cria Emily, pleurant d'effroi et de soulagement. Tu étais en train de t'étouffer et tu as failli mourir.

Lulu se mit également à pleurer.

— Ç'aurait été bien mieux. Oui, il vaudrait mieux que je sois morte.

Lulu se réveilla aux premières lueurs de l'aube, au moment où les chiens commençaient à s'agiter dans les chenils, et les chiots à japper frénétiquement pour téter. Perché sur l'une des branches de l'immense lilas des Indes encadrant la fenêtre ouverte de Lulu, un cardinal, le gosier encore rouillé, entonna sa première aubade du jour.

Dans le fauteuil près du petit lit, Emily, la nuque raide, entendit dans un demi-sommeil Buddy lui murmurer : « L'oiseau de l'aube chante pendant toute la nuit. Et ainsi, disent-ils, pas un esprit n'ose s'aventurer hors de chez lui[1]. »

---

1. Shakespeare, *La Tragique Histoire de Hamlet.* (*N.d.T.*)

Elle se réveilla alors complètement, le cœur battant à se rompre, la bouche sèche et la vessie sur le point d'éclater. Elle n'avait plus bougé depuis l'instant où Lulu avait sombré dans le sommeil. Jamais elle n'avait passé une nuit aussi inconfortable, mais elle n'avait pas osé quitter son poste de surveillance. Le sommeil de Lulu avait eu toute l'apparence de la mort : froid, infini. Enveloppée d'un drap de bain, une serviette autour de la tête, la jeune fille était restée sur le dos, inerte et d'une pâleur cadavérique sous son drap de lin brodé. A plusieurs reprises, Emily, inquiète, s'était levée pour vérifier sa respiration et les battements de son cœur. Comme posté en sentinelle près du fauteuil d'Emily, Elvis n'avait pas quitté Lulu du regard.

Cette veillée au caractère presque funèbre avait été intolérable pour Emily, mais elle était convaincue que Lulu aurait tout simplement cessé de respirer si elle avait abandonné son poste une seule seconde. Quand elle entendit, encore à moitié endormie, les paroles de Buddy, elle se leva d'un bond. Elle ne savait plus où elle était. Seule lui parut familière la douleur dans sa vessie. Elle jeta un bref regard à Lulu et constata qu'elle avait les yeux ouverts. Leur bleu électrique avait viré au gris terne et sa tentative de sourire ressemblait au rictus blafard d'un masque mortuaire.

— Shakespeare a toujours su trouver les mots qu'il fallait, murmura-t-elle très doucement, comme si parler lui arrachait la gorge.

Emily comprit alors que ce n'était pas Buddy qui l'avait réveillée.

— Ce n'étaient que des esprits, non ? J'ai tellement honte, Emily ! J'ai du mal à mesurer tout ce que je t'ai déjà fait subir. Je n'arrête pas de t'appeler à l'aide, alors que ce serait à moi de prendre soin de toi !

Elle poussa un soupir grinçant qui lui déchira la gorge, puis referma les yeux.

— Je ne sais pas pourquoi tu es restée, mais je suis contente que tu l'aies fait. Sans toi, je serais morte. Peut-être cela aurait-il mieux valu. Comment as-tu su ?

Emily fit un geste de la tête vers Elvis qui n'attendait que ce signal pour sauter sur le lit de Lulu et se caler dans le creux de son bras.

Il semblait dire : « Je suis désolé, mais elle a besoin de moi en ce moment. Je m'occuperai de toi après. »

Lulu se remit à pleurer.

— J'aurais dû m'en douter. Je dois beaucoup aux Parmenter, aux chiens et au reste. Jamais je ne pourrai vous payer de retour !

En sortant de la salle de bains, Emily sentit sa peur se muer en colère.

— Je ne savais pas que tu buvais. Je ne pense pas que papa t'aurait acceptée s'il l'avait su. Mais, après tout, peut-être que oui. Il veut tellement que j'aille à Charlotte Hall !

Lulu tourna la tête, les joues envahies de larmes silencieuses.

— S'il te plaît, ne dis rien à Walter. Je t'en prie. Je ne bois plus jamais comme ça, maintenant. Ça fait très long-temps que je n'ai plus touché à une goutte d'alcool... ou à tout ce qui me détruit. En fait, jusqu'à la nuit passée, je m'en sortais plutôt bien. Je n'aurais jamais dû rapporter cette bouteille ici, mais j'ai pensé que ce serait un bon test d'en avoir une à portée de main.

Emily garda le silence.

— Peux-tu m'apporter un verre d'eau ? Je veux tout te raconter, mais j'ai la gorge trop sèche pour parler.

— Tu n'es pas obligée. Je préfère même que tu ne m'en parles pas. Je ne dirai rien à papa et... on oublie tout.

— Non, j'ai besoin que toi au moins, tu m'écoutes et me comprennes, car je ne peux pas compter sur mes parents pour ça. Même dans des millions d'années, ils n'auront toujours pas la moindre idée du problème, et je ne peux pas imposer ça à grand-mère. Je ne crois pas qu'elle le supporterait.

— Et moi, si ?

— Oui, parce que pendant tout l'été tu as su gérer des situations nouvelles et difficiles. Je t'ai longuement observée et je sais que tu en es capable. Il ne me reste plus grand-chose, Emily, alors je n'ai pas envie en plus de te perdre. Tu es peut-être jeune, mais tu es ma seule amie.

Emily sentit sa gorge se contracter, mais elle refusa de croiser le regard de Lulu. Elle alla lui chercher un verre d'eau et le lui tendit. Quel que fût son problème, elle ne voulait pas le partager, car elle sentait confusément qu'elle ne serait plus la même ensuite. Elle avait déjà eu sa part de changements pour cet été. Elle consentit cependant à se rasseoir.

Lulu avala de grandes gorgées d'eau, poussa un nouveau soupir puis demeura un long moment silencieuse.

— Tu ne me connais pas bien. Tout au moins, tu ne m'as jamais connue avant, quand j'étais une fille forte et libre ; quand je menais ma vie comme je l'entendais, en me moquant du qu'en-dira-t-on. Je respirais l'enthousiasme. Mes amis ne me comprenaient pas toujours mais ils m'acceptaient ainsi, et mes parents faisaient ce qu'ils pouvaient pour canaliser mon énergie. Il n'y avait que grand-mère qui me comprenait. Elle disait que je lui ressemblais énormément. Elle a toujours pensé que j'étais capable de décrocher la lune et que tout ce que je faisais était bien. J'imagine que pour le vieux Charleston, c'était une vie extravagante et sans contraintes, mais c'est celle que j'avais choisie parce qu'elle me convenait. Puis, il y a deux ans, presque jour pour jour, j'ai rencontré quelqu'un dans une soirée à Wadmallaw et ma vie est devenue un enfer.

Emily fit immédiatement le rapprochement.

— C'était la personne qui était avec ta mère hier soir ? Je savais bien que ce n'était pas Maybelle qui te produisait cet effet.

— Oui, bien sûr, c'était la personne qui était avec ma mère. Un homme. Je ne sais pas comment il s'y est pris pour être invité hier soir ; il habite en Virginie et ça faisait bien quatre mois que je ne l'avais pas vu. Je croyais stupidement qu'il n'y avait pas la moindre chance qu'il retrouve ma trace ici, mais ma mère a dû l'inviter. Elle savait que je serais à la soirée : depuis que je lui ai dit que nous avions rompu, elle veut nous réconcilier à tout prix, donc elle a sauté sur l'aubaine. Lui, c'est le gendre idéal pour toutes les mères de Charleston avec une fille à marier ! Il est beau, drôle, plein de charme et il descend d'une des premières familles de planteurs de Virginie. Il est l'héritier d'une fortune de plusieurs millions de dollars et de la plus grosse plantation de l'Etat, sur la James River, cinq fois plus grande que la nôtre. Il a toujours été infiniment agréable et poli avec mes parents. Il est arrivé premier au barreau de Virginie et, pour citer ma mère, il siégera un jour avec les grands parlementaires du Sud. Gouverneur, sénateur, qui sait ? Il donne tellement l'impression de m'adorer que jamais ils ne me croiraient si je leur racontais vraiment ce qui s'est passé entre nous.

— Quoi ? demanda Emily.

Elle était terrifiée. Elle n'avait à nouveau qu'une envie, celle de partir en courant dans sa chambre avec Elvis, comme avant l'arrivée de Lulu. Elle resta néanmoins assise.

Lulu tourna la tête vers elle. Il lui sembla soudain que, depuis son réveil, c'était la première fois que Lulu la voyait vraiment. Le regard bleu distrait devint fixe.

— Mais je deviens complètement folle ! Je ne peux pas te raconter ça. Tu n'as même pas treize ans. Je ne devrais en parler à personne, et surtout pas à toi. Avec un peu de chance, tu n'auras jamais à connaître *ça* ! Je crois qu'il faudrait que je disparaisse bien vite d'ici en emportant toutes mes saletés pour éviter de te polluer définitivement. Je t'en ai déjà assez fait voir tout l'été.

— Je suis au courant de tout *ça*. Tu n'as pas idée des graffiti qu'il y a dans les toilettes de l'école ! Des dessins, aussi. Je sais à quoi tu fais allusion. J'ai entendu les garçons en discuter quand ils croient que je ne suis pas là. Je sais ce que les gens font...

— Non, tu ne sais pas !

La voix de Lulu avait retrouvé un peu de son énergie et elle ne haletait plus en parlant. De nouvelles larmes remplirent ses yeux.

— Tu ne peux même pas imaginer ce que nous faisions. Avant lui, j'ignorais que tous ces trucs pouvaient exister. Il n'y a rien qu'il ne m'ait pas fait. J'étais consentante et j'en redemandais. Je le suppliais même. D'abord, j'ai eu honte à en mourir. Puis, je n'ai plus eu qu'un seul désir, celui de le voir et de le revoir. J'étais consciente que j'étais devenue sa chose, mais ça m'était égal.

Emily était assise, immobile. Elle n'était même plus gênée ; elle avait la nausée. C'était cette descente dans la terrible noirceur de la vie de tous les jours qu'elle avait toujours pressentie. Mais elle n'avait encore jamais été face à ce requin noir et difforme qui rôdait souvent près de sa conscience. Elle n'en avait jamais parlé à personne, même pas à Buddy. Elle avait toujours eu un peu honte de savoir que ces choses la hantaient, mais elle avait toujours cru être la seule à abriter ce genre de monstre.

Or Lulu venait d'en faire émerger un de ses profondeurs secrètes pour le lui montrer.

Le cœur douloureux, Emily ne cessait de se répéter qu'elle avait envie que l'on s'occupe enfin d'elle : Buddy, sa mère...

Aucun des deux, bien entendu, ne l'entendit. Alors elle resta assise, attendant que Lulu remonte à la surface son poisson monstrueux.

— Sa famille avait un petit appartement qu'elle habitait quand elle venait le voir à Charlottesville, continua Lulu d'une voix morne. Chaque vendredi, il venait me chercher au campus et c'est là que nous allions. La plupart du temps, nous n'en ressortions que le lundi matin, juste à temps pour mon premier cours. Il y avait de quoi manger et surtout de quoi boire. Il y avait aussi tout le reste. Il m'a tout fait essayer. Mais c'était surtout l'alcool dont je ne pouvais plus me passer. Je n'avais besoin que de lui et d'alcool. Pendant toute la semaine, alors que je menais une vie apparemment normale, je brûlais de lui, j'étais en manque et je n'attendais que le moment où je grimperais dans sa voiture. Je ne vivais plus que pour l'instant où il me regarderait et me toucherait. Ce qui tient du miracle, c'est que nos études n'en ont pas souffert. Moi, ça m'a quand même demandé des efforts considérables mais lui, rien ne semblait l'affecter, ni l'alcool, ni les drogues, ni le... reste ! Il pouvait très bien réussir ses examens, écrire un article brillant, rendre visite à d'autres filles dans les grandes plantations et charmer leurs parents. Je connaissais l'existence de toutes les autres. Dans les écoles du Sud, les échos se propagent comme les tam-tams dans la jungle. Ça m'était égal, puisque j'avais les week-ends. Puis les deux jours devinrent cinq. Je n'ai jamais su ce qu'il racontait à ses parents, ni comment il s'arrangeait avec ses cours. Moi, je m'étais organisée en demandant à papa et maman une autorisation d'absence du campus pour participer à toutes les activités auxquelles je m'étais inscrite. Avec le recul, je suis sûre maintenant que si je n'avais pas réussi à me reprendre au tout dernier moment, je n'aurais plus jamais quitté le petit appartement. Et j'y serais morte !

— Oui, mais ça n'est pas ce qui s'est passé.

Il fallait bien qu'Emily dise quelque chose pour meubler le silence pesant, mais surtout pour que Lulu ne s'aperçoive pas de son profond dégoût.

— Non. Un matin, après quatre jours d'ivresse et de drogue, il s'est rhabillé et est allé en cours sans me jeter un seul regard. Je me suis alors traînée jusqu'à la salle de bains pour me regarder dans la glace. J'ai vu une femme avilie, déshydratée, jaunâtre, un zombi couvert de bleus et affamé, dont les yeux brûlaient déjà à la seule idée de la prochaine fois. Je ne voyais plus que l'ombre de ce que j'avais été. Où était passée cette fille remplie de santé, d'énergie, de vitalité ? Où étaient partis les rires, l'assurance, toute l'intelligence ? Tout avait disparu la nuit de notre rencontre. J'ai compris alors que si je le voyais encore une seule fois, je mourrais. J'ai réussi à retourner à l'université en racontant à tout le monde que j'avais eu la grippe et que j'avais besoin d'être seule. Je me suis enfermée et j'ai essayé de remonter la pente. Je ne souhaite à personne de passer par là. Je ne pourrais d'ailleurs pas le refaire, car j'ai vraiment failli y rester. Je n'arrive même pas encore à en parler. Un autre matin, je me suis à nouveau regardée dans la glace et c'était toujours le fantôme de l'autre fille, à peine un peu moins maigre. Je devais fuir si je ne voulais pas retomber entre ses griffes. J'ai appelé ma mère pour lui dire que j'avais été très malade et qu'il fallait que je rentre à la maison. Elle est venue me chercher et je me suis cloîtrée dans ma chambre pour ne pas céder à la tentation d'aller voler de l'alcool ou de lui téléphoner. Maman pensait que je me reposais en vue de la « saison ». La sacro-sainte « saison » de Noël à Charleston avec tous ces bals, ces soirées, ces déjeuners, ces thés et ces réceptions... et surtout avec tout cet alcool, ces océans d'alcool qui coulent à flots ! Je savais qu'il serait invité partout, parce que le Sud n'est pas grand et qu'il en est un prince. J'ignore ce qui se serait passé si je n'étais pas venue ici et si je n'avais pas tout de suite compris que les chiens me permettraient de remonter un peu dans mon estime. Ici, tout me semblait propre et calme. J'ai pensé que si j'avais la possibilité de travailler toute la journée avec les chiens et ensuite de passer la plus grande partie de la soirée avec vous, j'éviterais le face-à-face avec la bouteille.

Shéhérazade, se disait Emily. Cleta avait raison. C'était elle qui s'en était aperçue la première. Tante Jenny, aussi. « Lulu exécutait tous les soirs un nouveau numéro pour que nous lui demandions de revenir le lendemain. Ainsi, nous la sauvions de la mort. Et nous qui croyions que c'était parce qu'elle nous aimait ! Jamais plus je n'écouterai ses stupides histoires sur Charleston. Plus jamais je ne dînerai à la même table qu'elle. Et encore une chose dont je suis sûre, jamais plus je ne lui prêterai Elvis. Qu'elle trouve autre chose à quoi se raccrocher ! »

Comme si elle avait entendu les pensées d'Emily, Lulu lui tendit une main tremblante.

— J'ai réappris à vivre grâce à ta famille. C'est vous qui m'avez sauvée. J'ai appris à vous connaître et à vous aimer pour ça. Tous, et toi plus particulièrement, Emily. Toi et les chiens, vous êtes maintenant ce que j'ai de plus cher dans la vie. Si vous exigiez que je parte, je ne survivrais pas. Je mourrais rapidement, car je ne suis pas encore assez forte – et je ne le serai jamais assez en ce qui le concerne. Il me tient sous son emprise et sous sa dépendance. Par rapport à lui, l'alcool, c'est rien !

Emily ignora la main tendue. Lulu la retira et regarda à nouveau ailleurs. Elle demanda d'une toute petite voix :

— J'ai tout gâché, non ? Je ne vais pas pouvoir rester ici, si je dois à nouveau te mettre dans cette situation. Et je ne pourrai plus regarder Walter dans les yeux si je sais qu'il est au courant. Mais je ne peux pas rentrer chez moi non plus, car il sera là en deux temps trois mouvements, invité par ma mère. Je pensais être en sécurité ici, mais il sait maintenant où me trouver. Toi non plus, tu ne te sens plus à l'abri ici.

Emily connaissait bien cette angoisse, cette peur noire de tomber dans un abîme de néant. C'était ce même sentiment qui ne l'avait plus jamais quittée depuis la nuit où sa mère avait claqué la porte. Les larmes lui picotaient le nez.

Elle se pencha sur Lulu et lui saisit les mains. La jeune fille dans le lit ressemblait à une petite enfant perdue.

— On ne le laissera pas entrer. S'il essaie, papa et les garçons le chasseront...

Le visage crispé de détresse, Lulu l'interrompit :

— Non, ils ne doivent pas savoir !

— Alors, je m'en occuperai toute seule avec les chiens. Je ne te quitterai pas de la journée, et la nuit je resterai avec toi. Je dormirai ici avec Elvis. On pourra toujours dire aux autres qu'on lit tard le soir. Ou tu pourras raconter que tu me donnes des leçons pour faire de moi une dame...

L'ombre de l'ancien sourire éclaira fugitivement le visage de Lulu.

— Avec toi et les chiens, même Yancey ne pourra pas entrer !

— Yancey ? C'est quoi, ce nom ? demanda Emily, en colère.

Elle n'allait rien passer à ce prince malade et pourri.

272

— Yancey Byrd, un nom qui ouvre toutes les portes, n'importe où en Amérique !

— Ah, ouais ! Eh bien, cette porte-là restera fermée !

Emily vint s'asseoir sur le lit à côté de Lulu. Elvis lui sourit et lui lécha la main. La jeune fille se remit à pleurer.

— Mon Dieu, voilà que je suis en train de vouloir me mettre à l'abri derrière une petite fille de douze ans et un épagneul. Je ne peux pas te laisser faire ça pour...

Emily l'arrêta et repoussa une mèche de cheveux d'or de son visage défait.

— Chut. Tout va s'arranger.

Du plus profond de sa mémoire lui revinrent ces mots lumineux prononcés un jour par une voix lente et douce. Les choses s'étaient-elles améliorées depuis ? Oui, non ? Elle l'ignorait, mais ces mots lui avaient toujours servi de talisman.

— Tout va s'arranger, répéta-t-elle.

Elle lui offrait ces mots comme un cadeau.

Dans le jour qui se levait, Lulu se retourna dans ses draps de lin et s'endormit.

14

Lulu n'arriva dans l'enclos que tard dans l'après-midi, juste au moment où Emily terminait une série d'exercices avec les nouveaux chiots de la mignonne Phoebe. C'était une splendide portée dont le géniteur, Elijah – plus connu à Sweetwater comme « le Beau Jules » –, était le père d'Elvis. De sa place habituelle près du portillon, celui-ci observait tranquillement les progrès des jeunes épagneuls. Il ne manifestait que très rarement sa présence, à moins qu'il ne lui faille rappeler à l'ordre un chiot indiscipliné qui tentait de s'échapper bruyamment ou ramener dans le rang un autre plus timide qui traînait à l'arrière. Un court aboiement bourru remettait promptement de l'ordre chez les cancres.

Emily était en train de dire à Elvis qui, la tête dressée et souriant, l'écoutait attentivement :

— Je me demande bien à quoi je sers. Pourquoi ne prends-tu pas carrément ma place ?

Pénétrant dans l'enclos pour se mettre à côté d'Emily, Lulu ajouta :

— Il n'aurait pas besoin de beaucoup de temps pour nous mettre toutes les deux au chômage.

Se préparant au pire, Emily lui jeta furtivement un regard oblique. Son appréhension se transforma en soulagement. Dans un short et un tee-shirt immaculés, le teint étincelant et ses cheveux dorés encore humides, Lulu souriait dans le soleil. Elle sentait le shampooing et le savon à la lavande. Elle avait le regard clair et ses mains ne tremblaient pas. Elvis quitta son poste ; la queue frétillante, il trottina à sa rencontre et lui donna de petits coups de tête dans les jambes. Flairant la récréation, tous les chiots se pressèrent aux pieds de Lulu pour attaquer ses lacets de leurs minuscules dents acérées.

Lulu se baissa pour en ramasser quelques-uns tout excités.

— Alors, les petits diables ! J'espère que vous vous conduisez mieux que ça avec tante Emily. Sinon, vous savez, la punition, c'est le banc de touche. Terminés pour vous le marais, les bateaux, et tout le reste !

Emily lui adressa un petit sourire soulagé. Lulu venait de fixer l'humeur de l'après-midi, et c'était parfait. Même mieux que parfait ! Son sourire s'épanouit. Dans tout le microcosme des concours canins, nul en effet n'ignorait que le sarcasme de « chien de touche » était réservé par les chasseurs et éleveurs du bas pays à toute créature un peu trop bichonnée et dorlotée.

— Aucun risque, répondit-elle. Si je ne parviens pas à leur apprendre à bien se conduire, Elvis arrangera ça.

C'était la fin de l'été, mais les rayons obliques du soleil étaient toujours aussi brûlants sur leurs jambes nues.

Après avoir nettoyé les chiots de la poussière de l'enclos et les avoir rendus à leur mère, Lulu regarda Emily en s'essuyant le front d'un revers de la main.

— Et si on allait faire une petite visite aux dauphins ? On a encore le temps avant le dîner.

— La saison est trop avancée. Je n'en ai encore jamais vu à cette époque de l'année.

— Je n'en serais pas aussi sûre si j'étais toi, insista Lulu en souriant. J'ai rêvé cette nuit qu'ils seraient là.

Elles coupèrent à travers champs pour rejoindre le bois

brûlant, tout engourdi et silencieux à part quelques rares bourdonnements d'abeilles et stridulations de sauterelles. L'air sentait la poussière et la boue sèche. Jusqu'au crépuscule, tout resterait assoupi, suspendu et amorphe sous la chaleur.

En arrivant à la crique, Emily fut étonnée de voir les marques bien lisses et encore humides des dauphins.

— Ton rêve s'est réalisé, dit-elle à Lulu qui lui sourit.

Elles s'étendirent à plat ventre dans les fougères chaudes sur le petit promontoire et attendirent à moitié endormies que la marée se retire. Déjà sur les berges, la spartine se dressait en sentinelle au-dessus du fond sableux de la crique et se déployait à l'horizon en une marée verte que le soleil couchant teintait d'or.

L'arrivée fracassante des dauphins les tira de leur léthargie. Lulu s'assit très droite, les yeux étincelants dans la lumière. En un rien de temps, une rafale de vagues boueuses s'abattit sur la crique endormie. Respectant leur chorégraphie habituelle, les grands cétacés luisants déferlèrent sur la plage mais durent se contenter de quelques rares mulets terrorisés. Ce n'était plus la saison. Presque tous les poissons avaient déjà quitté leurs trous pour rejoindre la mer.

Les dauphins montrèrent cependant le même enthousiasme à poursuivre leur maigre butin sur le sable. Serrés les uns contre les autres et allongés sur le flanc, ils avalaient mulet après mulet, observant leur carnage habituel. D'un énorme œil froid et noir, ils semblaient fixer Lulu et Emily, affichant, même en avalant leurs proies, leur éternel sourire de mandarin.

Quelques secondes suffirent à la vague bouillonnante pour se retirer, et aux dauphins pour disparaître. Un seul resta allongé sur le sable, son flanc argenté miroitant au soleil. Immobile, il les regardait en souriant.

— Tu crois qu'il est blessé ? demanda Emily.

Lulu se leva alors très lentement pour descendre sans bruit sur la plage. Le dauphin ne bougeait toujours pas. Seul, isolé de sa bande, il paraissait énorme dans l'eau transparente, aussi imposant qu'une baleine. Avec d'infinies précautions, Lulu s'agenouilla près de lui et, après avoir lentement avancé la main, la posa sur son flanc. Le dauphin resta immobile, souriant ; puis, d'une violente impulsion en arrière, il quitta la crique. Silencieuses, elles le regardèrent disparaître. Depuis la berge, aussi figé qu'un épagneul à l'arrêt, Elvis avait observé toute la scène. Jappant joyeusement, il débloula alors sur la plage et se jeta dans l'eau après avoir exécuté un arc de cercle roux parfait. La tête fièrement dressée, il s'engagea à la poursuite du dauphin qui s'évanouit rapidement dans les profondeurs noires et glacées. Elvis leur adressa son sourire de chien avant de les rejoindre sur la berge. Il s'ébroua en envoyant des gerbes d'eau scintillantes, puis s'assit à côté d'Emily, heureux et haletant.

Ses yeux dorés semblaient lui dire : « Je suis né pour ça ! »

Emily le serra dans ses bras et jeta un bref regard à Lulu. Elle était assise immobile dans la crique déserte et souriait. Des larmes coulaient sur ses joues bronzées.

— On est sûres maintenant que tout va s'arranger, non ? dit Lulu d'une voix très douce. Tu as été la première à me l'assurer, puis il y a eu les dauphins, et maintenant c'est au tour d'Elvis.

Emily ne put s'empêcher de lui répondre sèchement.

— Oui, c'est évident. Mais je me demande bien ce que les dauphins faisaient encore par ici, alors qu'il n'y a presque plus un seul mulet depuis la semaine passée.

— Ils nous disaient au revoir. Ils voulaient être certains que nous n'avions plus besoin d'eux et nous faire leurs adieux.

Ce fut la seule allusion aux terribles événements de la nuit. Même si Emily ne cessait d'y penser, elles n'abordèrent jamais plus le sujet. Ce n'était pas par gêne, mais tout simplement parce que c'était une affaire... classée. C'était comme si une énorme plaque tectonique s'était déplacée, transformant Sweetwater en un îlot de sécurité, entouré de douves magiques. « Tout va s'arranger. » Comme si, à un certain moment de cette nuit brûlante, un bouleversement structurel avait confié à Emily tous les pouvoirs. Emily, la gardienne des douves, Emily, l'abbesse, et... Lulu, la suppliante.

Si Lulu s'en était aperçue, elle n'en avait rien dit. Cette nuit-là, Emily, étendue dans son lit, avait songé dans un demi-sommeil : « Je ne croyais pas que l'on pouvait devenir adulte en une seule nuit, mais c'est bien ce qui m'est arrivé. Ça n'a pas été difficile du tout ! »

Pendant le dîner, à la lueur des bougies de tante Jenny, elle était restée étrangement silencieuse, plongée dans d'inhabituelles questions d'adulte. Elle picora juste un peu de poulet et une quenelle. Elle avait du mal à contenir son impatience : son père, ses frères et sa tante se conduisaient comme des gamins stupides.

— Allez, raconte, Emmy-puce. C'est la seule occasion pour moi d'avoir une idée de ce qui se passe réellement dans ce genre de soirée. Parle-nous de la fête.

Malgré l'insistance appuyée de sa tante, Emily refusait de raconter la soirée.

Walter et les garçons attendaient aussi en la regardant. Elle était redevenue pour eux la petite Emily en jean, sabots et queue-de-cheval, mais ils n'avaient pas oublié la jeune fille étrange, exotique, si semblable à un portrait de leur mère, qui avait été invitée dans une fabuleuse plantation du bas pays. C'était cette jeune fille-là qu'ils voulaient entendre.

Mais c'était une expérience trop nouvelle et trop importante pour Emily, qui ne voulait en parler avec personne d'autre que Lulu.

— C'était pas mal, dit-elle donc sans lever les yeux de son assiette.

— Oh, Emily ! intervint Lulu. C'était mieux que ça !

Vêtue de son habituelle jupe de coton blanc et de son débardeur, Lulu était assise à sa place attitrée, à gauche de Walter. Elle donna l'impression à Emily de brûler d'une flamme inquiétante, comme un de ces feux follets du marais.

— C'était une soirée magnifique, et Emily a été la reine du bal. Elle était tout simplement superbe. Elle a énormément plu à grand-mère qui l'a invitée à revenir autant de fois qu'elle voulait. Elle m'a dit que je pouvais à la rigueur l'accompagner, à condition de les laisser discuter en paix.

La tête toujours baissée, Emily sentit le long regard admiratif de tante Jenny et le plaisir qu'éprouvait son père.

« Eh bien, se dit-elle, au moins je sais ce qui lui fait plaisir maintenant. Il ne me reste plus qu'à m'habiller comme ma mère et à me faire inviter à des soirées pourries ! Exactement comme elle ! »

— J'ai demandé à Emily de dormir au studio pendant quelque temps, continua Lulu. Il y a de la place chez moi et j'ai un lit gigogne. J'ai des tonnes de livres à lui faire découvrir, sans compter tous les disques qu'elle devrait connaître. Ça fait bien trop longtemps qu'elle ne s'intéresse plus à la lecture et à la musique. Mais comme ça va forcément nous occuper une bonne partie de la nuit, j'ai pensé que ce serait mieux pour elle de dormir au studio.

Un long silence s'installa.

— Elle pourrait même m'apprendre à devenir une

dame, ajouta Emily après avoir jeté un regard dérobé à son père.

— Eh bien ! Je pense que c'est une excellente idée, répondit son père d'un ton jovial. Lulu, promettez-moi seulement de ne pas vous laisser envahir.

— Pour ça, il n'y a aucun risque.

Après un nouveau silence, Lulu demanda à Jenny :

— Laissez-nous faire la vaisselle ce soir, madame Raiford. Ça fait des siècles qu'on ne l'a pas faite. Allez donc vous asseoir pour regarder la télévision avec Walter.

— Désolée, mais pas ce soir. Vous vous êtes couchées très tard. Une autre fois, peut-être.

Puis Jenny se leva pour aller dans la cuisine. Personne ne lui prêta attention, à part Lulu qui la suivit quelques instants du regard avant de reprendre la conversation. A la lueur des bougies, elle avait parlé ce soir-là pendant des heures et des heures et tous l'avaient écoutée, subjugués.

C'était la dernière nuit que passait Emily dans sa chambre. Elle déménagerait le lendemain. Elle mit très longtemps à s'endormir, peut-être à cause des événements de la veille, ou bien à l'idée des grands changements qui se préparaient. Elvis resta serré contre elle. Un rêve de chien le faisait parfois sursauter. Il ne gémit qu'une seule fois et se rendormit en soupirant après une gentille caresse.

Emily apercevait derrière les rideaux l'énorme lune pâle, grosse de l'automne qui n'allait plus tarder maintenant. Sous ses rayons, les formes familières des meubles prenaient l'apparence de bas-reliefs. Elle les observa pendant une bonne partie de la nuit. Ils composaient depuis toujours l'horizon et les frontières de ses nuits et, de ses cinq sens, elle n'aurait eu besoin que du toucher pour se déplacer au milieu d'eux sans encombre. Pour sa dernière nuit, ils l'enveloppaient à la façon d'une couverture. Elle se tournait et se retournait dans son lit en se demandant comment serait la nuit chez Lulu. Diaphane, sans aucun doute, sous les voilages translucides et les murs blancs éclairés par la lune, mais il y aurait sûrement aussi là-bas des choses qui deviendraient avec le temps ses totems de la période sombre, ses étoiles polaires : le mur de livres, bien sûr, si semblable à celui de Buddy ; le délicat sofa au dos de chameau ; le petit bureau français sous l'une des fenêtres. Au fil des nuits, tous ces objets se transformeraient en amis aussi réconfortants que ceux qu'elle allait quitter. Puis elle se souvint soudain du grand tableau violent et troublant qui lui avait brûlé les yeux. Elle espérait surtout ne pas être forcée de dormir en face de ce tourbillon d'oiseaux noirs, d'être le plus loin possible de la grande pyramide, de la voûte cobalt et de l'homme brun dont les mains dressées la happeraient si, par malheur, elle se levait au milieu de la nuit.

« Allez, ne sois pas stupide, se dit-elle pour se rassurer. Tu as bien aimé cette peinture la première fois que tu l'as vue, et puis, Lulu et sa grand-mère l'adorent.

— Oui, mais pas la nuit », intervint une petite voix insistante. Le studio et la grange étaient trop isolés pour se trouver à l'abri du grand prêtre aux bras rouges et des oiseaux rapaces. Ils faisaient partie de la chambre et ils resteraient à l'intérieur des douves.

Elle se força alors à penser aux bruits familiers des chenils, au chant des cigales dans les bois, au martèlement de la pluie tiède sur le toit, au souffle régulier de Lulu, et surtout à la tiédeur d'Elvis contre elle. Elvis ne laisserait personne lui faire de mal pendant la nuit. Elle se sentait néanmoins en proie à une anxiété lancinante ; elle ne voulait plus quitter son refuge.

« Faut-il vraiment que je lui cède tout ? » se demanda-t-elle.

Puis elle tenta une nouvelle fois de renouer la communication avec Buddy, comme elle n'avait cessé de le faire durant tout l'été.

— Buddy ? Où es-tu ? J'ai besoin de te parler.

Mais il ne répondit pas. Elle songea soudain qu'il n'allait peut-être pas aimer le studio et qu'il refuserait d'y venir pour lui parler. Mais c'était peut-être aussi la violence de la nuit passée et sa nouvelle assurance qui avaient mis un terme à leurs échanges.

« Il pense sûrement que je n'ai plus besoin de lui, mais c'est faux. Il me protège, tout comme Elvis. S'il ne veut plus me parler, je n'irai pas dans son studio. Je ne vais pas lui sacrifier Buddy, en plus de tout le reste ! »

Dans la nuit éclairée de lune, Elvis, à moitié endormi, lui lécha la main. Les doutes puérils l'abandonnèrent et la nouvelle adulte s'étira longuement sous son vieux drap de coton fleuri.

« Elle a besoin de moi, se répétait la nouvelle Emily. Il faut que je l'aide et je suis la seule à pouvoir le faire. Et puis, si j'en ai envie, je pourrai toujours revenir ici. Personne ne peut m'en empêcher. »

Sur le point de s'assoupir, elle tendit l'oreille pour essayer d'entendre les voix de son père et de sa tante, mais tout était silencieux. Elle attendit encore un petit moment avant de s'endormir.

Le matin suivant, elle déposa quelques affaires chez Lulu, mais n'alla pas au studio avec elle, une fois l'entraînement des chiens terminé. Elle préféra retourner dans la grande maison, espérant vaguement rencontrer quelqu'un qui lui dirait au revoir, mais elle ne vit personne. Son père et les garçons avaient emmené quatre chiots pour les castrer et, bien qu'elle entendît la voix de sa tante dans la cuisine, elle n'alla pas la retrouver. Jenny non plus, d'ailleurs. Maussade et le cœur lourd, elle monta dans sa chambre, se disant que pour eux elle était déjà partie. Ils étaient tous retournés à leur vie. Pourtant, une fois son travail terminé et sa douche prise, Jenny lui avait toujours consacré ce moment de la journée.

Ce soir-là, Lulu arriva au dîner rouge et souriante, portant une marmite fumante.

— C'est moi qui régale, fit-elle d'une voix timide.

Tous lui sourirent. Enveloppée d'odeurs appétissantes, un sourire indécis aux lèvres, elle était absolument ravissante.

— Ce n'est pas raisonnable, Lulu, dit Jenny. Ecoutez, vous passez déjà toute votre journée à travailler dans la chaleur, alors c'est bien normal que ce soit moi qui prépare le dîner. J'adore ça, en plus.

— Oui, je sais, mais ça m'est venu comme ça. Tout d'un coup, j'ai eu envie de faire des crevettes avec des *grits*. Vous vous souvenez, la fameuse recette qui a *renversé* le Yacht Club de Caroline ! Je suis désolée si les crevettes sont surgelées mais les *grits*, c'est du pur Carolina Gold ! Ma mère m'a obligée à en emporter un paquet. Elle pense que seul le Carolina Gold est capable de mettre en échec les mauvais esprits.

Les crevettes étaient excellentes et remportèrent un grand succès. On s'exclama, et tout le monde se resservit. Sous la pluie d'éloges et de compliments, Lulu respirait le bonheur et était aussi agitée qu'une gamine.

— Ecoutez tous, j'ai une proposition à faire, lança-t-elle à la cantonade à la fin du repas. J'aimerais bien m'occuper des dîners. J'ai tout ce qu'il faut dans le studio et Emily pourrait m'aider. Une dame de Charleston doit toujours être en mesure de remplacer sa cuisinière au pied levé. Et jamais dans le bas pays on n'a entendu parler d'une seule maîtresse de maison qui aurait eu le mauvais goût de commander une pizza ! Madame

Raiford, vous avez trimé aux fourneaux tout l'été, et j'aimerais bien prendre le relais. S'il vous plaît, acceptez. Ça me ferait tellement plaisir.

Walter lui sourit.

— Je pense que c'est une très bonne idée. En plus, vous êtes une excellente cuisinière. Je n'ai jamais mangé d'aussi bonnes crevettes. Mais vous devez me promettre d'arrêter si ça vous fatigue trop. Entre les chiens et la cuisine, il ne va plus vous rester beaucoup de temps pour la lecture et la musique.

Lulu le rassura avec un sourire.

— Oh, vous savez, à notre âge nous n'avons pas besoin de beaucoup de sommeil.

Il est vrai que, dans la lumière des bougies, elle avait l'air d'une créature qui n'avait besoin ni de dormir, ni de manger, ni même de boire. Elle ressemblait à un être éthéré ne vivant que de lumière.

— On peut essayer, à condition toutefois que Jenny soit d'accord.

Walter croisa le regard de Jenny, qui acquiesça d'un signe.

— Mais si jamais je m'aperçois que ça vous épuise, on arrête. D'accord ? D'ailleurs, Jenny est là pour ça.

Lulu jeta un rapide coup d'œil à Jenny assise au bout de la table. Emily fit de même.

— Un peu d'aide n'est jamais désagréable, dit simplement sa tante, le visage impénétrable.

En traversant la cour pour regagner leur studio après le dîner, Emily demanda à Lulu :

— Tu veux vraiment faire la cuisine ? Tu ne m'as jamais dit que t'aimais ça !

— Oui, j'en ai vraiment envie. Quand j'allais chez grand-mère, je cuisinais beaucoup. C'est elle qui m'a tout appris.

— Bon, dans ce cas... Mais je ne sais pas trop si j'ai vraiment envie de t'aider !

— Tu n'y es pas obligée. Mais la cuisine, c'est très amusant et, en plus, je pense qu'on formerait une bonne équipe, toutes les deux.

Finalement et contrairement à ce qu'Emily s'était imaginé, elles ne passèrent pas la nuit à discuter. Lulu tira le petit lit caché sous le sien, le prépara et dit à Emily :

— Prends la salle de bains en premier. Je vais mettre le réveil pour sept heures.

Emily obéit et alla se laver les dents et la figure. Elle étrenna la nouvelle chemise de nuit en batiste offerte par sa tante et se glissa dans le petit lit. Par rapport à son énorme lit, elle avait d'abord cru qu'elle se sentirait à l'étroit, mais elle trouva délicieux les draps soyeux au parfum de lavande et la présence d'Elvis à ses côtés, toujours aussi douce et familière. Son lit n'était pas situé face au tableau et les bruits de la nuit lui semblèrent bien plus apaisants ici que dans son ancienne chambre, où elle entendait le grondement du fleuve. Emily dormait déjà à poings fermés quand Lulu revint dans la chambre vêtue d'un court pyjama blanc. Ce fut la sonnerie inhabituelle du petit réveil sur la table de nuit qui la réveilla le lendemain matin.

Pendant qu'elles prenaient leur petit déjeuner de pain, de pêches et de café, Lulu mit un CD, dont la musique lente et rêveuse lui fit venir les larmes aux yeux.

— J'aime cette musique. C'est quoi ?

— *Pavane pour une infante défunte*, une élégie composée pour la mort d'une jeune princesse. C'est de Maurice Ravel. La musique funèbre pour le petit déjeuner, c'est l'une de mes spécialités !

— C'était du français, non ? Tu connais cette langue ?

Lulu eut un large sourire.

285

— On ne quitte pas Charlotte Hall sans parler au moins une langue étrangère, et le français est considéré comme la langue des dames et des diplomates. Je te donnerai quelques leçons !

— Je préfère en rester au javanais.

Elles éclatèrent de rire et la journée commença.

15

Souvent, au cours des chaudes journées de cet automne précoce, quand son regard se posait sur Lulu si fine et dorée à la lueur des bougies ou dans le soleil de l'enclos, Emily éprouvait l'amour impérieux et aveugle d'une mère pour son enfant.

Si elle avait pris le temps d'analyser son sentiment, elle se serait aperçue que ce n'était que pacotille, au même titre que la forteresse de Sweetwater, cette vaine chimère, sortie tout droit des châteaux hantés imaginaires dans *Le Morte d'Arthur*. Mais Emily se refusait obstinément à toute analyse, ressentant confusément que renier ce monde conduirait à la disparition, puis à la mort certaine de Lulu.

Aussi, tout Sweetwater – maison, fleuve, marais, crique – et tous ses habitants – gens, chiens, dauphins et même les amibes dans la boue – furent placés à l'intérieur d'un cercle magique, sous la protection d'Emily. Le « tout va s'arranger » flottait comme une immense planète dans l'air lourd et brûlant de septembre.

Le lendemain étant le samedi précédant la rentrée scolaire, Emily et Lulu avaient eu congé pour le week-end. Lulu se leva très tard et resta en chemise de nuit à traîner dans le petit studio, buvant du café et remettant machinalement de l'ordre dans la minuscule cuisine. Le matin, elle n'était jamais très bavarde. Emily apprendrait vite qu'elle n'aimait guère être dérangée à cette heure et, surtout, ne voulait pas entendre parler du programme de la journée. Dès ce premier jour, elle avait mis les choses au point : « Calme, calme, Emily. Le matin, c'est le seul moment où je peux arrêter un peu le temps. La journée s'organisera bien toute seule. »

Incapable de rester plus longtemps immobile, Emily prit une pêche et alla au fleuve avec Elvis. Ils s'installèrent sur le ponton et regardèrent la marée remonter vers le fleuve, absorbés par le spectacle, les bruits et l'odeur que leur offraient le vaste marais et le fleuve profond. L'air était bien plus salé ici que dans la crique ; les animaux aussi étaient différents, plus importants à en juger par les bruissements qu'ils faisaient dans la spartine. Pendant l'été, Emily était rarement descendue au fleuve, et elle retrouvait avec délice son cocon de lumière vivante. Il n'était pas loin de onze heures quand le klaxon d'une voiture la rappela à la réalité.

Elle entendit la voix lointaine de Lulu l'appeler. Elle se leva et se dirigea vers l'allée principale en compagnie d'Elvis. Dans le soleil, la petite BMW scintillait de mille feux. En pantalon blanc et tee-shirt noir, Lulu se tenait debout à côté, les cheveux encore mouillés et les yeux cachés par des lunettes noires d'aviateur. Avec son léger sourire malicieux, Emily trouva qu'elle avait tout d'une star italienne – même si elle n'en avait encore jamais vu.

Emily fit le tour de la petite voiture avant de demander :

— Comment est-elle arrivée jusqu'ici ?

Elvis dans sa livrée rousse s'était assis à côté de l'auto comme un portier bien stylé. Son regard allait de la voiture à Emily. Ses yeux dorés semblaient dire : « C'est bien pour aller quelque part, non ? »

Il avait l'habitude des camionnettes avec leurs conteneurs à chiens, des 4 × 4, des vieux véhicules tout cahotants, mais jamais encore il n'était monté dans une voiture où le soleil se déversait à flots sur des sièges au cuir lisse et satiné.

Emily lui répondit silencieusement : « Je ne sais pas. Pourquoi ? Ça te ferait plaisir ? »

Il battit joyeusement de la queue et laissa pendre sa langue en souriant.

— Leland vient juste de me l'amener, en même temps qu'il déposait les livres et autres bricoles que grandmère nous envoie. Je lui ai téléphoné hier pour qu'il me ramène la voiture. L'austérité, c'est terminé ! A partir de maintenant, on se déplace comme des princesses !

— Et pour aller où ? demanda Emily, méfiante.

Elle n'avait pratiquement pas quitté la ferme de tout l'été et Lulu non plus, à sa connaissance, excepté pour se rendre à l'anniversaire de la vieille dame.

— Pour commencer, on va aller faire des provisions au supermarché, puis on passera à Bowen Island pour prendre des huîtres, et ensuite, on avisera. Tu es déjà allée à Kiawah ?

— Non, et je n'y tiens pas. On dit partout que c'est entouré de grilles, que des gardes à l'entrée interdisent l'entrée aux non-résidents, et que les maisons sont encore plus immenses qu'à Battery. Ça ne me donne vraiment pas envie d'y mettre les pieds !

— Oui, c'est un peu comme ça, mais moi, ça ne m'a jamais fait cette impression. On a toujours possédé une énorme bâtisse en bois sur l'île et grand-mère me parle encore de l'époque où il n'y avait que ma famille à Kiawah. Elle me raconte toujours qu'elle passait des journées entières à courir nue sur les immenses plages de sable blanc. Bon, d'accord, pas de Kiawah ! Et Folly Beach, tu as quelque chose contre ?

Emily y était allée souvent. Son ambiance décontractée et ses cabanons sur pilotis serrés les uns contre les autres l'intimidaient moins.

— Non, à condition de ne pas se baigner... Juste un aller-retour.

— D'accord. Grimpe ! On va aller manger des crevettes et on sera de retour dans l'après-midi. Il faut déballer et ranger tous les livres que grand-mère nous a envoyés.

Quand elles montèrent dans la voiture, Elvis se mit à pleurnicher à la portière.

— Attends, Lulu, on l'emmène ! Il a l'habitude d'aller partout en voiture avec nous. Pas question de le laisser tout seul ici !

— Tu es sûre qu'il ne va pas sauter par la portière ?

— Qu'est-ce que tu crois ? Bien sûr que non.

Emily montra d'un geste la banquette à l'épagneul et il sauta d'un bond pour s'installer entre leurs deux sièges.

Lulu mit le contact. Le moteur ronronna doucement et la voiture s'engagea sur la petite route cabossée en direction de l'autoroute. Le vent frais fouettait leurs visages et le soleil leur chauffait les bras et les épaules. Elvis était assis, immobile, dans le creux du bras d'Emily, les yeux clos, la tête dressée et les oreilles agitées par le vent joyeux. En arrivant à la chaussée goudronnée, Lulu accéléra. La route se mit alors à défiler à toute vitesse et l'air devint aussi grisant que de l'alcool. Il n'y avait plus que le bruit du vent et celui du ronronnement feutré du moteur. Emily renversa la tête et s'étira, ivre de vent. Lulu lui sourit.

— Ça n'a pas grand-chose à voir avec une Toyota !

La jeune femme s'arrêta dans un énorme super-marché de la banlieue de Hollywood et, aidée d'Emily, remplit un chariot à ras bord. Après avoir rangé les provisions dans le coffre, elles quittèrent le parking avec fracas. Toutes les têtes se retournèrent pour admirer cette petite merveille rouge et les trois têtes qui dépassaient. Camionneurs et motocyclistes accompagnèrent leur départ tonitruant de sifflets admiratifs.

— Y a rien de plus sexy qu'une BMW rouge décapotable ! s'exclama Lulu en riant.

Après un arrêt à Bowen Island pour prendre une bourriche d'huîtres dégoulinantes de l'eau de la crique, elles s'engagèrent sur l'autoroute et filèrent vers Folly Beach. A moitié endormi, Elvis hocha la tête quand elles se dirigèrent vers le restaurant du bord de l'eau où elles se régalèrent de crevettes encore toutes chaudes. Elles lui rapportèrent un hamburger nature et, après avoir obtenu l'accord d'Emily, il le mangea posément. Elles firent un nouvel arrêt pour acheter des cacahuètes. A trois heures elles étaient de retour, les provisions étaient rangées et les innombrables paquets de livres, éparpillés sur le parquet. Etendu de tout son long sur le tapis, Elvis ne les avait pas quittées des yeux. Emily s'aperçut alors qu'elle venait pour la première fois de s'aventurer hors des douves avec Lulu et que rien ne leur était arrivé. Peut-être étaient-elles toutes deux protégées par une armure magique ? Etrange. Elle allait y réfléchir…

Sur le premier carton, elles trouvèrent un papier collé où était inscrit d'une grande écriture penchée : « Bonnes lectures ».

— Grand-mère. Lorsque je lui ai demandé de m'envoyer des livres, elle m'a dit d'accord, à condition de les choisir elle-même. Ça n'était pas un problème. Elle connaît mes goûts, et certainement aussi une grande partie des tiens grâce à ton frère.

Le premier paquet ne contenait que de la poésie. Jamais encore Emily n'avait vu autant de recueils de poèmes. La plupart étaient vieux et tout poussiéreux ; Buddy en avait beaucoup comme ça. Il lui en avait lu certains à voix haute, mais il l'avait dissuadée de les découvrir toute seule, car, avait-il dit : « La poésie, c'est pour quand la tête est en harmonie avec le cœur, et ça, ce n'est pas avant douze ou treize ans. »

Emily ne voulait surtout pas que quelqu'un d'autre que Buddy lui lise des poèmes. Elle regarda Lulu faire des piles irrégulières.

— Je ne pense pas avoir envie de me plonger dans tous ces livres. La poésie, j'aime pas trop.

— Attends seulement de commencer et tu ne diras plus ça. Il y a quelques poètes récents, mais pour la plupart ce sont des classiques. Grand-mère me les lisait toujours à voix haute en s'arrêtant pour me demander mes impressions. Parfois, elle choisissait des poèmes qu'elle aimait plus particulièrement. Je me souviens encore de passages entiers et j'entends sa voix comme si c'était hier.

— Buddy et moi, on faisait pareil. Moi aussi, j'entends toujours sa voix.

— Il en avait sûrement pris l'habitude chez grand-mère, car c'était sa façon à elle d'enseigner. Tu sais, elle te connaît très bien. Il avait dû beaucoup lui parler de toi. C'est elle qui a insisté pour que je t'invite à son anniversaire. Tu dois avoir gardé des souvenirs extraordinaires de tes lectures avec Buddy.

— Non, ce n'est pas ce que je voulais dire. C'est que j'entends toujours sa voix résonner au fond de moi et nous parlons vraiment ensemble tous les deux...

En entendant ce qu'elle disait, Emily s'arrêta.

— Ça doit te paraître idiot.

— Non, pas du tout. J'aimerais bien avoir aussi une voix qui me parle. Je suis sûre que j'aurais adoré ton frère.

— Je le pense aussi.

Puis, pour se rassurer, elle se dit qu'il n'avait aimé qu'elle.

— Ah ! Le voilà ! s'exclama Lulu.

Elle venait de retirer d'un des paquets un petit carnet aux feuilles jaunies, sur la couverture duquel était inscrit d'une écriture fine et élégante : *Les Recettes de ma mère*.

— Les recettes préférées de mon arrière-grand-mère. On va pouvoir enfin manger comme les dames du XIXe siècle !

L'école reprit le lundi. Dès le tout premier jour de sa dernière année de collège, Emily ressentit immédiatement un profond sentiment d'ennui et d'impatience. Angoisses et inquiétudes fermentaient à la surface des jours. Jusqu'alors, elle n'avait encore jamais nourri de tels sentiments envers l'école à part, bien sûr, l'ennui, mais elle s'était toujours refusée à s'y arrêter. Elle resta assise dans l'air conditionné à entendre le ronronnement des cours. Pendant les récréations et à la cantine lui parvinrent des gloussements et glapissements provoqués par des histoires de sexe. Rien de tout cela ne l'intéressait. Cette année, l'école lui semblait irréelle. Ce n'était que lorsqu'elle se retrouvait saine et sauve à l'abri des douves que la notion de réalité revêtait à nouveau tout son sens. La vie reprenait alors son cours normal.

Après ce premier lundi d'école, Emily s'était vite changée pour un dos-nu et un short long, et avait rejoint Lulu au studio. Avec sa jupe de coton fleurie, elle lui parut plus élégante et ses cheveux ramenés en catogan sur la nuque lui donnaient un air plus âgé. Lulu prit un plat recouvert d'un couvercle et un pain effilé.

— On appelle ça une « baguette », et ça accompagne les plats en sauce.

— Ah ! Nous, nous mangeons tout avec du pain de maïs ou des biscuits.

— Essaie un peu cette baguette et tu m'en diras des nouvelles !

Ce soir-là, ils dégustèrent la daube d'huîtres de l'arrière-grand-mère, accompagnée de biscuits au sésame et de *grits – hominy*[1], comme avait tenu à le préciser Lulu. Les visages de Walter, de Jenny et même des jumeaux reflétaient un plaisir non dissimulé.

— On peut vous trouver de bien meilleures huîtres, dit Walt Junior. Il y en a des bancs entiers dans Sweetwater Creek. Mieux, vous pourrez même vous en charger toutes les deux. Emily a appris à les ramasser et à les ouvrir.

— On fera ça la prochaine fois. Je n'y avais même pas pensé. Imaginez-vous ça – *nos* propres huîtres !

Emily jeta un coup d'œil autour de la table pour voir si quelqu'un d'autre avait relevé le « nos ». Walter et les garçons exultaient. Jenny affichait un étrange petit sourire lointain qui avait soudain mis Emily mal à l'aise. D'habitude, lorsque sa tante souriait, elle avait les yeux tout plissés et le visage illuminé.

Mardi, Lulu arriva avec une tourte aux crevettes. Lulu et Emily l'avaient faite ensemble dans la minuscule cuisine du studio. Même si l'espace était restreint, Maybelle l'avait équipé d'une façon extrêmement fonctionnelle, avec une collection d'ustensiles qu'Emily n'avait encore jamais vus dans la cuisine de Cleta.

« Ça, ce sont des fourchettes à huîtres, et ça, des pinces pour les asperges, là, les ciseaux spéciaux pour couper les grappillons de raisin. Ma mère voulait vraiment faire du chiqué. Plus personne ne se sert de ces machins bizarres aujourd'hui, sauf peut-être dans les banquets... mais ça fait un moment que je n'y ai pas mis les pieds. »

---

1. Espèce de grosse semoule faite avec du maïs décortiqué, séché et bouilli, ingrédient de base d'un copieux repas. (*N.d.T.*)

Mercredi, les Parmenter se régalèrent d'un pilaf de crevettes, ou plus exactement d'un *pilau*, comme Lulu avait tenu à rectifier.

Jeudi, il y eut les huîtres chaudes en coquille de tante Maudie. Cette fois, les mollusques venaient directement d'un banc près de la plage aux dauphins. Emily avait montré à Lulu comment les ramasser et ensuite, dans la petite cuisine, comment les ouvrir. Lulu lui avait alors parlé de la tante Maudie.

« Je crois que c'était une ancienne esclave. Je n'ai bien sûr aucun souvenir d'elle, mais grand-mère a connu l'époque où il y avait encore des esclaves chez sa mère. »

Vendredi, il y eut un poisson-cordonnier farci de petites crevettes fraîches. Ce fut cette nuit-là, après le concert habituel des louanges et les soupirs de satisfaction, que Lulu demanda à Jenny l'autorisation d'utiliser la grande cuisine.

— Emily et moi, on n'arrête pas de se cogner dans ma kitchenette. Et on vous promet de tout nettoyer après. Madame Raiford, vous allez enfin pouvoir passer des soirées entières sans avoir à mettre les pieds dans la cuisine.

Tante Jenny eut son étrange petit sourire et hocha la tête. Au cours des derniers repas, elle était restée étrangement silencieuse. Emily n'avait pas tout de suite pris la mesure de ce silence, mais elle sentait maintenant un vide à l'endroit précis où résonnait d'habitude la voix rieuse et légère de tante Jenny.

Pour le premier dîner préparé dans la grande cuisine, Lulu fit des ris de veau à la crème dont tout le monde se délecta jusqu'à ce qu'elle en avoue l'origine. Walter et les garçons ouvrirent de grands yeux en prenant une mine scandalisée, mais Emily comprit que ce n'était qu'une attitude. Les Parmenter étaient prêts à manger tout ce que leur cuisinait Lulu, même des abats de chacal.

Le déjeuner de dimanche se composa de *country captain*[1] et de *hominy*.

— Je me souviens que ma mère avait l'habitude d'en cuisiner, mais le vôtre est nettement meilleur, fit Walter.

— C'est une bonne façon de se débarrasser d'un vieux coq coriace.

Ils éclatèrent de rire. On n'élevait pas de poulets à la plantation et Emily était sûre qu'il était impossible d'acheter le moindre coq aux environs. Lulu lui avoua plus tard que c'était en fait un chapon, et que ça n'avait rien à voir avec un coq « mais avec toutes les épices et les fruits dans lesquels a mariné la bestiole, il est impossible de faire la différence ».

Ce soir-là, après le dîner, Walter se leva, se posta derrière la chaise de Jenny et leur dit :

— Lulu, vous avez mis Jenny au chômage. Allez, Jenny, explique-leur.

Jenny leur sourit. La lumière des bougies lui donnait un air de madone. Buddy affirmait toujours qu'elle avait une beauté dépouillée.

— L'hôpital de Saint Francis à Charleston m'a proposé de travailler pour lui. C'est un poste de relations publiques très bien payé et j'ai accepté. Je serai souvent en déplacement, mais c'est ce que j'ai toujours voulu faire. Plus tard, je m'achèterai peut-être une petite maison. Une amie du lycée m'a offert de partager son appartement à West Ashley. Nous nous sommes toujours bien entendues et je crois que je vais accepter.

Il y eut un grand silence. Emily ne pouvait détacher ses yeux de tante Jenny. Pendant un court instant, le pont-levis s'écroula et l'eau disparut des douves. Elle avait encore dans la tête l'écho agréable des voix de sa tante et

---

1. Poulet mariné, puis désossé avant de cuire longuement au four dans un mélange d'épices créoles, de tomates et de curry. (*N.d.T.*)

de Cleta discutant dans la cuisine, celui des rires de Jenny et de Walter qui, après avoir flotté dans l'escalier, lui tenaient compagnie dans sa chambre. Le regard fixé sur les chandeliers en argent de Jenny, elle se souvint de ses bras fermes et puissants le jour de ses premières règles. L'espace d'un court instant, tout devint noir. Jenny avait toujours été un tampon entre son père et elle.

Toujours souriante, Jenny jeta un regard autour de la table et s'adressa plus particulièrement à Lulu et à elle.

— Vous n'avez plus besoin de moi. Vous êtes toutes les deux de grandes filles parfaitement organisées. Cleta continuera à venir le matin pour ranger et préparer le déjeuner. Après le dîner, sa nièce fera la vaisselle. J'ai trouvé un travail qui me plaît et je vais enfin pouvoir voyager. Emily est heureuse et très occupée. Que pourrais-je souhaiter de plus ? J'ai l'impression que la vie ici est plus belle pour tout le monde, et tout ça grâce à vous, Lulu.

Celle-ci avait baissé la tête sous le compliment, mais sans sourire. Assise comme toujours à la gauche de Walter, elle avait l'air perplexe et les sourcils froncés.

— Tu vas me manquer, dit Emily à sa tante, le nez et la gorge brûlants.

Toujours debout, Walter serra les minces épaules de Jenny.

— C'est vrai que pendant longtemps, on n'aurait pas pu se passer d'elle. Mais Jenny a bien le droit maintenant à un peu de liberté, qu'en dites-vous ? Ne vous inquiétez pas, tout se passera bien.

Jenny avait fermé les yeux quelques secondes, puis les avait à nouveau regardés en souriant. Emily eut alors une brusque révélation ; elle venait de comprendre ce que les yeux clos de sa tante avaient dissimulé. Elle avait levé la tête vers son père. A la lueur des bougies, son visage avait paru soudain plus jeune, plus chaleureux, adouci par une expression de tendresse qu'elle ne lui avait encore jamais vue. Il était vraiment très beau. Elle eut la vision fugace de son père à l'époque de sa rencontre avec sa mère, et elle comprit qu'une femme en fût amoureuse.

En regardant Lulu, les yeux toujours fixés sur son assiette, Walter ajouta :

— On va très bien s'en sortir.

La brûlure dans la gorge d'Emily se transforma en une grosse boule qui l'empêchait d'avaler.

Assez bizarrement, elles n'abordèrent pas le sujet du départ de Jenny lorsqu'elles se retrouvèrent au studio. Avant de se coucher et d'éteindre la lumière, Lulu se contenta de dire :

— Demain, c'est école pour toi et travail pour moi.

Ce soir-là, Emily eut beaucoup de mal à trouver le sommeil.

Le lendemain, quand elle rentra de l'école, sa tante n'était plus là. Il n'y avait plus personne dans la grande maison sombre, et le silence était plus assourdissant que ne l'aurait été un coup de fusil. Emily monta dans sa chambre étouffante qui sentait le renfermé pour prendre des vêtements de rechange. Elvis gémit.

Avant de redescendre, ils s'arrêtèrent devant la chambre de Jenny – celle de Buddy. Elle était fermée à clé, comme elle l'avait toujours été avant son arrivée. Elvis tournait nerveusement en rond sur le palier. Ses griffes cliquetaient sur le parquet et ses oreilles étaient rabattues en arrière.

En refermant la porte de sa chambre pour descendre, Emily y vit un petit Post-It avec l'écriture de sa tante.

Voici mon adresse et mon numéro de téléphone, à la maison et au bureau. Si je suis absente, laisse-moi un message pour que je te rappelle très vite. Tu peux me contacter n'importe quand, si tu as besoin de quelque chose, ou si tu veux seulement me parler. Je vais être très occupée au début, mais je t'appellerai au moins une fois par semaine pour avoir de tes nouvelles. Sois heureuse, Emmy-puce. Et sois prudente. Je t'aime. Depuis toujours et pour toujours. Tante Jenny.

Lentement, Emily s'assit sur la première marche de l'escalier poussiéreux et se mit à pleurer, la tête enfouie dans le poil bouclé d'Elvis.

Pendant un très long moment, tout au moins pour Emily, il ne fut plus question de sa tante. Lors des dîners, Walter faisait quelques tentatives pour aborder le sujet.

— Vous avez eu des nouvelles de Jenny, vous ? Moi, aucune. Il faudrait que l'un de vous lui téléphone.

Mais pour une raison ou une autre, personne ne l'avait encore fait. Emily avait le sentiment qu'appeler Jenny ouvrirait la porte d'une profonde caverne bruissant d'échos qu'elle gardait hermétiquement fermée depuis son départ. Lulu était restée silencieuse et préoccupée. Cependant et même sans qu'elle soit évoquée, la présence de Jenny planait toujours dans l'air.

Un soir, vers la fin septembre, alors qu'elles feuilletaient négligemment un vieux recueil de poésie contemporaine, Lulu posa le livre et regarda Emily.

— Il y a quelque chose entre ton père et ta tante ?

Prise de court, elle hésita avant de répondre. La question était bien plus complexe qu'il n'y paraissait.

— Oui... je crois, mais il y a très longtemps. Il a fait la connaissance de tante Jenny bien avant de rencontrer ma mère. Ils sortaient ensemble et il lui rendait visite ici. Il y a même une photo d'eux dans la bibliothèque. Mais, quand il a connu ma mère, ils ont arrêté de se voir...

Ce qu'Emily ne dit pas pour ne pas prendre le risque d'ouvrir la porte de la caverne, c'était que Jenny était toujours amoureuse de son père.

Lulu détourna la tête, mais la fillette eut le temps de surprendre des larmes dans ses yeux.

— Tu devrais aller te coucher. J'ai envie de lire encore un peu, et toi, tu as école demain.

Emily n'avait pas l'habitude d'être congédiée ainsi. Mal à l'aise, elle regarda la jeune fille, puis se leva pour descendre sans bruit dans sa chambre. Elvis la suivit, ses ongles cliquetant dans l'escalier et le museau collé à ses jambes. Elle eut du mal à trouver le sommeil.

Dès la deuxième semaine de leur cohabitation, il était en effet devenu évident que le studio était bien trop petit pour deux. Quand elles traînaient pour s'habiller, pour lire, écouter de la musique le soir, tout allait bien ; elles riaient beaucoup, et Emily ne pouvait plus se passer de la voix légère et raffinée de Lulu dont le rythme la suivait tout au long de la journée. Cependant, à l'heure de se coucher, ou même en début de soirée, leurs habitudes et leurs façons de vivre s'étaient vite révélées incompatibles. Emily aimait bien se coucher et regarder la télévision tard dans la nuit, alors que Lulu ne supportait ni la vue ni le son de l'appareil – elle l'avait relégué dans un placard. Quand Emily choisissait un film ou une émission, elle demandait toujours à Lulu si elle avait envie de voir autre chose. Lulu ne répondait jamais, mais elle agitait nerveusement le pied pendant tout le temps où la télévision restait allumée, essayant vainement de se concentrer sur son livre. D'autres fois, quand elle tombait de fatigue, Emily aurait bien voulu dormir tout de suite dans les draps au parfum de lavande, mais la musique et la lampe de chevet de Lulu l'en empêchaient. Pendant un temps, elles firent comme si de rien n'était,

301

mais leurs soirées devinrent de plus en plus tendues. Finalement, Lulu creva l'abcès.

— Ça ne marche pas. J'aime bien que tu vives ici et j'ai besoin de ta présence, mais on va finir par se prendre en grippe. Comme je ne veux pas que nous en arrivions là, j'ai trouvé une solution.

Le soir suivant, elle demanda à Walter l'autorisation de remettre en état la petite remise qui se trouvait à gauche, en bas de l'escalier qui montait au studio.

— Il y a l'eau et l'électricité, et il ne sera pas difficile d'en faire une petite chambre pour Emily. Je l'empêche de dormir le soir alors qu'elle a cours le lendemain, et elle ne va quand même pas retourner dans son ancienne chambre juste pour dormir ! On n'aura aucun problème pour la meubler... avec tout ce qui me reste du studio !

Il ne fallut qu'une semaine à Walter, aidé des jumeaux et de G. W., pour recouvrir de lambris les murs de la sinistre pièce exiguë et poser du parquet sur le sol en béton. Dans l'un des coins, ils installèrent une minuscule salle de bains avec une douche en fibre de verre, cachée derrière un paravent chinois rouge dont Lulu n'avait pas voulu. Un pan de mur était occupé par des étagères. Ils avaient dévié une partie du gaz qui alimentait les chenils des chiots, mis un ballon d'eau chaude et installé une petite chaudière à l'extérieur. Dans le grenier de la grange, Emily dénicha un sofa bancal, un vieux lit et un rocking-chair en érable qui, nettoyés et encaustiqués, brillaient sous la lumière des lampes provenant également du studio. Un couvre-lit exotique vaguement persan avec coussins assortis et des nattes mexicaines – bannis du studio – apportaient quelques taches de couleur qui réchauffaient la chambrette sombre au plafond bas. Emily n'avait pris dans sa chambre que le strict minimum : le miroir, le secrétaire et son bureau ; en revanche, elle avait dévalisé la bibliothèque de Buddy.

Elle n'avait pas encore ouvert un seul de ses nombreux livres, se satisfaisant pour l'instant de la présence à nouveau si proche de son frère.

Elle pensa un moment mettre des tableaux ou des photos sur les murs, mais s'étant refusée à les prendre dans la chambre de Buddy, elle ne trouva rien dans la grande maison à part des scènes de chasse ou les innombrables photos de Boykins depuis longtemps disparus. Il y avait bien le tableau de la plantation, mais il faisait trop partie du décor de la salle à manger. Elle se décida donc pour des clichés d'Elvis à différents stades de sa vie. Il y en avait où il était photographié à l'arrêt, d'autres où il plongeait dans le fleuve et quelques-unes où, assis sur son lit, il souriait malicieusement à l'objectif.

La petite remise n'avait qu'une seule fenêtre, haute et étroite, ouvrant sur le bosquet d'arbres dont les branches encadraient les fenêtres de Lulu. Au-dessous, Emily installa un coffre mexicain richement décoré – éliminé lui aussi du studio. Cela devint le coin favori d'Elvis pour dormir dans la journée, confortablement installé sur sa couverture grecque. Le soir, il préférait toujours se blottir contre Emily. Quand elle se réveillait en pleine nuit en se demandant brusquement où elle était, sa chaleur réconfortante la rassurait ; avec Elvis à côté d'elle, elle pourrait dormir n'importe où et se sentir partout chez elle.

Emily adorait sa petite grotte. Elle passait toujours le plus clair de son temps avec Lulu, mais c'était avec un pur sentiment de bonheur qu'elle retrouvait sa petite tanière pour regarder l'une des multiples rediffusions de *Stargate* ou de *X-Files*. La jeune fille se moquait gentiment de ses choix et tentait de l'orienter vers de bons vieux films classiques, mais Emily n'était pas prête à abandonner le monde feutré de la science-fiction qui lui avait offert son refuge après la mort de Buddy et avant l'arrivée de Lulu.

Le lendemain matin, Lulu était à nouveau pleine d'entrain. Dans la petite décapotable rouge, elle chanta à tue-tête en accompagnant Emily à ses cours.

— « *I didn't know God made honky-tonk angels. I might have known you'd never make a wife. You gave up the only one that ever loved you, and went back to the wild side of life*[1]... »

La voix habituellement riche et mélodieuse de Lulu avait pris des accents nasillards et gouailleurs. Emily en riait encore lorsqu'elles débouchèrent à toute allure dans le parking de l'école. La vue de la conductrice aux cheveux dorés et aux immenses lunettes noires, dont la voix tonitruante couvrait le bruit du moteur avec du Hank Williams, fit se retourner et se redresser toutes les têtes.

Emily descendit de la voiture, les joues et le cou brûlants sous les innombrables regards.

— Ils vont tous parler de moi.

— Pas trop tôt !

Puis Lulu repartit en faisant crisser les pneus.

Personne n'évoqua ouvertement la voiture, mais pendant la pause du déjeuner, deux des garçons les plus âgés vinrent se glisser près d'elle pour lui demander :

— C'est qui, la petite bombe ?

Une des filles parmi les plus influentes du moment lui offrit de venir s'asseoir avec son clan. Surprise par toute cette attention, Emily marmonna une vague excuse et alla s'asseoir sur les marches pour manger son sandwich en lisant *Idylles du roi* de Tennyson qui, d'après Lulu, était le passage obligé vers toute poésie.

---

1. « Je n'savais pas qu'le bon Dieu avait créé des anges de bastringue. J'aurais dû m'douter que t'étais pas d'celles qui s'marient. T'as préféré ta vie de gueuse à moi, l'homme qui t'aimait... »

Comme Lulu prit l'habitude d'accompagner Emily tous les matins, la petite BMW se fondit rapidement dans le paysage et ne déclencha plus le moindre intérêt. Néanmoins, grâce ou à cause de la décapotable rouge, elle eut l'impression d'avoir avancé de plusieurs cases sur l'échiquier du collège.

Toute la semaine, Lulu resta de bonne humeur. Pendant les dîners préparés avec Emily, elle redevint la conteuse magique et les rires vinrent à bout du fantôme léger de Jenny qui planait toujours dans la salle à manger.

La rentrée scolaire avait modifié la routine dans les chenils. Elles ne s'occupaient ensemble des chiens que l'après-midi. Le matin, Lulu était chargée de l'entraînement des plus jeunes avec l'aide de Walter qui, en fait, ne lui était plus nécessaire : elle était presque aussi bonne qu'Emily. Même s'il prenait un vrai plaisir à voir les progrès de ses jeunes pousses, Emily pensait que c'était surtout la présence de Lulu que son père recherchait. Le nom des Foxworth faisait toujours briller ses yeux, mais son admiration presque maladive pour le statut social de son invitée avait laissé place à une attitude moins guindée, presque décontractée. Quant aux jumeaux, s'ils continuaient à traîner près de Lulu aussi longtemps que la décence le leur permettait, ils avaient perdu tout espoir de l'impressionner et devaient se contenter de se réchauffer à son feu de loin. G. W. venait le matin pour aider aux chenils ; Walter et les garçons entraînaient les chiens plus âgés l'après-midi ; Cleta préparait le repas du matin et faisait le ménage, mais ne s'attardait plus après le déjeuner. Sa nièce Tijuan – exceptionnellement dans une phase ménagère – avait accepté de venir ranger et faire la vaisselle le soir pendant que Cleta gardait le petit Robert. L'un dans l'autre, tout fonctionnait plutôt bien, et la vie à Sweetwater n'avait apparemment pas vraiment changé.

Emily regrettait quand même de ne plus voir Cleta. Elle prenait son petit déjeuner tôt le matin avec Lulu qui la déposait ensuite à l'école, et Cleta était déjà repartie quand elle rentrait l'après-midi. Comme elle était absorbée par les chiens, par son amie et par le lent automne du bas pays, l'absence de la cuisinière ne lui pesait pas vraiment. Parfois pourtant, elle sentait un petit souffle glacé sur sa nuque, comme si un grand vide derrière elle créait un courant d'air. D'autres fois, après avoir vu ou entendu quelque chose d'agréable, elle se surprenait à penser : « Tiens, il faut que je le dise à Cleta », avant d'oublier aussitôt. Cet automne cependant, la petite bise avait soufflé de plus en plus souvent. L'absence de Jenny et de Cleta remuait beaucoup d'air...

Un soir vers la mi-octobre, Walter leur annonça au dîner :

— J'ai entendu dire que Jenny avait un petit ami. Vous êtes au courant ?

— Non, répondit Emily. Qui te l'a dit ?

— Cleta. Apparemment, Jenny lui téléphone souvent pour avoir des nouvelles. Je suis étonné qu'elle ne t'ait jamais appelée. Il faut avouer que tu n'es pas souvent là. Tu pourrais quand même essayer de la contacter pendant les week-ends.

— Oui, d'accord. Mais... c'est qui, ce fiancé ?

— Un administrateur de l'hôpital, je crois. Je suis content pour elle, car Jenny est une jolie femme qui a passé toute sa vie à s'occuper des autres. Elle mérite un peu de bonheur !

Emily sentit une violente animosité s'emparer d'elle. Présente ou pas, Jenny faisait partie du noyau familial, et elle n'avait aucune envie de voir un obscur administrateur s'immiscer chez eux. Elle jeta un bref regard à Lulu, assise face à elle, qui garda les yeux obstinément baissés sur son assiette, ses longs cils dorés formant un écran inviolable.

Le matin suivant, Emily traversa la pelouse givrée et entra dans la cuisine chaude où se trouvait Cleta. Elle prit un biscuit encore tiède sur le plateau du petit déjeuner en lui criant :

— Coucou !

— Coucou, toi ! Alors, miss, tu nous fais l'honneur de ta présence ce matin ?

Emily prit un second gâteau.

— Tes biscuits me manquent, et toi aussi. Pourquoi ne m'as-tu jamais parlé du nouveau petit ami de Jenny ?

Tout en cognant avec vigueur les assiettes contre l'évier, Cleta lui répondit :

— Il faudrait que je puisse te voir pour ça. J'suis toujours là, moi. Toi, tu sors jamais de ta… remise ! C'est quoi, c't' affaire ? C'est elle qui t'a virée du studio ?

— Non, pas du tout. Je passe presque tout mon temps au studio pour lire ou écouter de la musique. On avait seulement besoin d'avoir deux endroits séparés pour dormir.

— J'comprends rien ! Tu en as un ici, d'endroit pour dormir, une jolie chambre, bien grande et tout. Ça m'a quand même l'air un peu plus confortable que cette vieille remise à chiens qui pue.

— Ouais, tu ferais bien d'aller y jeter un coup d'œil ! lança Emily, vexée.

— Tu parles !

Il y eut ensuite un long silence. Il était clair que Cleta n'en dirait pas plus. Emily ressortit dans la lumière pâle du soleil.

— Quand elle t'appellera la prochaine fois, dis à tante Jenny que j'aimerais bien lui parler.

Cleta ne répondit pas.

— Cleta est vraiment bizarre en ce moment, confia la

fillette à Lulu ce soir-là. Elle bougonne, elle ne me parle plus. Tu crois qu'elle est malade ?

— Pas vraiment malade de maladie.

Puis, Lulu aussi refusa de parler pendant le reste de la soirée.

Vaguement mal à l'aise, mais lasse de toutes ces allusions qui lui échappaient, Emily mit le sujet de côté et l'automne mordoré poursuivit sa course.

Un dimanche après-midi, allongées sur une couverture à la lisière du chenil, elles lisaient Keats tout en jouant distraitement avec les chiots. La nature semblait offrir la quintessence d'un automne dans le bas pays : l'or et le bronze s'étalaient à perte de vue sous un soleil chaud qui brillait au milieu d'un ciel d'azur serein.

— Ecoute ça, Emily. C'est extraordinaire, « Saison de brumes et d'onctueuse abondance ». On dirait que Keats parle de l'automne ici, avec le marais, le fleuve…

— Hmm, réussit à murmurer Emily avant de somnoler à nouveau.

Les chiots attaquèrent les lacets de ses tennis et Elvis, étendu de tout son long contre sa jambe, soupira. Son poil rouge était brûlant et il sentait le soleil et la poussière. Cigales, criquets et sauterelles bourdonnaient dans l'air doux aux effluves de boue. Il y eut un crissement de pas sur le gravier et une voix rauque brisa le silence.

— J'aurais dû me douter que je vous trouverais ici, vous prélassant au soleil au milieu des chiots !

Lulu poussa un cri de surprise.

— Grand-mère !

Puis elle se redressa, une main en visière, pour regarder la vieille dame.

Bien qu'elle fût à moitié dans l'ombre, Emily la trouva encore plus frêle que le soir de son anniversaire. Elle portait une tenue magnifique : un ensemble en tweed aux épaules et aux coudes renforcés de daim. Elle avait des chaussures oxford brunes impeccablement cirées et le bord de son chapeau mou était rabattu sur l'un de ses yeux bleus. Pour Emily encore somnolente, elle avait l'air de sortir tout droit d'un de ces livres sur les manoirs anglais que Lulu lui avait montrés.

— On dirait que tu pars pour la chasse à la grouse ! s'exclama Lulu avec un sourire malicieux. Mais où donc as-tu dégotté cette tenue ?

— A vrai dire, j'étais effectivement habillée ainsi pour aller chasser la grouse, mais il y a très longtemps de cela. C'est ce qui se faisait pour la chasse en automne. Tu aurais dû voir la tenue de ton grand-père avec ses knickers ! Non, mais tu t'imagines ça, des knickers ! J'ai pensé que c'étaient les vêtements les plus appropriés pour un après-midi à la campagne et pour rendre visite aux meilleurs chiens de chasse du monde... c'est ce que Rhett affirme en tout cas !

Elle fit un geste à Leland sur lequel elle s'appuyait. Il déplia une petite chaise de camp, la posa sur la couverture et l'aida à s'y installer. Elle le remercia d'un signe de tête et il repartit vers l'allée principale pour attendre au volant d'une étincelante voiture d'un noir d'ébène.

— Je vois que tu as pris la Rolls, remarqua Lulu d'un ton moqueur. Un simple 4 × 4 Mercedes aurait très bien pu faire l'affaire.

— Pourquoi la laisser au garage ? Personne d'autre que moi ne l'utilise. Et puis, j'aime bien de temps en temps ressembler à la vieille reine mère inaugurant une kermesse paroissiale. Et ça, c'est un Boykin, cette splendide chose à côté d'Emily ? J'espère que ces petits chiots lui ressembleront plus tard.

Elvis releva la tête, se fendit d'un grand sourire et, la langue pendante, vint poser la tête sur ses genoux.

— Ça, c'est Elvis et c'est *mon* chien, répondit Emily pleine de fierté. Il ne chasse pas, mais il appartient à la même lignée que nos autres Boykins, qui sont tous d'extraordinaires chasseurs. Nous pensons pourtant que c'est Elvis le plus doué.

— Pour la chasse, je ne sais pas, mais pour amadouer les vieilles dames, il sait s'y prendre. Bradley aurait adoré ce chien ! Il a toujours eu des épagneuls anglais, mais il aurait sûrement changé d'avis en voyant celui-là.

— Mais qu'est-ce qui a bien pu te pousser jusqu'ici ? intervint Lulu. Ça fait un bail que tu n'as pas quitté Maybud. Combien ? Dix, quinze ans ?

— Ne sois pas stupide, Lulu. Je vais régulièrement faire des courses, ou chez le coiffeur. Je suis juste venue voir ce que tu devenais. Cela fait des semaines que tu ne m'as pas appelée, et quand je te téléphone, je tombe sur un répondeur qui me piaille dans les oreilles.

Emily jeta un coup d'œil à Lulu qui restait silencieuse. N'avait-elle pas dit qu'elle appelait régulièrement sa mère et sa grand-mère ? Pourquoi ce mensonge ?

Lulu prit le bras de Mme Foxworth.

— Viens visiter mon studio. Je vais t'offrir le thé. Il me reste encore du Jackson de Piccadilly et une boîte de ces biscuits anglais qui ont un vague goût de papier-toilette.

Dans le petit studio à la lumière tamisée, la vieille dame enleva son couvre-chef qu'elle envoya valser sur le lit de Lulu et s'installa sur le sofa. A cause du chapeau, elle avait relevé en chignon son épaisse chevelure argentée qui, dans la pénombre, aurait pu tout aussi bien être celle de Lulu. Les fines rides qui plissaient sa peau bronzée, l'éclat des yeux bleus perçants et le trait rouge violent qui barrait ses lèvres n'avaient en revanche pas changé depuis l'anniversaire. Après avoir jeté un regard circulaire, elle hocha la tête en signe d'approbation.

— Très charmant, un peu méditerranéen avec un côté... spartiate ! Quand ton père m'a dit que tu allais habiter au-dessus d'une grange, mon cœur s'est serré, et lorsque ta mère a pris la tête d'une caravane de déménagement, j'ai craint le pire. Mais, finalement… ça te ressemble bien. J'aurai plaisir à me souvenir de toi ici.

— J'espère que ce n'est pas la dernière fois que tu viens ici, quand même ! s'exclama Lulu.

Elle servait le thé avec la même élégance que lors de l'anniversaire.

— Je pense que si. Tu sais combien je déteste me plier aux visites de convenance, mais ton silence ne m'a pas vraiment laissé le choix. Tu exagères, Lulu ! Ta mère se plaint aussi de n'avoir plus du tout de tes nouvelles. Il paraît que tu ne téléphones plus ni à elle ni à ton père. Elle me rend folle avec ses : « Et Thanksgiving par-ci, et Noël par-là ! Et la saison ceci, et qu'est-ce que je vais raconter à tout le monde ! » Excédée, je lui ai conseillé de leur dire à tous que tu étais novice dans un couvent, ou bien que tu avais attrapé le bacille de Hansen et que tu étais forcée de rester en quarantaine. Maybelle n'a pas la moindre idée de ce qu'est la maladie de Hansen, mais c'est comme si je lui avais parlé de blennorragie !

— C'est quoi, ce bacille ? demanda Emily, fascinée.

— Celui de la lèpre. Je ne pense pas qu'on l'attrape encore en Amérique du Nord. Avant, on mettait les lépreux à l'écart pour les cacher, car ils étaient complètement défigurés. Enfin donc et pour avoir la paix, j'ai promis à Maybelle de venir te rendre visite et de voir si tout allait bien – et me voilà ! Maintenant, ma petite mignonne, il faut que tu me dises tout. Je ne te trahirai pas et je ne t'embêterai plus, mais il faut que je sache ce qui se passe. Tu peux comprendre ça, non ?

Remuant machinalement sa petite cuillère, Lulu garda le silence pendant un long moment. Elle ne regardait pas sa grand-mère ; elle avait les yeux fixés sur un point indéterminé. Elle poussa un grand soupir avant de reposer sa tasse.

— J'aurais dû appeler. Je suis vraiment désolée. Je n'ai rien qui cloche, c'est même l'inverse. Je suis vraiment, vraiment heureuse ici. Les chiens, le marais, le fleuve, les bois, la lecture, et Emily – cela faisait tellement long-temps que je n'avais pas eu cette sensation de... d'exister, tout simplement. Je pense que décrocher le téléphone a... je ne sais pas... le pouvoir de réactiver le chaos dans lequel je me suis trouvée plongée avant les vacances. Grand-mère, je n'en ai pas la force en ce moment, comme je n'ai pas eu celle de passer les vacances à la maison. Je ne veux pas appeler maman, car je n'aurais pas décroché depuis une minute que je me retrouverais immédiatement embarquée dans d'innombrables soirées et j'en suis incapable. La « saison » attendra. Dieu sait qu'après celle-là il y en aura une autre, et après, encore une autre... J'aviserai après le Nouvel An...

— Je suis tout à fait de ton avis sur cette maudite « saison ». Je suis aussi d'accord pour ta mère, quoique, si on voulait être un peu honnête, elle n'est pas entière-ment responsable. Toute sa vie, elle n'a vécu que pour ces sacrées « saisons » et à l'idée que tu puisses l'en priver... Bon, allez ! Je suis un peu injuste. Elle t'aime, et ton père aussi. Ils sont tellement fiers de toi. Mais comme eux, je me fais du souci. C'est comme si tu te cachais ici pour échapper à je ne sais quoi. Tu me manques. J'ai besoin de parler avec toi de temps en temps. On va faire un pacte : si tu promets de me donner de tes nouvelles de temps en temps, je me débrouille pour que ta mère te laisse tranquille. Mais essaie de mettre de l'ordre dans tout ça, ma chérie, car il faudra bien que tu rentres un jour ou l'autre.

La vieille dame les embrassa toutes les deux avant de monter dans la voiture. Après son départ, elles restèrent assises, silencieuses, regardant la pelouse se colorer de bleu sous le crépuscule.

Lulu se décida enfin à parler. Jamais encore Emily n'avait entendu une telle détresse dans une voix.

— Oui, je sais. Grand-mère a raison. Il faudra bien que je rentre un jour à la maison. Je ne peux pas rester indéfiniment ici.

— Peut-être que tu devrais lui parler de... de toute... ton affaire. Tu sais bien qu'elle ne te jugera pas. Elle pourrait même t'aider, comme elle t'a dit.

— *Non !* J'ai besoin qu'au moins une personne sur terre me croie parfaite. D'ailleurs, je ne pense pas qu'elle pourrait comprendre. J'ai déjà tenté d'expliquer à mes parents que j'étais alcoolique et que je devais fuir tous les endroits où il y avait de l'alcool. Ma mère m'a seulement répondu que c'était de la fatigue et que ça irait mieux dès que je me serais reposée. Je ne peux pas rentrer chez moi et je ne peux pas, non plus, m'incruster ici.

Au bord des larmes, Emily essaya de la convaincre.

— Mais qu'est-ce qui t'en empêche ? Tu *peux* faire partie de la famille. C'est déjà le cas.

— Tu sais bien que l'on ne vit pas dans le même monde. J'ai fait semblant d'y croire. Je donnerais n'importe quoi pour pouvoir en changer, mais... je ne peux pas, ni moi ni personne. Si je reste trop longtemps ici, je finirai par faire du mal. Ça a déjà commencé avec Jenny.

— Non, c'est faux. Tu as bien entendu papa dire qu'elle était gaie comme un pinson. Lulu, s'il te plaît, reste au moins jusqu'à Thanksgiving, Noël et pour le jour de l'an. Je ne peux plus vivre ça toute seule. Vraiment. Et, le premier de l'an, c'est mon anniversaire.

Lulu la regarda en souriant.

— D'accord. Je resterai au moins jusque-là.

Emily se rappellerait toujours la lente glissade de cet automne exquis vers l'hiver. Jamais elle n'en avait connu de si parfait ; même les adultes semblaient tous être de son avis.

Une nuit d'octobre, alors que la lune naviguait comme un galion blanc au-dessus du fleuve et que les étoiles avaient l'air d'énormes fleurs, Walter s'exclama :

— Il y a longtemps que je n'avais pas vu un temps comme ça !

Chaque jour en effet semblait encore plus parfait que le précédent. Tout le monde pensait que ce serait le dernier, mais non, un autre suivait, encore plus extraordinaire. Les grandes vagues de spartines, qui à cette période avaient normalement tout d'une crinière de vieux lion, ondoyaient toujours aussi vertes sous le soleil radieux. Les hautes herbes frémissaient sous la légère brise marine aux effluves de sel, de raisin et de fleurs lointaines. Le ciel était d'un bleu très pur, tournant presque à l'indigo à midi. Les minuscules hôtes du marais, du fleuve et de la crique n'en finissaient plus de s'ébattre, ne montrant aucune impatience à se plonger dans les rigueurs de l'hiver. Les berges et les branches basses des chênes verts pullulaient de tortues et de gros serpents apathiques ; des orfraies fouettaient l'air des lointains *hammocks* ; les ibis, les cigognes des bois, les balbuzards et même parfois un aigle se laissaient paresseusement porter par les vents. Seuls les dauphins avaient suivi leur instinct et étaient partis, refusant la tentation de l'eau encore poissonneuse de la crique.

— Que savent-ils au juste ? se demanda Lulu un après-midi.

Elle était installée au bord de la crique, mangeant du fromage et des pommes avec Emily. Elvis ronflait bruyamment et, plusieurs fois déjà, sa maîtresse avait tenté de le réveiller, mais il se contentait de lui jeter un regard blessé avant de se rendormir.

— Oh ! Ils sont peut-être tout simplement stupides.

Lulu n'était pas de cet avis.

— Non, avec les requins, ils font partie des créatures les plus intelligentes. Ils savent des choses que nous ignorons.

Walter et Cleta partageaient la même théorie.

« La dernière fois où il y a eu ce genre d'automne, c'était après le passage de Hugo, avait dit son père. Dieu merci, ce n'est plus la saison des ouragans. »

Lors d'un des rares matins où elle était passée par la cuisine, Cleta lui annonça également d'une voix sinistre :

« Emily, ce temps, c'est le signe d'un mauvais hiver. Ça, c'est juste pour jouer un sale tour aux bestioles et aux fleurs en leur faisant croire que c'est toujours l'été et... vlan ! un coup de neige glaciale, y a plus rien. J'ai déjà vu ça. »

Pour Emily, l'automne avec ses odeurs chaudes et enivrantes était tout simplement magique. A l'intérieur des douves, Sweetwater semblait dormir, victime d'un sortilège.

Le temps clément permettait de franchir les douves avec facilité, griserie même. Forcer le pont-levis et foncer vers l'aventure à bord de la petite voiture rouge, c'était comme partir pour les croisades, les baudriers d'or et d'argent s'entrechoquant, les banderoles – pas encore en lambeaux – claquant au vent. Deux ou trois fois par semaine, Lulu emmenait Emily et Elvis sans but bien défini sur les chemins et les petites routes désertes et toutes cabossées. Elles rentraient au crépuscule et Emily s'apercevait, une fois le pont-levis franchi, qu'elle était tout de même restée légèrement tendue.

Vers la fin du mois d'octobre, Lulu conduisit Emily à Charleston. La fillette avait accepté à la seule condition que la capote fût relevée. Quand la voiture se mit à hoqueter sur les pavés du vieux Charleston, elle put admirer tout à loisir les magnifiques demeures anciennes aux briques patinées. Lulu les connaissait toutes. Elle lui raconta des histoires sur chacun des propriétaires ; elle lui montra tous les jardins clos où, petite fille, elle avait joué, son jardin d'enfants, la maison de sa première surprise-partie et l'endroit de son premier baiser.

— Non, mais... quand je pense que *tout* a commencé avec ce petit bouffi d'Austin Cavanaugh, alors qu'on était en train de jouer à « tourne-bouteille » !

Après un court silence, elle conclut d'un air désabusé :

— C'est pathétique !

Parfois, elle klaxonnait pour dire bonjour à des personnes qui répondaient en faisant de grands gestes. Enfoncée dans le siège en cuir, Emily avait plusieurs fois surpris sur les visages une surprise mêlée de curiosité.

— Arrête de faire signe à tous ces gens ! Ils nous dévisagent comme si on était des fantômes ou des revenants !

— Ils font presque tous partie de ma famille, répondit Lulu d'une voix nonchalante. J'aime bien de temps en temps hisser les couleurs pour leur montrer que je suis vivante et en pleine forme. Ils vont pouvoir aller immédiatement prévenir ma mère pour lui faire un rapport. Comme ça, j'aurai au moins une semaine ou deux de tranquillité !

— Oui, mais ils vont se demander qui je suis.

— Ça m'étonnerait, accroupie par terre comme tu l'es ! En revanche, ils vont vouloir tout connaître du magnifique chien qui était assis à côté de moi. Un jour ou l'autre, tu vas les voir débarquer à la ferme pour avoir le même. Ma chère Emily, nous ne sommes pas seulement en train de nous promener en voiture, nous sommes en mission commerciale de relations publiques !

Elles allèrent à King Street qu'elles sillonnèrent pendant des heures, Elvis sur les talons. Elles s'arrêtèrent devant des vitrines toutes plus somptueuses les unes que les autres. Aux yeux d'Emily, elles se ressemblaient toutes : c'étaient comme de fines porcelaines translucides dont l'or et l'argent éclairaient la pénombre de la boutique. Tous les gens dans la rue ressemblaient aussi à Lulu, exception faite bien sûr des touristes épuisés, bardés d'appareils photo et de guides. La rue était un conte de fées. Sentant sa timidité atteindre un niveau alarmant, Emily se jura de ne plus jamais y mettre les pieds.

Lulu la traîna ensuite dans une petite boutique sombre, remplie de riches étoffes chatoyantes, de chaussures magnifiques et de bijoux étincelants. Elle la présenta à une femme mince et longiligne, s'apparentant vaguement à une élégante cigogne en bois.

— Helen, je vous présente Emily Parmenter. Emily, Helen Mills. Si toutes les Foxworth sont connues pour leur élégance, c'est à Helen qu'elles le doivent ! J'aimerais bien que vous trouviez une robe de soirée pour Emily, quelque chose d'élégant et d'intemporel qu'elle pourra porter longtemps.

Les yeux de la cigogne prirent la mesure de la fillette avant de lui sourire.

— Je pense que nous allons pouvoir lui trouver quelque chose. Elle n'est pas très grande, mais on pourra facilement arranger ça. Très joli teint ! Laissez-moi réfléchir.

Elle disparut au fond de la caverne et réapparut avec une brassée de robes des *Mille et Une Nuits*, qu'elle pendit dans une cabine.

— Passez-les pour voir laquelle convient le mieux.

Emily tenta bien de résister, mais le regard de Lulu l'arrêta net. Elle s'enfonça dans la minuscule cabine et se

317

contorsionna pour arriver à enfiler les robes. Chacune dans son genre était d'un goût exquis, aussi redoutable qu'une armure du Moyen Age, et le miroir lui révéla une Emily différente à chaque nouvel essayage.

Elles quittèrent enfin le magasin avec une housse satinée dans laquelle était rangé un fourreau de velours vert à manches longues et au dos nu. A part la longueur, la robe allait à merveille à Emily et lui donnait l'impression de ressembler maintenant à l'une des élégantes invitées qu'elle aurait pu croiser à l'anniversaire de Mme Foxworth. Elle n'aimait pas cette tenue ; c'était Lulu qui l'avait choisie.

— Tu peux me dire où et quand j'aurai l'occasion de la porter ? lui demanda-t-elle d'un air renfrogné. A un concours de chiens, chez le vétérinaire ? Lorsque j'aiderai les chiennes à mettre bas...

— Ne t'inquiète pas pour ça. La robe créera l'occasion. Et puis, arrête de râler, c'est une robe qui va te faire des années !

Un autre après-midi, elles firent un tour dans une rue bordée de chênes verts et de palmiers, où s'alignaient une rangée de hautes maisons patriciennes. Lulu ralentit, puis arrêta le moteur devant la plus imposante. Avec ses fines colonnades, la demeure était magnifique. Entourée d'une pelouse et au milieu d'autres petits bâtiments tout aussi gracieux, la maison avait l'air d'une mère poule au milieu de ses poussins. A travers les grilles de fer forgé et le double portail, Emily avait vu des adolescentes qui ressemblaient toutes à Lulu, en plus jeune. Elles déambulaient sur la pelouse ou dans les allées en riant et en s'interpellant. Elles semblaient sortir tout droit d'un livre de contes victoriens.

— Charlotte Hall, dit Lulu avec un grand sourire. Que de souvenirs ! Je connais chaque centimètre de cette allée, chaque coin de ces bâtiments. Regarde, tu vois ce petit chalet construit avec des coquillages ? Seules celles qui sont en dernière année ont le droit d'y aller. Et plus loin, ce petit bâtiment tout en pierre que l'ancien propriétaire a fait édifier pour son ours. Je me souviens encore de l'odeur de la craie, et aussi du timbre de chacun de mes professeurs ; ils parlaient avec le ton monocorde de tous les enseignants de Charleston. Je parie qu'ils sont encore presque tous là. Allez, viens ! On ne restera que quelques minutes, juste pour faire un petit tour et pour te prouver qu'il n'y a pas de chambres de torture dans les donjons !

— Si jamais tu me forces à pénétrer là-dedans, je saute de cette voiture et je fais du stop pour rentrer, s'exclama Emily d'une voix tremblante de fureur. Je te le promets, Lulu, je le ferai !

— D'accord. Ça sera pour une autre fois. Mais on le fera un jour ou l'autre. Te voilà prévenue !

Emily n'avait rien répondu. Pendant tout le chemin du retour, elle entendit les douves la prévenir à nouveau du danger. L'air en tremblait. Elle garda les yeux fixés sur le ruban de route qui se déployait devant la petite voiture. Sa respiration se calma et les battements de son cœur ralentirent lorsqu'elles arrivèrent en vue de Sweetwater. A l'intérieur des douves, le jour déclinant se parait d'or.

Peu de temps avant Thanksgiving, le père de Lulu vint leur rendre une petite visite. Accompagné de quatre hommes, il arriva au volant de l'un de ses monstrueux 4 × 4 au logo de Maybud. Les visiteurs se ressemblaient tous : les épaules carrées, très bronzés, plutôt indolents et le verbe lent. Même au fin fond d'un bazar d'Alger, Emily aurait immédiatement deviné que c'étaient des planteurs : ils respiraient l'autorité.

Walter leur avait effectivement annoncé la veille que des gens viendraient voir les chiens, et qu'il serait bien qu'elles soient là. Il avait aussi gentiment demandé à Lulu de « préparer de ces délicieux biscuits aux graines de sésame pour accompagner le thé glacé de Cleta, car le spectacle des chiens donne toujours soif ».

Si les facultés d'Emily n'avaient pas été ralenties par un après-midi de soleil à la crique suivi d'une longue douche tiède, elle se serait aperçue que son père arborait l'air suffisant et insolent qu'il avait toujours lorsqu'il était sur le point de réussir un beau coup. Toutes les deux remontaient de la grange en discutant et elles ne levèrent les yeux qu'au tout dernier moment.

Surprise, Lulu s'exclama, de mauvaise humeur :

— Oh, zut et zut ! Papa ! Comment Walter a-t-il pu ? Je vais devoir écouter son sermon jusqu'au bout. Je ne crois pas que je le supporterai !

Cependant, après avoir serré très fort Lulu et adressé un gentil bonjour à Emily, Rhett se contenta de dire :

— Je leur ai tellement rebattu les oreilles des prouesses de mes Boykins que, pour avoir la paix, ils ont voulu se faire leur propre opinion. Et, lorsque je leur ai annoncé que ma propre fille et son amie Emily s'occupaient du dressage de *tous* les Boykins, ils ne m'ont simplement pas cru. Et voilà, ils vont pouvoir juger par eux-mêmes !

Il fit les présentations et les quatre visiteurs sourirent.

— Les filles, dit Walter d'un ton jovial, j'espère que ça ne vous embêtera pas trop de faire une petite démonstration de nos Boykins au travail. Vous n'aurez qu'à commencer avec les chiots. Après ça, nous irons tous au fleuve pour un exercice avec fusils et appeaux. On boira ensuite du thé glacé !

N'ayant trouvé aucun motif valable à lui opposer, Emily et Lulu passèrent plus d'une heure à leur montrer ce dont les chiots étaient capables. Ils furent irréprochables. Les hommes apprécièrent le spectacle sans jamais cesser de se parler à voix basse. Mais ce fut Elvis, posté en sentinelle à l'entrée de l'aire de dressage, qui retint toute leur attention. Emily n'avait pas eu le temps de l'enfermer dans la grange. Elvis avait suivi les chiots et son père avait été forcé de donner son accord.

— Quel chien splendide ! s'exclamèrent-ils en le voyant. S'il est aussi doué pour la chasse qu'il est beau, vous pouvez tout de suite m'en mettre cinq de côté !

Ce fut Walter qui répondit.

— Il ne chasse pas, expliqua-t-il. Il sert seulement d'étalon. Il possède cependant toutes les qualités de nos meilleurs chasseurs. Il est très doué et a appris plus vite que tous les autres réunis.

— C'est Emily qui l'a dressé, ajouta Lulu. Elle se charge du dressage de tous les chiots. C'est une sorcière !

La fillette rougit et baissa la tête.

Lorsque les hommes se dirigèrent avec Walter vers le fleuve, le père de Lulu resta en arrière.

— Parmenter, vous prêcheriez un convaincu, dit-il lorsque Walter insista pour qu'il les suive. Je préfère profiter de la présence de ma fille prodigue, que je n'ai pas réussi à voir de tout l'été !

Ils partirent donc vers le fleuve et Rhett vint rejoindre Lulu, assise, le dos voûté, sur la dernière marche du porche.

— Emily, va chercher du thé glacé, demanda Lulu sans même relever la tête pour la regarder.

Elle fila vers la cuisine obscure et, sans la moindre honte, posa la joue sur la fenêtre ouverte donnant sur le porche pour mieux entendre. Son cœur battait violemment. Emily la Protectrice était de retour. Elle ne laisserait personne faire de mal à Lulu, même pas son père. Elle comprit cependant vite que Lulu n'avait pas besoin de ses services. Rhett avait affectueusement entouré les épaules de sa fille.

— Alors, te voilà capable maintenant de diriger un chenil.

Lulu lui répondit d'une toute petite voix en détournant les yeux.

— A peine.

Emily eut soudain l'impression de la voir rétrécir et devenir aussi frêle que la vieille Mme Foxworth. Elle lui donna la bizarre sensation d'être éteinte.

— Je suis bien sûr du contraire. Ces chiens sont de purs phénomènes et j'ai vraiment apprécié ton travail avec eux. Je ne savais pas que tu étais aussi douée.

— Moi non plus. Mais depuis que je vis ici avec eux, j'ai compris que c'était vraiment ce que j'avais envie de faire.

— Pourquoi pas ? Beaucoup de femmes dans le bas pays ont un chenil et font du dressage. Il y a bien une épouse de planteur sur deux qui s'occupe de dresser les chiens pour la chasse. C'est quand même un peu plus reluisant que le bridge et le jardinage ! Et puis, ça a été un bon moyen pour toi d'apprendre toutes les ficelles du métier. Mais à part cela, j'ai absolument besoin de toi. Il faut que je calme ta mère d'une façon ou d'une autre. Elle va devenir hystérique si tu ne rentres pas bientôt à la maison. Elle me harcèle pour que je te force à nous dire si tu comptes venir à Thanksgiving ou pour Noël. Ta grand-mère est assez douée pour lui faire entendre raison, mais il y a également toutes nos connaissances. Ta mère dit qu'elles pensent que tu es enceinte.

Soulagée, Lulu éclata d'un grand rire.

— Ça ne risque pas, papa ! Pour le moment, je ne veux pas rentrer, et c'est tout. Je n'ai aucune envie d'aller à toutes ces soirées. Et ils ont vraiment besoin de moi ici. J'aimerais rester encore un peu. Les nouveaux chiots seront dressés d'ici le Nouvel An ; je verrai à ce moment-là. Tu sais bien qu'il y aura toujours une autre « saison » et que ça durera jusqu'à... l'éternité !

Son père rit à son tour.

— Là, je suis d'accord avec toi ! Bon, alors je vais l'emmener en Géorgie chez Beau Troutman pour la grande chasse de Thanksgiving. Tout ce qui compte entre Pawley et Savannah sera là ! Elle a toujours voulu y aller. Je peux aussi lui offrir Saint Thomas ou Anguilla pour Noël. Ça me coûtera toujours moins cher que tes débuts à Charleston ! Lulu, tu dois absolument lui téléphoner. Même si je lui fais un rapport détaillé de ma visite, elle a besoin que tu lui parles.

— D'accord, papa, c'est promis.

Emily ne crut pas un seul instant à cette promesse.

Walter et les planteurs rentrèrent, parlant fort et riant. Même de là où elle était, Emily pouvait voir son père jubiler. Il exultait, leur tapait dans le dos et n'arrêtait pas de parler.

— Seize chiots de réservés ! annonça-t-il pendant le dîner. Tout le bas pays va être au courant. Il y en a même deux ou trois qui m'ont dit qu'ils viendraient bien chasser ici avec nos chiens. C'est la chance de notre vie ! On va organiser notre propre chasse de Noël... comme les gros bonnets. On va inviter tout le monde. On a nos entrées, maintenant.

Emily sursauta : les « entrées » en question se nommaient Lulu Foxworth ! Son père ressemblait à un enfant qui avait enfin réussi à obtenir ce qu'il voulait, même si ça ne pouvait que le dépasser.

Elle jeta un regard oblique à Lulu, espérant lire sur son visage la même consternation douloureuse, mais la jeune fille, l'air sereine, souriait à Walter par-dessus les bougies.

— Si vous voulez de moi, je serai heureuse de remplir le rôle d'hôtesse pour vous.

Walter éclata de rire.

— Alors, que la fête commence !

Après le dîner, en regagnant la grange, Emily dit à Lulu d'un ton rempli de désespoir :

— Personne ne viendra. Ils ont tous leur propre chasse. Ils ne l'ont jamais invité. Pourquoi accepteraient-ils son invitation ?

Lulu sourit. Dans la lumière crue des lampes à sodium, son visage avait une expression exaltée, archaïque, païenne : une Diane chasseresse de Dalí.

— Ils viendront...

17

Et c'est exactement ce qu'ils firent. Dès la tombée de la nuit de la Saint-Sylvestre, le fracas des énormes 4 × 4 envahit la petite route caillouteuse conduisant à l'allée principale de Sweetwater où Lulu, Emily et les jumeaux avaient disposé des lanternes de papier – surtout rien de clinquant, avait recommandé Lulu. Des torches étaient allumées tout autour du rond-point face à la maison, et des petites bougies votives, sur les marches de l'escalier. Derrière les hautes baies vitrées, d'innombrables chandelles clignotaient.

Le bel automne mordoré avait laissé place à un hiver précoce et doux, avec parfois un brouillard argenté montant du fleuve et de la crique, comme pour cette nuit de réveillon où il auréolait d'une lueur opalescente les lumières de Sweetwater. Avant l'arrivée des invités, Emily et Elvis étaient sortis discrètement sur la petite route pour avoir une vue d'ensemble de la demeure éclairée. Emily avait eu le souffle coupé : la maison et l'allée semblaient flotter, comme nimbées par une douce lumière blanche qui tremblotait dans une vapeur irisée. Sweetwater ressemblait à une maison enchantée. Sous le halo de clarté voilée, la plantation possédait une beauté harmonieuse que n'avait pas eue Maybud sous sa débauche de lumières. Emily avait trouvé Maybud magnifique, mais elle préférait de beaucoup le côté mystérieux, presque sacré de Sweetwater. Elle avait eu envie de se mettre à genoux au milieu de la brume et avait souri intérieurement en imaginant la réaction de son père et de ses frères si elle leur avait confié son impulsion. Peut-être en parlerait-elle à Lulu ? Plus vraisemblablement, elle garderait pour elle cette vision féerique qui lui serait plus tard une référence.

Quand elle entendit le bruit du premier moteur, elle releva vite le bas de sa robe pour regagner la maison à toute allure. A leur arrivée, les hôtes étaient accueillis sur les marches du perron par Walter en smoking, encadré de part et d'autre par Emily dans sa robe en velours vert et par Lulu portant un long fourreau de velours noir avec les perles de son arrière-grand-mère. Flamboyant dans sa livrée rouge, Elvis était assis immobile à côté d'Emily. Walter était raide et emprunté ; Emily, muette et Lulu, dans son élément. Tous les invités étaient des amis de longue date des Foxworth et Lulu, très souriante, les embrassait légèrement sur les joues en murmurant à chacun quelques mots de bienvenue.

Cette nuit avait commencé juste après Thanksgiving, qui avait été particulièrement calme cette année. Jenny avait appelé pour dire que son ami et elle avaient des places pour le match Clemson contre Caroline du Sud et qu'elle ne leur rendrait visite que pour Noël. Cleta n'était pas venue non plus préparer la fête et pour Emily, c'était bien la première fois que ça arrivait. Ils ne seraient que cinq, lui avait dit Walter, et elle n'avait qu'à en profiter pour passer la journée entière avec sa famille. Emily et Lulu n'auraient sûrement aucun problème pour s'occuper du repas. Et en effet, elles n'en eurent pas. Elles mirent une énorme dinde bien grasse en saumure, un étrange rituel qui avait semblé très suspect à Emily. Elle avait un peu tordu le nez, mais Lulu l'avait rassurée :

« Fais-moi confiance. Tu vas manger une dinde dont tu te souviendras ! »

Elle avait tenu sa promesse. Dressée sur le grand plat de porcelaine Haviland, l'imposante volaille étincelante d'or brun se pressait contre une garniture de pommes sauvages, de kumquats et d'énormes grains de raisin rouges, accompagnée par une sauce aux huîtres et aux noix de pécan. Les ignames n'avaient pas été panées dans la guimauve gluante habituelle, mais écrasées en purée et battues avec un mélange de raisins secs, de noix et de sherry. Le dessert fut un vrai régal : le fameux gâteau de lady Baltimore que Lulu avait passé un après-midi entier à préparer. C'était *la* recette de Maybud, si ancienne que plus personne ne se rappelait son origine.

Sous la pluie de compliments, Lulu avoua modestement :

— Tout est dans le carnet de recettes de grand-mère et Emily a fait la moitié du travail. A part la dinde en saumure, c'est le souper traditionnel de Noël dans toutes les plantations de Charleston.

Deux jours plus tard, Walter s'assit pour dîner avec une liste écrite sur une feuille arrachée d'un carnet.

— Tout est organisé pour la chasse. Pour libérer des chambres, les garçons et moi coucherons dans le vieux dortoir. Et si certains acceptent de dormir à deux, il y aura suffisamment de chambres pour tout le monde. J'ai prévu du gibier pour le premier souper que Cleta, sa sœur et sa nièce prépareront. Pour la musique, j'ai réservé un petit groupe de Bowen Island et pour le petit déjeuner de chasse, j'ai commandé un barbecue à l'un des meilleurs restaurants de l'île. Après la chasse du jour de l'an, j'ai prévu un souper et, le lendemain matin avant le départ, un petit déjeuner.

Tout content de lui, Walter jeta un regard à la ronde. Remplie de honte, Emily gardait la tête baissée. Un orchestre recruté à Bowen Island ? Des planteurs tout ce qu'il y avait de plus huppé obligés de dormir à deux par chambre, dans de vieux lits défoncés, comme des gamins de dix ans après un anniversaire... Et un barbecue pour le petit déjeuner !

Elle ne releva les yeux qu'au son de la voix calme et neutre de Lulu.

— Walter, laissez-nous nous charger des détails. Vous aurez assez à faire avec les chiens et les terrains de chasse à organiser. Trouvez-nous juste quelqu'un pour nettoyer la grange dans le cas où certains décideraient au dernier moment d'amener leurs chiens. Prévoyez aussi un grand coup de propre pour la maison. Le reste, Emily et moi, on s'en charge.

Pendant les trois soirs suivants, après avoir terminé avec les chiens et avant de préparer le dîner, Lulu passa au moins une heure au téléphone. Elle écrivit ensuite les invitations sur son épais papier à lettres ivoire et les envoya. Deux jours plus tard, tout le monde avait répondu.

Walter s'exclama sur le ton de la victoire :

— Messieurs ! A vos marques, prêts, partez !

Devant une telle exubérance, Emily ne put s'empêcher de rire, même si l'allusion [1] lui était passée par-dessus la tête.

Alors commença la longue marche vers le premier de l'an. Walter déclara un moratoire pour le dressage des chiens : il ne reprendrait qu'après les vacances. Lulu et G. W., aidés d'Emily et des jumeaux l'après-midi, mirent le plan de bataille en action. Emily éprouva souvent de sérieux doutes sur les décisions prises par Lulu : trop simples, voire spartiates. La sobriété qu'elle désirait

---

1. Walter fait référence à la formule utilisée pour le départ des 500 Miles d'Indianapolis : « *Gentlemen, start your engines.* » (*N.d.T.*)

n'allait pas cadrer avec les tenues de réveillon sophistiquées des invités.

— Emily, il n'est pas question de rivaliser avec les invités ou même de faire de la surenchère. On n'essaiera même pas. Cette maison a sa propre personnalité. Elle est aussi belle que n'importe quelle autre plantation du fleuve. Son côté dépouillé a du chic. C'est l'une des plus anciennes de Charleston et, à cette époque-là, les plantations étaient sans ostentation, très fonctionnelles, et leur style se mariait bien avec les bois et le fleuve. Sweetwater a bien plus d'allure que toutes celles qui ont été construites depuis. La maison a quelques particularités intéressantes que je n'ai encore vues que dans les livres : le travail minutieux de marqueterie dans la salle à manger et dans la bibliothèque ; les proportions magnifiques de l'escalier ; la véranda circulaire. Ses fondations de brique – et je peux te garantir que ce sont bien des briques fabriquées ici par des esclaves –, ses fines colonnades et son toit sont tout ce qu'il y a de plus typique et authentique. Pour rester dans le style, les décorations devront être celles utilisées par les anciens planteurs : des branchages, de la mousse, des coquillages, des baies. Ça suffira amplement et en plus, ça aura de la classe. Personne n'aura jamais rien vu de semblable.

Et elle prit la direction des travaux.

— On va remettre en état le dortoir abandonné. C'est là que les chasseurs dormiront ! Dans l'ancien temps, c'était comme ça ! Fais-moi confiance, ils vont adorer.

Le dortoir fut nettoyé de fond en comble, encaustiqué ; ses murs, recouverts au pochoir de stuc blanc cassé. Les deux cheminées à chaque bout furent décrassées, leurs cuivres, astiqués et polis jusqu'à ce qu'ils jettent des feux dans toute la pièce. Les deux énormes bains communs furent repeints et carrelés ; les gros robinets, changés. De somptueuses peaux de mouton d'origine inconnue – personne ne posa de questions – vinrent adoucir l'aspect un peu rugueux du béton. Au volant d'un 4 × 4 de Maybud, Leland venait quotidiennement livrer un nouveau butin.

Un jour, au tout début de décembre, après avoir regardé Leland et d'autres petites mains de Maybud se battre pour extirper du camion une énorme armoire en pin patiné par les siècles, Emily demanda à Lulu :

— Comment t'es-tu débrouillée pour que ta mère nous prête tout ça ?

— Elle n'est au courant de rien. J'ai fait un marché avec papa. J'emprunte tout ce que je veux à Maybud et en échange, après le premier de l'an, je reviens à la maison pour quelques jours. Rassure-toi, toutes ces choses sont entassées depuis des siècles dans le grenier ou dans les dépendances, et ma mère a depuis longtemps oublié leur existence. De toute façon, mes parents sont déjà aux Antilles et tout sera de nouveau à Maybud quand ils rentreront. Ce monstre-là est destiné à ranger les draps, couvertures, oreillers et édredons ; on peut avoir des lits tout ce qu'il y a de plus rudimentaire, mais le linge de maison doit être parfait. Et ce n'est que le début !

Elle n'exagérait pas. Chaque jour, la camionnette débarquait de nouvelles richesses.

En voyant déballer des nappes en lin enveloppées dans du papier de soie et une multitude de couverts en argent monogrammés, Emily remarqua :

— Ils vont tous s'apercevoir que rien n'est à nous. Ils ont déjà vu tout ça chez toi.

— Et alors ! Il n'y aura que des hommes, et avant que l'un d'eux se rende compte de quelque chose... Et si ça arrive, il sera vite rassuré en constatant que tout est lourd, massif, brillant et vieux ! En revanche, pas d'assiettes ou de serviettes en papier. Ils trouveraient immédiatement que quelque chose cloche, même sans pouvoir mettre le doigt dessus.

— C'est de l'épate, et je croyais que tu avais horreur de ça.

Lulu prit un ton très sérieux pour lui répondre.

— Non, pas du tout. L'épate, c'est essayer de se faire aimer en se faisant passer pour quelqu'un d'autre. Ce qu'on fait ici, c'est tout le contraire. On veut que les invités se sentent bien, sans pour autant leur faire croire que Sweetwater est un autre Maybud, ou une plantation dans le même style.

Toute cette activité rendait Lulu plus incandescente, plus vif-argent que jamais. Si elle était déjà belle à regarder dans le chenil ou pendant le dîner, elle était tout simplement fascinante en maîtresse des nappes en lin, de l'argenterie, ou encore quand elle éclatait de joie et applaudissait à la vue de Sweetwater en train de renaître. Emily s'était peu à peu habituée à trouver l'incroyable beauté de Lulu normale, mais alors que les jours diminuaient et que la chasse approchait, elle la vit à nouveau telle qu'elle lui était apparue le premier jour. La jeune fille étincelait comme un joyau dans la lumière mélancolique de ce début d'hiver.

Emily remarqua chez son père le même intérêt. Souvent, elle le voyait suivre Lulu des yeux quand elle allait et venait dans la plantation. Parfois même, les mains dans les poches, il l'accompagnait pendant qu'elle vaquait à ses tâches quotidiennes. Quant aux jumeaux, ils avaient faussé compagnie à tous leurs copains. Ils ne traînaient plus après les cours sur la place Harley à Hollywood ou à la station-service de Meggett, et rentraient directement pour se mettre au service de Lulu. Cleta était la seule à résister au charme de l'ensorceleuse. Elle observait en silence l'étincelante pourvoyeuse qui, après avoir progressivement envahi toutes les étagères de sa cuisine, avait également annexé la salle à manger. Un jour, elle dit d'un ton aigre à Leland venu livrer une pile de nappes damassées à l'odeur de lavande :

— C'est du chiqué, tout ça ! Et puis, qui va laver et repasser tous ces machins en dentelle ? Qui va servir avec tous ces plateaux et chichis en porcelaine, et c'est qui celle qui va se tuer à cuisiner nuit et jour pour remplir tous ces plats ?

Occupée dans la salle à manger à ranger les nappes et les napperons pour les plateaux, Lulu répondit :

— Il y a des gens qui vont venir de Maybud pour faire la cuisine et le plus gros du travail. Je vous promets qu'ils ne seront pas dans vos jambes. Ils feront exactement ce que vous leur direz de faire. Si vous ne voulez pas rester toute la nuit, ce ne sera pas un problème.

— C'est ma cuisine et j'compte y rester. Y a rien qui passera la porte de cette salle à manger si j'suis pas d'accord.

— Bien sûr. C'est votre cuisine et c'est vous qui décidez.

— Non, mais...

Après cette mise au point, elle n'intervint presque plus.

Début décembre, Lulu proposa à Walter de les accompagner à Charleston pour le dernier essayage d'Emily : « Allez, Walter, venez admirer les décorations de Noël sur Battery et à King Street. Vous n'aurez même pas à descendre de voiture. » Le jour prévu, il prétexta un dernier travail à faire avec les chiens, mais Lulu demeura inflexible.

— Ce n'est qu'une excuse, lui dit-elle, car l'entraînement des chiens, ça n'est jamais à un jour près.

Elle insista et son charme opéra. Ils firent le tour de Battery, suivirent les vieilles petites rues pavées de Broad Street avant de s'arrêter à King Street. Walter ne voulut pas assister à l'essayage d'Emily – « Ravissante, ma chère ! » avait dit la cigogne –, mais au lieu de rentrer directement à Charleston, Lulu l'obligea à se garer et à l'accompagner chez Ben Silver, la boutique pour hommes la plus renommée.

— C'est ici que s'habillent les Foxworth depuis toujours.

Elle sourit au jeune vendeur réservé qui semblait visiblement très bien la connaître.

— Mademoiselle Foxworth, que puis-je pour vous ? Un petit cadeau de Noël pour votre papa ?

— Non, pas vraiment, Armitage, mais un smoking pour M. Parmenter. Quelque chose de sobre et de traditionnel, avec peut-être une ceinture de tartan, ou quelque chose dans ce genre. C'est pour porter principalement à la campagne.

— Bien sûr. Suivez-moi, monsieur. Nous venons de recevoir de jolies choses d'Angleterre.

Le visage de Walter vira au rouge brique ; ses narines pincées étaient devenues blanches. Emily s'était faite toute petite ; elle connaissait bien cet air.

Mais il se borna à dire « merci » et, après avoir jeté un regard assassin à Lulu, suivit le jeune homme dans son sombre repaire. Lulu et Emily attendirent, assises dans des fauteuils profonds. Un autre jeune homme leur apporta des petits sablés et du thé dans de fines tasses blanches.

— Tu dois venir souvent ici ?

Avec son jean et sa vieille veste, Emily avait l'impression d'être une ouvrière agricole dans un palace. Vêtue exactement comme elle, Lulu avait l'air de ce qu'elle était : la fille d'un riche planteur en tenue décontractée.

— Oui, maman et moi, on venait souvent ici. Grand-mère aussi. Il faut savoir que jamais un seul Foxworth n'est allé de son plein gré à King Street. La boutique a toujours été obligée de dépêcher à Maybud un de ses tailleurs pour réussir à prendre leurs mesures et à leur faire les essayages, et encore il a toujours fallu que nous les coincions quelque part pour y arriver !

— Papa ne va pas beaucoup apprécier !

Peut-être. Cependant, lorsque Walter ressortit du salon d'essayage dans un smoking de fine laine, une chemise blanche à jabot plissé, un nœud papillon noir et une ceinture écossaise aux tons discrets de brique et de vert, elles le détaillèrent, bouche bée, saisies d'admiration. Puis Lulu fit semblant d'applaudir, avant d'éclater d'un rire joyeux.

— Vous êtes tout simplement splendide ! Si vous ne vous obstiniez pas à ne vouloir vous occuper que de chiens, vous pourriez poser pour Ralph Lauren ! Pas un seul des chasseurs ne vous arrivera à la cheville. Vous vous êtes regardé ?

Emily était subjuguée. Grâce à un morceau de tissu et un peu d'alchimie, Walter était devenu un homme inconnu, aminci et très raffiné en habit de soirée. Dans la lumière de la boutique, ses cheveux blond argenté brillaient, les lignes élégantes de son visage tanné d'homme vivant en plein air paraissaient aiguisées. Il avait le même teint doré que Lulu. Lorsqu'il se retourna pour les regarder, ses yeux étaient du même bleu qu'un ciel d'octobre à midi. Le cœur d'Emily s'était arrêté de battre : c'était ce jeune homme que Caroline Carter avait rencontré un lointain jour d'été et sur qui elle avait jeté son dévolu, au mépris des sentiments de sa sœur. Lulu grogna d'un petit air heureux.

— Alors, je n'avais pas raison ?

Walter s'observa un instant dans le miroir.

— C'est vrai, c'est un joli costume, reconnut-il timidement. Mais je vais avoir l'air bien trop habillé. C'est quand même la campagne.

— Oui, c'est peut-être la campagne mais, pour une

raison que j'ignore, tous les hommes portent un smoking la veille d'une chasse. Ce dont je suis sûre, c'est que le leur sera trop serré aux fesses, lustré aux coudes, légèrement verdâtre. Après vous avoir vu, ils iront tous s'en commander un neuf !

Walter était resté respectueusement immobile pendant qu'un vieux monsieur aux épaules voûtées faisait des marques à la craie pour les retouches. En sortant de la cabine dans ses vêtements de campagne, il demanda au jeune vendeur :

— Puis-je vous faire un chèque ? Je n'ai pas mes cartes de crédit.

— C'est déjà réglé, intervint Lulu. C'est mon cadeau de Noël. Je vous dois bien ça. J'habite et je mange chez vous depuis plus de six mois. N'argumentez pas, c'est inutile !

Pendant tout le chemin du retour, Lulu et Walter discutèrent des derniers détails. Ils éclataient parfois de rire à l'absurdité d'une nouvelle proposition de Lulu. Assise à l'arrière, Emily demeura silencieuse tout le trajet. L'image de ce grand étranger élégant la poursuivait et, pour une raison inconnue, lui donnait un sentiment de malaise.

Ce soir-là, après le dîner, elles restèrent très tard à écouter Dylan Thomas lire *Le Noël d'un petit garçon au pays de Galles*. L'histoire avait beaucoup plu à Emily.

— Buddy aurait adoré. Quel dommage qu'il ne l'ait pas entendue lue par Thomas !

— Ça n'est pas sûr. C'est un CD que j'avais acheté à grand-mère pour renouveler un peu son stock. Et c'était il y a très longtemps.

Après s'être couchée avec Elvis bien serré contre elle, Emily essaya de réveiller l'écho.

— Où te caches-tu, Buddy ? Tu es en train de manquer le meilleur. Tu devrais jeter un coup d'œil à la maison, et si tu avais vu papa en smoking ! Tu sais, Buddy, j'ai une magnifique robe longue d'un vert... Tu ne me reconnaîtrais pas.

Il ne répondit pas, mais des mots lui parvinrent très clairs à l'esprit : « Je ne te reconnais déjà plus. »

Ce n'étaient pas les mots de Buddy, et elle ignorait leur origine.

Dans la nuit silencieuse et calme, elle demanda à Elvis :

— Tu crois que ce sont les miens ? En tout cas, je ne veux pas les entendre.

Le chien gémit doucement avant de se rendormir.

La fillette mit longtemps à trouver le sommeil.

18

Les belles journées douces et brumeuses se succédèrent comme une grande roue qui se serait lentement élevée jusqu'à Noël avant de reprendre sa longue révolution. Le week-end précédant Noël, escortés par une meute de joyeux Boykins, ils se rendirent tous en tracteur dans les bois pour ramasser des branches de pin, de magnolia ; des brassées de houx, de gui et de fougères ; de la mousse veloutée d'un vert profond et de la spartine gris doré dans le marais. Les jumeaux coupèrent deux gigantesques pins qu'ils traînèrent ensuite jusqu'à Sweetwater et qui étaient destinés à l'entrée et au dortoir.

Jamais encore Emily n'avait eu un vrai sapin de Noël. Chaque année, ils ressortaient le petit arbre en aluminium acheté par Walter au supermarché quand elle était toute petite. Il avait une forme effilée et ses branches droites et régulières, comme dessinées à la règle, lançaient des éclairs argentés. Décoré de boules rouges, vertes, bleues et de guirlandes électriques, il perçait de ses lances acérées l'obscurité hivernale du petit salon-salle à manger où ils passaient une grande partie de leur temps. En pleine nuit et vu de l'extérieur, il avait la magie d'un bateau-phare dans une mer sombre. A son pied, Jenny et Cleta déposaient les paquets qu'elles emballaient toujours très soigneusement dans du beau papier.

Le moment venu, ils ouvraient tous leurs cadeaux en murmurant des remerciements convenus, affichant de grands sourires d'extase avant de les ranger dans un placard quelconque. Walter offrait systématiquement aux jumeaux quelque chose en rapport avec les chiens : une statuette d'épagneul en bronze ou des vêtements et des bottes de chasse. Pour Emily, il se cantonnait aux présents classiques, comme un cardigan en shetland, une jupe. Une fois, il était même allé jusqu'à lui offrir un kilt avec son énorme épingle à nourrice dorée.

Quand elle l'avait montré à Buddy, il avait souri en lui disant : « Il doit acheter tes cadeaux dans un magasin d'uniformes scolaires. Fais-lui plaisir, porte-le juste une fois au dîner, et après tu pourras le reléguer aux oubliettes. Il ne s'en apercevra même pas. »

Buddy n'offrait que de très beaux livres. Cleta avait l'habitude de faire un petit gâteau avec le nom de chacun sur le glaçage. Quant aux cadeaux de Jenny, ils étaient toujours recherchés et très personnels : une cravate en tricot avec des motifs d'épagneul pour Walter ; des vestes du champion automobile Dale Earnhardt aux jumeaux ; un livre rare pour Buddy. A Emily, elle n'offrait que des objets de grande fille comme un stylo ou un carnet avec une couverture en cuir destiné à recueillir des faits importants, comme si la petite fille avait le genre de vie que l'on confie habituellement à un journal, une vie qui ferait naître bien des années plus tard un sourire complice sur le visage d'un inconnu.

Cette année-là, la maison connut une véritable transformation. Cleta, Emily et Lulu la nettoyèrent de fond en comble, briquant et encaustiquant chaque pièce, avant de la décorer d'une odorante parure sylvestre. Quand le soir descendait, le puissant parfum de forêt, de fleuve, de marais et de crique était si pénétrant et évocateur qu'Emily ne franchissait jamais le seuil sans avoir les larmes aux yeux. Pour la première fois, Sweetwater semblait être une partie vivante du monde extérieur. La vie du marais courait dans ses fondations les plus profondes comme le faisait la sève dans les fougères et les arbres ; comme le sang noir dans les marées, ou le sel fécond dans les océans lointains.

Pour décorer l'arbre de Noël, seules la mousse espagnole, les pommes de pin, la mousse séchée et les grappes de baies rouges avaient été autorisées par Lulu. Une grande boîte remplie de fragiles dollars de sable [1] arriva de Maybud, et un après-midi entier fut nécessaire à Lulu et à Emily pour les suspendre à l'arbre.

— Chaque été, je les ramassais sur les plages de Kiawah et d'Edisto. Ils ont toujours décoré l'arbre de Noël à Maybud, mais ils donnaient l'impression d'étouffer au milieu de tout le reste. Ici, ils sont parfaits.

Lulu avait raison : ils brillaient sur l'arbre comme des étoiles.

Jamais Emily n'oublierait ce Noël, son silence feutré et sa lumière douce, le souffle du marais et la petite musique venue d'un autre siècle. A la nuit tombée, Lulu allumait des bougies partout : dans la cuisine, la salle à manger, le petit salon, sur les rebords des fenêtres, sur la table. Un feu brûlait dans chaque pièce et l'odeur âcre et piquante du bois flottait dans toute la maison. Lulu ne se séparait jamais de sa petite chaîne stéréo sur laquelle elle passait à longueur de journée des CD de musique précieuse, obsédante : quelques violes, une flûte, des voix assourdies, presque imperceptibles. Dans un premier temps, Emily avait trouvé tous ces sons un peu étranges, inquiétants même, puis la musique avait fait partie

---

1. Petit mollusque en forme de fleur de couleur brune qui, une fois mort, laisse un magnifique coquillage blanc très fragile. (*N.d.T.*)

intégrante de ce Noël hors du temps et lui était devenue aussi indispensable que l'air qu'elle respirait.

— Ce sont des chants grégoriens, du plain-chant, un ensemble de chants de Noël, expliqua-t-elle à Emily en souriant. Avant, dans les plantations, la musique de Noël se composait presque exclusivement de chants sacrés, avec juste quelques valses et un quadrille par-ci, par-là.

Emily ne saurait jamais si son père et ses frères réussirent à s'habituer à cette musique ; au début, elle avait plutôt eu l'impression qu'elle leur tapait sur les nerfs. Le soir au dîner, ils parlaient lentement, à voix basse, et leur conversation était émaillée de nombreux silences dans lesquels la musique s'infiltrait comme des volutes de fumée. Elvis n'eut plus envie de sortir. Il restait assis aux pieds de sa maîtresse, somnolent, ayant l'air d'écouter la musique et parfois même de l'accompagner les yeux fermés. Il passa beaucoup de temps à dormir sous l'arbre, ou à côté des cheminées.

— Ça lui rappelle le XVIIIe siècle, affirma Lulu. A mon avis, il a toujours préféré Bach au rock !

La veille de Noël, elle frappa à la porte d'Emily. Vêtue d'un long imperméable sur un pantalon en velours et une chemise en satin, elle avait à la main un grand sac en plastique rempli à ras bord.

— Prends un manteau et suis-moi, murmura-t-elle d'un ton dramatique.

— Où ça ?

— Tu verras ; mais dépêche-toi, car les huîtres attendent d'être mises au four !

Emily et Elvis la suivirent dans le bois bordant la crique. Lulu ne disait rien, glissant sans bruit devant eux au milieu du brouillard qui ourlait de volutes le bas de son long manteau. Pour se protéger de la brume, elle avait relevé la capuche et, dans la blancheur silencieuse, avait tout l'air d'un fantôme, ou de l'esprit du lieu. Emily

340

se sentit obligée de marcher sur la pointe des pieds. Les yeux fixés sur Lulu, Elvis les suivait docilement sans chercher pour une fois à prendre la tête de l'expédition.

Quand ils parvinrent à la petite falaise en amont de la plage aux dauphins, Lulu se retourna pour leur montrer en souriant un petit cèdre qu'Emily n'avait encore jamais remarqué. Très fourni, d'une jolie forme bien ronde, il lui arrivait à peu près à la taille et était entouré de fougères, de palmiers nains et de jeunes pousses de chêne vert. De son pied, Lulu ouvrit délicatement un chemin à travers les fougères dorées, puis posa son sac à terre.

— C'est Noël aussi pour nos petites amies les bêtes de la forêt !

Elle sortit des pommes de pin et des croûtons de pain recouverts de beurre de cacahuète, de vieux épis de maïs, du blé séché, des pommes et des oranges ridées et des poignées de fruits secs, de baies, de noisettes, de graines de toutes sortes.

Ravie, Emily applaudit avant de s'exclamer :

— J'aurais bien aimé avoir eu l'idée !

— Tu connais cette vieille légende qui dit que tous les animaux de la crèche retrouvent leur voix la veille de Noël ? demanda Lulu pendant qu'elles décoraient le petit cèdre de leur butin. Eh bien, comme ça, ils auront de quoi discuter près de la fontaine cette nuit !

— J'aimerais bien revenir à minuit pour les entendre. Pas toi ?

— Non. Trop indiscret. De plus, on sait bien, toutes les deux, que les animaux parlent, non ? Regarde Elvis.

Il était couché au pied de l'arbre, la tête bien droite, le regard lointain, montant la garde ou attendant quelque chose...

Emily lui demanda silencieusement :

« Que vois-tu ?

— Des mystères. »

Pendant tout le dîner et jusqu'à l'aube du matin de Noël, Emily ne cessa de penser au petit arbre égaré dans l'obscurité de la crique, siégeant sur un minuscule royaume de paix.

Le jour de Noël, un soleil contrit fit son apparition et une vapeur semblable à de la brume s'éleva de la terre, du marais et des *hammocks*. Emily et Lulu se levèrent de bonne heure et, tout en bâillant et en se frottant les yeux, elles se traînèrent jusqu'à la cuisine pour préparer le repas de Noël. Malgré l'heure matinale, la grande maison respirait déjà la joie de vivre ; Walter et les garçons s'étaient levés encore plus tôt pour faire du feu, allumer les bougies blanches et mettre en route le café dans la cafetière Kona. Les effluves du feu de bois et des feuillages encore verts apportaient à la maison un doux parfum d'ambroisie et contribuaient à l'atmosphère festive.

Pour Emily, c'était bien le premier matin de Noël que son père et ses frères ne passaient pas au bord du fleuve en compagnie des chiens. Vêtus d'impeccables chemises en oxford, les cheveux humides portant encore la trace du peigne, ils étaient assis à la table du petit déjeuner, détendus, buvant du café en tournant négligemment les pages de leur journal. Ils attendaient visiblement Lulu et... peut-être Emily. A cette pensée, la gorge de cette dernière se serra : jamais son père ou ses frères ne lui avaient donné l'impression de l'attendre.

— Vous en avez mis, du temps ! s'exclama Walter en les voyant arriver. Elvis est déjà sorti.

La veille, Lulu avait préparé de la pâte pour ce qu'elle appelait un « *sally lunn* [1], façon Maybud ». Elle enfourna le plat pendant que le café filtrait.

_____

1. Une sorte de pain à pâte levée, ressemblant à un gâteau, composé d'œufs, de beurre et de miel. (*N.d.T.*)

Elle leur en servit de petits morceaux tout chauds.

— J'ai toujours eu l'impression d'avaler du polyester, mais il faut ce qu'il faut. Ça fait partie de la tradition. C'est une très vieille recette. Et si on ajoute un filet de sirop, ça passe !

En fait, ce n'était pas mauvais du tout, un peu étrange cependant, et plutôt fade pour des palais habitués aux gâteaux à la cannelle et aux gaufres à la pêche de Cleta. Tout le plat y passa, à l'exception d'une part substantielle pour Elvis qui, patiemment assis à côté de sa maîtresse, la langue pendante, patientait avec un sourire plein d'espoir. Après l'avoir reniflé, il en avait goûté un tout petit morceau avant de déposer délicatement le reste à côté de la chaussure d'Emily, puis il s'était recouché en se détournant ostensiblement du *sally lunn*.

— Ce chien est pourri gâté, conclut Lulu en riant. Le *sally lunn* était le petit déjeuner préféré des chiens de très noble extraction. Je vais le mettre au pain sec et à l'eau !

Sans même se retourner, l'épagneul agita deux fois la queue. Le spectre de la côte de bœuf dans le réfrigérateur venait de se matérialiser : il pouvait attendre.

A midi, ils se mirent à table. Cleta était venue la veille pour tout nettoyer, mais n'avait pas préparé le repas de Noël. Lulu lui avait déclaré qu'il n'était pas question qu'elle abandonne sa famille ce jour-là. Ce n'était quand même pas sorcier de faire cuire une côte de bœuf ! Cleta était partie très tôt la veille en bougonnant. En passant près d'Emily occupée à tresser une couronne de Noël avec du houx et des baies, elle lui avait dit :

« Si t'as un peu de temps demain, tu pourras p'têt' passer à la maison dans l'après-midi. G. W. t'a préparé une p'tite surprise, et il y aura sûrement de la dinde et du gâteau aux patates douces.

« — Oh, Cleta, si je peux, ça sera avec plaisir ! On va manger tôt, alors peut-être qu'après... Remercie G. W., et garde-moi un pilon. Tu sais, tu m'as manqué pendant les vacances. Tante Jenny aussi. »

En disant cela, elle avait soudain mesuré combien lui avaient effectivement manqué la présence chaleureuse de Cleta ainsi que les rires légers, l'odeur de coton propre et les petites bourrades affectueuses de Jenny.

« On s'ra de retour dès qu'on aura besoin de nous, j'suppose ! avait ajouté Cleta d'un air renfrogné. Enfin, tout au moins en ce qui me concerne. Pour Mlle Jenny, c'est moins sûr. J'ai l'impression qu'elle s'est trouvé un petit ami voyageur avec qui elle navigue le plus loin possible d'ici. Ils font du ski au Canada, ou un truc comme ça. Non ? »

Sans relever la tête, Emily avait acquiescé. Ce n'était même pas Jenny qui l'avait prévenue de son absence pour Noël, mais son père qui lui avait annoncé un matin : « Jenny a appelé hier soir très tard. Elle n'a pas voulu que je te réveille. C'était pour te dire que vous pourriez profiter des vacances de printemps pour aller quelque part ensemble, peut-être à Hilton Head. Elle t'en reparlera. »

Emily était sûre du contraire, comme elle était bien certaine de ne pas aller passer l'après-midi de Noël dans la petite maison à la porte bleue de Cleta. Pendant les vacances, les douves autour de Sweetwater semblaient devenues encore plus infranchissables. Elle sentait cependant toujours une infime partie de son être postée en vigie sur le pont-levis à scruter le brouillard, le cœur brisé par le départ de tous ceux qui ne franchiraient plus jamais les douves.

Pour le repas de Noël, ils se régalèrent d'une côte de bœuf rose et or brun – une première pour Emily –, accompagnée de *Yorkshire pudding*[1] que Lulu avait fouetté et enfourné au dernier moment. Ça fondait sur la langue. Ils en reprirent tous plusieurs fois. Lorsque la table fut débarrassée et les restes cérémonieusement offerts à Elvis, Lulu apporta de grandes flûtes remplies de lait froid et mousseux au goût inconnu. Emily en redemanda. Observant son visage qui s'empourprait, Lulu la prévint :

— Dedans, il y a pas mal de whisky. Ça, plus des jaunes d'œufs, du sucre, de la cannelle et du lait bien sûr. C'est un flip, une boisson que nos ancêtres ont rapportée d'Angleterre. Ce n'est pas étonnant qu'ils aient toujours le nez aussi rouge sur les portraits ! C'est le breuvage qui termine traditionnellement le repas de Noël. Vous avez l'air de tous aimer ça. Emily, c'est le dernier, tu as les yeux qui roulent dans tous les sens !

Ils éclatèrent tous de rire. Emily se souviendrait longtemps de ce jour plein de rires, de feux pétillants, de saveurs exotiques, du bruit des cuivres, des cloches et des hosannas qui résonnaient dans la salle à manger. Lulu et Walter en fredonnèrent certains : « *Gloria in Excelsis Deo* », « Que ma joie demeure », « J'ai vu trois bateaux »...

Plongée dans un doux brouillard post-flip, Emily avait regardé son père, stupéfaite ; jamais encore elle ne l'avait entendu chanter.

Lulu leur fit à chacun un petit cadeau très simple : un très vieux dessin de chasse jauni et roulé comme un parchemin pour Walter ; des montres de plongée en acier aux jumeaux – « C'est toujours utile ! » ; un collier écossais à clochettes dorées pour Elvis, et une minuscule licorne en cristal pour Emily.

---

1. Spécialité britannique faite d'un mélange d'œufs, de farine et de lait, cuit au four dans la graisse du rôti de bœuf. (*N.d.T.*)

Elle la remercia en caressant la petite licorne qui semblait vibrer de vie sous ses doigts. Elle aurait un vrai cadeau pour son anniversaire, lui avait promis la jeune fille.

Le temps ne commença à se gâter qu'à la veille de la Saint-Sylvestre. Montant du marais, des bourrasques de vent glacial plaquèrent la spartine au sol. De la glace recouvrit les bords de la crique et une fine pellicule de givre tapissa les réserves d'eau des chiens. L'eau de la crique et du fleuve prit une teinte sombre. Au loin dans les *hammocks*, on entendit les feuilles des palmiers s'entrechoquer avec force. Walter décréta suspendu l'entraînement des chiens. L'arrivée de l'hiver désespéra Lulu et Emily, mais ravit Walter et les garçons.

— Excellent pour les canards, dit-il. Je n'en ai pas encore vu un seul sur le fleuve. Avec le froid, ils vont être obligés de sortir de leurs caches pour manger. C'est une année à canards !

Traversant la cour à toute vitesse, Emily, emmitouflée dans un anorak doublé de duvet, avait brusquement pensé : « Pauvres canards ! » Elle ressentit de la pitié en les imaginant plongeant dans le fleuve après une longue nuit de vol pour trouver de quoi manger et se retrouvant face à l'artillerie, aux chiens et à la mort.

— Je suis si heureuse de ne t'avoir jamais envoyé à la chasse ! dit-elle à Elvis en se couchant.

Après avoir poussé un petit grognement de plaisir, il colla son museau dans son cou.

Cette nuit-là, elle rêva qu'elle était debout sur le pont-levis, essayant de percer l'obscurité qui s'étendait au-delà des douves. Très loin, en bas du chemin menant à l'auto-route, elle voyait le petit cèdre étinceler dans la froide nuit sans lune. Comme dans un tableau, tous les animaux du bas pays étaient rassemblés au pied de l'arbre et entouraient Buddy qui se tenait bien droit, immobile, très blond, comme une statue dorée à la feuille d'or. Il lui sourit, mais ne fit aucun mouvement pour venir à sa rencontre.

« Viens, rejoins-moi, Buddy. Je sais que tu le peux, lui cria-t-elle, le cœur débordant de joie.

— Non, il faut que je parte par là-bas, tout de suite.

— Alors, aide-moi à traverser le pont-levis. Je n'y arrive pas, toute seule.

— Non, ça non plus, je ne peux pas. C'est interdit. »

Sa joie se transforma en larmes.

« Quand, alors ? Il faut que je te parle. J'ai essayé des centaines de fois. Pourquoi ne me réponds-tu pas ?

— Je l'ai fait, mais tu ne m'as pas entendu.

— Je te promets qu'à partir de maintenant, j'écouterai mieux...

— Ça ne changera rien. Tes oreilles se sont fermées. Lorsque tu seras à nouveau prête à m'écouter, tu m'entendras.

— Mais quand ?

— Je ne sais pas. Peut-être jamais. Mais j'essaierai encore. »

Puis les ténèbres s'épaissirent et enveloppèrent Buddy, l'arbre et tous les animaux. Emily s'éveilla en sursaut, pleurant à gros sanglots. Elvis lui léchait le visage.

— Tu l'as vu ? lui dit-elle à voix basse.

« Bien sûr. »

Le matin suivant, quand Lulu était descendue pour la rejoindre, elle lui demanda :

— Tu as pleuré ?

— Non, pas du tout.

En fin d'après-midi, toutes deux s'étaient retrouvées dans la chambre de Lulu pour finir de se préparer. En plus de l'éclairage habituel, Lulu avait allumé des bougies. Dans la lumière vacillante éclairant le vieux miroir à pied piqué, elles ressemblaient à des femmes du temps jadis dans leurs longues robes de velours, avec leurs cheveux relevés aux reflets d'argent et d'or. Après avoir vérifié le fermoir du collier de perles de sa grand-mère, Lulu se retourna vers Emily, réfléchit quelques instants, puis ouvrit le tiroir de son bureau pour prendre un petit chiffon de papier roulé.

— C'est pour toi. Je ne voulais pas te le donner avant ton anniversaire, mais tu en as besoin ce soir.

Emily déroula le papier et trouva une paire de magnifiques boucles d'oreilles de pierres vertes et cristallines montées sur de l'or rose. Elle en eut le souffle coupé. Elle regarda Lulu.

— C'est, ce sont… ?

— Des émeraudes et des diamants. Ces boucles appartenaient à la grand-mère de grand-mère, qui me les a données pour mes dix-huit ans. Je ne les ai jamais portées, et je ne les mettrai jamais. Je déteste les émeraudes.

— Pourquoi ?

— J'ai lu quelque part que ça portait malheur et je n'ai vraiment pas besoin de ça en ce moment !

— Alors, ça va être pareil pour moi !

Emily bougea la tête dans tous les sens pour admirer le scintillement des pierres sur sa peau nue.

— Aucun risque, ma belle ! Je ne vois que du bonheur pour toi ! De toute façon, les émeraudes ne portent malheur qu'aux blondes. Admire un peu ça ! Du velours, des perles, des émeraudes, et la lueur des chandelles. Toutes les deux, on aurait pu poser pour un tableau de John Singer Sargent.

Emily serra étroitement Lulu contre elle. Ses os pointus perçaient sous le velours de la robe et elle sentit le parfum ancien de tubéreuse mêlé à l'odeur de propre de ses cheveux soyeux.

— Jamais je ne les quitterai, lui murmura-t-elle dans le cou.

— Pas exactement recommandées pour le chenil. Elles te vont à ravir. On dirait qu'elles ont été faites pour toi. Alors, tu regrettes encore de t'être fait percer les oreilles ? Demain, quand ils seront tous à la chasse, on se fera une véritable fête d'anniversaire avec gâteau, confetti, ballons, chiens... et tout le tralala ! Treize ans, c'est une étape importante.

— Ah, bon ! Pourquoi ?

— Parce que c'est à cet âge que l'on commence à se rendre compte de certaines choses.

— Quoi, par exemple ?

— Oh ! Des choses... Sur le monde, les gens, soi-même, la vie, quoi. Tout ce qu'il est important de connaître pour vivre, mais que personne ne raconte à un enfant.

— De mauvaises choses, alors ?

— Des bonnes et des mauvaises. Etranges. Extraordinaires. Terrifiantes. Magnifiques. Il y en a pour lesquelles tu ne ressentiras que de la haine, mais elles seront des passages obligés. D'autres seront si remarquables que seul un esprit avisé et complexe sera en mesure de les appréhender. Emily, treize ans, c'est l'âge où tout commence à se compliquer.

— Je ne sais pas si j'ai vraiment envie de savoir...

— Tu n'as pas le choix. Mais rassure-toi, ça se fera par étapes, car personne ne pourrait supporter de tout savoir d'un coup.

Puis elles descendirent et se dirigèrent vers le chenil. Il était encore tôt : un soleil rouge apocalyptique ensanglantait le marais à l'ouest, alors qu'à l'est une énorme

349

lune blafarde encore très haute dans le ciel attendait patiemment son heure pour éclabousser la terre.

— Regarde cette lune, une vraie lune de loup-garou ! s'exclama Lulu. Demain, le temps va être froid et clair, idéal pour la chasse.

Dans son imperméable léger, Emily frissonna, et ce n'était pas seulement à cause du froid piquant. Une lune de loup...

Elles devaient rentrer tôt à la maison pour que Lulu lui montre une dernière fois tout ce qu'elle aurait à faire pendant la soirée.

— Pourquoi ? marmonna Emily d'un air buté. Tu seras là. C'est *ta* soirée.

— Non. C'est ton père qui donne cette réception, ce qui veut dire que c'est la tienne aussi. Que tu le veuilles ou non, tu es la jeune fille de la maison et tous les invités te considéreront comme leur hôtesse. Je peux tout préparer à l'avance, mais il faut que toi, tu aies bien en tête la marche à suivre.

— Ouais, mais tous ces hommes, ils savent ce qu'ils ont à faire, non ? Ils passent leur temps dans ce genre de soirées. Ils doivent pouvoir se débrouiller tout seuls. Et puis, il y a tous tes gens, ça ne leur suffit pas ? Il n'y a que papa et moi à n'être au courant de rien.

— C'est la raison pour laquelle après cette réception, tu sauras tout, répondit Lulu, un peu exaspérée. Emily, si tu dois un jour participer à la destinée de cette ferme, ou la gérer, ce sera en hôtesse de Sweetwater... et ce ne sera pas les bouseux de John Island ou d'ailleurs que tu recevras ici. Après cette nuit, la plantation va entrer dans une nouvelle dimension et il est indispensable que tu saches la diriger avec aisance et grâce.

— Tu as dû apprendre tout ça, toi ?

— Evidemment. Qu'est-ce que tu crois ?

Plus tôt dans l'après-midi, elles avaient déjà vérifié le dortoir. De grands feux pétillaient dans les deux cheminées. Des édredons de plumes s'amoncelaient sur les lits étroits recouverts de draps de lin très anciens. A côté de chaque chevet avait été placé un petit coffre sculpté sur lequel trônaient une grosse bougie blanche et un petit vase de houx. Des peaux de mouton d'un blanc neigeux réchauffaient le sol. Une riche odeur de forêt et de sous-bois se dégageait du pin qui se dressait majestueusement entre les deux cheminées. A chaque extrémité du dortoir, on avait disposé des chaises autour de tables garnies de tapis verts.

« Pour le poker, cette nuit », expliqua Lulu.

Sur d'autres tables plus étroites également recouvertes de blanc – peut-être seulement des planches posées sur des tréteaux –, il y avait un assortiment de liqueurs et des coupes en argent débordant de biscuits au sésame et de cacahuètes. Impassibles, deux géants noirs en jaquette blanche attendaient en discutant à voix basse.

« Mademoiselle Lulu.

— Simon ! Charles ! Vous n'imaginez pas combien j'apprécie ce que vous faites.

— Mademoiselle Lulu, c'est un plaisir ! »

Avant de se rendre au dortoir, elles avaient fait un bref détour par les anciennes étables, astiquées, chauffées, et dont le sol avait été tapissé de paille fraîche. Deux vieilles calèches et quatre mules lustrées étaient arrivées de Maybud un peu plus tôt dans l'après-midi.

« Des mules ?

— C'est la tradition. Pour une raison que j'ignore, en hiver, les hommes vont toujours à la chasse accompagnés par deux calèches : l'une pour eux et l'autre pour les chiens. Le matin, ils prennent une sorte de collation avec du jambon, du pain et du café arrosé de cognac, de whisky sec, ou de tout autre alcool. A midi, une des calèches leur apporte un repas chaud arrosé de bloody mary. Les cochers dressent la table et font le service. Tard dans l'après-midi, tout le monde – chasseurs et chiens – est de retour pour attendre le dîner. On prépare à la cuisine quelques-uns de leurs canards pour le cas où certains en voudraient à la dernière minute. »

Tout en respirant avec délice l'odeur des mules et des copeaux de bois, Emily ne put s'empêcher de s'exclamer :

« Seigneur ! Quelle aventure pour quelques malheureux canards !

— Oui, mais tu oublies le plus important... la vente, à la clé, d'une ribambelle de Boykins ! »

Lulu lui fit ensuite faire le tour complet de la maison. Dans chaque pièce, des bougies étincelaient et des feux de bois crépitaient. Les cheminées, les buffets et la rampe d'escalier étaient décorés de branchages. Dans l'entrée, sous la haute coupole du plafond, l'immense pin ressemblait vraiment à la description qu'en avait faite Lulu : un géant de la forêt emprisonné. Toutes deux avaient tressé pour chacune des fenêtres une couronne de brindilles de conifères avec une bougie filée au centre. Sur la porte d'entrée, une immense couronne de pin et de cèdre, piquée de rosettes de coquillages, de mousse et de gui, scintillait comme une flaque de lumière dans le crépuscule naissant. Dans la bibliothèque, de nombreux petits houx en pots étaient arrangés autour de la cheminée. Devant le vieux sofa, une collection de chaises dorées – venant tout droit de Maybud – attendait près de petits guéridons garnis de damas blanc.

— Les gens vont manger ici, expliqua Lulu. Ils seront de toute façon bien trop nombreux pour pouvoir tous s'asseoir à table. De plus, le buffet est de tradition la veille de la chasse.

Dans la salle à manger, l'antique table ovale, drapée d'une fine soie damassée, était recouverte de lourds plats, de terrines et de compotiers en argent filigrané. On avait allumé des bougies blanches dans les hauts candélabres argentés autour d'un somptueux surtout de table sur pied en argent chantourné, débordant de houx, de grenades et de lierre : une *epergne* arrivée dans les malles des ancêtres anglais, avait précisé Lulu. Emily n'en douta pas un seul instant.

Un service à café en argent massif et des tasses de porcelaine translucide attendaient sur le buffet en compagnie de carafons anciens remplis de cognac et d'alcools divers. Près du pin, il y avait maintenant un bar majestueux d'un blanc neigeux, décoré de houx et de bougies clignotantes, croulant littéralement sous les bouteilles de vin. Derrière, un employé de Maybud en gilet blanc et au garde-à-vous semblait fasciné par l'étude des divers assortiments de canapés disposés dans de petites coupelles d'argent.

— Mademoiselle Lulu.

— 'Soir, Peter. Prêt pour le grand jeu ?

L'inspection minutieuse de l'entrée, de la bibliothèque et de la salle à manger terminée, Lulu dit à Emily :

— Je vais t'expliquer maintenant la marche à suivre pour l'arrivée des invités. Tu te tiendras à côté de ton père pour les accueillir. Je te les présenterai et tu répéteras leurs noms en leur disant que tu es heureuse qu'ils aient pu venir ; les jumeaux prendront leurs manteaux et porteront leurs affaires dans le dortoir ; ton père leur proposera de se servir au bar avant de passer dans la bibliothèque. Quand ils seront tous installés avec de quoi boire, tu leur demanderas s'ils ont besoin de quelque chose en particulier. Ensuite, tu les prieras de t'excuser et tu t'éclipseras pour donner l'ordre à la cuisine de tout mettre en route.

Emily fut soudain prise de panique.

— Tu ne vas pas me laisser faire tout ça toute seule ?

— Ne sois pas bête ! Bien sûr que non. Mais il faudra bien te concentrer, car la prochaine fois *tu* seras seule... Allez, hop, à la cuisine !

L'énorme pièce était inondée de lumière et humide de vapeurs alléchantes. Outre la grande table en chêne, des tables d'appoint croulaient sous une multitude de casseroles, de plats déjà garnis – Emily reconnut des petites cailles rôties, des filets de bœuf, du gibier et de fines tranches rosées de magret de canard – attendant d'être apportés dans la salle à manger, ou de passer dans l'immense four asthmatique. Casseroles et marmites frémissaient sur la plaque. En dépit de la peur qui lui desséchait la gorge, l'odeur de crevettes, d'huîtres, de sherry, d'herbes variées et du pain en train de cuire lui fit monter l'eau à la bouche. Riant et s'esclaffant, des femmes noires toutes revêtues du tablier au logo de Maybud s'activaient sans relâche, préparant des mélanges inconnus ou concoctant des mets tout aussi mystérieux. En plein milieu, telle une énorme montagne menaçante, Cleta, exceptionnellement enveloppée d'un immense tablier blanc, tenait un batteur à œufs qu'elle brandissait tel un bâton. Sans un mot, les lèvres pincées, elle suivait d'un regard désapprobateur le moindre geste des employées de Maybud.

Emily se jeta dans ses bras, tout heureuse de trouver un refuge au milieu de ce chaos. Cleta la serra très fort contre elle avant de la repousser pour mieux la voir. Un sourire avait adouci son visage austère.

— Regard' moi ça ! On dirait que tu sors tout droit d'*Autant en emporte le vent*. Et ça, c'est quoi ? De nouvelles boucles d'oreilles ?

— Ce sont des émeraudes. C'est Lulu qui me les a données pour mon anniversaire.

— Ah bon.

Lulu montra ensuite à Emily comment vérifier le contenant et le contenu de chaque plat avant qu'il soit apporté dans la salle à manger. Elle lui conseilla de faire une petite liste de tout ce qu'elle avait à faire et de tout noter au fur et à mesure.

Emily fit la moue.

— Tu n'en as pas, de liste, toi.

— Si, bien sûr.

Arborant fièrement son nouveau collier écossais, Elvis était assis sur le seuil de la cuisine et surveillait attentivement les allées et venues.

— Tu vois, lui aussi il l'a, sa petite liste, dit Lulu avant de continuer ses recommandations : Ensuite, lorsque la table sera mise et tous les plats chauds prêts à être servis, tu devras vérifier une dernière fois la présence des couverts de service, des serviettes, des saucières et des accompagnements. Ah, important aussi, tu ne dois jamais oublier de remercier tout le monde avant d'aller rejoindre ton père dans la bibliothèque pour lui annoncer : « Le dîner est prêt, père. Veux-tu montrer le chemin à nos invités ? » Après, tu n'auras plus qu'à surveiller discrètement qu'il ne manque rien, à adresser un petit mot gentil à chacun et, pour finir, à proposer les desserts. Ce soir, ce sont des profiteroles ! Je crois me rappeler que tu les avais appréciées chez grand-mère. Quand le repas sera terminé, tu diras : « Le café et le cognac sont sur le buffet et le bar vous attend. Je vous souhaite de passer une très agréable soirée et j'espère me lever assez tôt demain matin pour vous souhaiter une bonne chasse. » Après ça, tu pourras enfin aller te coucher ! Pour la remise en ordre, le personnel s'en chargera.

Emily ne put retenir un juron.

— Nom de Dieu ! Mais c'est encore pire que le SAT[1] ! Et Elvis dans tout ça ?

— Je crois qu'on peut lui faire confiance. Il va se mettre à un endroit où tout le monde pourra l'admirer. C'est un chien qui sait parfaitement où se trouve son intérêt.

Un faible « Les voilà ! » se fit alors entendre depuis le bout de la grande allée. Ayant catégoriquement refusé de porter le smoking et de se mélanger aux planteurs, Walt Junior et Carter avaient été autorisés à ressortir leur bon vieux pull en shetland et un pantalon de laine – qui ne servaient qu'une fois tous les deux ans – pour jouer les vigies au fond de l'allée et les prévenir de l'arrivée imminente des invités.

Postés au milieu du hall, Walter et les deux jeunes filles entendirent le signal. Walter prit alors une grande inspiration, lissa le revers de sa jaquette et jeta un regard morne à Lulu. Emily sentit ses poumons se remplir de ciment liquide. Lulu eut un large sourire.

— C'est le grand jour ! dit-elle en ouvrant la porte d'entrée.

Tous les trois sortirent dans la nuit froide et lumineuse de la Saint-Sylvestre pour accueillir à Sweetwater ces planteurs venus de trois comtés.

---

1. Aux Etats-Unis, épreuve d'admission à l'enseignement supérieur. (*N.d.T.*)

19

A dix-neuf heures trente ce soir-là, Emily, les bras chargés de canapés au crabe et de petites gougères, s'arrêta devant la porte de la bibliothèque pour écouter la voix de la maison.

Elle n'avait jamais entendu cette voix. Avant ce moment précis, la maison ne lui avait encore jamais parlé. Et là, la voix lui était parvenue si claire et si proche qu'elle semblait émaner d'une entité vivante. Pour la première fois, Emily s'aperçut que c'était en fait ce qu'elle était. Sa perception de Sweetwater venait de se modifier à jamais.

La voix était très âgée, à dominante masculine, composée d'un mélange d'échos divers où s'entrecroisaient le bruit sourd de propos échangés paresseusement et ponctués par de brusques éclats de rires, le crissement de lourdes chaussures sur le parquet ciré, le bruit des glaçons contre le cristal et celui de l'argent qui s'entrechoquait, le ronflement des feux de bois et, en fond sonore, les jappements excités des chiens. Emily prit soudain conscience de l'existence de cette voix vieille de plusieurs siècles qui n'avait jamais cessé de lui parler. La maison bâillonnée depuis si longtemps venait de recouvrer la liberté de s'exprimer.

— Est-ce que d'autres l'ont déjà entendue ? se demanda-t-elle à voix haute. Si oui, personne ne m'en a jamais parlé. Buddy, c'est presque sûr. Quant à Elvis...

Elle jeta un coup d'œil au chien assis à ses pieds.

— Tu l'as déjà entendue ?

« Bien sûr. »

Il y avait aussi le souffle de la maison qu'elle respirait pour la première fois : un mélange de tabac anglais, de feu de bois, de laine mouillée, de vieux tapis, de vieux bronze du whisky, mais surtout cette odeur exquise, si chère à son cœur, de propre et de roussi des épagneuls.

Emily sentit sa bouche se détendre et le rictus guindé imposé par Lulu se transformer en une expression plus douce, plus en harmonie avec la voix et le parfum de la vieille demeure : le sourire de la jeune fille de la maison. En pénétrant dans la pièce avec son plateau lourdement chargée, elle fut capable pour la première fois de la soirée de s'acquitter de son rôle avec grâce. Elle fit le tour des invités en smoking, leur présentant à chacun son plateau en souriant et en les invitant à se servir.

— Essayez une de ces petites gougères, une spécialité de Cleta. Et un canapé au crabe. Lulu et moi les avons préparés cet après-midi avec les crabes que nous avons ramassés dans notre crique.

L'un après l'autre, les hommes se servirent de canapés et, après les avoir goûtés, firent un petit mouvement d'appréciation de la tête, en accordant à Emily le sourire qu'ils avaient jusque-là réservé à Lulu.

— C'est donc vous, la gosse qui dressait les Boykins de Rhett Foxworth ? Il raconte partout que vous êtes vraiment douée, mais le vieux brigand ne nous avait pas dit que vous étiez une beauté ! Hé ! Walter, où cachiez-vous cette ravissante petite ?

Adressant un sourire complice à Emily, Walter répondit avec une aisance inhabituelle :

— C'est mon arme secrète.

A l'autre bout de la pièce, Lulu, tout sourire aussi, remplissait le verre d'un gros homme rubicond.

— Alors, jeune fille, votre papa me dit que vous avez passé l'été et l'automne ici à vous occuper de Boykins. Vous comptez ouvrir un chenil ?

— Rien ne me ferait plus plaisir, monsieur Aiken.

— Ouais ! Mais il est temps maintenant de rentrer à la maison. La moitié des garçons de Charleston n'en peuvent plus d'attendre !

— Eh bien ! C'est qu'ils ont le temps d'attendre... Les épagneuls, non !

Tout le monde éclata de rire.

En croisant Lulu dans la cuisine survoltée, Emily poussa un grand soupir.

— Ça va ? Comment je suis ?

— Bien, et même très bien. Je te l'ai déjà expliqué, c'est dans les gènes !

— Alors ce sont de très, très vieux gènes.

En disant cela, Emily se souvint soudain non seulement de l'élégance et de la beauté légendaires de sa mère, mais aussi de la grâce naturelle de Jenny à table pendant les dîners. Les gènes n'étaient peut-être pas si vieux que ça, après tout.

— Et voilà, ce sont les dernières cassolettes, lui annonça Lulu. Pendant que je jette un ultime coup d'œil, va prévenir ton père que tout est prêt pour passer à table. On va en profiter pour se reposer un moment et manger quelque chose. Ils vont en avoir pour un certain temps !

De grands coups frappés à la porte d'entrée stoppèrent net Emily. Elle regarda Lulu, surprise. Il était tard pour que ce soit un invité.

— Va dans la bibliothèque, je m'en occupe.

Emily entendit le bruit que faisait la vieille porte grinçante en s'ouvrant, puis il y eut un léger silence suivi par l'exclamation étonnée de Lulu.

— Papa ! Mais… Je te croyais encore à Saint-Barth. Mère est avec toi ?

Emily s'arrêta pour écouter.

La grosse voix de Rhett résonna :

— Non. Il y a deux jours, elle est tombée sur trois de ses anciennes amies de fac en train de fêter en grande pompe le divorce de l'une d'entre elles. Et comme le bridge, les cancans et les commérages ne montraient aucun signe d'essoufflement, j'ai préféré rentrer tout seul. Je ne voulais surtout pas manquer la chasse ! Tu es très jolie, chérie. J'ai l'impression que tout le monde s'amuse bien ici.

— Oui, ça ne fait pas de doute. Je suis contente de te voir, papa. Viens, suis-moi. Tu boiras bien quelque chose avant le dîner ?

— Je ne refuse jamais ! Je t'ai apporté une petite surprise. Je l'ai trouvé au bar du Yacht Club. Il venait juste d'arriver à Charleston. Il se plaint de ne plus t'avoir vue depuis des siècles. Et ce n'est pas faute d'avoir cherché partout ! Il croit que tu te caches pour ne plus le voir.

Le silence était devenu assourdissant. Emily s'avança dans l'entrée. Vêtu sans surprise d'un vieux smoking élimé, Rhett entourait les épaules de Lulu et lui souriait. Lulu, aussi immobile qu'une statue, avait les yeux levés vers un jeune homme en tenue de soirée qui lui tenait les mains.

Il était beau, il n'y avait aucun autre mot pour le décrire. Il était très brun avec un visage aux lignes pures, des yeux bleus étincelants assortis à ceux de Lulu et une masse de boucles noires coupées très court. Le sourire avait quelque chose d'archaïque sur ses lèvres pleines parfaitement ourlées, si semblables à celles des statues de Thésée et d'Ariane. Il avait tout d'un magnifique païen, un dieu grec, un Etrusque. En devinant à qui elle avait affaire, Emily sentit un fil barbelé lui étreindre le cœur.

— Je suis contente de te voir, Yancey, dit Lulu d'une voix légère et douce. Bienvenue à Sweetwater. Suis-moi dans la bibliothèque, je vais te présenter à mon amie Emily et à son père. Ce sont eux qui m'ont tout appris sur les Boykins. Je vais te chercher quelque chose à boire.

— Merci, Lou, répondit Yancey Byrd.

Sa voix était aussi belle que le reste, profonde et nonchalante. Il avait un sourire légèrement de travers, spontané, étincelant et surtout très enjôleur. De fines rides couraient sur ses joues, et son regard bleu profond pétillait. Mais autre chose y était tapi, attendant comme le requin de surgir de l'océan noir. Des poils sombres recouvraient tout le dos de ses mains bronzées.

Il souriait.

— Lou, je me suis donné un mal fou pour te retrouver et je ne te laisserai plus m'échapper. J'en ai même raté le grand cotillon de Richmond.

Lulu se contenta de lui répondre d'une voix égale.

— Suis-moi.

Puis elle prit le bras de son père pour se diriger en dansant vers la bibliothèque. Yancey Byrd s'aperçut alors de la présence d'Emily figée sur le pas de la porte et, chose incroyable, il lui fit un clin d'œil avant de rejoindre Lulu et Rhett.

Elle resta pétrifiée d'effroi.

En fin de compte, il ne se passa rien. Lulu adopta la même attitude polie et attentionnée envers Yancey Byrd qu'envers les vieux amis de son père, un peu taquine, leur faisant quelques compliments tout en offrant les desserts. A plusieurs reprises, Emily avait scruté son visage mais, chaque fois, Lulu s'était contentée de secouer la tête en lui souriant : « Non, ne t'inquiète pas. Tout va bien. »

Après le dîner, elles vinrent s'asseoir près du feu au milieu des hommes qui fumaient le cigare en buvant du cognac. Les rires se firent plus bruyants et les histoires, plus invraisemblables. Emily regarda son père qui se tenait le dos au feu, un bras posé sur la vieille cheminée, riant à gorge déployée, un verre de Courvoisier à la main. Il lui parut irréel : jeune, plus beau que tous les hommes présents – Yancey Byrd mis à part – et parfaitement à son aise au milieu de ces planteurs qui l'avaient si longtemps intimidé. En le voyant ainsi, elle eut le pressentiment que l'avenir de Sweetwater venait de basculer. Elle observa ensuite Lulu, à l'origine de ce changement. Assise sur le bras du fauteuil de son père, elle racontait une anecdote ridicule sur sa première tentative pour ordonner à un chiot de s'asseoir. Elle était magnifique, parlant avec entrain, aussi pétillante qu'un feu incontrôlable. Tous les yeux étaient posés sur Lulu qui, en retour, adressait des sourires à chacun des vieux amis de sa famille. Mais jamais son regard ne croisa celui de Yancey Byrd, nonchalamment installé près du feu dans le vieux fauteuil Morris en cuir. Pourtant, il n'avait cessé de la suivre des yeux.

Elle n'avait jamais regardé Emily non plus. Pressé contre sa jambe, Elvis, si beau dans sa livrée rousse et son collier en tartan qu'aucun des chasseurs présents n'avaient pu résister à l'envie de venir s'agenouiller près de lui pour le caresser, se mit à gronder. C'était un grondement inaudible, sinistre, très régulier, comme réglé par un mécanisme interne.

L'appréhension d'Emily avait atteint son point culminant lorsque Lulu se leva enfin pour dire :

— Eh bien, il est temps pour Emily et moi de vous souhaiter une bonne nuit et de vous laisser entre hommes. Vous vous débrouillerez bien tout seuls ! Vous avez un bar à votre disposition dans le dortoir et, si le cœur vous en dit, des tables de poker. Avant de partir demain matin, Peter vous préparera des bloody mary et des sandwichs au jambon. Très bonne chasse, et à demain.

Puis elle quitta la pièce, suivie d'Emily qui sentit le fil barbelé se détendre légèrement autour de son cœur. C'était enfin terminé ; il ne s'était finalement rien passé. Elles allaient pouvoir se déshabiller, boire du chocolat chaud, rire et se repasser en boucle tous les événements de la soirée. Lulu aurait sûrement des tas d'histoires à lui raconter sur chacun des invités et elles seraient certainement encore plus drôles que toutes celles qui avaient fait la joie de leurs dîners. Demain, elles feraient la grasse matinée.

Elle s'apprêtait à décrocher son manteau de la patère de l'entrée quand Lulu lui posa la main sur le bras.

— Attends, Emily. Je n'avais pas pensé qu'ils resteraient aussi tard et comme ce sont les invités de ton père, il faut que tu dormes ici, dans votre maison.

Emily sentit la peur s'enrouler autour de son cœur à la façon d'un serpent sur le point d'attaquer.

— Lulu...

Lulu l'interrompit en la serrant très fort contre elle.

— C'est comme ça, Emily. Tu as été absolument magnifique ce soir, et ton père peut être fier de toi.

Sans se retourner, elle sortit dans la nuit glaciale. Avant que la porte ne se referme, Emily eut toutefois le temps d'apercevoir sa silhouette fine, très droite, se dessiner sur la pelouse givrée, auréolée des rayons de la lune loup-garou.

Dans sa vieille chambre remplie de poussière, où elle avait passé de si nombreux hivers cachée sous les couvertures, elle resta éveillée à écouter les voix joviales des hommes se taire peu à peu et la lourde porte se refermer enfin. La maison ne lui parlait plus.

A côté d'elle, Elvis était immobile et écoutait.

20

Le lendemain matin, Emily, raide et courbatue, enfila son vieux jean, un gros pull-over et descendit dans la cuisine encore toute chaude et étincelante de propreté.

Débarrassée de la présence des marauds de Maybud, Cleta occupait à nouveau le terrain et fredonnait en cognant avec force les casseroles.

— Tu as vu Lulu, ce matin ? demanda Emily.

— Ouais, très tôt, elle a passé la tête par la porte pour m'dire qu'elle allait à la chasse et qu'elle serait de retour dans l'après-midi pour s'occuper de ton anniversaire et des huîtres. J'espère qu'elle va bien penser à tout ! T'as vu mon gâteau aux carottes ? Deux heures, ça m'a pris. Regarde ! Y a ton nom dessus, et treize bougies. Joyeux anniversaire, mon Emily. On dirait qu'il s'est écoulé cent ans depuis celui de tes douze ans !

— A la chasse... répéta lentement l'adolescente. Mais Lulu ne chasse pas. Elle déteste ça ! Elle devait faire la grasse matinée...

Cleta lui lança un regard de côté.

— Eh ben... c'est qu'elle a dû mal dormir. Elle m'avait pas l'air bien fraîche, ce matin. Toute chiffonnée, avec la tremblote. Et elle était pâle comme un linge, avec les yeux trop brillants, trop... Tu sais bien, comme quand elle est arrivée ici.

— Elle pense qu'elle va trouver quoi à la chasse ? lança Emily d'un ton dépité. On devait regarder un film cet après-midi pour mon anniversaire : *Diamants sur canapé.* Elle m'a dit qu'il était temps que je connaisse *Moon River*[1].

— Ce n'est pas quelque chose, mais plutôt quelqu'un, qu'elle a dû trouver ! Le grand beau gosse brun qui est arrivé hier soir avec M. Foxworth l'attendait sur le porche. Il portait deux fusils et tous les deux avaient ces vestes cirées, tu sais, pour la chasse. Et des bottes, aussi. Allez ! C'est pas des canards qu'elle va nous rapporter, Mlle Lulu !

Emily ravala un sanglot si violent qu'il n'échappa pas à Cleta.

— T'en fais pas, tu la verras ce soir, dit-elle en lui ramenant gentiment les cheveux sur le front. Et puis, jolie comme elle est, c'est pas les petits amis qui doivent lui manquer ! Autour du poulailler, y a toujours un renard qui rôde. Demain matin, après le petit déjeuner, y seront tous partis et vous pourrez à nouveau vous marrer et jouer avec les chiens. Seigneur, Emily, mais tu es bouillante ! Tu as de la fièvre ?

Emily la repoussa en lui disant d'une petite voix chevrotante :

— Non.

Si elle pouvait seulement retrouver la sécurité de sa petite chambre et dormir la tête enfouie sous les couvertures moelleuses, elle était sûre qu'à son réveil, Lulu serait assise sur son lit, en train de découper le gâteau en la taquinant et en jetant des miettes à Elvis. La nuit passée n'aurait été qu'un long rêve.

---

1. Chanson du film interprétée par Audrey Hepburn, qui contribua à son oscar et devint très vite un air populaire à la mode. (*N.d.T.*)

— Allez, assieds-toi là et mange un peu de mon pain perdu. Y en a pour Elvis aussi.

— Je préfère retourner au studio. Il y a des brioches. Merci beaucoup, Cleta, pour le gâteau. Il est très beau. J'en mettrai un peu de côté pour G. W. et Robert.

Elle sortit dans le pâle soleil glacial. Lorsque la porte se fut refermée, Cleta croisa les bras et regarda d'un air absent le gâteau avec ses treize bougies.

— Treize ans ! marmonna-t-elle. C'est pas un âge pour perdre encore quelqu'un. Dès que je l'ai vue, j'savais qu'elle portait la poisse, cette fille. On a besoin que Mlle Jenny nous revienne.

Cleta savait cependant que Jenny ne reviendrait pas, car un coucou doré l'avait jetée hors du nid pour s'emparer de son œuf et le couver. Cleta baissa la tête et pria pour que l'œuf ne soit pas irréparablement brisé après le départ du coucou.

Lulu ne se trouvait pas parmi les chasseurs cet après-midi-là. Emily était à la fenêtre de la grange quand les mules ramenèrent leur chargement d'hommes guillerets, de chiens frétillants et de gibecières débordantes de canards. Lulu n'était pas avec eux. Yancey Byrd non plus.

On ne la vit pas davantage pour le pique-nique d'huîtres chaudes sur le ponton. Le cœur lourd de pressentiments, Emily s'acquitta de son rôle de jeune fille de la maison. Avec un sourire triste, elle offrit aux invités des huîtres fumantes, ramassées du jour, en les interrogeant sur leur tableau de chasse du matin et en s'assurant que les verres étaient toujours remplis.

Lasse et découragée, elle se surprit à penser : « Et comment suis-je censée me débrouiller toute seule ?

A moins, comme le prétend Lulu, que ce soit dans mes gènes. Oh, Lulu, reviens... »

— As-tu vu mon entêtée de fille et son petit ami ? lui demanda Rhett au milieu du festin. Je n'aime pas beaucoup qu'elle te laisse faire tout le travail.

Emily, les yeux fixés sur ses bottes en caoutchouc trempées, répondit que non.

Loin du feu, l'air était si froid qu'Emily sentait son souffle se transformer en vapeur argentée. La pleine lune semblait suspendue juste au-dessus du fleuve, répandant sur le ponton une lumière très pâle, mais si limpide qu'elle lui avait permis de surprendre sur le visage de Rhett une expression amusée, teintée cependant d'une légère contrariété.

— Ils sont sûrement en ville ou... ailleurs, continua-t-il. Sa voiture a disparu depuis la nuit passée.

Son « ailleurs » lourd de sous-entendus n'échappa pas aux hommes présents, qui émirent un petit rire indulgent.

— Ils se sont peut-être rabibochés, lança un planteur grisonnant. Ma gosse, qui est dans la même école que la tienne, m'a raconté qu'ils sont restés très longtemps ensemble avant que Mlle Lulu ne le plaque et rentre à la maison. Hé, hé ! Pour moi, ça ne ressemble pas du tout à une rupture !

— Ce petit Byrd, c'est bien celui qui doit travailler avec Comer Tarleton après son admission au barreau ? ajouta un autre. Si c'est un des Byrd de Virginie, j'étais avec son père à Princeton. Un paquet d'argent et des relations ! Ta fille serait bien inspirée de vite se marier avec lui.

— Avec Lulu, on ne peut rien prévoir, répondit Rhett. Pour une raison qui m'échappe totalement, elle refuse absolument de le voir depuis qu'elle est rentrée. De toute façon, si ce n'est pas elle qui se marie avec lui, ce sera...

Maybelle ! Dès qu'elle l'a vu, elle en est tombée follement amoureuse.

Puis ils parlèrent d'autre chose. Emily resta immobile sur le ponton qui semblait tanguer sous ses pieds. De toute sa vie, elle ne s'était jamais sentie aussi lasse. Elle jeta un coup d'œil à son père qui avait le visage impénétrable, le regard fixé sur le fleuve. Il n'avait peut-être rien entendu.

Lorsqu'il se retourna pour lui faire face, elle comprit que rien ne lui avait échappé. Emily avait souvent assisté à la mort par asphyxie des poissons que l'on venait de pêcher. Le poisson paraissait encore vivant, mais quelque chose disparaissait de ses yeux et de ses écailles. C'était cette même chose qui venait de s'éteindre chez Walter.

— Emily, rentre à la maison, tu as l'air épuisée, dit-il la mine lasse. On nettoiera tout ça demain matin avec Cleta. Merci pour… tout.

— A vos ordres, chef, murmura-t-elle entre haut et bas.

Les gènes de l'hôtesse envolés, elle se dirigea pesamment vers la maison, suivie d'Elvis.

Elle déambula dans la cuisine vide, mais encore chaude et éclairée. Le glaçage sur le gâteau aux carottes avait durci et formait une carapace luisante. L'inscription dessinée par Cleta commençait à fondre. Les treize bougies lui faisaient penser aux barreaux d'une prison. Emily enfonça son doigt dans le sucre glacé, puis le lécha en se disant tout haut :

— Bon anniversaire, Emily. Ça fait un jour complet que tu as treize ans et tu n'as toujours rien appris !

Incapable d'aller dormir dans l'énorme grange désertée par Lulu, elle monta dans son ancienne chambre.

— Lulu, où es-tu ? Réponds-moi !

En passant près de la fenêtre, elle vit que la petite voiture était de retour. Sous les rayons blafards de la lune et l'éclairage jaune de sécurité, elle n'était plus rouge, mais d'un rose maladif. Sa joie se ranima à la façon de la dernière braise d'un feu moribond. Elvis sur les talons, elle courut à la grange. Elle avait froid, mais ça n'avait aucune importance. Il ferait chaud chez Lulu.

Lorsqu'elle arriva essoufflée à la porte du studio, elle s'aperçut qu'elle était fermée à clé. Elle essaya en vain de tirer le loquet, puis tambourina au battant.

— Lulu ?

Le silence. Elle comprit que le studio était aussi vide que la maison. Elle se souvint alors d'un air que fredonnait tante Jenny, une chanson de son époque, *The Sound of silence*.

Emily ferma les yeux et s'appuya contre la porte. Elle n'avait plus la force de retraverser la cour.

— Lulu, réponds-moi.

Puis, tout d'un coup, tout devint clair. Elle ne prit conscience qu'après avoir parcouru la moitié du champ inondé de lune qu'elle se dirigeait vers le petit bois. Elle courait, préférant ignorer la morsure du froid cinglant pour ne pas mourir gelée.

A côté d'elle, Elvis la suivait, silencieux, la tête baissée, flairant la piste.

A bout de souffle, Emily atteignit le sous-bois sombre à la végétation rare en hiver. La perspective dégagée offrait une meilleure vue qu'en été. Emily vit une lueur jaune qui clignotait sur la butte où se trouvait leur petit arbre de Noël destiné aux bêtes de la forêt. Un feu ! Lulu l'attendait près d'un feu allumé... Quelle idée extraordinaire ! Il n'y avait qu'elle pour en avoir de pareilles.

Elle accéléra. Une ou deux fois, elle trébucha et tomba sur les genoux, mais elle ne ressentit aucune douleur. C'était comme pour le froid : elle était devenue insensible à tout.

Devant elle, Elvis s'arrêta si brusquement qu'elle fut obligée de l'enjamber.

— Allez, vite, plus vite !

Mais il refusait d'aller plus loin. Il se mit à aboyer furieusement. Emily continua.

Elle entendit alors ce qui avait arrêté le chien : un cri d'abord léger, puis guttural, suivi par d'autres plus aigus, soutenus.

Lulu. Lulu souffrait. C'était son dieu païen et corrompu qui la faisait souffrir. Oubliés tous les sentiments qui l'avaient troublée depuis le matin ; c'était à nouveau Emily la Protectrice, celle du « tout va s'arranger », qui martelait le sol en direction de la clairière et du feu. Inconsciemment, elle serrait les poings et les dents. Elvis la dépassa à toute allure. Il aboyait de plus en plus férocement, un aboiement de fauve inconnu des Boykins.

— Ne t'en fais pas, Elvis. On va s'occuper de lui.

Il lui bloqua le passage en s'arrêtant net devant elle. Les babines retroussées, il montrait les dents et émettait un grondement sourd, continu, menaçant. C'était une mise en garde d'un danger, la même que devaient faire les chiens sauvages venus se réchauffer au feu des premiers hommes.

Un « stop » lui parvint très nettement.

Et au même moment, elle entendit la voix claire de Buddy, comme s'il était juste à côté d'elle : « Emily, stop ! »

C'est ce qu'elle tenta de faire, mais son élan l'emporta et elle se retrouva, un genou par terre, dans la clairière de la petite butte.

Elle n'essaya même pas de se relever. L'air autour d'elle était épais et ondoyait comme sous l'effet du brouillard ou d'une brume de chaleur. Toute la clairière était inondée d'une clarté aveuglante, une lumière infiniment plus violente que celle des rayons de la pleine lune. Plus tard, elle lut quelque part que, sous l'effet d'un choc violent, les pupilles pouvaient se contracter si fort que la lumière ambiante devenait d'un éclat insoutenable.

La lueur qu'elle avait aperçue de loin provenait du feu allumé près de leur petit arbre. Emily remarqua stupidement que toutes leurs offrandes avaient disparu. Très bien ! Si les créatures avaient apprécié, elles en remettraient d'autres. Le feu finissait de se consumer dans un grand baquet en aluminium. Elle apercevait vers l'ouest les vagues de spartines qui ondulaient ; elles avaient un chatoiement noir argenté sous le clair de lune et, dans chaque petit creux creusé par la marée, se mirait une lune en réduction.

Son regard se porta ensuite vers le centre de la clairière. Ses jambes l'abandonnèrent et elle se retrouva assise sur la terre gelée au milieu d'un fouillis de bruyères. Sans cesser de gronder, Elvis recula sur le côté pour se placer près d'elle.

Une couverture rayée noir et or était jetée au beau milieu de la petite falaise. Lulu était étendue sur le dos, nue, les yeux clos, les jambes inertes largement écartées. De légers halètements rauques soulevaient sa poitrine. Elle avait la peau décolorée et molle, comme un fruit trop mûr. De nombreuses griffures d'un rouge foncé lui striaient le ventre et les seins. La clairière empestait si fort le whisky et le vomi qu'Emily en eut le cœur soulevé.

L'homme qui était sur elle n'était pas nu. Il avait seulement le pantalon rabattu sur les chevilles, comme s'il avait été pressé. Lorsqu'il se souleva sur ses avant-bras, libérant les bras de Lulu qu'il maintenait en croix, Emily vit qu'il était encore en elle. Il promena lentement son regard sur Emily, prostrée dans son attitude de suppliante, et lui sourit. Au même moment, Emily vit son pénis long, mince et blanc sortir et se poser tout flasque sur le ventre de Lulu. Comme les yeux d'Emily ne le quittaient pas, il se mit à frémir lentement, puis à durcir.

— Ça te dirait de nous rejoindre ? lança Yancey Byrd.

Emily était statufiée. Elvis n'arrêtait plus de gronder.

— Y en aura pour tout le monde ! fit-il en posant la main sur son sexe.

Elle entendit alors Lulu lui dire :

— Emily, va-t'en.

Elle avait la voix frêle d'une petite enfant malade. Elle garda les yeux fermés. Quand elle s'aperçut qu'Emily ne bougeait pas, elle hurla :

— *Fiche le camp !*

Il n'y avait plus trace d'affection dans le hurlement de Lulu. Il n'y avait plus rien d'humain, non plus. Il résonnait toujours quand la fillette s'enfonça en courant dans le petit chemin noir.

Buddy lui criait à l'oreille : « Cours plus vite ! Encore plus vite, ne t'arrête pas ! »

Emily faisait tout ce qu'elle pouvait, mais ses pieds engourdis par le froid et ses jambes flageolantes l'en empêchaient. Elle avait l'impression de courir dans l'eau jusqu'à la taille, comme dans l'un de ces cauchemars où l'on est cloué au sol. Elvis la suivait en aboyant.

En arrivant à mi-chemin, elle retrouva l'usage de ses jambes et se mit à pleurer, la gorge remplie d'horreur et d'un sentiment de dégoût si violent qu'il la plia en deux. Soudain, elle fut certaine d'être poursuivie par quelque chose de létal. Ce n'était pas Yancey Byrd – il avait dû avoir ce qu'il voulait car les gémissements avaient repris du côté de la plage aux dauphins –, mais l'une de ses émanations. C'était une sorte d'épaisse fumée noire qui enveloppait la terre, puant le désespoir, la transpiration, la maladie, le sexe malsain et la corruption absolue. Elle avait envie de vomir. Derrière elle, tel un énorme banc de brouillard, l'obscurité épaisse et fumante gagnait inexorablement du terrain. Si elle la rattrapait, elle l'engloutirait et la laisserait croupir et pourrir au-delà de toute récupération. Courbée en deux, elle chancela.

Buddy lui cria : « Cours vers la lumière, Emily. Ne t'arrête pas ! »

Elvis, tout en regardant en arrière, lui mordillait les talons : « Avance ! »

Elle se redressa et vit une lumière semblable à de l'argent ou à du givre éclairer le champ à l'extrémité du chemin. Les poumons douloureux, elle se remit à courir au milieu des bruyères coupantes et des racines saillantes. Ses jambes et ses bras suivaient le rythme imposé par Buddy.

« Cours, Emmy ! Ne t'arrête pas.

— C'est ce que je fais. Tu ne le vois pas ?

— Allez, Emmy, un dernier effort ! »

Elle fit une ultime enjambée gigantesque qui la propulsa en pleine lumière. Pendant un court instant, elle s'arrêta, courbée en deux, les mains agrippées à sa poitrine, essayant de retrouver son souffle. Puis elle releva la tête et regarda en direction du fleuve. Sous la lueur froide et livide de la lune, la silhouette de Sweetwater se dessinait en noir contre le ciel blafard. Il y avait de la lumière jaune dans certaines pièces et de la fumée s'échappait de la cheminée de la bibliothèque. Son père ! Son père était encore debout. Faisait-il son deuil de Lulu ou attendait-il le retour d'Emily ? La question n'avait plus d'intérêt. Seul comptait qu'il fût encore réveillé.

Soudain, cela devenait vital, impératif, une question de vie ou de mort qu'il fût encore debout lorsqu'elle arriverait à la maison. Emily sentait toujours dans son dos le souffle fétide la poursuivre. Elle entendit Buddy lui dire . « Tu n'es pas encore arrivée, Emmy. Ne t'arrête surtout pas ! »

Se redressant à nouveau, elle avala de grandes goulées d'air glacial et se remit à courir. A côté d'elle, aussi silencieux qu'un chien fantôme, Elvis imprimait la cadence.

Sous l'énorme œil indifférent de la lune loup-garou, Emily Parmenter, treize ans et en possession du savoir, fuyait éperdument.

21

Tout l'hiver, un grand silence régna sur Sweetwater. Il avait de la masse, du volume et il était si pesant qu'Emily fut forcée pour lui échapper de vivre repliée sur elle-même. Les bruits de la vie et du monde ne lui arrivèrent plus qu'étouffés, comme égrenés à la surface de l'eau. Buddy resta muet et la maison ne lui parla plus. Seuls lui parvenaient encore les jappements des chiots. Quand, dans l'après-midi, elle se rendait d'un pas lourd aux chenils, leur joie lui mettait un peu de baume au cœur : « Ah, te voilà enfin ! Nous, on t'attend pour jouer et pour apprendre à devenir de bons chiens ! »

Elvis lui répétait sans fin : « Regarde, je suis là, moi. Je suis là ! »

Il ne lui dit jamais rien d'autre, mais elle ne lui demandait rien de plus qu'être là pendant ces longues journées mornes et silencieuses.

Elle ignorait si les autres étaient également sensibles au poids de ce silence. Elle voyait leurs lèvres bouger, des portes s'ouvrir et se refermer, des chiens monter dans des camions et des fusils sortir des râteliers. Tard dans la nuit, elle apercevait le reflet bleuté de la télévision dans la petite pièce où son père et les garçons avaient repris leurs vieilles habitudes, comme si les rires et les dîners aux chandelles n'avaient jamais existé.

Mais elle n'entendait rien, enfin pas véritablement.

Apparemment, les autres devaient entendre, puisque la vie dans la grande maison avait repris son train-train habituel, comme avant l'arrivée de Lulu dans leur vie. Le matin, Cleta venait préparer le petit déjeuner, ranger la maison et, le soir, Anisha faisait le dîner et la vaisselle. Tous lui parlaient et elle en avait conscience. De temps à autre, il lui arrivait même d'intercepter quelques bribes : « Emily, tu n'as pas bonne mine. Mange un peu » ; ou bien : « Emily, tu n'as pas oublié les colliers pour les chiens ? On en a besoin aujourd'hui. » Son père la questionnait aussi vaguement sur sa vie : « Ça va à l'école ? Comment tu t'en sors avec la nouvelle portée ? On en attend encore quatre, si tu peux faire face... »

Elle devait se concentrer très fort pour assimiler les mots dont le sens lui échappait.

A tout ce qu'on lui disait, elle répondait invariablement par un « très bien », accompagné d'un large sourire.

A l'école, même si ses livres lui offraient un rempart contre la curiosité de ses camarades, leurs questions lui parvenaient, assourdies : « Elle est où, la supernana à la BM rouge ? Tu la ramènes moins maintenant ? Elle en a eu marre de votre taudis ? Ton père et tes frères lui ont fait du rentre-dedans, ou quoi ? »

Emily se contentait de leur faire à eux aussi de grands sourires avant de se rendre à ses cours. Pendant la pause déjeuner, elle restait à l'écart pour lire en mangeant les sandwichs de Cleta. Seule la lecture semblait encore avoir une réalité. Elle s'y était jetée à corps perdu ; c'était la seule chose qui avait encore un sens ; Buddy ne s'était pas trompé.

De temps à autre, elle se disait : « C'est peut-être de la déprime ? Une dépression nerveuse ? Ça ne ressemble pas vraiment à ça, mais, après tout, je n'y connais rien. Il faudrait que je demande, mais à qui ? »

Et tout de suite, le réflexe : « Lulu doit savoir », suivi par une fulgurante douleur qui, comme un coup de rasoir effilé, mettait quelques secondes à la terrasser.

Elle entrait et sortait de Sweetwater sans même se souvenir qu'il y avait eu des douves. La plantation était désormais située sur une autre planète et même si tout danger avait été écarté, l'avenir ne semblait pas plus rassurant pour autant. Les journées s'écoulaient monotones et, à part l'heure, Emily ne voyait aucune différence entre le matin et le soir. Certes, à son retour, il y avait quand même Elvis qui l'attendait, et puis les chiots avec leur odeur de propre, dont les jeux pataude arrivaient encore parfois à l'émouvoir.

Quand elle se retrouvait au milieu d'une nouvelle portée de Boykins cuivrés, elle ne manquait jamais de leur dire silencieusement : « Me voilà, les p'tiots ! Prêts pour la séance ? »

L'entrain et l'humeur folâtre des chiots lui remontaient un peu le moral, tout au moins pendant le temps que durait la séance.

Elvis ne la quittait jamais.

Une grande activité régnait désormais à Sweetwater. Lulu avait vu juste sur les retombées favorables qu'aurait la soirée. La rumeur s'était vite répandue parmi les chasseurs. Plus personne n'ignorait désormais l'existence des Boykins de Sweetwater et, des quatre coins du pays, les commandes affluaient. On venait régulièrement à la plantation pour assister à l'entraînement des petits phénix, avant d'en réserver un ou plusieurs. De plus en plus de visiteurs demandaient à Emily de dégrossir leurs chiots avant qu'ils soient pris en charge par les garçons et par les deux nouveaux entraîneurs que son père avait débauchés en Caroline du Sud. Lui-même n'était plus que rarement à Sweetwater. Walter passait pratiquement tout son temps à participer à des concours ou des essais.

Dans le petit bureau, la cheminée était envahie de nouveaux rubans et de coupes en argent ternies. Il fit même la une du journal local. On le voyait souriant à la caméra, une portée de chiots turbulents dans les bras, avec la légende suivante : « WALTER PARMENTER DANS SA FERME DE SWEETWATER PRÉSENTANT UNE PORTÉE DE SES FAMEUX ÉPAGNEULS BOYKINS ».

Parmi les très nombreux visiteurs qui s'intéressaient aux Boykins, un bon nombre appartenaient aux grandes plantations du bas pays. Tous acceptaient avec empressement l'invitation de Walter à venir chasser à Sweetwater. En revanche, aucun ne la lui avait jamais rendue. Rien n'avait vraiment changé : Walter avait de nouveaux entraîneurs, de nombreux équipements neufs, un 4 × 4 rutilant – avec le logo de Sweetwater sur la portière –, des aires d'entraînement plus nombreuses, mais il lui manquait toujours l'essentiel. Si ce problème le travaillait, il n'en souffla jamais mot à quiconque. Emily aurait cependant pu lui expliquer que pas un seul des planteurs du bas pays n'ouvrirait sa porte à l'homme qui n'avait pu empêcher la fille de Rhett Foxworth de disparaître.

Personne, en effet, n'avait plus jamais revu Lulu, ni à Sweetwater, ni, apparemment, à Maybud, à Charleston, à Randolph Macon ou ailleurs.

Le lendemain matin du pique-nique, avant de regagner Maybud, le père de Lulu lui avait demandé d'un air renfrogné si elle savait où elle se trouvait.

« C'est vraiment d'une grossièreté sans nom de sa part. Et pas seulement pour moi. Ce sont nos plus vieux amis qui sont ici ! Tu l'as vue, Emily ?

— Non, pas depuis hier soir, avait-elle répondu en croisant les doigts. J'ai dormi ici et elle, au studio. Je pense qu'elle est avec ce garçon de Virginie, vous savez, celui qui vous accompagnait. »

Une expression contrariée, mais légèrement indulgente, avait envahi le visage poupon de Rhett.

« Yancey Byrd ! J'aurais dû m'en douter. Il s'est déchaîné pour la retrouver. Pas la peine d'essayer de savoir ce qu'ils font ! Bon, faut pas s'inquiéter inutilement. Enfin, pas pour le moment ! Même si tout ça n'augure rien de bon, au moins on sait avec qui elle est. Maybelle va bondir de joie. Elle va immédiatement s'imaginer qu'ils sont partis se marier en douce quelque part. Ça va sûrement la calmer et lui faire oublier sa sacrée saison. Si tu la vois, dis-lui de rentrer immédiatement. Allez, on ne va pas se faire du mauvais sang tout de suite ! »

« Non, avait pensé Emily, partagée entre la peine et l'écœurement. Vous auriez dû commencer il y a déjà quelque temps ! »

Jamais elle ne pourrait effacer le souvenir de Lulu, nue, toute flasque et complètement ivre dans les bras de ce sombre satyre. L'image lui brûlait encore la rétine. Plutôt mourir que de raconter à quiconque la scène à laquelle elle avait assisté.

Et c'est pourquoi elle n'avait rien dit. Après un copieux petit déjeuner suivi par les rires et les remerciements, la caravane de Land Rover et de jeeps avait repris le chemin en sens inverse, et Sweetwater s'était enfoncé dans le silence.

Walter n'avait plus évoqué Lulu devant Emily, ni ce jour-là ni plus tard. Il lui avait seulement déclaré : « Pendant tout ce week-end, tu as fait un excellent travail, Emily. Je suis fier de toi. »

Après quoi, il était parti vers le fleuve avec les chiens et Emily l'avait regardé s'éloigner. Il ne ressemblait plus à l'homme enjoué et brillant de ces derniers jours. C'était à nouveau son père, celui d'avant, rattrapé par le même rêve, mais amputé de son ambition dévorante et de l'allégresse des mois précédents. Elle avait eu envie de pleurer, mais une colère violente s'était saisie d'elle contre son père, pour avoir voulu faire de Lulu son étoile Polaire, et contre Lulu, pour les avoir tous rejetés au profit du sinistre monstre. Elle aurait pu lui résister, avait-elle pensé, furieuse. Elle aurait pu, par exemple, quitter la soirée et aller s'enfermer à clé chez elle ! Elle aurait pu aussi dormir à la maison, ou dire à son père qu'elle était malade et s'excuser auprès de tout le monde.

Mais, en son for intérieur, Emily savait bien que Lulu était l'esclave du ténébreux qui la tenait sous sa domination et avait droit de vie ou de mort sur elle.

Dévorée de culpabilité, elle se répétait sans fin qu'elle aurait dû prévenir Rhett, ou Cleta, n'importe qui. Elle se sentait responsable de ce qui était arrivé. Lulu était son amie et alors qu'elle s'était juré de la protéger, elle n'avait fait que fuir en lui refusant son aide.

Pendant quelques jours, le poids de sa responsabilité la cloua littéralement au sol. Puis la douleur laissa place à un grand silence blanc dans lequel elle enfouit tous ses remords.

Quelque temps plus tard, Maybelle fit une brève apparition à la ferme. Sous son bronzage Caraïbes et son manteau de fourrure, elle fulminait. Elle ne ressemblait plus du tout à une Lulu en plus jeune. C'était une harpie mâtinée de furie, une ménade qui accusait rageusement Walter.

— Comment avez-vous pu laisser faire ça ? Elle était sous votre toit et c'était votre invitée. Vous l'avez juste laissée... disparaître... comme ça ?

Walter ne se défendit pas.

— Je suis terriblement désolé. Elle faisait tellement partie de la famille qu'il ne m'était jamais venu l'idée de... de la surveiller. En dehors de nous, elle ne voyait personne. Elle passait tout son temps avec Emily. Avant la soirée, j'ignorais tout de ce Byrd !

Maybelle se tourna vers Emily.

— Toi, tu devais bien être au courant ? Tu vivais avec elle, tu dormais à quelques mètres, tu as passé sept mois jour et nuit avec elle. Elle n'est pas juste partie comme ça, sans même te dire au revoir !

Comme Emily ne répondait rien, Walter était intervenu d'un ton glacial qu'elle ne lui connaissait pas.

— Si Emily savait quelque chose, elle vous le dirait. Je vous rappelle quand même que c'est vous et votre mari qui aviez insisté pour nous confier Lulu. Vous nous aviez assuré que l'on ne s'apercevrait même pas de sa présence. Ce qui s'est vérifié. En revanche, vous n'avez demandé à personne ici de surveiller votre fille. Elle ne vous a donc jamais appelée ? Pourtant, elle affirmait vous téléphoner presque chaque jour.

L'expression surprise de Maybelle exprimait clairement le contraire.

— Si vous entendez parler d'elle, ou si elle vous contacte, je vous prie de m'en informer immédiatement. Leland viendra prendre ses affaires pendant le week-end. En tout état de cause, je n'ai jamais cru que vivre dans une grange à chiens correspondait à nos standards habituels, mais...

« Non, sauf que Lulu en avait décidé autrement, pensa Emily. Et vous avez été obligée de lui céder. C'est *vous*, la responsable ! Vous ne vouliez pas qu'elle reste ici et vous n'avez pas cessé de la harceler pour qu'elle sorte et aille dans toutes vos soirées de débutantes où l'alcool coule à flots. Et c'est encore vous qui l'avez littéralement jetée à la tête de Yancey Byrd. Et si, par hasard, son problème d'alcool et l'influence malsaine de cet homme vous avaient échappé, demandez-vous si une mère un peu différente *aurait* été capable, elle, de s'en apercevoir. Lulu a vraiment essayé de vous parler ! »

Mais elle garda ces réflexions pour elle, et Maybelle repartit en trombe dans sa Mercedes poussiéreuse. Elle ne remit plus jamais les pieds à Sweetwater.

Après son départ, Emily dit en retenant ses larmes :

— Ce n'était pas juste.

Pour une fois, son père la regarda avec attention avant de lui répondre.

— Non, tu as raison.

Leland vint effectivement le week-end suivant avec une équipe de Maybud pour débarrasser la grange de toutes les jolies choses de Lulu. Le silence s'installa à nouveau dans le bâtiment vide, effaçant tout souvenir de la présence des deux jeunes filles, de leurs rires, de leurs essayages et de leurs longues conversations tard dans la nuit.

Emily ne revit plus jamais Lulu. Elle ne posa jamais de questions à son père. Elle ignorait si Lulu était rentrée, ou si elle traînait toujours avec Yancey Byrd. A Sweetwater, même si tout rappelait son passage, on ne prononça plus son nom. Son absence était cependant si envahissante que tous avançaient sur la pointe des pieds, par crainte de se cogner contre son ombre.

Tenaillée par le remords, Emily se réfugia dans le silence et s'y engloutit comme dans les bras d'une mère, d'un père ou... d'un amant.

Début mars, elle reçut deux paquets qu'elle trouva posés sur son lit en rentrant de l'école. Elvis montait la garde, la tête sur les pattes et les yeux levés vers elle : « Regarde. On a des cadeaux ! »

Elle ouvrit le plus grand en premier : il était de la taille d'une fenêtre et assez léger. Une fois qu'elle eut déchiré l'emballage, une explosion de couleurs lui sauta au visage : le bleu métallique d'un ciel vide, le noir des prédateurs en plein vol, le rouge des mains ensanglantées brandissant des coupes d'offrandes à un soleil indifférent. C'était le tableau qu'adorait Lulu, celui de Richard Hagerty qui avait transformé la cellule monacale au-dessus de la grange en un temple pour prêtresse païenne ! Lulu ! Lulu était vivante quelque part, ou tout au moins suffisamment bien pour lui adresser ce merveilleux message. Le cœur d'Emily battait de joie.

La peinture dégageait une telle force qu'elle sentit tous ses sentiments de culpabilité s'évanouir.

— Regarde ce qu'elle nous envoie, lança-t-elle à Elvis. Elle se souvient de nous ! Elle va bien.

L'épagneul demeura silencieux.

Elle plaça le tableau entre les fenêtres qui ouvraient sur la véranda, le dock et le fleuve. C'était sa place, parmi les trois éléments : l'eau, la terre et le ciel. Elle fouilla dans le papier d'emballage à la recherche d'un message. Ecrit à l'encre noire sur le papier épais de couleur ivoire dont se servait toujours Lulu, avec gravé dans un coin le nom de Louisa Coltrane-Foxworth, le mot était signé : « Grand-mère ».

Elle ne comprit pas tout de suite le sens de ce qu'elle lisait, puis l'horreur la saisit. Elle s'assit raide et immobile, laissant la douleur l'envahir. Le tableau n'était pas un cadeau de Lulu, mais de la vieille dame à qui elle n'avait plus jamais pensé depuis le départ de son amie. Elle avait oublié que toutes les deux portaient le nom de Louisa-Cobb Foxworth en hommage à l'une de leurs lointaines aïeules.

Glacée, Emily se mit à lire.

Très chère Emily,
Je crois me souvenir que tu aimais particulièrement ce tableau, et je suis sûre que ma petite-fille aurait été heureuse de te l'offrir. Personne n'en veut à Maybud, et comme je ne sais

pas si je vais encore rester très longtemps ici, j'ai besoin de lui trouver un nouveau foyer. Tu peux, si tu préfères, le considérer comme un prêt jusqu'au retour de Lulu. Quel jour merveilleux ce sera, non ?

Ainsi, eux non plus n'avaient aucune nouvelle d'elle.

Il y a également un recueil de poésie que je destinais à Lulu, mais, en le relisant, j'ai pensé qu'il pourrait te plaire. Ce sont des poèmes très dépouillés, très forts, très sensuels qui parlent d'amour, de séparation, de la simple beauté du monde, toutes choses qui doivent t'être devenues familières maintenant. D'aucuns diraient que ces poèmes conviendraient mieux à un adulte qu'à une petite fille de treize ans – ton anniversaire, c'était bien le 1er janvier ? Moi, je pense, au contraire, qu'ils t'aideront à surmonter ta peine. On t'a obligée à devenir adulte très tôt et, crois-moi, certains de ces poèmes auront leur pleine signification pour toi. J'en avais marqué un grand nombre à l'intention de Lulu, mais il y en a d'autres spécialement pour toi : tu devineras lesquels en les lisant. J'ai toujours considéré la poésie comme un écho prolongé de nous-même qui nous accompagne à chaque moment de la vie.
L'un après l'autre, tous les gens que tu aimais t'ont quittée. Je ne sais pas si tu seras en mesure, un jour, de tous les remplacer, mais j'espère que tu découvriras comme moi que la poésie permet d'échapper à la solitude. Appelle-moi pour me dire ce que tu en penses.

Sous la signature, elle avait ajouté :

Je joins à cet envoi le vieux livre de cuisine de la famille Foxworth. Lulu m'a dit que tu avais beaucoup aimé te plonger dans ces recettes d'un autre temps. Voici l'occasion d'en découvrir de nouvelles et de les faire partager à ta famille. Crois-moi, la cuisine est l'un des meilleurs remèdes au chagrin. A ce propos, as-tu eu l'occasion de lire en entier le poème dont Buddy s'est inspiré pour te dédicacer le recueil de Yeats ? Ces vers sont tirés de « Quand tu seras vieille ». Si tu ne l'as pas encore fait, lis-le et tu comprendras ce qu'il voulait te dire : Buddy avait le don exceptionnel d'anticiper ce dont les gens auraient besoin à un moment bien précis de leur vie.

Emily se leva, mit un jean et le pull qu'elle avait volé dans l'armoire de Buddy après sa mort, puis se pelotonna dans son lit avec les *Poèmes* d'Anne Michaels qu'elle feuilleta à toute vitesse pour trouver le premier texte souligné : « Les morts nous laissent affamés, la bouche remplie d'amour. »

Elle resta assise immobile, laissant les mots lentement la pénétrer depuis le bout des doigts jusqu'à la racine des cheveux. Maman ; Buddy ; Lulu.

Puis elle tourna les pages à la recherche d'un autre poème souligné :

Il y a des choses que seuls frères et sœurs partagent –
Comme le détail dont se sert l'espion
Pour prouver son identité –
Terreurs enfouies dans les hautes herbes de l'enfance,
Vieilles choses soudain dévoilées ; plaisirs semblables au
toucan dont le flamboiement asservit la branche.
Seul un frère appelle depuis un hémisphère lointain
Pour lire quelques lignes décrivant l'étrange épisode
éphémère
De l'évolution, quand les reptiles ressemblaient encore
A des « tables basses recouvertes de peau d'alligator ».

Bien sûr que Buddy aurait fait ça, pensait Emily. C'est exactement le genre de choses dont il était capable. Une sensation douce et onctueuse comme du chocolat chaud lui emplit le creux de l'estomac.

Elle continua.

C'est par le langage que les fantômes viennent au monde.
Ils se contorsionnent pour s'infiltrer parmi les espaces noirs.
Morts lus à l'envers, comme dans un miroir.
Ils se rassemblent dans le champ blanc, et les yeux levés,
Attendent de voir leur nom s'inscrire.

Elle murmura à l'intention de sa mère et de Buddy :
— J'écrirai votre nom.
Mais pas celui de Lulu. C'était encore trop tôt.
Elle lut un autre poème.

Parce que la lune se sent aimée, elle permet à notre regard
[de
La suivre à travers champs quand elle rejette un à un
Ses vêtements, lambeaux de soie éparpillés, sillons
chatoyants.
Se sentant aimée, la lune adore être admirée lorsque, la
[nuit,
Elle traverse le fleuve à la nage.

« Oh, oui, se disait Emily, un sourire involontaire sur les lèvres. Toute ma vie, j'ai adoré regarder la lune sur le fleuve et dans la crique. Cette femme est capable de lire dans mes pensées ! »
Un autre :

Colette a dit que lorsqu'un être cher nous quittait
Il n'y avait aucune raison valable pour ne plus lui écrire.

Du plus profond d'elle-même, elle s'adressa à Buddy :
« Je t'ai écrit chaque jour depuis que tu m'as quittée. »

Et enfin :

Si l'amour te réclame ; si tu n'es plus que poussière d'étoiles,
Tu aimeras avec poumons et branchies, avec ton sang
                          [brûlant, avec ton sang glacé,
Avec plumes et écailles.

Emily comprit que ce passage était destiné à Lulu. Elle ferma les yeux pour retenir ses larmes. Après tout, il n'était même pas certain que la vieille dame ignorât tout de l'existence de l'homme des ténèbres.

Le visage et le cœur brûlants, elle s'enfonça plus profondément sous la couette. Elle n'était pas descendue dîner ; elle avait prétexté une petite indisposition. Anisha lui avait monté une part de tourte au poulet avec des petits pois, une glace, et des croquettes pour Elvis. Emily donna à boire au chien, le serra contre elle et se replongea dans la poésie. Elle lut sans pouvoir s'arrêter.

Le lendemain matin, quand elle entendit Elvis gémir pour sortir, elle eut l'impression de ne pas avoir dormi du tout. Elle descendit l'escalier à toute vitesse et lui ouvrit la porte. En l'attendant, Emily prêta une oreille attentive aux bruits de la maison. Rien, le silence. Elle se souvint alors que son père et ses frères avaient dû partir très tôt pour livrer quatre Boykins dans une plantation renommée de Géorgie. Ils ne seraient de retour qu'à la nuit. Quant à Cleta et à sa nièce, elles ne venaient jamais le week-end. Anisha leur laissait toujours quelque chose de prêt à réchauffer et Cleta appelait le matin pour savoir si tout allait bien. Le manque de sommeil et toute cette poésie brûlante lui faisaient légèrement tourner la tête. Emily s'étira de bonheur. Il lui restait un jour entier, un jour complet pour lire…

Elvis rentra et Emily regagna sa chambre, munie d'un sandwich et d'un sac de croquettes. Comme son jean et le vieux pull-over de Buddy commençaient à coller et à sentir la transpiration, elle prit une douche rapide avant de mettre une longue chemise de nuit en flanelle blanche, un cadeau de tante Jenny. Elle attacha ensuite ses cheveux et retourna se pelotonner dans son lit encore tiède pour se replonger dans les *Poèmes*.

La nuit était presque tombée lorsqu'elle referma le livre. Emily avait entendu son père et ses frères rentrer, mais elle s'était contentée de leur crier qu'elle avait attrapé froid et qu'ils trouveraient du jambon et de la salade de pommes de terre dans le réfrigérateur.

Lorsque le bruit assourdi de la télévision lui parvint, elle descendit à pas feutrés pour prendre du jambon et un verre de lait avant de regagner son lit et de retourner à sa lecture. A côté d'elle, Elvis dormait et, quand il lui arrivait de se réveiller, il l'interrogeait en gémissant :

« Que fait-on ici, enfermés comme ça ?

— On lit de la poésie, et c'est très important », lui répondait-elle silencieusement.

Il se retournait et se rendormait en poussant un grand soupir.

Cette nuit-là, Emily lut jusqu'à l'aube, et elle continua le jour suivant. Elvis ne dormait plus, mais il restait près d'elle, la tête bien droite, surveillant ses moindres mouvements : il était de garde.

Son père et les garçons étaient repartis : les jumeaux, pour suivre le championnat automobile de Daytona sur l'écran géant de Sandy Don à Folly Beach ; et son père, pour Columbia afin de discuter d'une chienne avec un autre éleveur. La maison était sombre, silencieuse et sentait la poussière ; Emily était toute chiffonnée, moite et les yeux secs du manque de sommeil. Elle ne sortait de son lit que pour aller se chercher à manger et ouvrir la porte à Elvis. Là-haut, dans sa chambre, la poésie lui brûlait la peau, imprimant sa marque au fer rouge.

Dans l'anthologie de Lulu, elle relut Keats : « Saison de brumes et d'onctueuse abondance ». Lulu avait raison, c'était une description parfaite de l'automne du bas pays. Elle était retournée dans la chambre sombre aux volets clos de Buddy pour emprunter ses recueils de poèmes qui sentaient encore le feu de bois, la poussière et son odeur. Elle ouvrit Thomas Hardy.

Quand le Présent aura verrouillé la porte sur mon timide séjour,
Et quand le riant mois de mai battra ses feuilles vertes comme des ailes aux nervures aussi délicates que de la soie, les voisins diront-ils :
« Voilà un homme qui savait observer ces choses-là » ?

Encore destiné à Buddy, sans aucun doute. Puis elle ouvrit Gerard Manley Hopkins, pour la pure beauté des mots dont l'âpreté lui brûlait la gorge.

Gloire à Dieu pour les choses tachetées —
Pour les ciels pommelés comme les vaches tavelées ;
Pour le pointillé taupé de la truite qui nage...

Et Hart Crane :

Et plus loin, les cloches de San Salvador
Saluent les étoiles à l'éclat de crocus,
Dans ses marées de prairies poinsettia, —
Archipels d'adagios...

Dans la grande maison vide, le téléphone n'avait pas arrêté de sonner.
Très tard, dimanche après-midi, Emily découvrit Lawrence Durrell.

Quelque chose a disparu près de ce fleuve,
C'était un peu avant le dernier chant du rossignol.

Immédiatement, l'odeur puante de l'abysse l'avait envahie. Elle murmura à Elvis :
— Jamais je ne pourrai retourner là-bas.
Puis elle pleura Lulu.

Elle pleurait toujours quand lui revint en mémoire la question de la vieille dame sur les vers qu'avait notés Buddy sur son livre d'anniversaire. Elle chercha le poème « Quand tu seras vieille » et suivit de son doigt les lignes jusqu'à trouver le passage cité :

Mais un seul aima ton âme vagabonde,
Et chérit les chagrins inscrits sur ton visage changeant...

Elle enfonça la tête dans l'oreiller et sanglota. Elvis lui lécha les joues comme un fou.

Comment avait-il deviné que le chagrin la marquerait si tôt ?

Elle chuchota, la tête dans l'oreiller :
— Je comprends tout maintenant.
« Enfin ! Il était temps », répondit Buddy.

Elle s'endormit alors et ne se réveilla qu'à la nuit tombée, quand elle entendit l'aboiement pressant d'Elvis. La chambre était sombre et sentait le renfermé. Elle avait la bouche tellement sèche qu'elle avait du mal à avaler. Elle ne savait plus où elle était. Ce fut alors qu'elle sentit le lit s'enfoncer légèrement sous le poids de tante Jenny qui, d'une main, repoussait ses cheveux emmêlés sur le front et, de l'autre, caressait Elvis. Emily entendit très clairement Elvis murmurer non pas à elle, mais à sa tante : « Enfin, te voilà. Je suis si content que tu sois là. Il n'y avait personne ici. Ça ne va pas, ça fait trop longtemps que l'on est dans cette chambre. »

— Pour l'amour du ciel, Emily, que fais-tu enfermée ici ? s'exclama Jenny. Cleta dit que cela fait deux jours qu'elle téléphone et que personne ne lui répond. Tu es malade, chérie ?

Emily s'assit dans son lit et entoura le cou de sa tante de ses bras. Ce fut en enfouissant la tête dans le creux familier de l'épaule de Jenny, avec sa bonne odeur de propre et de citron, qu'Emily comprit qu'une grande part de sa tristesse venait aussi de l'absence de sa tante.

— Non, dit-elle d'une voix mal assurée. Je lisais de la poésie.

A dix heures du soir, sa tante savait tout. Elle était debout face aux hautes fenêtres d'Emily, le dos tourné et le regard perdu dans le lointain. Elle resta ainsi très longtemps.

« Je me demande si elle voit le fleuve, pensait Emily. Regarde-t-elle la lune ? Mais y en a-t-il une seulement ? Je ne m'en souviens pas... "Parce que la lune se sent aimée, elle adore être admirée lorsque, la nuit, elle traverse le fleuve à la nage..." »

La première chose qu'avait faite Jenny en arrivant avait été d'envoyer Emily se laver et mettre un pyjama propre. Puis elle était descendue pour ouvrir la porte à Elvis avant de remonter avec un bol de la soupe au gombo d'Anisha et un verre de lait. Emily s'était jetée sur la soupe et l'avait avalée si vite qu'elle lui avait brûlé l'estomac. Elle avait bu le lait à grandes gorgées : elle mourait de faim. Quant avait-elle mangé pour la dernière fois ? Et Elvis ?

« Bon ! Raconte-moi tout », avait dit sa tante quand elle avait eu terminé.

Comme une digue qui aurait cédé, un flot ininterrompu de paroles avait alors jailli de la bouche d'Emily.

Même si elle l'avait voulu, elle n'aurait pas pu s'arrêter. Les mots se déchaînaient comme balayés par une force aussi élémentaire que la terre ou la mer. Sur la crête de la vague chevauchait la souffrance. Lorsque le flot se fut enfin tari, Emily constata qu'une grande partie de son chagrin venait de disparaître. Peut-être encombrait-il désormais les oreilles de sa tante, ou bien s'était-il tout simplement évaporé dans l'air ? Elle s'aperçut seulement qu'elle pouvait mieux respirer.

Pendant presque tout le temps qu'avait duré ce récit, Jenny était restée assise sur le lit, la main posée sur son front. Emily avait tout repris depuis l'épisode de la stupide dinde de Thanksgiving et des longues journées nostalgiques précédant Noël. Puis, elle lui avait décrit les préparatifs de la chasse – avec les oreillers de plumes dans le dortoir, les guirlandes, le déploiement de porcelaine, de cristal, d'argenterie, les nappes damassées, les domestiques de Maybud ; les reflets de leurs robes verte et noire, des émeraudes et des perles dans le vieux miroir à pied de la grand-mère. Elle lui parla de son père en smoking, un homme tout doré, qui recevait enfin chez lui les grands planteurs du bas pays ; elle lui raconta son expérience de jeune fille de la maison. Elle arriva enfin à sa rencontre malheureuse avec le monstrueux satyre, son anniversaire oublié et la longue course dans le noir vers le petit arbre décoré pour les créatures de la forêt, vers Lulu nue, ivre et pitoyable. Elle lui répéta ce que lui avait proposé le satyre en riant, ce que lui avait dit Lulu du fond de son coma, ce que Buddy lui avait soufflé à l'oreille et sa fuite éperdue dans le noir jusqu'aux lumières de Sweetwater.

Elle raconta ce qu'elle avait ressenti dans les bois.

« Il y avait quelque chose derrière moi. »

Elle avait la voix rauque et la gorge sèche d'avoir tant pleuré. Elle continua d'un ton mal assuré, les lèvres tremblantes.

« Ce n'était pas lui, mais je pense que c'était comme une de ses émanations. C'était une sorte de... de fumée noire qui bouillonnait derrière moi. J'étais sûre que si elle parvenait à me toucher, elle me tuerait. »

C'est au moment où elle lui décrivait l'arrivée de Yancey Byrd dans la foulée de Rhett Foxworth que Jenny s'était dirigée vers les fenêtres. Elle n'en avait plus bougé depuis.

Emily se tut et le silence s'installa. Elle entendait le stupide ronron de la télévision dans la petite pièce. Jenny la regarda enfin. Elle était blême, les narines et les lèvres pincées.

— Mais pour l'amour du ciel, à quoi *pensait* cette fille ? dit-elle d'une voix assourdie, tremblante de colère. Comment a-t-elle pu décharger sur toi ce... ce tombereau de saletés, cette pourriture malsaine ? Mais, bon Dieu, on ne confie pas ce genre d'obscénités à une petite fille de *douze ans* ! On ne raconte pas des choses pareilles à une enfant ! On n'en parle surtout à personne, à moins d'avoir quelque chose qui ne tourne pas rond ! Il faut vraiment être tordu pour se laisser aller comme ça !

Pendant toute la diatribe de sa tante, Emily s'était dit qu'elle n'était pas une enfant. Elle n'avait cependant jamais pensé que sa tante se mettrait dans un tel état. De la pitié pour Lulu et pour elle, oui, certainement, mais pas cette violente colère.

— Je suis désolée, Lulu, murmura-t-elle dans un souffle.

Sa tante continua d'une voix plus calme.

— Non, ce n'est pas vrai. En fait, tu es moins une enfant que tu n'en as l'air, mais tu n'es pas adulte pour autant. Il te faudra encore des années avant de pouvoir faire face à ce genre de situation – si tant est que tu aies à le faire. Et tu ne seras sûrement jamais forcée d'y assister... Et gâcher ton anniversaire, de surcroît ! Et te faire jurer en plus de ne parler à personne de son problème d'alcool ! Je ne lui en veux pas, mais je suis heureuse qu'elle soit partie. Impossible d'imaginer le mal qu'elle aurait pu faire ici, à toi et aux autres, si elle était restée !

Emily se mit à secouer la tête. Jenny revint vers elle, mais ne fit aucun geste. Elle s'assit immobile et attendit.

— Ça ne s'est pas passé du tout comme ça, dit l'adolescente d'un ton passionné. Elle s'est confiée à moi pour que je comprenne comment et pourquoi elle était devenue alcoolique. Elle m'a demandé de l'aider pour ne pas replonger. Elle essayait de toutes ses forces de ne pas céder, mais sa propre famille ne comprenait rien, ou ne voulait rien savoir. Elle ne pouvait pas en parler à sa grand-mère, car elle ne voulait pas lui faire ce genre de peine. Et moi, je l'ai aidée, tante Jenny ! Je ne l'ai jamais quittée jusqu'à l'arrivée de cet horrible satyre. Si tu l'avais vue quand il est venu, son expression... tu aurais tout compris. Ce n'était pas sa faute... ce qu'il lui faisait.

— Oh, très certainement ! Elle n'est pas la première, et elle ne sera pas la dernière. C'est une espèce d'obsession malsaine dont on devient vite dépendant. Mais elle aurait cependant pu éviter de t'y mêler. Comment pouvait-elle s'imaginer qu'une petite fille de douze ans serait assez forte pour l'aider, alors qu'elle-même n'y arrivait pas ? C'est ce que je ne lui pardonnerai jamais.

Emily avait vraiment besoin que sa tante comprenne.

— Elle était supposée faire quoi, alors ? Si Elvis n'était pas venu me chercher, elle serait morte, étouffée par son vomi. Je ne pouvais pas fermer les yeux et la laisser...

— Bien sûr que non, petit chou. Tu as fait ce qu'il fallait, c'est elle qui est fautive. Elle aurait pu simplement te remercier et, une fois remise, reprendre son travail. Elle aurait pu s'occuper de plus de chiens. Ou, encore mieux, elle aurait pu tout simplement rentrer chez elle, tout raconter à ses parents et arrêter de les faire passer pour une caste à part. Tu as été trop vulnérable face à tout ce brillant et ce clinquant ! Tu en ignorais tout et ton père avait complètement oublié combien tout ça pouvait être fascinant. Elle s'est jouée de votre ignorance. J'ai observé son manège, et Cleta aussi. On aurait dû réagir.

— Tu en fais un genre de sorcière. Non... elle ne l'était pas. Elle nous a fait rire et elle s'intéressait à nous. C'était bien la première fois qu'on était tous réunis ensemble... et elle avait vraiment besoin de moi. On était toujours ensemble et on parlait de tout. Pas une fois elle ne m'a traitée comme une enfant.

— Eh bien, elle aurait dû ! Tu n'avais que douze ans et c'est ça qui était grave. Elle n'avait pas à te voler ta jeunesse. Oh ! Il est vrai que tu n'as pas eu le droit de rester longtemps une petite fille ! Qu'en penses-tu ? Enfin, pas dans cette maison, en tout cas. Ils t'ont abandonnée... à ton sort, c'est tout. Je comprends que tu ne pouvais que l'adorer. A part Lulu, qui d'autre a jamais pris le temps de te parler ?

— Cleta, fit Emily d'une toute petite voix. Je parle aussi à Buddy tout le temps, et il me parle. Et puis à Elvis...

Jenny attrapa sa nièce et la serra très fort contre elle. Emily sentit son souffle et ses lèvres sur ses joues.

— Mon bébé, c'est quoi cette vie où tes seuls amis sont un garçon mort et un chien ?

Elles demeurèrent silencieuses. Jenny la berça longtemps. Emily sentit une douce chaleur l'envahir et lui ôter toute résistance.

— Parle-moi des poèmes, dit alors sa tante.

Le visage enflammé de joie, la voix remplie de tous les poèmes, Emily sentit la fièvre lui revenir.

— C'est la grand-mère de Lulu qui m'a envoyé le livre. Elle m'a écrit que la poésie était la compagne de tous les instants. C'est vrai, tante Jenny. J'ai passé tout le week-end à lire sans même m'apercevoir que j'étais toute seule ici.

— Montre-moi ce livre.

Jenny prit l'ouvrage qu'Emily lui tendait. Elle étudia longuement son contenu puis regarda Emily. Elle était à nouveau très pâle, les lèvres pincées.

— Mais ce sont qui, ces Foxworth ? Je suis effondrée, Emily. Ces poèmes ne parlent que de ténèbres, de mort, d'amours en fusion... Cette famille est beaucoup trop envahissante. Et ce tableau ! Pour être extraordinaire, il l'est, mais pas dans la chambre d'une jeune fille de treize ans ! Non, vraiment, je m'attendais à mieux de la part de la vieille Mme Foxworth.

— Tu la connais ?

— Un peu. C'est Buddy qui m'en avait parlé. Il l'adorait. Je l'ai rencontrée une seule fois, quand je suis allée le chercher chez elle après une leçon. Lorsque tu es revenue de son anniversaire, j'ai tout de suite compris qu'elle t'avait conquise, mais quand même...

Emily faillit lui raconter l'anecdote du coup de fusil, mais elle se retint juste à temps. Il y avait peu de chances pour que sa tante comprenne. Elle était sûre aussi que Buddy n'aurait voulu partager avec personne leur petit secret.

Elle montra à Jenny le mot qui avait accompagné le livre et le tableau. Après l'avoir lu, Jenny le reposa et dit avec un très léger sourire :

— Je me suis un peu trompée sur elle. Elle te connaît presque aussi bien que Buddy. Et, de toute évidence, elle adore sa petite-fille. Elle doit énormément souffrir en ce

396

moment. Pourquoi Lulu a-t-elle refusé de se confier à elle ? Contrairement aux autres Foxworth, elle aurait certainement compris.

— Lulu avait peur que cela ne la tue.

— Ah, bon ! Ça aurait pu tuer sa grand-mère mais toi, ce n'était pas grave ! C'était vraiment une bonne idée...

Emily posa de nouveau la tête sur l'épaule de sa tante, et Jenny l'étreignit légèrement.

Elle osa enfin lui poser la question qui lui brûlait le cœur.

— Tu crois qu'elle est morte ?

— Non, mais je ne pense pas qu'on aura jamais de ses nouvelles si les Foxworth ne nous en donnent pas. Chez ces gens-là, on n'aime pas parler des échecs !

— Tu penses qu'ils savent où elle est ?

— Oh, oui ! Il y a toujours quelqu'un qui sait quelque chose et il y a mille façons de retrouver une personne disparue. Si elle était morte, ça se saurait, car il est impossible de cacher la perte de son enfant. Mais, à mon avis, c'est bien la seule chose qu'on nous dirait.

— Ma mère, tu sais où elle est ? murmura Emily dans le col de la veste de Jenny. Et papa, il le sait, lui ?

— Oui, je pense qu'il le sait, mais moi, je n'en ai aucune idée. Je suis sûre, en revanche, qu'elle est toujours en vie.

Une flèche perça le cœur d'Emily. C'était sûr qu'une mère décédée ne pouvait pas donner de ses nouvelles ou revenir... mais une mère vivante ?

— Tu as demandé à papa ?

— Non. Il me le dirait, mais je ne l'ai pas interrogé. En franchissant cette porte, elle n'a pas abandonné que vous !

— Mais est-ce que tu lui demanderas ? Pour que je sache..

— Non, ma chérie. C'est à toi de le faire.

— Mais, tante Jenny, je ne peux pas !

— Non, pas maintenant, mais un jour, peut-être. Ce n'est pas le moment, en tout cas, ni pour toi ni pour ton père, de vous ajouter une peine supplémentaire. Il a perdu les mêmes personnes que toi.

— Tu crois qu'il... l'aimait ?

Sa tante mit longtemps avant de lui répondre. Elle berçait Emily en lui caressant machinalement les cheveux.

— Non. Je pense que ce qu'il aimait, c'était le reflet qu'elle lui donnait de lui-même : un homme complètement différent qui courait avec la meute. C'est ce qu'elle lui a offert pendant un moment, avant de le lui retirer. Emily, il te faut penser à lui, maintenant.

— Pourquoi ? Il ne pense pas à moi, lui.

— C'est à toi de faire le premier pas. Tu es assez grande pour cela, non ?

— Oui, mais s'il refuse ?

— Emily, tu ne peux pas savoir si tu n'essaies pas.

— Oui, d'accord. Mais qu'est-ce que je dois faire ?

— Tu trouveras bien. Tu n'as qu'à attendre et ça viendra tout seul. Pour l'instant, retourne te coucher, car il faut que je parle à ton père.

— Tu reviendras me voir ?

— Je voudrais bien que quelqu'un essaie de m'en empêcher !

— Tante Jenny, tu ne crois pas que je devrais appeler sa grand-mère ? Si elle sait où est Lulu, elle me le dira.

— Non, c'est à moi de le faire, répondit Jenny après avoir réfléchi un petit moment. J'imagine qu'elle est dans l'annuaire...

— Oui. Elle me l'a dit le soir de son anniversaire. Elle m'a fait promettre de l'appeler si Lulu avait des ennuis.

Ses yeux secs et irrités se remplirent de larmes. Sa tante lui embrassa le front.

— Ce n'est plus ton problème et ça ne l'a jamais été. Va te coucher maintenant. Il y a école demain.

Elle se leva et quitta la chambre d'Emily sur la pointe des pieds.

La banalité de ces dernières paroles envahit lentement Emily. Elle se sentait somnolente, toute molle, à moitié consciente, tel un nouveau-né emmailloté. Elle était hors de danger.

Avant de s'enfoncer dans les oreillers, elle murmura :

— Demain il y a école et j'ai treize ans.

Elvis regagna la chambre en bondissant de joie et sauta dans le lit. Il sentait la terre humide et les croquettes. Il se tourna deux fois avant de se blottir à côté d'elle.

Le bruit des pas de Jenny résonnait encore dans l'escalier que la petite fille et le chien étaient déjà profondément endormis.

22

Jenny revint vivre à Sweetwater le week-end suivant. Elle continuerait son travail au centre médical, mais elle habiterait à la plantation et reprendrait la chambre qu'elle avait occupée, celle de Buddy.

— Ta maison et ta colocataire ne vont-elles pas te manquer ? lui demanda Emily.

— Non. Ma maison est trop proche de la piste de décollage de l'aéroport, et ma colocataire laisse traîner ses cheveux dans le lavabo.

— Et ton petit ami ?

— Lui aussi, il laisse des cheveux dans le lavabo.

— Et tu ne repartiras plus ?

— Non, pas avant que tu ne m'y obliges.

Depuis le week-end précédent, où elle avait confié à sa tante les débris de sa vie avec Lulu, Emily avait l'impression d'être vidée, aussi frêle qu'après une longue maladie. Ce n'était pas vraiment un état désagréable. Souvent, il lui semblait que les dernières bourrasques de mars n'auraient eu aucun mal à la soulever de terre pour l'emmener dans leur sillage vers le marais, le fleuve, l'océan.

Le samedi suivant le retour de Jenny, Emily se leva de bonne heure, mit son vieux jean et, armée de son couteau spécial et de gants, elle prit la petite barque pour

400

rejoindre la berge où elle savait trouver d'innombrables bancs d'huîtres bien grasses. De retour dans la grande cuisine, elle se plongea dans le vieux livre de recettes envoyé par la grand-mère de Lulu. Elle prépara une pâte onctueuse qu'elle abaissa ensuite sur le vieux marbre de Cleta. Elle remplit la préparation de plusieurs couches d'huîtres, ajouta du beurre, du sherry et du macis. Après avoir recouvert la tourte d'un disque de pâte dorée, elle la mit à fermenter sur le porche. Emily ne savait pas à quoi ça servait, mais Cleta le faisait toujours.

Ce soir-là, profitant du moment où ils étaient tous assis dans la bibliothèque à siroter du sherry, Emily s'éclipsa pour mettre la tourte au four. Elle était toute dorée et brûlante lorsqu'elle la servit à table. Pour l'occasion, l'adolescente avait sorti non seulement les chandeliers, mais également le service en porcelaine de Haviland. Le temps des dîners de Lulu était bel et bien révolu, mais la soirée fut très agréable et l'atmosphère, sereine sous la lumière des hautes bougies blanches. Ils burent le vin blanc aux arômes de fleurs apporté par Jenny et la tourte, une fois entamée, dégagea un nuage de vapeur odorante qui emplit la petite pièce d'une buée identique à celle d'un souffle chaud et humain.

Après l'avoir goûtée, son père s'exclama :

— Excellent, Jenny ! C'est la première fois que tu nous fais ce plat, non ?

— Oui, c'est la première fois que l'on mange cette tourte, mais ce n'est pas moi qui l'ai faite, c'est Emily ! Elle s'est chargée de tout, depuis le ramassage des huîtres jusqu'à la confection de la tourte. C'est une très vieille recette, j'imagine.

Le regard de Walter se posa sur sa fille. Ses yeux paraissaient étonnamment bleus à la lueur des chandelles.

— C'est délicieux, Emmy. Non, mais dis-moi, c'est

bien la même fille qui était incapable, l'année passée, de malaxer même de la pâtée pour les chiots ?

Emily lui sourit.

— La même.

C'était bien la première fois que le regard de son père prenait le temps de s'attarder aussi longtemps sur elle.

— C'est une vieille recette de famille, dit-elle, surprise.

— Quelle famille ?

— La nôtre, bien sûr.

Son père éclata de rire.

— Bien sûr.

Le lendemain matin, qui était un dimanche, Emily et Jenny descendirent vers le fleuve en empruntant le ponton qui traversait le marais. Pendant la semaine, le printemps comme souvent avait déferlé sur le bas pays tel un raz-de-marée, et tout était resplendissant et joyeux. Le soleil était encore tiède ; la canicule n'allait pas tarder, mais ce n'était pas pour tout de suite. Le marais verdoyant ressemblait à un océan aux reflets argentés et ondulait jusqu'au fleuve avant de se fondre dans l'horizon. Des centaines d'oiseaux connus et inconnus d'Emily faisaient frémir l'air de leurs chants qui résonnaient parmi les chênes et dans les sous-bois. Des bougies semblaient éclairer par transparence les nouvelles feuilles translucides d'un vert très tendre. L'air embaumait la mer, le marais et le fleuve boueux. C'était le genre de journée qui rendait bêtes et gens d'humeur folâtre, à commencer par les chiots, intenables avec l'arrivée soudaine du printemps. Et Elvis, contrairement à son habitude, ne les avait pas rappelés à l'ordre ce matin et s'était même mis sur le dos pour qu'ils puissent lui grimper dessus. Il se reposait maintenant, le museau sur les pattes, paresseusement allongé entre Jenny et Emily, son poil roux incandescent au soleil.

Ils restèrent tous les trois un long moment à apprécier en silence le soleil.

— Emily, commença alors Jenny, j'ai quelque chose de très triste à t'annoncer. Cette semaine, j'ai appelé Maybud pour parler à la vieille dame. Je suis tombée sur une inconnue qui m'a dit que Mme Foxworth avait eu un problème cardiaque et qu'elle était morte il y a quelques jours à peine. Ça ne devait pas être bien longtemps après que tu as reçu le livre et le tableau. J'en ai profité pour demander si les Foxworth avaient eu des nouvelles de Lulu, mais la personne m'a répondu sèchement qu'elle ne savait rien avant de raccrocher. Je suis vraiment désolée, petit chou.

Des larmes montèrent aux yeux d'Emily. Elle ressentit un vrai chagrin, mais très primitif, comme celui d'une petite fille. Elle avait l'impression d'avoir déjà utilisé pour Lulu sa maigre réserve de douleurs déchirantes et de souffrances complexes. Ça ressemblait bien à la vieille dame de ne pas lui en demander plus.

Depuis le retour du printemps, son père venait souvent la rejoindre à l'enclos. Appuyé à la barrière, les mains dans les poches, il la regardait travailler avec les chiots. Souvent, Elvis allait s'asseoir à côté de lui. Son père avait exactement la même attitude que celle qu'il avait eue à Noël en admirant l'ensorcelante Lulu qui transformait sa plantation en cour du roi Arthur.

— Ça va ? Je me débrouille comment ? lui lançait quelquefois Emily.

— Mieux que n'importe qui.

Souvent aussi, quand elle rentrait de ses cours, elle trouvait son père et sa tante installés sur le porche, se balançant dans leurs rocking-chairs en buvant du thé glacé.

Au cours d'une de ces douces journées, son père lui dit :

— Tu es devenue bien grande et bien mince ! Quand cela t'est-il arrivé ? Sais-tu que tu ressembles de plus en plus à Jenny ?

Emily en était parfaitement consciente.

— Ouais, un peu...

Son père répéta :

— Oui, un peu. Seulement, en y réfléchissant bien, je trouve que tu ressembles de plus en plus à... toi !

Depuis le retour de sa tante à Sweetwater, Emily avait souvent tendu l'oreille le soir pour surprendre à nouveau l'écho de leurs rires étouffés. Il lui fallut attendre jusqu'à la fin du mois d'avril pour les entendre enfin, mêlés au gargouillis du fleuve et au coassement des grenouilles. Elle sourit en s'endormant.

Un soir, au début du mois de mai, Emily leur annonça pendant le dîner, d'une petite voix timide :

— On m'a désignée pour prononcer le discours de fin d'année scolaire.

La nuit n'était pas encore tombée et les parfums mêlés du mimosa et du fleuve étaient enivrants. Emily ne savait que penser de cet honneur. Elle avait été profondément surprise lorsque son conseiller pédagogique lui en avait parlé : elle ne pensait pas que ses notes du dernier trimestre aient été si brillantes que ça. Elle n'avait surtout pas la moindre idée sur la forme que devait avoir son discours, et encore moins sur son contenu.

— Oh, il ne faut pas en faire une affaire d'Etat, dit Emily lorsque le concert de félicitations autour de la table se calma. Moi, je ne fais que le second discours, car pour le premier, il faut avoir des notes d'enfer !

— Tes notes doivent tout de même être excellentes, intervint sa tante.

Son père se pencha en arrière et un large sourire illumina son visage.

— Eh bien, Emmy-puce, à ma connaissance, ce sera bien la première fois que quelqu'un dans cette famille prononcera un discours. Il va y avoir salle comble pour l'entendre !

— S'il vous plaît, non ! Je vais peut-être refuser et laisser ma place à la suivante sur la liste. Moi, je ne sais parler qu'aux chiens !

— Tu ne feras rien de tel, dit Jenny. On emmènera Elvis, comme ça tu pourras t'adresser à lui ! Et il n'y a pas de mais qui tienne ! Nous sommes si fiers de toi, Emily !

— J'ai du mal à imaginer que tu entres bientôt au lycée, avoua son père plus tard dans la soirée.

Ils étaient toujours assis sur le porche à observer la grande lune jaune glisser timidement du ciel vers le fleuve. « Se sentant aimée, la lune adore être admirée… »

— Tu t'es finalement décidée pour Hammond ? Je ne connais même pas les autres lycées de la région. Ce n'est pas très brillant pour le père de la future diplômée !

— Peut-être, mais je peux aussi aller au nouveau lycée à John Island. Mon conseiller au collège dit que c'est également une possibilité. Je ne sais pas trop, mais j'ai encore un peu de temps pour me décider.

Son père se remit à se balancer en faisant grincer le rocking-chair.

— Oui. Tu as encore tout l'été.

Une semaine plus tard, Walt Junior leur annonça qu'on lui avait parlé de Lulu.

— La sœur aînée de Spencer Hardin, celle qui habite à New York, lui a dit qu'elle avait aperçu Lulu, assise à l'aéroport Kennedy. D'après Spencer, c'était devenu une épave, un véritable squelette, sale, pas coiffé. Elle était couchée par terre, la tête sur son sac à dos. Endormie, ou ivre, ou shootée – enfin elle n'était pas bien et avait l'air d'un cadavre. Elle était dans une de ces salles d'attente pour les vols vers l'Afrique, l'Egypte, je crois... en tout cas pour l'étranger.

Tanger ! Cela avait toujours été un des rêves de Lulu. Elle disait toujours que là-bas tout était de la couleur de l'été et qu'il ne faisait jamais froid.

Emily quitta la table et grimpa dans sa chambre. Par la fenêtre, elle vit un carré de lumière dans l'ancien studio de Lulu. Il était occupé par un couple falot qui, d'après son père, avait l'étoffe de devenir de très bons entraîneurs. L'adolescente ferma les yeux pour se remémorer les murs blancs, les étoffes vaporeuses, la masse dorée et parfumée des cheveux de Lulu, son odeur de savon à la lavande et de copeaux de bois. Elle entendait son rire nonchalant.

Des larmes lui montèrent aux yeux.

— Oh, Lulu, j'espère que tu auras toujours chaud, murmura-t-elle dans un souffle.

Deux jours plus tard, par un après-midi orageux mêlé de coups de tonnerre et sous un ciel chargé de gros nuages verdâtres, Emily trouva une lettre posée sur son lit. L'enveloppe était épaisse, lourde, de couleur crème et portait le nom de Charlotte Hall gravé dans le coin gauche. Le cœur d'Emily se mit à battre violemment. Elle reposa l'enveloppe, se changea et partit s'occuper des chiots. Quand elle revint, la missive était toujours à la même place.

« Chère mademoiselle Parmenter », lut-elle. Puis les élégants caractères romains se brouillèrent. Seuls quelques paragraphes lui parurent clairs :

... retenue comme première bénéficiaire de la bourse Louisa-Cobb-Foxworth. C'est une bourse de quatre ans pour des études littéraires et artistiques. Elle a été récemment créée par Mme Louisa Coltrane-Foxworth, une amie très chère et très ancienne, pour rendre hommage à sa petite-fille qui a été une de nos très brillantes élèves. La règle à Charlotte Hall voudrait que vous nous fournissiez d'abord un relevé de vos résultats scolaires, avant de passer un test d'admission et d'avoir un rendez-vous avec vos parents – ce que nous ferons très rapidement. Or, Mme Foxworth nous a assuré que non seulement vous satisfaisiez à tous les critères, mais que vous étiez, à son avis, la seule bénéficiaire possible pour cette première bourse. C'est donc avec plaisir que nous honorons sa volonté. Comme vous le savez très certainement, Mme Foxworth nous a quittés récemment. Sa force, son dévouement et son extraordinaire communion avec les jeunes nous feront cruellement défaut. La mise en place de cette bourse a été l'un de ses derniers engagements.

Nous espérons avoir très bientôt votre accord et connaître ainsi le très vif plaisir de vous rencontrer, vous et votre famille. Appelez-moi au 697-0000 pour que nous convenions d'une date.

Bienvenue dans la grande famille de Charlotte Hall,
Avec mes sentiments les meilleurs,

Rose Curry-Ashmead,
Directrice

Emily plia et replia la lettre jusqu'à en faire un minuscule carré. Elle la garda plusieurs jours cachée dans sa poche, ou à l'intérieur de son soutien-gorge. Le papier lui brûlait la peau à certains moments et la glaçait à d'autres. Elle n'en avait parlé ni à son père ni à sa tante, seulement à Elvis qui lui avait dit : « Et alors, ça va changer quelque chose ? » Quant à Buddy, il ne lui avait rien répondu.

La nuit, elle dormait avec la lettre sous l'oreiller et faisait des rêves longs et étranges d'eau, de ponton, et de bateaux à quai. L'un des bateaux était la magnifique goélette qu'elle avait vue dans son rêve l'automne dernier. Elle était gréée et le vent faisait grincer ses amarres, mais il n'y avait plus personne à bord. Seuls des bagages étiquetés se trouvaient empilés sur le pont de teck étincelant. Incapable de déchiffrer les noms inscrits dessus, elle se tourna et se retourna dans son lit avant de se rendormir.

Une semaine avant la remise des diplômes, alors qu'Emily cherchait toujours le sujet de son discours, la première vague de chaleur s'abattit sur le bas pays. Bêtes et gens n'avançaient plus qu'avec peine ; le temps semblait s'écouler goutte à goutte. L'entraînement des chiens prenait fin à l'heure du déjeuner et Walter passait presque tous ses après-midi avec Emily et les chiots dans l'enclos. Il restait appuyé à l'ombre du gigantesque chêne, ou bien s'asseyait en tailleur, toujours en compagnie d'Elvis qui avait le regard constamment fixé sur sa maîtresse.

Le deuxième jour de la canicule, alors qu'elle venait de ramener les chiots à leur mère, son chien se mit à aboyer de façon pressante et impérative. C'étaient des aboiements de joie.

Elle quitta l'enclos pour rejoindre son père et Elvis qui l'attendaient. L'épagneul faisait semblant de partir, puis revenait les chercher en aboyant.

— Il veut qu'on le suive, dit Emily à son père.

— Où ça ?

— Je l'ignore, mais lui doit le savoir !

Walter se leva en épongeant la sueur de son front. Il était bronzé, mince et ses cheveux blond argenté brillaient dans le soleil. Le cœur d'Emily se serra. « Il n'est pas vieux, songea-t-elle. Je me demande bien pourquoi je le trouvais si vieux avant. »

— Vas-y, on te suit, lança-t-il à Elvis.

Homme et fille obéirent au Boykin qui, dans son excitation, tournait comme un derviche. Il gagna d'un bond le champ aveuglant de soleil en direction du bois et de la plage aux dauphins.

— Je sais où il va, s'exclama Emily en riant. Dépêche-toi, papa. On va être en retard !

Walter secoua la tête, mais augmenta sa foulée pour se mettre à la même vitesse que sa fille. Ils furent rapidement dans le bois. Ils avaient du mal à respirer dans l'air humide, chaud et bourdonnant d'insectes. Elvis courait devant eux ventre à terre, les oreilles au vent.

Ils sortirent en trombe de la forêt et arrivèrent sur le petit promontoire qui dominait la plage aux dauphins. C'était presque marée basse et le filet d'eau qui se faufilait dans la spartine bougeait à peine. Très loin, bien au-delà de la crique, Emily entendit un bruit, comme celui que ferait un objet énorme tombant dans l'eau depuis les branches basses du chêne mort. Il fut suivi par un coassement. Pendant l'espace d'un bref instant, Emily eut l'image kaléidoscopique d'une chair aussi molle qu'un fruit pourri à la lueur d'un feu mourant ; elle sentit l'odeur amniotique du sexe, la puanteur du vomi et le souffle âcre du bois brûlé ; elle ressentit dans son dos la présence d'une grande forme noire qui la marquait au fer rouge. Puis, tout s'évanouit pour ne laisser place qu'à la canicule, au silence et au clapotis morne de la marée descendante.

Il s'était cependant passé quelque chose en bas, sur la petite plage. Il y avait des marques toutes fraîches sur le sable et l'eau de la crique était encore agitée d'un remous. Très loin, vers l'océan, le grand tumulte se calmait.

— On les a manqués ! s'écria-t-elle. Ils étaient là et on est arrivés trop tard. Elvis le savait. Je voulais te montrer...

Une énorme vague se forma dans la crique d'où émergea, comme une torpille, une grosse tête argentée qui les fixa de son immense œil noir et les salua de son sourire de bande dessinée. Il y eut ensuite une grande ondulation argentée puis le dauphin plongea et, aussi silencieux qu'un poisson fantôme, glissa sous l'eau pour rejoindre sa bande qui refluait déjà vers l'océan.

— Il nous a attendus, dit-elle, les yeux embués par les larmes et la sueur. Il l'a déjà fait une fois lorsque Lulu était avec moi. Elle disait qu'ils venaient toujours quand ils sentaient qu'on avait besoin d'eux.

Son père abaissa son regard vers elle et lui sourit.

— Seigneur ! Les dauphins du fleuve. Je les avais complètement oubliés, ceux-là. Et pourtant, ils étaient déjà là, à cet endroit précis, la première fois que je suis venu ici.

— Est-ce que... ma mère t'a emmené ici pour les voir ?

Walter éclata d'un rire presque enfantin.

— Jamais ta mère ne serait sortie au grand air sans une raison impérieuse ! C'est ta tante Jenny qui me les a montrés. C'était bien avant que je ne rencontre Caroline... Ils sont vraiment extraordinaires !

Ils s'assirent ensuite sur l'herbe à l'ombre des saules et des petits chênes verts. Sa mission terminée, Elvis s'étendit près d'Emily, la langue pendante sur le côté, l'air ravi. Ils demeurèrent ainsi un très long moment.

— Sais-tu que le ratio de sel dans l'eau de mer est exactement le même que celui du sang humain ? dit Walter. J'ai lu ça quelque part. Ce n'est donc pas surprenant qu'il y ait autant de gens qui ne peuvent se passer de la mer.

Emily lui sourit.

— Tu te souviens de la fois où tu as été obligé de me ramener en catastrophe de mon camp de vacances dans la montagne ? Tout le monde pensait que c'était parce que je m'ennuyais de vous, que j'étais encore un bébé. Ça n'avait rien à voir. Je ne pouvais tout simplement pas vivre et respirer loin de l'eau salée, du fleuve et de la crique. Je ne peux toujours pas, d'ailleurs !

— Je ne le savais pas.

Il l'entoura de son bras pour la serrer contre lui. Elle posa la tête sur son épaule, très doucement, lentement, de peur de ne rencontrer que le vide.

— C'est vrai, je ne connais pas grand-chose de toi ! J'ai beaucoup de temps à rattraper.

Ils restèrent à nouveau silencieux. Emily garda la tête sur l'épaule de son père. A côté d'elle, Elvis ronflait en cadence. Elle mit la main sur la poche de sa chemise et sentit le contour rigide du petit carré de papier.

— Parle-moi de ma mère.

Epilogue

Par un beau et frais matin de septembre, une jolie jeune fille vêtue d'une longue jupe à fleurs et d'un débardeur rose regardait à travers les hautes grilles en fer forgé d'un portail à double battant. A l'intérieur, tout juste débarquées d'une escadrille de minibus rutilants, d'autres jeunes filles presque identiques s'interpellaient et riaient en traversant la pelouse impeccable et les allées pavées de blanc.

Emily avait cependant conscience de ne pas complètement leur ressembler. Elles n'avaient sûrement pas le cœur lourd d'inquiétude, le sang glacé de terreur et la langue pâteuse.

Brusquement, elle fit demi-tour et courut vers le 4×4 vert garé le long du trottoir, encore couvert de la poussière du chemin pierreux de Sweetwater et tout zébré par l'ombre des feuillages de Rutledge Street. Elle passa la tête par la vitre de la portière avant pour embrasser son père. Il avait les joues lisses et encore rosies par le feu du rasoir, et ses cheveux avaient gardé la trace du peigne.

— Dépêche-toi, Emmy-puce, dit-il. Tu vas être en retard. Jenny ou moi viendrons te chercher vers quatre heures.

Emily fit le tour de la voiture pour se pencher par l'autre vitre et embrasser le dessus d'une tête aux poils roux.

— Je reviendrai. Et je serai toujours la même.

« Je sais. »

Elle retraversa à pas lents la petite rue tranquille et s'arrêta à nouveau devant les grilles.

Elle entendit alors clairement la voix de Lulu lui dire à l'oreille gauche : « Emily, tu n'es pas obligée de tout faire. Prends ce qui t'intéresse et laisse tomber le reste. »

Puis elle entendit Buddy lui glisser à l'oreille droite : « Vas-y, Emmy, montre-leur qui tu es ! »

Elle redressa les épaules, cracha dans ses doigts, lissa la mèche de cheveux indisciplinés sur son front et franchit le seuil de Charlotte Hall.

Composition et mise en pages : FACOMPO, LISIEUX

Achevé d'imprimer sur les presses de

BUSSIÈRE

GROUPE CPI

à Saint-Amand-Montrond (Cher)
en février 2007

N° d'édition : C 07191. — N° d'impression : 070577/1
Dépôt légal : février 2007.

Imprimé en France